森沢明夫

かたつむりがやってくる

たまちゃんのおつかい便

実業之日本社

実業之日本社文庫

目次

第一章　血のつながり

葉山珠美《はやまたまみ》

チ、チ、チ……と、薄暗い空間に秒針の音が響く。
壁の時計を見上げると、夜の八時過ぎを示していた。

遅いな。

まだかな……。

座り心地《ごこち》の悪いベンチに腰掛けたわたしは、薬品の匂いのする空気を深く吸い込んで、ため息をつく。

ここは「鳥出《とりで》中央病院」の入院棟の三階、廊下のいちばん奥にある待合室だ。頭に「ど」がつくほどの田舎《いなか》にあるわたしの実家から、車で約一時間。地域の人々から文字通り「最後のトリデ」と呼ばれる唯一の総合病院で、いま、父の手術が無事に終わるのを待っている。背骨にできた腫瘍を切除して、代わりに人工骨を入れるという、なかなか大掛かりな手術らしい。

待合室につながる廊下は、少し前に消灯していて、なんとなく薄気味が悪い。

ときどき、その静かな廊下を看護師さんたちのシルエットがコツコツと靴音を響かせながら行き交う。彼女たちの控えめな靴音が響くことで、むしろ院内の静けさが際立っている気がする。床を這《は》うようなブーンという低い音は、暗がりにぼんやり浮かび上がる自動販売機の呼吸音みたいだ。

空気が乾燥しているのか、少し喉がイガイガする。

わたしは小さく咳払《せきばら》いをした。その音が薄暗い廊下のいちばん奥にまでこだました気がして、思わず肩をすくめてしまった。

夜の病院には、独特の怖さがあると思う。目には見えない無数の糸のようなものが、あちこちにピンと張りつめている気がするのだ。すでに照明を落とした各部屋のベッドに、ひっそりと横たわっている患者さんたちが、闇のなか、息を殺しながらそれぞれ何かを深く思索していて、その彼らが発する幽《かす》かな「思念」のようなものが、暗い建物のなかに蜘蛛《くも》の糸のように張り巡らされて――、それが、えも言われぬ緊張と怖さをもたらしているのではないか。そんな気がする。とにかく、いまだ入院を経験したことのないわたしにとって、この仄暗《ほのぐら》い閉塞感のある空間は、どこか異様な静けさをたたえた異世界なのだ。

ところが、そんな雰囲気をものともせず、場違いなほど陽気な声を出す女性が、いま、わたしのとなりにちょこんと座っている。

「たまちゃん、お腹空《なかす》いた？　バナナあるよ。甘い、甘い、バナナね。食べる？」

小柄で、スリムで、顔がとても小さくて、言っちゃ悪いけど貧乳で、二十歳《はたち》のわたしが「お母さん」と呼ぶには、あまりにも童顔すぎるその人の肌は、熱帯の陽光に炙《あぶ》られ続けてきた人種だけあって浅黒い。

「いまは、いらない。お腹、空いてないから」

短い言葉で、わたしは返事をする。

「なんで？　まだ夜ご飯も、食べてないよ？　たまちゃん、かわいい女の子。ダイエット、必要ない。だから、はい」

無垢《むく》な少女を思わせるくりくりした目でわたしを見上げながら、シャーリーンはよく熟れたバナナを差し出した。見た目はやたらと若いけれど、戸籍上はわたしの「義母」ということになっているこのフィリピン人の女性は、今年、すでに三九歳になったはずだった。

「わたし、ダイエットなんてしてないんだけど」

と、独り言みたいに言いながらも、とりあえず面倒だからバナナは受け取った。

でも、食べる気にはなれない。

「たまちゃん、見て、見て、このバナナ、茶色い点々、たくさんあるね。これ、バナナが美味《おい》しいしるしね」

にっこり笑って、自分が食べる分のバナナの皮を剝《む》くと、シャーリーンは、ひとりしあわせそうな顔をしてほお張った。

わたしは、ため息をこらえて前を向いた。さっき見たばかりなのに、また壁の時計を見上げてしまう。手の上のバナナは、やけにひんやりしていた。その温度が、なぜだかわたしを切ないような気分にさせる。

「心配ないね。パパさん、治るよ。たまちゃん、元気だすこと大事ね」

バナナをほお張ったまま、シャーリーンが言った。そして、浅黒くて、細くて、小さな、子どもみたいな手が、わたしの背中にそっと触れた。その手がゆっくりと上下しはじめる。背中をさすってくれているのだ。

払いのけたい、とは思わない。むしろ、やさしいな、と思う。けれど、わたしは、決して小さくはない違和感が背筋に走るのを感じているのだった。

違和感……。

そう。この感覚は、嫌悪感ではなく、違和感なのだ。

わたしは、シャーリーンのことが嫌い——では、ない。それは、よくわかっている。

ただ、彼女がわたしの「家族」になり、「義母」になってからの三年間、ずっと、ずっと、どうしようもない違和感を感じ続けてきただけで、わたしはその違和感を押し殺したり、気づかぬフリができるほど器用でもなければ、器の大きなオトナの女でもないのだろう。単純に、そういうことだ——と、思う。もしかすると、思いたいだけなのかも知れないけれど。

ちらりと、となりを見た。

異国で生まれた女性が、口元に小さな笑みを浮かべながら、でも、心配そうな目でわたしを見上げていた。

「たまちゃん、元気だすね」

「うん。大丈夫。やっぱ、わたし、バナナ食べるよ」

シャーリーンの手の動きが止まり、背中から離れた。違和感の残滓《ざんし》は、しばらく残るだろう。でも、気にしないことにする。

わたしはシュガースポットと呼ばれる茶色い点々が浮かんだバナナの皮を剝いた。そして、小さくひとくち、先端を齧《かじ》った。ねっとりとして、たしかに甘い。シャーリーンの生まれ育った南国に吹いている、甘ったるいような風の匂いを想う。

「たまちゃん、美味しい？」

つやのある黒々とした目で、わたしに問いかけてくる。

「美味しいよ、シャーリーン」

わたしは「お母さん」とは呼ばず、これまで通り名前で返す。

それでもシャーリーンは、素直に嬉《うれ》しそうに微笑《ほほえ》んだ。

「バナナ、もうひとつ、あるね。わたし、もう、お腹いっぱいよ。これも、たまちゃんにあげる」

シャーリーンは安っぽいリサイクル品のトートバッグから、バナナを取り出してみせた。

「もういいよ。わたしも、お腹いっぱいだから」

小さく苦笑して首を横に振ったとき、薄暗い廊下の奥から看護師さんのせかせかした靴音が近づいてきた。

やがて、その靴音が、わたしたちの目の前で止まった。

三〇歳くらいの、目の細い、痩せた女性看護師さんだった。すらりと背が高くて、一七〇センチくらいはありそうに見える。一六〇センチのわたしがベンチから立ち上がると、となりにいた一五〇センチのシャーリーンもそれに倣った。

「葉山さん、すみません。ずいぶんお待たせしちゃって。待ちくたびれたでしょう」

看護師さんは申し訳なさそうに眉をハの字にしたけれど、しゃべっている内容とは裏腹に口調が軽快だったことで、わたしはすでにホッとしはじめていた。きっと、手術はうまくいったのだ。

「いいえ。大丈夫です」

答えて、わたしは看護師さんを見上げた。

「ええと、手術はですね、予定よりも時間はかかりましたけど、なんとか無事に終わりました」

シャーリーンが、わたしの右腕をつかんで、「ナーイス」と言った。

「ただ……」

そこで看護師さんは、少し声のトーンを落とした。

「え？」と、小首を傾《かし》げるわたし。

「予定よりも、ずいぶんと時間がかかったので、患者さんの体力が消耗してしまったんです。なので、今日は麻酔で眠ったままになっちゃうんですよ」

「あ……、ええと、はい。わかりました」

「ごめんなさいね」

恐縮した看護師さんの表情につられて、わたしまで恐縮してしまう。

「いえ、大丈夫です。あ、ちなみに、体力が消耗したことが、術後の経過に支障をきたすとか、そういうことは――」

「そういうことはないので、ご安心下さい」

わたしは安堵《あんど》のため息をついた。自分でも驚くほど、それは深くて重たいため息だった。

「パパさんに、会える？」

小柄なシャーリーンが、ほとんど天井を見るようにして看護師さんに訊《き》いた。

「はい、会えますよ。いま、ＩＣＵに入られたので、ご案内しますね」

それでは、こちらへ――、と言いながら看護師さんが暗い廊下へと踵《きびす》を返した。

わたしも、その細長い背中に従って歩き出す。

シャーリーンは、摑《つか》んでいたわたしの腕から手を放すと「あっ、バッグ、忘れたね」とひとり陽気に笑って、ベンチの上に置いてあるバナナの入ったトートバッグを手にすると、小走りで付いてきた。

暗い廊下の中央まで歩くと、左側にナースステーションがあった。なかでは五人の看護師さんたちが小声でおしゃべりをしながら、てきぱきと仕事をしていた。その様子を横目で見ながら、わたしたちはナースステーションの前を通りすぎ、すぐに左手に折れた。そこは薄暗いエレベーターホールだった。長身で目の細い看護師さんは、車椅子の人でも押せるよう低い位置に取り付けられた「上り」のボタンを押した。

「たまちゃん、よかったね。パパさん、元気になる。わたしも嬉しいね」

わたしの背後で、シャーリーンの朗らかな声が響く。消灯後の病院には場違いすぎるその声のトーンに、看護師さんの横顔が小さく苦笑した。

ちょっと気恥ずかしくなったわたしは、振り向いて「しー」とやった。

「あっ、ごめんね。しー、ね。しー」

シャーリーンは、わたしの真似《まね》をして、唇の前に人さし指を立てると、くりくりの目を細めるようにして悪戯《いたずら》っぽく微笑んで見せた。

◇　◇　◇

　鳥出中央病院から実家へと向かう道のりは、ほとんどが海沿いか山のなかだ。ガードレールに沿って街灯は点《つ》いているものの、見通しの悪いカーブやトンネルが続き、車の運転はわりとくたびれる。しかも、今夜は雨が降っている。いまにも雪に変わりそうな、冷たい師走《しわす》の雨だ。

「たまちゃんが車で来てくれて、よかったね。電車、あまり走ってないから。ありがとね」

　助手席のシートに華奢《きゃしゃ》な背中を沈めたシャーリーンが、こちらを向いて言った。たしかに、この時間だと、電車は一時間に一本あるかどうかだ。

「っていうか、シャーリーンは、どうして病院まで電車で来たの？」

　運転免許はあるんだから、父の車で来ればいいのに――、そう思って、わたしが訊《たず》ねると、シャーリーンは首をすくめた。

「パパさんの車、壊れちゃったね。バッテリー、空っぽ。エンジン、かからない」

「あらら」

　おそらくライトを点けっ放しにしたまま駐車をして、バッテリーがあがってしまったとか、そんなところだろう。うっかり者のシャーリーンは、以前にもそれと同じことを二度ほどやった前科があるのだ。

車は、海沿いから急な上り坂にさしかかった。

わたしは、父が「おんぼろ」と言って馬鹿にする黄色い軽自動車のアクセルを踏み込んだ。かなり踏み込んだのに、非力な愛車はほとんど加速をしてくれない。まあ、十数年落ちの旧式だし、走行距離もだいぶいっているし、買ったときの値段もたったの「五円」だったのだから文句も言えないけれど。ちなみに、この車を五円という破格の廉価で手に入れたのは父なのだが、その経緯がじつに父らしかった。

わたしがまだ十八歳だった一昨年のこと——。

たまたま父の飲み友達のおじいさんが、うちが経営しているお店「居酒屋たなぼた」に飲みに来ていたとき、カウンター越しにこんな会話がなされたのだ。

「おう、正太郎《しょうたろう》よぉ、俺の車、ま〜たぶっ壊れちまったんだぁ。おめえの後輩に車屋がいたべ？　あいつに引き取ってくんねえかなぁ」

正太郎というのは、父の名前だ。父は、おでこにトレードマークの青いタオルをきゅっと巻き、オレンジ色のサングラスをかけて、カウンターのなかで地魚をさばいてお造りにしながら答えた。

「またキャブがイッちまったんか？」

「わかんねえけどよ、とにかく、エンジンがかかんねえんだ」

「おう、じじい、なんならその車、俺が買ってやろうか」

「あ？　買うったって、おめえ、動かねえ車だぞ？」

「それでも構わねえさ」

「動かねえ車を、いくらで買うつもりだ？」

そこで父は包丁を置いて、顔をあげた。

「そうだな、男やもめのじじいにエッチな彼女とのご縁があるように、五円で買ってやるか」

「わははは。五円かよ、そりゃ傑作だぁ」

「どうせ動かねえおんぼろだ。逆に廃車手数料を払わされるよりは、五円でももらった方がマシだべ？」

「んだなぁ。よし、わかった。おんぼろ車は正太郎に五円で売った。いつでも持ってけ」

とまあ、そんな具合で動かない軽自動車を五円で譲り受けた父は、すかさず自動車整備をやっている地元の後輩、常田壮一郎《ときたそういちろう》さんに電話をして修理をさせた。この人は、わたしの同級生のひとり、常田壮介《そうすけ》のお父さんなのだけれど、そのときの修理代は先輩・後輩のタテ関係によって強引にタダにされたらしい。その代わり、常田さんは、うちのお店で「三日間飲み放題」という権利を得たという噂《うわさ》だ。

五円で、動く軽自動車を手にした父は、その車をわたしの大学入学祝いのプレゼントにした。

「たまちゃんもいよいよ都会に出て華の文学部の女子大生になるんだからよ、車があった方が何かと便利だべ？　それによ、こいつがあれば、ブーンって、うちにも気軽に帰ってこられるしなぁ」

というのが、プレゼントに添えられた父の言葉だった。ようするに、ひとり娘のわたしが遠く離れてしまうのが淋《さび》しいから、この車に乗って、なるべく頻繁に帰ってこいよ——というわけだ。

あれから二年が経《た》ったけれど、ありがたいことに、黄色いおんぼろ車は一度も故障をしていない。むしろ、その間に、ステレオとカーナビを付けて、タイヤもホイールも交換して、かなりの進化を成し遂げた。乗りはじめた頃は初心者だったわたしも、すぐに運転には慣れて、大学の友達を乗せてはあちこち旅に出かけたし、月に一度は片道三時間をかけて実家に帰っていた。

でも、住み慣れた都会のアパートから、この黄色い車に乗って「華の文学部の女子大生として」実家に帰ることは、もうない。じつは、わたしは、すでに大学生という身分を放棄していた。三ヶ月ほど前に、こっそり大学の事務所に退学届けを出していたのだ。

退学してからのわたしは、コンビニとレストランのアルバイトでお金を稼ぎながら、文学とはまったく縁のない勉強にいそしんでいた。いわゆる「起業」について書かれた本やインターネットの情報を読みあさっていたのだ。さらに、保健所で「衛生法規」

「公衆衛生学」「食品衛生学」の講習を一日がかりで受講して、「食品衛生責任者」という資格も取得した。これは、間もなくわたしがはじめようとしている仕事には必須となる資格だった。

そんなこんなで、ひそかに起業の準備を整えつつも、いよいよ父に大学を退学したことの事後報告と、実家へ戻りたいという相談をすべく、少し緊張しながら電話をかけてみたら——。あろうことか、その電話で驚かされたのは、わたしの方だったのだ。

「おお、たまちゃんか。ちょうどいま、俺から電話をしようと思ってたんだ。グッドタイミングってやつだなぁ」

「え、そうなの？　なに？」

「まあ、たいしたこたねえんだけどな、もしも俺が死んだら、母ちゃんと仲良くやってくれって、一応、言っとこうと思ってよ」

は？

死ぬって、どういうこと？

母ちゃんって、シャーリーンのこと？

「なに、それ？　意味がわかんないんだけど」

「明日、ちょっくら背骨の手術をすっからよ」

音痴な鼻歌でも歌うように、父はそう言った。

「え……、明日？　っていうか、手術って、なに？　わたし、そんなの、ひとことも聞いてないんですけど」

「そりゃそうだ。たまちゃんには初めて言ったんだからな」

「ちょっ……、そういう大事なことは、あらかじめ娘にもちゃんと言っとくべきでしょ」

大学を辞めた、という大事なことを父に言っていない自分を棚にあげて、わたしは口をとがらせながら抗議した。

「あはは。そんな、心配すんな」

「心配するよっ！」

「だから、たいしたこたねえって言ってんべ」

「たいしたことないなら、手術なんてしないでしょ。ちゃんと説明してよ、もうっ」

「そんな大きな声、出すなっつーの。ようするにな――」

のんきな父いわく、ようするに、いつの間にか背骨に大きな腫瘍ができていて、それがわりと痛いから、さっさと摘出して、代わりに人工骨を「ぶっ込む」のだそうだ。

「腫瘍って……。え、ちょっと待ってよ」

なかばパニックになりかけたわたしを、父はからかうように笑った。

「おいおい、なんだよ、たまちゃん、この俺が本当に死ぬとでも思ってんのか？」

「え……、だって、大きな腫瘍があるって……。しかも、さっき、俺が死んだらって……」

「おお、言い忘れてた。残念ながら、その腫瘍、良性なんだな。わははははは」

「良性？」

「んだ」

「じゃあ、死なないの？」

「阿呆《あほ》か、リアルに死んでたまるか」

「絶対？」

「ああ、絶対だ。俺は、死ぬまで生きてやっからよ。あははは」

「……………」

能天気にもほどがある物言いに、めちゃくちゃ腹が立つわ、でも、ホッとして腰が抜けそうになるわで、わたしは自分の用件を話すことも忘れて、翌日の手術の時間や、入院の準備ができているのかどうかや、その良性腫瘍についてなど、あれこれ質問をしまくった。父は、「病院にはシャーリーンが付き添ってくれっからよ、たまちゃんはブンガクの勉強でもしてろ」と言ったけれど、わたしは「そんなの、ありえない！」と一喝した。そして今日、急いで黄色いおんぼろ車を飛ばして病院に駆けつけたのだった。

アクセルをベタ踏みにして急な坂を上り切ると、今度はゆるやかな下り坂になった。途中で大きくカーブするこの下り坂は、スピードが出すぎて事故が多発するポイントとして地元では有名だ。わたしはポンピングブレーキを踏みながら、慎重にステアリングを切る。

「たまちゃん、お腹空いたね」

シャーリーンが言う。

「えっ、さっき、バナナ食べたのに？」

「バナナだけじゃ足りないね。おうちに帰ったら、美味しいもの食べながら、乾杯ね」

「乾杯って？」

「娘がおうちに帰ってきたこと、家族は嬉しいね。パパさんも、たまちゃんが帰ってきたときは、いつも乾杯するね。それと、パパさんの手術、成功したことのお祝いね」

シャーリーンの唇からこぼれ出た「娘」という単語は、わたしの胸の浅いところで冷たい礫《つぶて》のような違和感となって、ころりと転がった。しかも「帰ってきた」という言葉にドキリと反応して、わたしの心臓は一拍スキップをしてしまう。なにしろ、ただ「帰ってきた」のではなくて、こっそり「大学を辞めて帰ってきた」のだから。

父とシャーリーンには、いずれこの事実を伝えなければならない。まあ、伝えたところで、所詮はあの父だ。はじめは少しくらい驚くかも知れないけれど、しっかり理由を説明しさえすれば、案外あっさり理解してくれる気がする。そして、しまいには「まあ、中卒の俺が言うのも何だけどよ、勉強だけが人生じゃねえからな。たまちゃんはうちの店の看板娘にでもなればいいべ」なんて笑い飛ばすに決まっている。そういう人なのだ。昔から。シャーリーンだって、きっとそんな父の横でにこにこしながら「それはナイスね。家族が一緒に暮らす。いちばん幸せね」なんて言いそうだ。

とはいえ、わたしだって一応は二十歳になった大人だから、手術を前にした父に、この情報を伏せておくだけの配慮はできた。

女を口説くのと一緒でな、誰かに大事な物事を伝えるには、ここぞっていうタイミングがあるんだぞ——なんて、わたしによく言い聞かせてきたのは父なのだから、いまのところ、わたしが黙っていることは仕方のないことなのだ……ということにしておこうと思う。

「もうすぐ着くね。お腹ぺこぺこよ」

シャーリーンが細いお腹をさすりながら言う。

「コンビニ、寄らなくて平気？」

「平気ね。おうちに帰れば、冷蔵庫に美味しいものいっぱいだから」

おんぼろ軽自動車は、最後のひと山を越えて、ちいさな市街地に入った。

二〇年前にわたしが生まれ、それから十八年ものあいだ暮らしてきた片田舎の集落——。

青羽《あおば》町という、うつくしい名前の町だ。

西側を深い山々に囲まれたこの土地は、青羽川という翡翠《ひすい》色の清流によって造られた扇形の平地で、そこに人々が密集して暮らしている。東側は紺碧《こんぺき》の海だ。

新緑の春には山菜を採り、ワカメを集め、夏休みともなれば、子どもたちはこぞって青羽川や海に飛び込んで泳ぎ、大人たちは鮎《あゆ》や山女《やまめ》、岩魚《いわな》釣りに興じる。最近は、カヌーでリバー・ツーリングをする人たちも多くなった。山々が錦を飾る秋は、キノコ狩りのシーズンだ。そして冬になると、人々は「暇だ、暇だ」とボヤきながら、誰かの家になだれ込んでは、夜な夜なみんなで鍋をつついて地酒を痛飲する。なかには、寒さにめげず海岸っぺりに立ち、冬に美味しくなる「寒ボラ」や「寒メジナ」を釣ってくる酔狂な男たちもいる。

青羽町は、自然がやさしく豊かで、地元の人たちのつながりも濃密な町だ。都会に出てから、わたしはどれほど故郷を自慢してきたことだろう。しかし、そんな場所でも、やっぱり時代の大きな流れには逆らえなくて、若い人たちの流出はひたすら止まらず、数年前には人口が八千人を切ってしまった。過疎化と高齢化は、いま、この町でもっとも深刻な問題となっているのだ。

澄み切ったサイダーのような水をたたえた青羽川の河口近くには、小さな港があって、地元の漁師たちが毎朝、新鮮な地魚を水揚げしている。わたしの祖父も父も、かつては漁師をやっていたのだけれど、漁船が古くなったことと、祖父が他界し、父の腰痛がひどくなったのをきっかけに漁師を廃業して、父は陸にあがった。そして、慣れ親しんだ港の近くに、魚料理をメインにすえた「居酒屋たなぼた」を開いたのだ。それがちょうど十年前のことだった。お店は十五人も入ればいっぱいになってしまうくらいの、ちいさな飲み屋だけれど、豪快であけっぴろげな父の性格と、新鮮な魚介が美味しいのとで、お客さんはそこそこ来てくれている。

「居酒屋たなぼた」というふざけた店名は、もちろん「人生なんてギャグだ」と言い張る父による命名だ。ちなみに父の座右の銘は「棚からぼたもち」と「生きてるだけで丸《まる》儲《もう》け」だというから、こんなおかしな店名をつけたのも頷《うなず》ける。わたしは小中学校時代に、何度も「たなぼた娘」などと阿呆な男子たちにからかわれていたけれど、いまではこのふざけた店名にむしろ愛着を覚えている。

というのも、ある日、酔っぱらった父がこんなことを言ったのだ。

「棚からぼたもちってのはよ、ようするに運がいいってことだべ？　運がいいってのは、神様に愛されてるってことだ。俺たちが毎晩、酒を喰《く》らって、げらげら笑い合って、みんなと愉快にやってればよ、神様たちも楽しいのが好きだから自然と集まってくるわけさ。んで、結局、神様が集まるところにこそ、運が開けてくるってわけよ」

みんなが楽しくて、神様も楽しんで、運が開ける場所にする――。

こういう父の発想を、好きか嫌いかで区別するなら、素直にわたしは好きだと言える。しかも、日本神話によれば、天照大神《あまてらすおおみかみ》が、隠れていた天岩戸《あまのいわと》から出てきたのも、岩戸の外で他の神々が楽しそうに歌い踊っているのに釣られたことがきっかけだったというから、父の話もまんざら捨てたものでもない気がしてくる。神様もやっぱり楽しいのが好きなのだ。

ちなみに、わたしたち家族は、そんな運のいいお店の二階と三階で暮らしているのだけれど、各階の窓からは風光明媚《ふうこうめいび》な青羽湾がバーンと見渡せて、じつに気分がいい。とりわけ水平線の向こうから神々しい朝日が昇る様子を眺めながら朝ごはんを食べられるのは、子どもも心にも贅沢《ぜいたく》に思えていたし、夜、真っ黒な水平線に一列に並んだ漁り火《いさりび》を眺められることも、遠い波音を聞きながらゆったりと眠りにつけることも、しみじみ幸せなことだと思っていた。

わたしが中学二年生のときに交通事故で他界した母も、この家をとても気に入っていた。よく家事の途中にふと手を休めては、広々とした青羽湾を眺めて、おっとり微笑んでいたものだ。

「おうち、あと少しね」

シャーリーンの声で、想い出のなかの母の微笑が霧散した。

「そうだね」

「少し、雨、小降りになってきたよ」

「うん」

頷きながら、わたしは青羽川の河口にある橋の手前で左にステアリングを切った。地元では単純に「大橋」と呼ばれる、大きな赤い橋だ。

「明日は、あったかくなって欲しいね。わたし、フィリピンから来たから、寒いの苦手ね」

シャーリーンは両腕を抱くようにして、凍えた仕草をしてみせる。

「だよね」

　わたしはくすっと笑った。川沿いの細い道路を、ゆっくり海に向かって進むと、やがて河口の対岸に青羽港の街灯が見えてきた。反対の左手を見れば、そこはもうわが家だ。

　お店の前の未舗装の空き地に車を滑り込ませ、水たまりのない部分を選んで停《と》めた。ギアをパーキングに入れ、サイドブレーキを引く。エンジンを切ると、テンテンテテテン……、と淋しげな音が車内に満ちた。安っぽい車の天井を叩《たた》く雨音だ。

「たまちゃん、運転ありがとね」

「うん」

　わたしたちは、それぞれ上着をはおり、荷物を手にして、車から降りた。雨のなか、小走りで店の裏手へと回る。

　シャーリーンが裏玄関のドアに鍵を差し込んで解錠した。

　わたしの実家の鍵をシャーリーンが持っているという瑣末《さまつ》なことに、いまだ小さな違和感を覚えている自分がいて、ため息をつきたくなる。

「ひゃあ、濡《ぬ》れちゃう。雨、冷たいね。たまちゃん、入って」

　ドアを引き開けると、シャーリーンはわたしの背中を押して、先に家のなかへと入れてくれた。こういうやさしさも、裏を返せば、シャーリーンがこの家の人間で、わたしは外から来た客人、という図式に感じられてしまう。そして、そんな捉え方をする自分の狭量さがまた嫌で、今度こそ、小さくため息をついてしまった。

二階にあがり、居間のストーブを点けた。ついでに、こたつのスイッチも入れる。わたしが住んでいた頃と比べると、この居間は少し雑然としていた。シャーリーンは片付けが得意ではないのだ。脱いだ服がその辺に散らかっていたり、使用済みの食器がこたつの上に残っていたりする。

家のなかがこんな状態でも、父は何とも思わないのだろうか——。

わたしは、ふと居間の奥にある仏壇を見た。

生前の母はとてもきれい好きで、この見晴らしのいい素敵な家を、いつだってすっきりと片付けてくれていたのに。

お線香をあげようと思って仏壇に近づいたとき、背中に声をかけられた。

「たまちゃん、お待たせね」

一階のお店の冷蔵庫からみつくろったつまみとビールをお盆に載せて、シャーリーンがあがってきたのだ。シャーリーンは、こたつの上の使用済みの食器を、適当に端に押しやって、開いたスペースにビールとつまみを並べた。

「ねえ、シャーリーン」

「なに？」

「乾杯の前に、お線香あげていい？」

シャーリーンに断る必要もないはずだけれど、一応、わたしはお伺いを立てた。

「もちろんね。それ、いいこと。わたしも、お線香あげるよ」

わたしは仏壇の前に立った。家のなかの掃除は行き届いていないのに、どういうわけか仏壇だけは内側も外側も、位牌《いはい》までもきれいに磨かれていて、少しホッとした。

百円ライターで左右の蠟燭《ろうそく》に火を灯《とも》す。

背後にシャーリーンの存在を感じながら、蠟燭からお線香に火を移した。

線香立てにそっと立てて、鈴《りん》を鳴らす。

細い煙が、すうっと真っすぐに立ちのぼっていく。

わたしは両手を合わせ、目を閉じた。

まぶたの裏に、ふたたび母の恵み深い微笑みが甦《よみがえ》ってくる。

母が亡くなった七年前から、しばらくのあいだ、仏壇の右横には遺影が飾られていた。その写真は、わたしと父と母の家族三人がそろって、近くの防波堤でアジ釣りをしたときに撮影した一枚だった。遺影の母は、青い水面に乱反射する陽光を受けて、ちょっと眩《まぶ》しそうに微笑んでいた。あのやわらかな微笑は、まさに幸福な家族の象徴のようで、わたしは遺影を見るたびに、切なくもあたたかい気分になったものだった。

でも、それから四年後に、父はシャーリーンと再婚し、時を同じくして、仏壇の横から母の遺影が消えた。新妻となったシャーリーンが前妻の遺影があることを嫌がったのか、あるいは父が新妻に気を遣ったのか——、真相はわからない。当時、すでに十七歳になっていたわたしは、あえてそのことについては触れずにいたのだ。ただ、座布団やアイロンがしまわれている押し入れの端っこに、母の遺影が無造作に押し込まれているのを見つけたときだけは、胸の奥の泉から熱っぽい感情がこんこんと湧き出してきて、ひとり泣きそうになったのを覚えている。わたしは窮屈で暗い押し入れから母の遺影を「救出」して、胸に抱きかかえると、三階の自分の部屋へと持っていった。そして、勉強机の抽《ひ》き出《だ》しにそっとしまったのだった。

以来、ことあるごとにその抽き出しを開けては、幸せそうな母の微笑とこっそり対面してきた。漫画の「ドラえもん」ではないけれど、その机の抽き出しは、わたしにとって、幸せだった時代にトリップするための、ある種のタイムマシンだったようにも思う。

翌々年、わたしが都会に出るとき、母の遺影は机と一緒に自室に残していくことにした。母はこの家が本当に大好きだったから、なんとなく都会に連れて行く気にはなれなかったのだ。その代わり、月に一度は黄色い車で帰ってきて、わたしのいるあいだだけでも遺影を抽き出しから出して、机の上に立ててあげることにしていた。

お母さん。

ただいま。

わたしは遺影のない仏壇の前で、ゆっくりと目を開けた。

合掌していた両手を下ろす。

横に移動したわたしの代わりにシャーリーンが仏前に立ち、日本人のような慣れた手つきで鈴を鳴らすと、お線香を二本供えた。

「どうして二本なの？」

「パパさんと、わたしの分ね」

シャーリーンは、当然でしょ、といわんばかりの顔をした。そして、くりくりの目を開けたまま合掌して、いつもの陽気な声で位牌に語りかけた。

「絵美《えみ》さぁん、たまちゃんが帰ってきたよ。パパさんの手術も成功ね。もう心配ないね」

その様子を横から眺めていたわたしは、知らず知らず呼吸を止めていた。シャーリーンの口から「絵美」という母の名前がこぼれ出たことに、少なからず衝撃を受けていたのだ。

合掌をほどいたシャーリーンが、こちらに向き直った。

「たまちゃん、ＯＫね？」

「え？　あ、うん」

「じゃあ、乾杯するね。わたし、お腹ぺこぺこよ」

叱られた子どもみたいな情けない顔をして、シャーリーンが両手でお腹を押さえた。その仕草がおかしくて、わたしは小さく吹き出した。シャーリーンも少し照れ臭そうに「うふふ」と笑う。

わたしたちは、向かい合ってこたつに足を突っ込んだ。

「日本のこたつ、大好きね」

言いながら、シャーリーンは缶ビールの栓を開けた。

「やっぱ、冬はこたつだよね」

わたしも、プシュ、と音を立てて栓を開ける。

「じゃあ、たまちゃん、手術が成功したこと、乾杯ね」

「はい、乾杯」

コップを使わず、わたしたちは缶をぶつけ合った。

ごくり、と喉を鳴らす。

「美味し〜い」

とシャーリーンが目を細めた。

家具調こたつの上に並べられたおつまみは、なるほど、お店の冷蔵庫にあった残りものらしく、丼にどっさり入ったアオリイカの刺身と、菜っ葉のおひたしと、だし巻き玉子と、カボチャの煮物だった。そして、なぜか、ちょっと小ぶりなおにぎりが四つあった。

「どうして、おにぎり？」

わたしが首を傾げると、シャーリーンは肩をすくめて笑い出した。

「おにぎりは、わたしがお昼に作ったね。でも、病院に持っていくの、忘れた。だから、バッグのなか、バナナしかなかったね」

「えぇぇ～」

「たまちゃんに、ふたつ。わたしに、ふたつ。お弁当だったね。でも、おうちに忘れたら、意味ないね」

自分で言いながら、シャーリーンはくすくす笑い出す。

「相変わらず、おっちょこちょいだなぁ」

「そうよ。わたし、おっちょこちょい。だから、いま、お腹ぺこぺこ」

けれんみのない少女のようなシャーリーンが、浅黒い小さな手で握ってくれた小ぶりなおにぎり……。それを、わたしもほお張った。

具は梅で、ちゃんと日本のおにぎりの味がした。あたりまえだけど。

「美味しいよ、これ」

わたしは、素直にそう言った。

「サンキュー」

シャーリーンも素直な笑顔を浮かべる。

この人、友だちだったらいいのに……。

義理の母なんかじゃなくて、ふつうの友だちだったら――。

わたしは、こぼれそうなため息を、美味しいご飯粒と一緒に飲み込んだ。

それから、わたしたちは父の話をした。

身体《からだ》からいくつも管を出しているわりに、ベッドの上では幸せそうな寝顔をしていたことや、明日以降のお見舞いのこと、病気や健康に無頓着な人だから、わたしたちが注意していてあげないと駄目だということ等々を話し合ったのだ。

なんだか、こんな風にしていると、本当の家族みたいだな——と、わたしは、ほっこりとした気持ちで思ったけれど、すぐに慌ててその考えを打ち消した。

シャーリーンは、家族「みたい」ではなくて、家族なのだ。

ひとしきり父の話をしたあとは、バッテリーがあがってしまった車を、わたしの同級生で車の修理屋の二代目となる常田壮介に直してもらったらどうかという相談や、お店の常連さんたちの噂話などをしながら、ビールとつまみを胃に流し込んでいった。いままで気づかなかったけれど、じつは、わたしもけっこうお腹が空いていたようで、いったん箸を動かしはじめたら止まらなくなってしまった。

ビールを二缶ずつ空けたところで、シャーリーンは階下のお店から日本酒を持ってきた。そして、手際よく一升瓶からお銚子《ちょうし》に移し替えると、電子レンジでぬる燗《かん》にしてくれた。

「ま、どうぞ、どうぞ」

と、お酌をしてくれる。

「ありがとう。じゃあ、お返し」

わたしも、注《つ》ぎ返す。

思えば、シャーリーンがうちに来たばかりの頃は、電化製品の使い方など、ほとんど何も知らなかった。電子レンジに金属の器を入れて使うし、わたしが録画しておいたテレビ番組を誤って消してしまうし、洗濯機に洗剤を入れすぎて、泡があふれ出したこともあれば、雑巾と布巾の違いがわからず、食卓の上を雑巾で拭いたこともある。ある朝、苦手な納豆にチャレンジしたときなど、口に入れたそばから目を白黒させて、そのままトイレに駆け込んで嘔吐《おうと》したこともあった。

それが、わずか三年のあいだに、ずいぶんと日本の生活に慣れて、色々なことが出来るようになっていた。電化製品は余裕で使いこなすし、いまや父の代わりに出刃包丁でひょいひょいと魚をおろしては、お造りにできるほどの腕前だというから拍手ものだ。

正直、わたしの「お母さん」と言うのには抵抗があるけれど、シャーリーンは父の「奥さん」として、お店の「おかみさん」として立派になりつつあると思う。そこは、きちんと評価してあげたい。

「ねえ、シャーリーン」

「なあに？」

お猪口《ちょこ》でぬる燗をすいと飲んで、童顔の三九歳が、細い黒髪をかき上げた。胸までの長さの髪の毛が、さらりと背中側にまわる。

「お父さんの容態が安定したら、なんだけどね」

「ヨーダイ？」

「あ、ええと……、身体の具合のことね」

「OK。ヨーダイ、わかったよ」

「うん。そうなったら、わたし、こっちに引っ越してこようと思うの」

「えっ？」手酌をしようとしていたシャーリーンの手が止まった。「たまちゃん、大学は？　うちから通うの？」

「じつはね、大学は、九月に辞めちゃったんだ」

シャーリーンは、目をまんまるくして「ひゃあ」と言った。

「どうして？　どうして辞めたの？　パパさん、知ってる？」

「ううん、お父さんには、まだ話してないから」

もう一度、大袈裟《おおげさ》に「ひゃあ」と驚いたあと、シャーリーンは胸に両手をあてて、自分を落ち着かせるように深呼吸をすると、ふたつのお猪口にお酒を注ぎ、ひとつをわたしの前に置いてくれた。

そして、何も言わず、目だけで「それで？」と先をうながした。

「手術の前だったから、お父さんには言えなかったんだよ」

「OK、わかるよ。いまは、まだ、内緒がいいね」

わたしはお猪口を手にして、お酒を口に含んだ。揮発したアルコールが鼻に抜けるのと同時に、酒米の甘味がじんわりと舌に染み込んでくる。

「わたしね、大学を辞めて、仕事をしようと思ってるの」

「仕事？」

「うん」

頷いたわたしを見るやいなや、シャーリーンは両手を口に当てて、大きな笑みを浮かべた。

「たまちゃん、わたしと一緒に、お店やってくれるね！」

「え？」

そうじゃなくて——と言おうとしたら、すぐに言葉をかぶせられてしまった。

「パパさん、手術して、入院する。お店に出られないね。わたし、代わりに頑張るよ。お料理も、覚えたよ。少しだけどね。仕入れのおじさんも、みーんなお友だち。だから、お店はOK。たまちゃんとわたし、一緒にお店やったら、いろんなこと、問題ない。もっと、もっと、グッドね」

テンションのあがった女子高生みたいなキャピキャピした仕草で、シャーリーンはまくしたてた。

「いや、あの……」

「たまちゃんが帰ってきたら、パパさんは嬉しい。絵美さんも嬉しいね」

「え……」

「わたしも、めっちゃ嬉しいね。家族がいつも一緒にいる。それが、いちばん幸せだから」

シャーリーンは、首を少し左に向けた。仏壇の方を見たのだ。口元にはしっかりとした笑みが浮かんでいる。まるで、「そうだよね、絵美さん」と言っているようだった。

「あのね、シャーリーン」

わたしは、あえて落ち着いた声を出した。

「ん？」

「ごめんね。違うの。わたしの言ってる仕事って、お店のことじゃないんだよ」

「…………」

シャーリーンは、口元にわずかな笑みを残したまま、黙って小首を傾げた。

「わたしがやりたいのはね」

そこで、わたしはぬる燗をひとくち啜《すす》った。

シャーリーンも、釣られたようにお酒を飲んだ。

「ええと、どう説明したらいいかな」

「…………」

「ようするに、おつかい便なんだけど……、わかる？」

シャーリーンは、記憶を辿《たど》るように右上を見詰めたと思ったら、すぐに口を開いた。

「おつかいは、頼まれて、お買い物することね。ビンは？」

「宅配便の便だよ」

「ＯＫ、ＯＫ。わかったよ。車で、荷物を運ぶやつね？」

「そうそう」

「でも、どうして、たまちゃんが荷物を運ぶ仕事をするの？」

うん、そこなんだよ、大事なところは——と、わたしは胸裏でつぶやいた。そして、なるべくわかりやすい単語を並べるように心を砕きながら説明をしてみた。

「この町にはさ、足が悪くて遠くまで歩けないとか、車の運転ができないとか、そういうお年寄りがたくさんいるでしょ？」

「うん。たくさん、いるね」

「そういう自分の生活のための買い物ができない人たちのところに、必要なものを車で売りに行ってあげたいの。おじいちゃん、おばあちゃんたちの、おつかいの代わりになるお仕事だよ」

わかるかな、この説明で。

若干、不安になりつつ、わたしはシャーリーンを見た。

シャーリーンは、いつになく真剣な目で、こちらを見ていた。

そして、「どう？　わかった？」と、わたしが言ったのと同時に、シャーリーンは珍しく「うーん……」と眉をひそめたのだった。

「わたし、わからないね」

「え……。説明、わかりにくかった？」

「ううん、違うね。言葉の意味、わかったよ。でも、たまちゃんのここがわからないね」

シャーリーンは「ここ」と言いながら、自分の胸を指差してみせた。わたしもシャーリーンの言いたいことがわからなくて、首を傾げてしまった。するとシャーリーンは、手にしていたお猪口を置いて、「はあ」と、わかりやすいくらいに不満げな息をついた。

「たまちゃんは、葉山家の娘ね。パパさんが入院してるときは、家族のピンチよ。フィリピンでは、家族がいちばん大事。家族を助けるのは、当たり前ね」

そこで、いったんシャーリーンは言葉を切って、こちらを見た。苦々しいその表情は、いつもの無邪気で陽気な雰囲気とは一変して、やけに感じが悪かった。

わたしは、あまりにも直球で正論をぶつけられたせいか、あるいは「フィリピンでは」という部分が引っ掛かったのか……、とにかく、シャーリーンの物言いに少し気持ちがささくれ立つのを感じていた。

「日本人だって家族は大事だよ。そんなの、わかってるよ。でも——」

「ノー、ノー、駄目ね。たまちゃんは、わかってないね」

こちらの言葉にかぶせて、シャーリーンが否定の台詞《せりふ》を並べ立てる。

わたしはぐっと息を止めて、目の前のフィリピン人を見た。不満げなその両目には、「やれやれ」と呆《あき》れたような色が浮かんでいた。

この人、わたしのことを馬鹿にしてるの？

わたしは止めていた息をゆっくり吐き出すと、いったん、意識的に深い呼吸をして、気持ちを落ち着かせようとした。

険悪な空気が、わたしたち二人から言葉を奪っていた。

ふと、わたしの脳裏に、大好きな静子《しずこ》ばあちゃんの笑顔が思い浮かんだ。静子ばあちゃんは母方の祖母で、青羽川を河口から少し遡《さかのぼ》ったあたりの川沿いに、いまもひとりぼっちで暮らしている。数年前に田んぼをやめてから、みるみる体力が落ちてきて、このごろは買い物に行くのにさえ苦労していることをわたしは知っていた。おつかい便はね——、そもそも、静子ばあちゃんのためにはじめようと思った仕事なのに……。

わたしは、肚《はら》を決めて口を開いた。

「あのね、もう一度言うけど、わたしだって家族を大事に思って——」

と、その刹那、いきなり場違いな機械音がこたつの上で鳴り響いた。

ピロピロリン。ピロピロリン。

わたしの携帯電話が鳴ったのだ。

何なのよ、こんなタイミングで——。

端末をつかんで液晶画面を見ると、常田壮介の四文字が浮かんでいた。わたしはちらりとシャーリーンを見て、携帯を手にした。

「もしもし」

「あ、たまちゃん?」

昔から変わらないのんきな幼なじみの声に、少しホッとする。

「うん、久しぶり」

「いま、しゃべっていいか？」

わたしが「大丈夫だよ」と返事をするのを見ながら、シャーリーンはこたつから脚を抜いて立ち上がった。そして、こちらに背中を向け、そのまま階段の方へとすたすた歩いていく。

「正太郎さん、手術したんだよな？」

「ああ、うん」

「で、具合は、どうなんだ？」

心配性の壮介らしい、ちょっと不安げな声色だ。

「成功です。おかげさまで」

わたしは、なるべく気楽な感じで答えた。

壮介は電波の向こうで小さく嘆息したようだった。そして、少しだけ声を明るくした。

「そっか。うん。なら、よかった。うちの親父《おやじ》も心配してんだ。メールしても正太郎さんから返事がこねえから、たまちゃんに電話して訊けって言われて、そんで、いま電話したんだ」

「そっか。ありがと」

返事をしながら、わたしの目はこたつから出たシャーリーンの背中を追っていた。シャーリーンは、こちらを振り返らないまま階段を登っていく。三階には、わたしの部屋と、父とシャーリーンの夫婦の寝室がある。

「それ聞いて、俺も安心した」

シャーリーンの姿が見えなくなった。わたしはお猪口に少しだけ残っていたお酒を干して、壮介に聞こえないように小さく息をついた。そして、あらためて状況を説明した。

「でもね、手術はちゃんと成功したんだけど、手術時間が予定よりも長引いたせいで、お父さんの体力が弱っちゃったらしいの。で、今夜いっぱいは麻酔で眠らせたままってことになってるんだよね。だから、メールの返信もできなかったんだよ」

「なるほど、そういうことか」

「うん。でも、もう心配ないって、壮一郎さんにも伝えておいて」

「うっす、了解」

そこで、わたしは思い出した。

「あ、そういえば、壮介にこっちから連絡しようと思ってたんだ」

「ん？」

「うちのお父さんの車の修理、お願いしようと思って」

「修理って、ぶつけたんか？」

「ううん、バッテリーが、あがっちゃったみたいで」

「うんともすんとも言わねえのか？」

「言わないんだって……」

「シャーリーンが言ってんの？」

「そう」

壮介がくすっと笑った。

「またか。シャーリーン、先月もやったぞ」

わたしは、大雑把な人だからねぇ、と言おうとして、やめた。ちょうど三階からシャーリーンが降りてきたのだ。こたつで電話をしているわたしと目が合うと、シャーリーンは平然とした顔のまま浴室を指差して見せた。先にお風呂に入るよ、とゼスチャーで示しているのだ。右脇に抱えているのは、丸めたピンク色のパジャマだ。わたしは携帯を耳にあてたまま無言で頷いてみせた。

シャーリーンは浴室のドアを開けて、なかへと消えた。ついさっきまで、わりと真剣に言い争いをしていたのに、その表情からはもう険悪な色は消えているように見えた。気分屋のシャーリーンにはよくあることだけれど、ときどき、こっちの感情がついていけないことがある。

とにかく、いいタイミングで電話をくれた壮介に、わたしは救われたのかも知れなかった。

「あれ、もしもし、たまちゃん、聞こえてる？」

「あ、ごめん。いま、ちょうどシャーリーンが来て、お風呂に入ったから」

少し声のトーンを抑えて、わたしは言った。

「そか。噂をすればなんとやら、ってやつだな」

「だね」

わたしは声に出さず苦笑した。壮介も電話の向こうで微笑んでいる気がした。

「つーか、たまちゃん、実家に帰ってきてんのか？」

「帰ってきたのは、ついさっきだけどね」

「ふーん。で、明日は？」

「え？」

「車、直すんだべ？」

「あ、うん。お願い」

「何時くらいなら空いてんだ？」

「わたしは、何時でもいいよ。壮介に合わせる」

「じゃあ……、そうだな。十時にそっち行く」

「オッケー。ありがと。助かる」

「んじゃ、また、明日な」

「うん。おやすみ。壮一郎さんに、よろしくね」

「おう。じゃあ」

通話を切って携帯をこたつの上に置く。

コト……、という小さな音が、静かな居間に響いた。

テーブルの上に無造作に置かれているお酒と酒肴《しゅこう》は二人分あるのに、ここにいるのは、わたしひとり。そういう状況って、部屋の空気をなんとなく虚《むな》しくする。

「よっこらせ」

と、わたしは、こたつの天板に両手を突いて立ち上がった。さっさと後片付けをしてしまおうと思ったのだ。放っておいたら、シャーリーンのことだ、食器類を出しっ放しにして寝てしまう気がする。

食べかけのおつまみの皿にラップをかけ、冷蔵庫にしまった。いつ使われたのかすらもわからないような使用済みの食器類もまとめてざっと洗って、水切り用のステンレスの籠のなかに立てておく。布巾でテーブルの上を拭けば、もう後片付けは終了だ。廊下の奥から、シャワーの音が聞こえてくる。耳を澄ますと、かすかに鼻歌もまじっていた。やれやれ。今夜はもうシャーリーンと顔を合わせる気にはなれない。そう思って、わたしは階段をあがって三階の自室に入った。

部屋の照明を点けると、六畳の見慣れた空間が目の前に現れる。ドアノブについたボタンを押して鍵をかけた。デスクと、椅子と、ベッドと、安物の洋服ダンスと、小さな本棚。白い壁紙に生成りのカーテン。女の子の部屋にしては殺風景だと思う。けれど、このシンプルな部屋は、わたしにとって、この世でいちばんくつろげる空間だった。もちろん、一人暮らしをしている都会の部屋にも愛着はあるけれど、どうしても仮住まいの「アウェイ感」が抜けない。わたしの安息の場所は、やっぱり「ホーム」である実家の自室なのだ。

「さむっ……」

師走の冷気に肩をすくめてエアコンの暖房をつけた。

デスクの抽き出しをそっと開けると、まぶしそうに微笑む母と目が合った。遺影は、以前よりもほんの少し色褪《いろあ》せているような気がした。

「ただいま、お母さん」

ささやくような声で話しかけたわたしは、両手で額縁を持ち、デスクの上に立てた。

抽き出しを閉めようとしたとき、ふと、あるものに目がとまった。いつも遺影の横にしまってある、小さな手縫いの巾着袋だった。それは、小学二年生の頃、わたしの母の母、つまり、静子ばあちゃんが作ってくれた小物袋で、可愛《かわい》らしい四ツ葉のクローバーのイラストがたくさん描かれているものだ。素材は綿のキルティングで、ふんわりとした手触りも気に入っていた。

子どもの頃のわたしは、けっこうおてんばで、この巾着袋に宝物やらお小遣いやら、とにかく小さなモノなら何でも詰め込んでは、紐《ひも》を持ってくるくる回しながら外を飛び回っていたものだ。

あの頃、無邪気なわたしを取り巻く世界に吹いていた風は、いまよりもずっとやさしい肌触りで、きらきら光っていたように思う。しかも、四ツ葉のクローバーの巾着袋を手にしていたせいか、ふしぎと身の回りに、いいこと、楽しいことがたくさん転がっていた気さえする。ようするに、あの頃のわたしは、とても幸せだったのだ。きっと、母が他界するまでは、幸せでいるための条件が過不足なく揃《そろ》っていたのだろう。

なつかしいな……。

十年以上前に作られた巾着袋を手にしてみた。

生地はさすがにくたくたしているけれど、そのやわらかさがむしろ、あの頃の満ち足りた心の感覚を思い出させてくれる。

わたしは少し切ないような気分になって、巾着袋を鼻に押し当てて匂いをかいだ。ちょっと埃《ほこり》っぽいようなその匂いは、なぜか雨上がりの通学路を思い起こさせた。

やっぱり好きだな、この袋――。

そう思った刹那、わたしの頭のなかにキラリとひらめきが降ってきた。

そうだ。おつかい便の仕事をはじめたら、この巾着袋をお財布代わりに使おう。四ツ葉のクローバーのイラストがたくさんプリントされているし、大好きな静子ばあちゃんの手作りだから、きっとツキを呼び込んでくれるに違いない。

しかも――。

わたしは、鼻から巾着袋を離して、生地の左下あたりに油性マジックで書かれた六つの文字を見詰めた。

はやま　たまみ
母が書いてくれた、わたしの名前。

ねえねえ、かわいい、まるっこい字で書いてね――。

学習道具などに名前を書いてもらうとき、幼いわたしはいつも母にそうせがんでいた。そして母は、やさしげに目を細めて、達筆を少し崩したまるっこい文字で、わたしの名前を書いてくれたのだった。ひと文字ずつ慈しむように文字を綴《つづ》っていく母の右手の指と、少しうつむいた穏やかな横顔は、いまでも鮮明に思い出すことができる。

わたしは、あらためて巾着袋に書かれた六文字を見詰めた。それは、ため息が出るほど、いまのわたしが書く文字とよく似ていた。

血のつながりって、こんなところにも出るんだね――。

遺影に振り向いて、胸裏でつぶやいた。

母は、さっきと同じ顔で、わたしを見ている。

ふいに、部屋のドアがノックされた。

「たまちゃん、お風呂空いたよ。わたし、もう寝るね」

シャーリーンの声。ドアを開けるかどうか一瞬だけ迷ったけれど、結局、ドア越しに返事をする方を選んだ。

「あ……、うん。ありがと」

それから、一秒、二秒、三秒……。

ドアを隔てた空間に、嫌な沈黙が積み重なって、わたしが思わず口を開きかけたとき――。

「おやすみ、たまちゃん」

先にシャーリーンが言った。

おやすみ、だけではなくて、わたしの名前をちゃんと言ってくれたことに、少しホッとした。だからわたしも、「おやすみ」のあとに「また明日ね」と付け足すことができた。

ドアの向こうで、踵を返すシャーリーンのかすかな足音がした。すぐに、パタン、と隣室のドアが閉まる音が聞こえる。

家族がピンチのときは、家族を助けるのがあたりまえ――。

シャーリーンの方が正論を言ってるんだよね。

わたしはちょっと情け無いような気持ちで嘆息した。そのままなんとなく窓の方を見たら、カーテンの隙間の闇のなかに小さな光が見えた。目を凝らすと、それは雨降りの夜空と、水平線に一列に並ぶ漁り火だった。今夜はかなり冷たい小雨が降っているけれど、風はほとんどないから海は凪《な》いでいるのだろう。

デスクの上の遺影を抱きかかえて、窓辺に歩み寄った。カーテンをさっと引き開ける。

氷みたいに冷たいガラスの向こうには、とろりとコールタールのような海原《うなばら》が広がっていた。その果てに、クリーム色の光が横一列に並んでいる。ひとつひとつの漁り火は、小雨にぼんやりと滲《にじ》んでいて、どこかたんぽぽの綿毛のようにも見えた。

遠い昔、夢のなかでこんな風景を見た気がする。

「雨の夜の漁り火ってさ、光がやさしいけど、ちょっと淋しいよね」

わたしは胸に抱いた母に向かってつぶやいた。

◇　◇　◇

翌朝、目覚めて階下へ降りていくと、焼き魚の香ばしい匂いがした。シャーリーンはすでに台所に立っていて、わたしを見るなり南国の太陽みたいな、いつものカラッと明るい笑顔を浮かべた。

「おはよう、たまちゃん」

昨夜のことなどすっかり忘れた顔で挨拶をされたわたしは、いったいどんな態度で受け答えをすべきか戸惑ってしまう。

「あ、お、おはよう」

「エボダイ、もうすぐ焼けるよ。美味しいお魚ね」

「うん……」

料理をするときの音。美味しそうな匂い——。デニムのエプロンを着けて味噌汁《みそしる》の鍋をかきまわしているシャーリーンを見て、あらためて「お父さんの妻」なんだなぁ、と感じ入ってしまった。いま、わたしが目を閉じれば、シャーリーンの代わりに台所に立つ母の姿を思い浮かべることができる。髪形も、服も、表情も、結婚指輪をはめたやわらかい手までも、とてもリアルに再現できると思う。

ご機嫌そうな顔でわたしの朝食を作ってくれているシャーリーンのことを、なんとなくまっすぐ見られなくなって、わたしは台所と続いている居間へ向かった。昨夜、シャーリーンと乾杯をした居間は、目を細めたくなるような光で満ちていた。東側の大きな掃き出し窓から、レモン色をした朝日がたっぷり注がれているのだ。

窓際に立ち、きらきら光る海原を見渡した。

昨夜、漁り火を灯していた漁船たちは、もうそれぞれの母港に帰って、水揚げを終えた頃だろう。

「たまちゃん、新聞とってあるよ。こたつの上ね。わたしはぜんぜん読めないけどね」

シャーリーンがおどけたように言う。きっと毎朝、父のために一階の新聞受けからとってくるのが習慣になっているのだろう。

「ありがとう。わたし、その前にちょっと顔を洗ってくるね」

台所のシャーリーンは、指でOKサインをつくってみせた。

昨夜、お風呂にも入らず寝てしまったわたしは、洗面台で朝シャンをして、顔を洗い、歯を磨いた。洗面所には赤と青のお揃いのコップが仲良さげに並べられていた。そして、それぞれのコップに、赤と青の歯ブラシが一本ずつ立てかけられている。わたしの歯ブラシは水色で、その一本だけは、コップのなかではなく、洗面台の鏡の扉の裏の物入れに収納されていた。

わたしのが紫色の歯ブラシでないだけマシだよね、と、ついひねくれたことを考えてしまう。赤と青を足したら紫だから。もしも、わたしの母が生きていたら、きっと白い歯ブラシを使っていたのではないか。父が青、母は白、で、わたしの歯ブラシは水色なら、ちょっといい気分かも。

そんな意地悪なことをぼんやり考えながら歯を磨き終え、髪をドライヤーで乾かしていると、居間から悪意のかけらもない声が聞こえてきた。

「たまちゃーん、朝ご飯できたよ」

「はーい……」

小さな罪悪感と一緒に返事を吐き出したけれど、しばらくは、ひとりで髪を乾かし続けていたかった。

わたしたちは、それぞれ昨夜と同じふたつの席について「いただきます」と声をそろえた。

正直いうと、シャーリーンの作ってくれた朝ご飯は、思わず唸《うな》りそうなくらいによくできていた。ふっくら炊きあがった白いご飯に、大根とワカメの味噌汁、エボダイの塩焼き、昨夜の酒宴で残ったアオリイカの刺身は、塩麹《しおこうじ》に漬けたさっぱり味の炒《いた》め物に変身していた。エボダイの塩焼きをよく見ると、ヒレを焦がさないよう丁寧に化粧塩までしてある。

「シャーリーン」

「なに？」

「美味しいよ。ぜんぶ」

ちょっと面映《おもはゆ》かったけれど、伝えたいことは伝えておこうと思った。

「ワーオ、嬉しい。ありがとね、たまちゃん」

父と結婚して三年。この華奢で童顔なフィリピン人の努力と進歩には、素直に頭が下がる。日本に生まれ育って二〇年のわたしでも、もはや敵《かな》わない「ニッポンの妻」なのかも知れない。

「わたしの好きな焼き魚は、エボダイと、アジと、カマスね。たまちゃんが好きな焼き魚は……、ええと、何だっけ、目が大きくて、これくらいの」

「メヒカリ？」

「オー、そう。メヒカリ。あれは、お店に売ってないね」

しゃべりながらシャーリーンは急須で緑茶まで淹《い》れてくれた。

「あ、なんか、ごめん。ぜんぶやらせちゃって」

さすがに、わたしも心苦しくなってくる。

「ＯＫよ。問題ないよ」

「じゃあ、片付けは、わたしがやるから」

「ノーノー、たまちゃん、昨日の夜、お皿洗ってくれてたね。だから、朝はわたしがやる。ぜんぜん問題ないね」

会話に「昨日の夜」というキーワードが出ても、シャーリーンの表情は相変わらずご機嫌なままだった。フィリピン人には、過ぎたことをまったく根に持たないという気質があるのだろうか。そうでないなら、この人、本当に昨夜のわたしとのやりとりを忘れてしまったのではないか……と、逆に不安になってくる。でも、だからといって、あえて朝っぱらから昨夜の話を蒸し返すのは嫌だけど。

なんとなく会話がぎこちなくなってしまうので、わたしは、壮介に車の修理を依頼したことや、メヒカリは漁獲量が少ないけれどネット通販でなら買えることや、昨夜の漁り火がきれいだったことなど、なるべく当たり障りのない話をして、尻の座りの悪い朝食を終えたのだった。そして結局、後片付けもシャーリーンが快くやってくれた。

本当は、どちらかがやるのではなくて、わたしから「お手伝い」を申し出て、シャーリーンと一緒に台所に並べばいいのだ。それは、わかっている。でも、わたしは「ごちそうさま」とだけ言って、三階の自室に戻ってしまった。

「あーあ」

小声でそう言いながら、ベッドの上に倒れ込んだ。

そのまま仰向《あおむ》けになったら、わたしの胸の浅いところで、ころん、と何かが転がった気がした。

違和感——という名の、あの石ころだ。

◇　◇　◇

午前十時少し前。

自室の窓越しにぼんやりと藍色の海を眺めつつストレッチをしていたら、パパッと窓の外からクラクションが聞こえてきた。壮介だ。

わたしは立ち上がり、海とは反対側の小窓から顔を出して、未舗装のお店の駐車場を見下ろした。窓のすぐ真下に、白い軽自動車のバンが停まっている。そのバンの運転席のドアに寄りかかった幼なじみが、こちらをまぶしそうに見上げて右手を上げた。

「おっす」

わたしも小さく手を振り返して「いま行く」と言った。

師走の朝の凜《りん》と張りつめた空気に、わたしの口から出た白い息がほわっと丸く浮かんだ。

「なんか、たまちゃんの顔を見るの、久しぶりだな」

わたしがお店の玄関から出て行くなり、壮介は従順な柴犬《しばいぬ》みたいな顔をほころばせた――と思ったら、その視線が、こちらのつま先から頭のてっぺんまでをチェックした気がした。すっぴんなうえにラフな格好をしていたわたしは、なんだかちょっと気恥ずかしくなったので、軍隊の敬礼の真似をしてみせた。

「今日は、よろしくっす」

「あはは。なんだよ、それ。ほれ、車のキー貸せよ」

「はい。これ」

壮介の手のひらに、父の車のキーをのせた。十年落ちの白いトヨタ・マークⅡだ。適当な性格の父が、壮介の父の壮一郎さんに「一〇〇万円以内で、適当な中古車をオークションで落としといてくれよ」と、適当な注文をして、そのまま適当な気分で買った車らしい。オークションというのは、自動車業界の人たちが中古車を仕入れるための専用市場のことだ（と、以前、父から聞いている）。

壮介はマークⅡのエンジンがかからないことを確認すると、慣れた所作でボンネットを開けて、色々と点検をはじめた。わたしはその様子を横から覗《のぞ》き込むようにして見学する。

いったい何が何なのか、さっぱりわからないエンジンルームの機械に、壮介のごつごつと節くれ立った指が触れていく。オイルで縁が黒くなった爪は分厚くて頑丈そうだ。

小学一年生の頃、わたしと手をつないで登校していたあの小さな手が、いつの間にか

「働き者の手」になっていたんだなぁ——と、少し感慨深く思いながら幼なじみの横顔を見ると、しかし、そこには相変わらずひなたぼっこをする柴犬みたいな、一ミリの悪意すら感じさせないのんきな童顔があった。いわゆる「男の色気」みたいなものをちっとも感じさせない、和む顔なのだ。

「ねえ、壮介」

「ん？」

「あのさ」

「バッテリー、もう完全に死んでるぞ。こりゃ交換だな。一応、マークⅡに合う中古のバッテリーを充電して持ってきたから、とっかえちまうぞ」

「うん、お願い」

「あいよ。ってか、なに？」

「え？」

「いま、俺のこと呼んだべ？」

「あ、そうだ。たいしたことじゃないんだけど」

「…………」

「壮介って、将来的に、常田モータースを継ぐの？」

「まあ、そうなると思うけど。なんで？」

壮介は、ふしぎそうな顔をして小首を傾げた。

「いや、そのジャンパー、胸に常田モータースって刺繡《ししゅう》してあるでしょ」

「うん……」

「なんか、それを見てたらさ、ああ、壮介は家業を継ぐんだろうなぁって思って」

「あは。なんだよそれ。つーか、このジャンパーのデザイン、ダサくねえか？　ずいぶん前に親父が発注した奴《やつ》でさ。俺だったら、もうちょっとマシなデザインにするんだけどなぁ」

　作業着屋さんに行けばふつうに売られていそうな、襟にボアのついた紺色のジャンパーだった。それがお洒落《しゃれ》かダサいかはどうでもよくて、とにかく、わたしから見ると、壮介にはよく馴染《なじ》んでいる気がした。働き者の手には、なおさらよく似合う。

「そんなに悪くないよ。ふつう。っていうか壮介、むしろ寝癖の方がダサいけど」

「え、まじで？　どのへん？」

　壮介はさらさらした後頭部の髪をごつい手で撫《な》でながら、困った柴犬みたいな顔をした。

「むふふ。嘘だよん」

「は？　マジか。つーか、俺、今朝はちゃんとセットしたから、寝癖があるなんて、おかしいと思ったんだよな」

「へえ、わたしと久しぶりに会うからって、わざわざ髪形まで整えてくれたんだ」

　いたずらっぽく言ったら、鼻で笑われた。

「阿呆か」

「あー、壮介、照れてるぅ」

「バーカ。照れてほしけりゃ、化粧くらいしてこいっつーの」

「うわっ、うら若き乙女《おとめ》に向かってセクハラ発言、出たね」

わたしたちは、いつの間にか、昔と同じようなどうでもいい会話を楽しみはじめた。そして、そんな会話をしているあいだも壮介の手は無駄のない動きでみるみる仕事をこなしていき、わたしはそのプロの手さばきを眺めながら、遠い過去を追懐していた。

常田壮介の家は、うちと静子ばあちゃんの家のあいだの川沿いにある。

幼少期からずっと柴犬みたいな顔をしているこの幼なじみは、いつの時代でも「偏差値五〇の人」だった。勉強もふつう。運動もふつう。音楽もふつう。性格もふつう、ルックスもふつう。しかし、中学生のときに所属していた野球部では、むしろふつう以下だったようで、いつも補欠だったらしい。わたしの記憶のなかにいるユニフォーム姿の壮介といえば、いつもベンチから大きな声を出している応援組だった。

ところが、そんな「ミスター偏差値五〇」にも、たったひとつだけ、ずば抜けて得意なものがあった。手先が、とんでもなく器用だったのだ。

小学校の図画工作の授業では、先生も目を見張るほどの優れた作品を生み出しては、県のコンクールで毎年のように金賞を受賞していたし、中学二年生の国語の授業中に、壮介が机の下でこっそりナイフで鉛筆を削っているのを先生に見られたときには、ある

「伝説」が生まれたほどだ。なんと、その鉛筆とナイフを没収した先生が、思わず「うわ、お前、これ、すごいなぁ……」と唸ったのだ。先生が感嘆するのも当然だ。なにしろ、ごくふつうの鉛筆が、壮介の手によって精緻な龍《りゅう》の彫刻になっていたのである。鱗《うろこ》の一枚一枚まで丁寧に彫り込まれたその鉛筆は職員室の先生たちを驚愕《きょうがく》させ、しまいには校長先生に呼び出されて「褒められる」というオチまでついたのだった。

きっと、あの頃の壮介にとって、この世に存在するカタチあるものは、すべて創作の素材に見えていたに違いない。なにしろ川原《かわら》や海辺に落ちている流木やゴミを嬉しそうに拾っては、色々なオブジェを作って楽しんでいたし、そのゴミのアートが地方新聞に掲載されたことすらあるのだ。しかも、その新聞記事を目にした都会のお金持ちが、わざわざ壮介の家までやってきて、作品をすべて買い取ったという噂まで流れた。後に、そのことを壮介に確認してみたら、「全部じゃねえよ。買っていったのは三つだけだぁ」と苦笑していたけれど、中学生のわたしたちにとっては、それでも充分すぎるほど衝撃的なニュースだった。

高校一年生の頃、壮介は、うちの裏手の海岸で流木とシーグラス（波に洗われて角の取れたガラス片）を拾い集めて「シーグラス・ランプ」を作った。そして、夏のある夜、わたしは常田モータースのガレージで、そのランプの明かりを見せてもらったのだった。すべてカタチの違うシーグラスを、ひとつひとつ丁寧に隙間なく積み上げて作られたランプシェードは、点灯とともに幻想的な青い光を放ち、埃っぽいガレージを初夏の浅海《あさうみ》に変えてしまいそうだった。わたしは思わず「うわぁ、きれい……」とため息みたいな声を漏らしていた。耳を澄ませば、穏やかな潮騒《しおさい》が聞こえてきそうな美しさだったのだ。

「すごい。綺麗《きれい》すぎる。ねえ、このランプ、わたしにも作ってよ」

と、真剣にお願いしてみたら、壮介は「またこれと同じの作んのはたいへんだからよ、これを何かと交換してやるよ」と笑った。壮介いわく、創作はあくまで作る過程が楽しいのであって、完成してしまったら、もうその作品にはあまり興味がないとのことだったので、幸運なわたしは、当時、壮介が読みたがっていた漫画本全巻セット（わたしの読み古し）と、そのシーグラス・ランプを交換してもらえたのだった。そして、そのランプはいま、都会のわたしの部屋で、枕元の読書灯として夜な夜な活躍してくれている。

とまあ——、とにかく、わたしはてっきり、壮介はそういう希有《けう》な才能を活《い》かして、美術や芸術の世界で生きていくものだとばかり思っていたのだけれど、でも、壮介が選んだのは、父親が立ち上げた田舎の自動車修理販売という仕事だったのだ。正直、それは幼なじみとしては少し残念というか、もったいないような気もする。でも、いま、わたしの目の前で、てきぱきと仕事をこなす壮介を眺めていると、案外こういう仕事も合っているのかもな……なんて思えてもくるのだった。なぜなら、車をいじっているときの壮介の目は、かつてオブジェを創作していたときとそっくりな、とてもピュアな光をたたえているように見えるから。

「よーし。これでＯＫ。んじゃ、エンジンかけてみっからよ」

バッテリーを積み替えた壮介は、マークⅡのキーを差し込み、それをひねった。それまで、うんともすんとも言わなかったエンジンが、キュルルンと軽快な音を立てた。そのまま壮介がそっとアクセルを踏むと、マークⅡのエンジンが息を吹き返した。

「よっしゃ。とりあえず、このまま、しばらくエンジンかけとくか」

壮介がそう言ったので、わたしは違う提案をしてみた。

「ねえ、どうせエンジンかけておくなら、ドライブしない？」

「これでか？」

と、壮介はマークⅡを指差した。

「うん。時間ある？」

「まあ、少しだったらな」

「じゃあ、ちょこっと行こうよ。久しぶりに地元を流してみたいし」

「いまさら地元を巡ったって、何も変わってねえぞ」

「変わってないのを確認して、ああ、変わってないな～って思いたいんだよ」

壮介は「何だそれ、意味わかんね」と苦笑したあと、ちょっと眉をハの字にして「んじゃ、まぁ、俺が運転すっか？」と言った。

「ううん。わたしがする」

「へーい」

壮介はおどけながら助手席側へと回った。

わたしたちは、生き返ったばかりのマークⅡに乗り込んだ。

五円で買った軽自動車に乗り慣れたわたしには、父の車はずいぶんと車体が大きく感じたけれど、でも、運転にはそこそこ自信がある。免許もマニュアルで取ったのだ。

「行くよ」

「うす」

わたしは、そっとアクセルを踏み込んだ。

白いマークⅡは、師走のきりりとした青空の下をスムーズに滑り出した。

常田壮介

たまちゃんの運転は、予想外なくらいにスムーズだった。

下手《へた》な男の助手席に乗っているよりも、よほどくつろいでいられる。

「運転、なかなかだな」

褒めてやったら、たまちゃんは「だべ?」と地元弁を口にして親指を立てた。

マークⅡは、田舎の町中をすいすい走り、青羽港内を流し、青羽川沿いの細い道を山に向かって遡っていった。ときどき、たまちゃんは速度をぐっと落としては、食い入るような目で、なんてことのない見慣れた地元の風景を見詰めていた。

やがて車は俺たちの母校、青羽小中学校のグラウンドの脇で停まった。

「うわぁ、なつかしい。ねぇ壮介、ちょっと見ていかない？」

言いながら、たまちゃんは運転席のドアを開けて、さっさと車から降りてしまった。俺も、その後に続く。

グラウンドと道路を隔てるフェンス越しに、俺たちは想い出の学《まな》び舎《や》を眺めた。

「ねえねえ、ポートボールだよね、あれ」

たまちゃんがグラウンドを指差した。小学五年生くらいの子どもたちが、体育の授業をやっているらしい。

「んだな。なつかしいなぁ。つーか、グラウンドって、こんなに狭かったっけ？」

「壮介が大きくなったから、狭く感じるだけだよ。都会の学校なんて、この半分くらいしかないよ」

「マジか。半分じゃ、野球もできねえべ？」

「無理だろうね」

「そっか。そういう意味では、恵まれてんだな、田舎のガキは」

「そうかも」

たまちゃんは「そうだね」ではなく、「そうかも」と言った。

田舎もいいけど、都会には都会の良さがあるんだよ、と暗に言われた気がして、なんとなく俺は背中を丸めたくなる。

東の方から、びょうと冷たい風が吹いてきた。

「うわ、さむ……」

たまちゃんは、ファーのついた白いジャンパーの襟のなかに顎をうずめた。

夏だったら、この川沿いを吹き渡る風には、鮎の魚体が放つスイカそっくりな匂いと、海の潮の匂いが混じり合っている。でも、師走のいまは、濃密な落ち葉の匂いが風に溶けていた。その風に、肩まで伸びたたまちゃんの髪が乱れて、それを手櫛《てぐし》でかきあげるようにして整える様子を、俺はなんだか無声映画を観《み》るような感じでぼうっと眺めていた。

俺たちの背後からは、ゆったりとした青羽川のせせらぎが聞こえていた。頭上には、葉を落とした桜の老木の枝が張り出している。川沿いのこの道は桜並木で、春になるとまぶしいくらいに桜が咲き乱れる。そして、満開の土日ともなれば、地元の連中は昼夜なく酒を飲んで花見を楽しむのだ。

わっ、とグラウンドで歓声があがった。

ポートボールの試合で得点が入ったらしい。

潑剌《はつらつ》とした子どもたちを再び眺めながら、たまちゃんと俺は、昔話に花を咲かせはじめた。そして、全部で十三人いた同級生たちの現状を、お互いに知りうる限り報告し合った。

十三人中、十一人は、高校卒業と同時に地元を離れ、どこかしらの街に出ていた。現在は、大学生をやっている奴と、就職して社会人になっている奴の数が、ほぼ半々。かって、この桜並木の下で戯れ合っていた連中も、それぞれの道を自らの手刀で切り開き、そいつなりのオリジナルの人生を歩んでいるのだ。

そんな、みんなの「いま」に憶《おも》いを馳《は》せると、なんだかすごく感慨深くもあり、同時に、どこか遠い存在に感じてしまったりもする。将来をあまり真剣に考えないまま、うっかり地元に残ってしまった俺としては、正直、「置いていかれた感」を感じずにはいられないからだ。仲間たちはきっと、刺激的な外の世界を泳ぎながら、日々、ぐいぐい成長していくだろうから、いつかは、田舎に引きこもったままの俺なんかとは話が合わなくなったりして――。そんな不安とも恐怖ともつかない感情が、ときどき俺の内側を侵食する。

「ほんと……、みんな、がんばってるんだよねぇ」

たまちゃんも、感慨深げだ。

「だよな。っていうか、同級の卒業生全員の現状が、ほぼわかってるなんて、これも田舎ならではだな」

「そうだね」

「いわゆる、プライバシー・ゼロって奴な」

「あはは。それは言えてる」

「あーあ、俺も一回くれぇは、外の空気を吸ってみてぇもんだなぁ」

本音を口にするのは少し照れ臭かったから、俺は冬空に向かってぐっと伸びをしながらそう言った。でも、たまちゃんは、それには何も答えず、ただ俺の方を見て静かに微笑むだけだった。

グラウンドで笛の音と、歓声があがった。

俺たちは、フェンスの向こうに視線をやった。試合が終わり、勝ったチームの子どもたちが両手をあげてはしゃいでいた。負けたチームの子どもたちは、つまらなそうに土を蹴ったり、肩を落として嘆息していたり、わざと興味なさそうなフリをしていたりと、反応も色々だ。

俺は、たまちゃんにわからないくらいの、小さなため息をついた。

人生の勝者と敗者って、何をもって決まるのだろう——。

金か、名誉か、きれいな奥さんか、それとも、やり甲斐《がい》のある仕事に就けたかどうか、なのか。

十人十色の、グラウンドのなかの子どもたち。

俺は、なんとなく、つまらなそうに土を蹴っていた子に親近感を覚えていた。

だけど——。

敗者には、なりたくねえな、と素直に思う。

「ねえ、壮介」

「ん？」

俺は子どもたちから視線をはがして、たまちゃんを見た。

「マッキーは、相変わらず？」

「ああ、相変わらずらしいな」

マッキーというのは、松山真紀《まつやままき》という同級生のあだ名だ。海沿いの国道に面した「ドライブイン海山屋《みやまや》」の次女で、俺を除くと唯一、地元に残っている同級生でもある。高校卒業後、マッキーは都会で働きはじめたのだが、たったのひと月で地元に戻ってきたと思ったら、それ以来、ずっと実家で「引きこもり」を続けているのだ。噂では、家族もずいぶんと困っているらしい。

俺は、続けた。

「せっかく地元にいんのに、ちっとも顔を見ねえけどな」

「そっかぁ……」

たまちゃんは、何か考えごとをするような顔をした。

マッキーは昔からひとりでいることを好む「パソコンおたく系少女」だった。少し病的なくらい色が白くて、華奢で、ひ弱で、運動が苦手で、声もか細い。勉強はなぜか理科だけ得意だった気がする。

「いまから、海山屋さんに行ってみようかな」

いきなり、たまちゃんが言った。

「えっ、なんでだ？」

「せっかくマッキーが地元にいるんだから。会えるなら、会いたいし」

「そりゃ無理だな。いきなり俺らが行っても、どうせ部屋から出てこねえぞ」

「そうかなぁ……」

「当たり前だべ。家族もそれで困ってんだから」

「じゃあ、マッキーの家族にだけ挨拶しよっかな」

「へ？　なんで、たまちゃんがマッキーの家族に？」

あまりに唐突で意味不明な言動に首を傾げたら、たまちゃんは「じつはね」と真剣な顔をして、背中で学校のフェンスに寄りかかった。

「今日、壮介にも、ちょっと相談しようと思ってたことがあるの」

「相談？　って、俺にか？」

「うん。だから、そう言ってんべさ」

たまちゃんが笑いながら地元弁を口にしたとき、また、冷たい風が吹いた。さっきよりは、いくぶん弱い風だった。たまちゃんの髪が揺れて、ほんのりとシャンプーの匂いが漂ってきた。

「あらたまった顔して、何だ？」

「まあ、たいしたことじゃないんだけど」

「ちょっと待て。俺、金はねえぞ」

悪戯っぽく言ってやったら、たまちゃんはプッと吹き出した。そして、その勢いで、思い掛けないことを言い出したのだった。

「わたし、起業しようと思って」

「は？」

キギョー？

「移動販売ってやつなんだけど」

「車で売り歩く、スーパーみたいな？」

「そう、それ。でね、それに使う小さいトラックみたいな保冷車を、壮介になんとかしてもらいたいなと思ってんだけど」

驚いた。つまり、キギョーは、起業のことだ。

「え、つーか、たまちゃん、大学行きながら起業すんのか？」

「大学は、もう中退してきた」

「………………」

おいおい、それって、そんなにあっさりと言うことなのかよ？

俺はポカンと阿呆みたいに口を開いたまま、フェンスに背中をあずけ、冬の風に吹かれている幼なじみを見ていた。

キーンコーンカーンコーン。

ふいに学校のチャイムの音が聞こえてきた。

その音が、一瞬、俺を過去へと引き戻した。

小学一年生の頃、桜並木のこの道を、毎日、毎日、たまちゃんと手をつないで通ってたんだよなぁ。

それが、いつの間にか成人しちゃって、しかも起業かよ――。

「ねえ、何で黙ってんのよ」

たまちゃんが、怪訝《けげん》そうにまゆ毛をハの字にした。

俺はなぜか、くすっと笑っていた。

「とりあえず、話を聞くからよ。海山屋の食堂コーナーで、まずいコーヒーでも飲むか」

そう提案したら、たまちゃんは「うん」と答えて、好きなお菓子を買ってもらった子どもみたいに目を細めた。

◇　　◇　　◇

ドライブイン海山屋までは、ものの五分もかからなかった。

たまちゃんが運転するマークⅡは、店の脇にある駐車場の隅っこにバックでピタリと停車した。車から降りると、俺たちはひんやりとした潮風に包まれた。

「んー、やっぱり冬でも海は好きだなぁ」

明るい日差しを浴びながら、たまちゃんは、つくづく気持ちよさそうに伸びをした。

駐車場から国道をはさんだ向こう側は、黒っぽい岩が連なる磯《いそ》で、岩に打ち寄せる波音が耳に心地よかった。少し遠い海原を眺めると、ひらりひらりと白い陽光を反射している。空気が澄んでいるせいか、空と海の二色のブルーが、水平線でくっきりと上下に分けられていた。

　ドライブイン海山屋の入口の前には、小ぶりのアジとヒイラギの干物が干し網の上にびっしりと並べられていた。乾燥してきゅっとひと回り小さくなった魚たちは、冬の乾いた風に凍えているようにも見える。その干物たちのすぐ脇には、少し色褪せたコカ・コーラのベンチが置いてあり、そこには厚着をした三人のばあさんたちがちょこんと並んで座っていた。

「ねえ、おばあちゃんたち、いつも、ここに来てるの？」

たまちゃんが腰を折るようにして話しかけると、いちばん右のばあさんが「んだよぉ」と頷いた。「年寄りはよぉ、朝メシ喰ったらもうやっことねえべ？　だから井戸端会議してんの」

　すると今度は、左側のばあさんが、それを揶揄《やゆ》するように笑う。上の前歯が一本欠けているから、笑うと妙にコミカルだ。

「オラは畑仕事があんだけども、この二人がどうしても暇だっつーもんだからよぉ、仕方ねえから暇人たちに付き合ってやってんの」

　暇人と称された二人は、ひゃひゃひゃひゃとさも愉快そうに笑った。

「それにしても、あんた、どっかで見た娘っ子だねぇ」

真ん中のばあさんが、人の良さそうな小さい目でたまちゃんを見上げた。

「わたし? 青羽川の河口にある、居酒屋たなぼたの娘なんだけど……」

たまちゃんが自分を指差して言うと、三人は顔を見合わせた。

「あれま、それじゃあ、あんた、正太郎んとこの娘っ子かい?」

「えっ、おばあちゃん、うちの父ちゃんのこと知ってるの?」

「そりゃあもう、オラたちは、よーく知ってるさぁ。なあ」

「んだんだ」

ようするに、かつての正太郎さんは、ここらではあまりにも有名なワルだったので、現在、五〇歳以上の地元民で知らない人はいないらしいのだ。

「あの暴れん坊は、元気なんかい?」

「それがね、いま入院してるの」

「おやおや、何でまた?」

それから、たまちゃんとばあちゃん三人衆の世間話は三分ほど続いた。俺は、たまちゃんの後ろで、ただ、ぼんやりと女たちの話を聴くばかりだった。

ひとしきり会話が終わると、右端のばあちゃんが上着のポケットから何かを取り出した。そして、「ほれ、お姉ちゃん、コレやっから持っていきなよ」と、たまちゃんの方に差し出した。

「え、なに?」

しわしわの手から、たまちゃんの手のひらの上にコロリと転がったのは、二つのイチゴ飴《あめ》だった。

「あは。どうもありがとう」

「そっちの兄ちゃんにもやんなよ」

「うん」

「あ、どうも」

はじめて俺は口を開いた。一応、愛想笑いはする。

「じゃあ、おばあちゃんたち、またね」

「今度はコーヒーの飴やっから、またおいでよぉ」

ベンチの三人は、孫でも見るような目でたまちゃんを見上げて手を振った。たまちゃんも笑顔で応える。俺は、ちょっと照れ臭いから、小さくお辞儀をするだけだ。

「しっかしよぉ、たまちゃん、ババアの扱いがうめえなぁ」

歩き出しながら、俺は小声で言う。

「うふふ。だべ？」

たまちゃんも小声で答えながら、いよいよ海山屋のガラス戸を引いて店内へと入っていった。

ピロリロリン、ピロリロリン、と店の奥の方で電子音が鳴った。お客が入ると音で知らせる仕組みになっているのだ。

「はーい、いらっしゃーい」

奥の方から、少しかったるそうな若い女の声が聞こえた。マッキーの姉の理沙《りさ》さんだ。

俺たちは、海辺の観光地なら全国どこにでも売られていそうな、貝殻で作られた飾りものや、絵はがき、キーホルダーなどが並ぶ棚の脇を通り抜け、生きた伊勢《いせ》エビとアワビとサザエが入っている水槽の脇をさらに抜け、ちょっとみすぼらしい感じの軽食&喫茶スペースへと進んでいく。

「あら、珍しい。壮介にたまちゃんって。いったいどういうコンビさ」

調理場の方から理沙さんが出て来た。長い茶髪に切れ長の目。ほっそりした白い首。そして、胸の谷間までボタンを開けた白いシャツ。シャツの上にはピンクのヒョウ柄というド派手なフリースのパーカーをはおっているけれど――、とにかく、まあ、相変わらず美人で艶《つや》っぽい人だった。青羽町のセックスシンボルとでも言いたくなるこの人は、俺たちの二つ上の学年だから、いま二十二歳なのだが、すでに若くして三歳の娘・美沙《みさ》ちゃんを育てている母親でもある。いわゆるヤンママというやつだ。もちろん、学生時代はなかなかの不良で、学校ではかなり目立っていた。そんな理沙さんの「毒牙にかかった」などと噂されているご主人の貴弘《たかひろ》さんは、理沙さんのさらに二つ上だけれど、この人は頭に「クソ」がつくほど真面目《まじめ》な人で、当然、いまは理沙さんの尻に敷かれて婿さん生活をしているらしい。

「どもっす」

「おはようございます」

理沙さんに軽く挨拶をした俺たちは、四つあるテーブルから、いちばん奥の窓際の席を選んで座った。せっかく海沿いの店なのに、この窓から見えるのは国道で、海はほんの少ししか見えない。

「あんたら、デキてるって感じじゃないよね？」

理沙さんは豊満なバストを押し上げるように腕を組んで、切れ長の目で俺たちを見下ろした。

「あはは。まさか。ないないないないない」

間髪入れず、たまちゃんが否定した。否定するのは当然としても、このあまりの早さには、ちょっと傷つく。しかも、「ない」を四連発。

「そりゃそうだよね」理沙さんは「ふふっ」と鼻で笑ってから続けた。「で、どうしたのさ、ふたりそろって」

「コーヒーを飲みにきました」と、俺。

「わたしもコーヒーをお願いしまぁす。ついでに、マッキーがいたら、久しぶりに会いたいなって思ってるんですけど」

たまちゃんは天井を指差した。マッキーの部屋が店の二階部分にあることを知っているのだ。

「あんたたちも知ってると思うけどさ、あの娘《こ》、あだ名はマッキーのくせに、いまはヒッキーだから。呼んでも出てこないよ」

　苦笑しながら理沙さんも天井を見上げた。

　と、そのとき、まさに天井から「きゃー、あはははっ」と幼児のはしゃぎ声が降ってきた――と思ったら、ダダダダと元気よく駆け回っているような足音も続く。

　俺とたまちゃんは、思わず理沙さんを見た。

「うふふ。真紀がね、娘の美沙と遊んでくれてんの。ま、わが家の保育園がわりだね」

「そっかぁ。マッキー、昔から面倒見のいい子だったもんね」

　たまちゃんが再び天井を見上げながら、懐かしそうな顔をした。

　そういえば、マッキーは保母さんみたいな女子だった気がする。クラスではいちばん地味な子だったけれど、歳《とし》の離れた下級生たちからはずいぶんと慕われていたのだった。六年生のときなど、昼休みになるといつも一～二年生くらいの女の子たちが教室に遊びにきては、窓辺でマッキーを取り囲んで、あやとりやらリリアンやらを教えてもらっていたものだ。そのときマッキーがどんな顔をして、どんな会話をしていたのかまでは思い出せない。けれど、窓辺の白っぽくてやさしい逆光のなか、下級生たちとつくり出していたほんわかした空気感だけはよく覚えている。卒業式の日、下級生の女子たちが何人も啜り泣いていたけれど、あれはきっとマッキーと遊べなくなるのが淋しかったからだと思う。

「そういえば、今日は、貴弘さんはいないんですか？」

たまちゃんが訊いた。

「うちの旦那は朝から釣り」理沙さんは、店の前の磯を指差した。「冬は観光客もいないし、土産物屋《みやげもの》なんてちっとも儲《もう》かんねえべ？　だから、せめてあたしら家族が食べる分のエサ（食料）くらいは釣ってこいって、毎朝、叩き出してんの。まあ、本人も釣りは嫌いじゃないみたいで、満更でもないって顔で出かけていくけどね」

冗談めかして小さく笑うと、理沙さんは「えっと、コーヒーふたつだよね」とつぶやきながら厨房《ちゅうぼう》へと消えた。

ほどなくして、パイプ椅子の客席には似つかわしくないほど、芳醇《ほうじゅん》で香ばしいコーヒーの匂いが漂ってきた。コーヒーを待つあいだ、俺とたまちゃんは、マッキーの思い出話をしていたのだけれど、二階に本人がいるせいか、その姉がすぐそこでコーヒーを淹れてくれているせいか、何となく小声になっているのがおかしかった。

「はい、おまたせ。どうせお客もこないし、ゆっくりしていきなよ」

いい香りのするコーヒーを運んできた理沙さんは、「これは、おまけ」と言って、俺たちの前に茶色い小魚を置いた。

「え、これ……」

たまちゃんが理沙さんを見上げた。

「みりん干し。炙ったの。うちの旦那が釣ってきたちっこいアジだけど、けっこう美味《うま》いよ」

理沙さんは「じゃね」と言って踵を返すと、モンローウォークで土産物売り場の方へと消えた。

「コーヒーに、みりん干しって」と、俺。

「案外、相性が良かったりして」と、たまちゃん。

とにかく俺たちはブラックのままコーヒーを啜った。

すると、たまちゃんが不思議そうな顔をした。

「あれ、ここのコーヒーって、こんなに美味しかったっけ？」

「だよな。俺もびっくりした」と言いつつ、ふと思い出したことがあった。「あ、そうだ。そういや貴弘さんがここの婿さんになってから、急にコーヒーが美味くなったって話を聞いた気がすんな。貴弘さん、かなりのコーヒー好きなんだってよ」

「へえ、そうなんだ。豆とか、淹れ方とか、変えたんだろうね」

「多分な。観光客の来ない寂れた町のドライブインより、いっそのこと眺めのいい海辺の喫茶店にした方が儲かったりして」

「こらこら、それを言っちゃ駄目でしょ。わが町では最後の貴重な土産物屋さんでもあるんだから」

百円ショップで売られていそうな白いカップを手に、俺たちはくすっと笑った。

みりん干しは白ごまの風味がきいていて、甘さも辛さもちょうどよく、小アジのうま味が引き出されていた。理沙さんが言うだけあって、たしかに美味しいのだけれど、コーヒーよりは日本茶が合うよね、ということで、俺とたまちゃんの意見は一致した。

ときどき二階から美沙ちゃんの弾《はじ》けるような笑い声が降ってくる。その声につられて、俺たちもなんだかにっこりとしてしまう。美沙ちゃんの相手をしているマッキーの声は聞こえてこないけれど、彼女はそもそも大声を出すタイプではないから、まあ、そんなものだろう。

「なんかよ、引きこもりでも、そこそこ楽しそうだな」

俺は天井を指差して言った。

「うん」と頷いて、たまちゃんも天井を見上げる。「マッキー、携帯に電話しても、降りてきてくれないかな？」

「まあ、無理だべな。理沙さんもそう言ってるし」

「そうかなぁ……。小学生の低学年の頃は、けっこう一緒に遊んだんだけどな」

たまちゃんは天井を見たまま、人さし指を自分の頰に当てて小首を傾げた。これはたまちゃんが何か真剣に考え事をするときにする仕草だ。幼い頃から、ちっとも変わっていない。

「マッキーはともかく、そろそろ本題に入れよ」

「え？」

「ほら、起業がどうのって話をすんだべ？」

「ああ、うん、そうだった」

気を取り直したようにこちらを向くと、たまちゃんはコーヒーをもうひと口啜って「ふう」とひと呼吸ついた。そして、姿勢を正し、普段はあまり見せないような熱っぽいまなざしを俺に向けて「そもそもの動機から話すとね――」と、しゃべりはじめたのだった。

葉山珠美

そもそも、わたしがおつかい便をはじめようと思った動機は、静子ばあちゃんがぽろりとこぼしたひと言にあったのだ。

今年の八月――。

大学の夏休み前の授業を終え、実家に帰省していたわたしは、お盆の数日間を川沿いの静子ばあちゃんの家で過ごしていた。これは、祖母と孫が水入らずで過ごす、毎年恒例のわたしたちの小さな行事だった。

静子ばあちゃんは性格が母とよく似ていて、いつも朗らかでおっとりとした空気をまとっている。だから一緒にいるだけで、わたしはすごく癒されるし、静子ばあちゃんも、わたしがいると一人暮らしの淋しさを忘れられるようで、「たまちゃんのおかげで、ご飯が美味しいねえ」なんて言ってくれるのだ。

もっと言えば、静子ばあちゃんの田んぼで穫《と》れたお米と糠床《ぬかどこ》の漬け物はしみじみ美味しいし、目の前を流れている青羽川のせせらぎは癒しの音楽そのものだし、簾《すだれ》の隙間からすうっと忍び込んでくる川風もまた凛と澄んで、とても気持ちがいい。おじいちゃんの仏壇がある畳の部屋で、い草の匂いをかぎながら寝転がっているのは、なんともいえない極楽で、わたしがそのままますやすや昼寝をしてしまったなら、決まって静子ばあちゃんが薄手のタオルケットをそっとかけてくれる。そしてわたしは、ああ、幸せに包まれるって、こういうことだなぁ……、なんて夢うつつで思うのだ。

それと、もうひとつ大切なこと――。

毎晩、布団に入って部屋の電気を消してから、生前の母の話を聞かせてもらうのだ。これが静子ばあちゃんの家に泊まる醍醐味《だいごみ》のひとつだった。

たとえば、幼少期の母は意外とおてんばだったけれど、本が好きなのは、わたしの小さい頃と似ていたとか、母も青羽川で遊ぶのが好きで、よくミミズをエサにテナガエビを獲《と》ってきたとか、勉強はわりと頑張っていたけれど、体育はちょっと苦手で、でも、歌はとても上手だったとか、そういう静子ばあちゃんしか知らない生前の母の様子を寝物語として聞かせてもらうのだ。

暗い部屋のなかで、語り部となった静子ばあちゃんの穏やかな声に耳を傾けていると、凛――と、軒先から風鈴の音が聞こえてくる。夏の夜風のそよぎも、鈴虫の恋歌も、川のせせらぎも、わたしの知らない母の物語を彩る美しいＢＧＭだった。ときどき網戸の向こうの暗闇に、ふわふわと緑がかった光が明滅することがある。ゲンジボタルだ。

そういえば、こんな話もあった。母が父と結婚をして、わたしを産んだ直後のこと。産婦人科のベッドの上で、疲れ果てた母がわたしにおっぱいを飲ませながら、静子ばあちゃんにこう言ったという。

「子どもを産むって、すごいことだったんだね……。お母さん、わたしを産んでくれて、ありがとね」

ありがとね、のところは涙でかすれていたらしい。

他にも母にまつわるいい話、楽しい話、笑える話はたくさんある。そのひとつひとつの話を、わたしは布団のなかで胸をときめかせたり、切なくなったり、ひっそり涙したりしながら聴いていた。ときには、穏やかな口調で語ってくれている静子ばあちゃんまで、声を詰まらせてしまうこともある。そんなときわたしは布団のなかでそっと手を伸ばして、静子ばあちゃんの手を握る。しわしわの手は、いつだってわたしの手よりも温かい。

正直いえば、生前の母について語ること、聴くことは、母がもうこの世にはいないという事実を、あらためて思い知らされることでもある。自分の心の傷口に塩を塗り込むのと似た作業だ。でも、わたしはあえてそういう話をたくさん聞いておきたかったのだ。机の抽き出しのなかの遺影が少しずつ色褪せていくように、わたしのなかにある母の記憶も、目には見えない速度で風化している気がしていたから。だから、せめて風化したその分だけでも、静子ばあちゃんから母にまつわる新しい情報を教えてもらって、いま残されている記憶やイメージをふくらませ、色をつけ、しっかりと定着させていきたかったのだ。きっと、静子ばあちゃんだって、わたしに語って聞かせることで、忘れていた大切な記憶を呼び戻しているのだと思う。

お盆の夜に、亡き母のことを祖母と孫で話す——。

そんな、せつなくて穏やかな夏の夜を過ごすことは、わたしにとっても静子ばあちゃんにとっても、とても大切な弔いの儀式なのかも知れない。

静子ばあちゃんがわたしを見るときのまなざしには、生前の母が向けてくれたまなざしに通じる恵み深さがある。そして、その温度は何の疑いもなく、わたしに「肉親に愛されている」ということを実感させてくれるのだ。だから、というわけではないけれど、わたしにとっての静子ばあちゃんは特別な存在だし、いまこの瞬間、何よりも大切にしたい人のひとりであることに違いなかった。

そんな静子ばあちゃんと一緒に、昼食のそうめんを食べているとき、たまたま観ていたテレビの情報番組で「過疎地の未来を検証する」という特集が放送されていた。そのなかで、もっとも尺を費やしていたのが「買い物弱者」をどう救うか、というテーマについてだった。

買い物弱者——。はじめて耳にする単語だった。けれど、テレビを観ているうちに、それがわたしとそう遠くない場所にある言葉だということに気づかされたのだ。

買い物弱者とは、読んで字のごとく、自分で買い物ができない人のことを言うらしい。

たとえば一人暮らしの老人が、山奥など交通の便の悪い地域に暮らしていると、歩いていける場所に店がないうえに、高齢のため車の運転もできず、常に買い物に困ってしまう――、そういう人を指す言葉なのだそうだ。

テレビの画面に、とても人の良さそうなおばあさんが映し出された。中山間地域《ちゅうさんかんちいき》の農家に嫁いだのだが、子どもたちはみな都会に出てしまい、しかも数年前には夫を亡くし、以来、独居老人となったという人だ。

「週に一度くれえは親戚の誰かが車で来てくれんの。んで、買い物さ連れてってもらうんだぁ。それ以外は、ひとりぼっちだし、足腰が弱《よえ》えもんだから、なーんも買えねえの」

そのおばあさんが、なんとも哀愁たっぷりの口調でしゃべり終えたとき、わたしの目の前で静子ばあちゃんがそうめんの箸をそっと置いた。そして、珍しくため息をついたのだ。

「よそ様のところも同じなんだねぇ……。ご馳走《ちそう》さまでした」

そしてゆっくり立ち上がった静子ばあちゃんは、すでに食べ終えていたわたしの食器も一緒に重ねて台所に持っていくと、食器洗いをはじめた。わたしは年々小さくなっていく頼りない背中を見詰めながら、ふと思ったのだ。

車に乗れない静子ばあちゃんは、これまでどうやって買い物をしていたのだろう？

正直、いままで、そんなことを考えたことすらなかった不束《ふつつか》な自分に、少し驚いたりもした。

「ねえ、おばあちゃん？」

「ん？」

わたしは、話しかけながら台所に並んで立った。静子ばあちゃんが洗った食器を、布巾で拭いていくのだ。

「おばあちゃんは、いままでどうやって買い物をしてたの？」

「そりゃ、色々だよ」

「色々って？」

「ほら、うちには千代子《ちよこ》さんがちょくちょく車で遊びに来てくれっから、一緒に買い物に連れてってもらってんの。あとは、近所の人たちに頼むこともあるし……、正太郎さんやシャーリーンもときどき気にかけてくれてるしね」

「そうだったんだ……」

まったく知らなかった。

知らないって、罪だ。

そう思ったら、布巾を動かしている手が止まってしまった。

「あらら、たまちゃんが気にすることないよ」

「あ、うん」

「大丈夫。ばあちゃん、何とかなってっから。それに、たまちゃんにお願いしようにも、都会さ行ってんだもの。無理だっぺ？」

「……………」

「ほれ。さっさと食器を拭く」

うながされて、わたしは食器を拭きはじめた。

本当は、ときどき、静子ばあちゃんもうちで一緒に暮らせばいいのにと思ったりもする。でも、静子ばあちゃんは、父ともシャーリーンとも血のつながりがないし、唯一、血縁のあるわたしは都会に出てしまっている。その状況下で、もしも同居となったら、みんなそれぞれが気疲れしてしまうのではなかろうか。というか、静子ばあちゃんひとりが、ものすごく気疲れしそうな気がする。

そういえば、何年も前に、それとなく父が「うちは、同居はいつでもOKですよ」と言ったことがあるらしいのだけれど、そのとき静子ばあちゃんは「正太郎さん、本当にありがとさんねぇ。でも、じいさんと暮らしたこの川辺の家は、ボロいけど気に入ってるし。まあ、自分でやれっとこまで、やってみっからねぇ」とだけ言ったのだそうだ。

「千代子バアは、しょっちゅう来るの？」

わたしは訊いた。

「あの人は、二日に一度は来てくれるよ」

静子ばあちゃんは、にっこりと笑った。千代子バアの顔を思い浮かべたのだ。

この千代子バアという人は、川向こうに住んでいる静子ばあちゃんの友だちで、やはり独居老人だった。年齢はたしか、静子ばあちゃんの五つ下の七五歳。身体は子どもみたいに小さいけれど、背筋はピンと伸び、矍鑠《かくしゃく》として気も強く、早口でまくしたてる言葉はいつもピリリと辛口だ。それでも、静子ばあちゃんとは不思議とウマが合うようなのだ。「千代子バアって、よく三輪自転車に乗ってない？」

「乗ってっけど、車も運転すんの。白くて小さい車で、カタツムリみたいに、ゆーっくり、走るんだけどね」

言いながら、静子ばあちゃんはくすっと笑った。

「そんなに、ゆっくり？」

「子どもの自転車に軽々抜かれてくんだから、ゆっくりだべさ」

それは、なかなかの遅さだ。静子ばあちゃんにつられて、わたしも笑ってしまった。

でも、笑いながら思ったのだ。

千代子バアだって、そう遠くない将来、車の運転ができなくなる。そうなったら、静子ばあちゃんと千代子バアは、買い物弱者になってしまうではないか。

それは、まずい。

どうしたらいいんだろう？

常田壮介

「で、たまちゃんは、どうしたらいいのかって、考えたわけだな？」

俺は、もうすっかり冷めてしまったコーヒーの残りを飲み干して、たまちゃんに訊いた。

「うん。そんときね、ふと思い浮かんだ顔があったの」

「顔って、誰のだ？」

そうか、そこで俺が登場するわけか……と、少し気分が盛り上がってきたのだけれど、たまちゃんがそのとき思い浮かべたのは、残念ながら、まさかのこわもてなおっさんの顔だったのだ。

「正三《しょうぞう》さんの顔」

「へっ？」

「古館《ふるたち》正三さんだよ。壮介、知らない？」

「そりゃ、知ってってけども……」

古館正三さんは、背中にびっしりと入れ墨を背負った、おっかねえおっさんなのだ。十五年ほど前にどこかの町から（噂では刑務所から）ふらりと流れてきて、この青羽町の駅の裏手に住み着いている。年齢は、たぶん六五歳くらいだろう。いつも無口で、眉間に縦じわをつくっているけれど、よく「居酒屋たなぼた」に顔を出しているのを見かける。きっと、昔ワルかった者同士、正太郎さんと気が合うのだろう。というか、正太郎さんはどんなこわもてな人にも分け隔てなく「おう、そこに座ってるおっさんよぉ」なんて言ってしまう陽気な人なので、むしろリアル極道からも好かれてしまうのだけれど。

「正三さんの仕事、壮介も知ってんでしょ？」

「ああ、そっか。なるほどな」俺は合点した。あのおっさんは、うちのガレージで改造してやったスズキの軽トラック「キャリイ」の保冷車に乗って、街場をあちこち巡りながら移動販売をしているのだ。つまり、たまちゃんの想い描く「おつかい便」とやらの先輩にあたるというわけだ。「そっかぁ。そういう流れで、おつかい便をやろうって思いついたわけか」

「うん。そういうわけ」

たまちゃんも、冷めたコーヒーの残りを飲み干した。

「つーか、たまちゃんよぉ」

「え？」

「前置き、長過ぎだべ」

「前置き？」

「静子ばあちゃんとのくだり、長過ぎだって」

からかうように言ったら、また天井で美沙ちゃんの笑い声が弾けた。俺とたまちゃんは、つられて天井を見上げてしまう。

「わたし、正三さんに弟子入りしようかなって」

天井を見上げたまま、たまちゃんは突拍子もないことを言い出した。

「は？　おい、嘘だろ」

「弟子入りして、移動販売のイロハを教えてもらおうかなって思ってんの。そうすれば、起業までの近道になるし、起業後のリスクを減らすことにもなるでしょ？」

「まあ、そうだけど……。大丈夫か？」

あのおっかねえ正三さんの弟子になることへの不安と、起業した後の収支が成り立つのかどうかの不安、その両方を俺は感じていた。この町で、何十年も前から営業していて、常連客をたくさん持っている常田モータースでさえ、経営はいつも綱渡りなのだ。

それなのに、たまちゃんはそういう不安より、気持ちの熱さばかりが一人歩きしているように見える。

「わたしがおつかい便をはじめたらさ、静子ばあちゃんと千代子バアだけじゃなくて、青羽町のあちこちに住んでるじいちゃんばあちゃんたちも助かるし、そうなれば、みんな買い物弱者じゃなくなるから、きっと喜んでもらえるでしょ。喜ばれる仕事ってことは、商売としても成り立つってことだよね」

たまちゃんの目線が、俺の目線をがっちり捕えた。

「まあ、それは、そうだけども……」

「で、壮介に、お願いがあんの」

「お？　おう……」

「保冷車を安く手に入れたいの。で、正三さんのときみたいに、いい具合に改造してもらいたいんだよね」

たまちゃんは、両手をテーブルの上について、上半身は少し前のめりになっていた。

「それは……、もちろん、いいけどもよぉ」

「しかも、ここから先がさらに大事な話なんだけど、もう、正直に言うね」

「え？」

「無いの。ほとんど」

「何が？」

「お金が」

「………」

この幼なじみ、俺にいったいどうしろと言うのだ。

「だから、極限まで安く手配して欲しいわけ。この町のお年寄りたちのためにも。壮介、ほんとお願い」

言って、テーブルにおでこがつきそうなくらい頭を下げた。

「え？　あ、ちょ、ちょっと、顔あげろってば」

思わず俺があたふたしていると、まさに最悪のタイミングで理沙さんがひょっこり土産物売り場から戻ってきた。

「ん？　あんたたち、いったいどんな修羅場なのさ」

ちょっとドスのきいたその声に、たまちゃんも顔を上げた。

理沙さんは、例によって豊満なバストを押し上げるようにして腕を組み、苦笑していた。

「わたし、いま、壮介に本気で頼みごとをしてたの。理沙さんからも、お願いします」

「へ？　なんでそうなるわけ？」

と言ったのは、俺だった。そして、その俺の頭上から、なぜかドスのきいた声が降ってきたのだ。

「壮介。あんた、ひとりのオンナがここまで頭下げてんだよ。答えはもうわかってんだろ？」

「わ、わかってます。もちろん、善処します」

なんだ、このわけのわからん展開は……と思いながらも、まあ、どっちにしろ、最初からやれることは何でもやってやるつもりだったから、これでいいのだ、という気持ちもある。とはいえ、たまちゃんにどれくらい金が無いのか、は問題だ。さすがにタダ同然でやれるほど、うちには余裕がない。でも、いまはそれを口に出すタイミングではなさそうだ。

「はあ。よかったぁ。壮介、ありがとね。ついでに、理沙さん」

たまちゃんは、くるりと首を横に振って、今度は理沙さんを見上げた。

「ん、なにさ」

「マッキーをね、貸して欲しいんです」

「うちのヒッキーを？　なんでまた」

それからたまちゃんは、さっき俺に話したのとほとんど同じ、長い長い前置きをして、どうしておつかい便をはじめようと思ったかについてを説明したあと、さらにこう続けたのだった。

「でね、マッキーはパソコンが得意でしょ。だから、わたしが起業するときのチラシ作りとか、宣伝PRを手伝ってもらいたいんです」

マシンガンのようにしゃべり続けたたまちゃんは、ここで「はあ」と嘆息した。そして、腕組みをしたまま立っている理沙さんを見上げた。

「うーん」と小さく唸った理沙さんは、ふいに少しやさしい目をして、丁寧に言い含めるような口調でこう言った。「あんたの気持ちも、考えもわかったよ。でも、悪いけどさ、正直、あの子、やんねえと思うよ」

「え……」

「そう簡単に出てくるようなヒッキーじゃないんだよ」

「でも、静子ばあちゃんを助ける仕事だって言えば、やってくれると思うんです」

たまちゃんが食い下がる。

「ああ、そういえば、あの子、子どもの頃はよく川沿いの静子ばあちゃんのところに遊びに行って、ずいぶんなついてたもんねぇ。あたしも、何度かお邪魔して、可愛がってもらったっけ」

「はい。わたしと一緒に」

「そっかぁ……」

「駄目もとでいいんです。ただ、マッキーに話だけでも聞いてもらえたら」

「まあ、うちとしても、あの子が引きこもりを止《や》めてくれるんなら、ありがたいしね」

「はい」

「んじゃあ、一丁、交渉してみっかい？　多分、無理だと思うけどさ」

理沙さんが、天井を指差して言った。

「ぜひ。ありがとうございます」

と、満面の笑みを浮かべたたまちゃんを見下ろしながら、理沙さんはひとつ釘《くぎ》を刺した。

「つーか、たまちゃん、あんたさ」

「はい？」

「前置き、長すぎ」

◇　◇　◇

俺たちは店の奥の上がり框《かまち》で靴を脱ぎ、理沙さんを先頭にして薄暗い階段を登った。

「懐かしいなぁ。この階段を登るのって、何年振りだろう」

たまちゃんが低く抑えた声で言う。まだ、俺とたまちゃんが部屋の前まで来ていることをマッキーに知られないようにした方がいいと、理沙さんに言われているのだ。

二階に上がると、長い廊下が延びていた。廊下の左右にはいくつも扉があって、なんだか昭和の旅館を思わせる造りだった。

マッキーの部屋は、階段を上がってすぐ目の前にあった。年季を感じさせる木目調の壁紙が貼られたドアの向こうで、美沙ちゃんのはしゃぐ声がする。その声に混じって、ちょっと控えめなソフトな声が聞こえた。間違いない。マッキーの声だ。

「あいつ、内側から鍵かけてっからさ」

ささやくように言いながら、理沙さんがドアを二回ノックした。

部屋のなかの声が、ぴたりと止まる。

「はーい」と返事をしたのは、無邪気な美沙ちゃんだった。

「真紀、あんたの同級生が来てるよ」

理沙さんの声に、マッキーからの返事はない。代わりに美沙ちゃんが「ママだぁ」と嬉々《きき》とした声を上げた。

すると、小さな声で「美沙、おいで」というマッキーの声がした。美沙ちゃんが内側からドアを開けないよう、自分の方へ呼び戻したのだろう。

「たまちゃんと、壮介だよ。あんたに話があるんだってよ」

返事はない。でも、美沙ちゃんの可愛らしい声だけは、漏れ聞こえてくる。

「ねえねえ、真紀ちゃんのお友だちだって。美沙は一緒に遊んでもいいよ」

無邪気な美沙ちゃんは、むしろ俺たちを交えて遊びたいようだ。

「こら、真紀、返事くらいしなよ」

理沙さんの声にドスがききはじめる。

「いないって言って……」

それは、蚊の鳴くような声だった。もっといえば、夏の元気な蚊ではなく、初冬の頃にうっかり季節を間違えて羽化してしまった蚊のような、あまりにも弱々しく儚《はかな》い声だった。

「あんたね――」

理沙さんがドアの前で仁王立ちになったとき――。

「マッキー、急に押しかけちゃって、ごめんね。あたし、珠美《たまみ》だよ。葉山珠美。久しぶり」

たまちゃんが、理沙さんの肩越しにしゃべり出した。

ドアを隔てているとはいえ、いきなり至近距離で話しかけられた引きこもりのマッキーは、一瞬にして凍り付いたようだ。その張りつめた空気が、なぜかドアの外にいる俺にまでしっかりと伝わってきた。

「いま、となりに壮介もいるよ」

たまちゃんが言って、俺を見た。視線で、何かしゃべれと言っている。

「え？　俺？」

「そうだよ。早く」

そのあまりにも急な振りに狼狽《ろうばい》した俺は、思わず「ええと、あの、こ、こちら、常田モータースですが、そ、そちらは、お元気でしたか？」と、信じられないくらい、とんちんかんな挨拶をしてしまった。

すると——。

「あはははは。おい、壮介、なんだよ、その挨拶はよぉ」

理沙さんが手を叩いて吹き出した。

たまちゃんは俺から顔をそむけて、右手で口を押さえ、下を向いていた。よく見ると両肩が小刻みに揺れているから、笑っているのがバレバレだ。

「な、なんだよ。たまちゃんが、いきなり俺に振るからだべ」

自分のことがちょっと哀れになって、思わず不平を言ったら、ドアの向こうからも愉快そうな美沙ちゃんの声が聞こえてきた。

「あはは。真紀ちゃんも笑ってるよ」

え？　ウケたのか？

「そりゃ、誰だって笑うわな」

理沙さんが、まだウケている。

「ねえ、マッキー。あたしね、お願いがあってきたんだ」

目元と口角に笑みを溜《た》めたままの顔で、たまちゃんが台詞を続けた。

「うちの静子ばあちゃんを助けてあげたくて、仕事を立ち上げようと思ってんの。それでね、ちょっとマッキーも手伝ってくれないかなって」

「真紀、あんた、これ、すごくいい話なんだから、ちゃんと聞きなさいよ。ここにいる常田モータースだって協力するんだからね」

そこまで言って、理沙さんはまた、ぷぷぷぅ、と吹き出した。

「え、ちょっと、ひでえな。理沙さん、ウケすぎっすよ……」

俺が、少しムッとした顔をすると、理沙さんは「だってさぁ」と言って、またくすくす笑ったあと、「久しぶりの同級生にする挨拶に、あれはねえべさ」と、俺の肩のあたりをグーで軽く突ついた。

「あはは。真紀ちゃん、また笑ってる」

美沙ちゃんの内部リポートも引き続き発信された。

そんな俺たちのやりとりなんかにはお構いなしに、たまちゃんは再びマッキーに語りかける。

「たいして難しい話じゃないんだよ。マッキーに手伝って欲しいのは、パソコンでちょいで出来ちゃうことでね。あ、そうか。その前に、わたしが起業して何をしたいのかを話さないとね」

そこまで言うと、たまちゃんは、さっき俺に一連の流れを話そうとしたときのように、すっと姿勢を正し、普段はあまり見せないような熱っぽいまなざしをドアに向けて「そもそもの動機から話すとね——」と、しゃべりはじめたのだった。

しかし、話しはじめて一分ほど経ったときのこと——。

「ちょっと待った」

理沙さんの横やりが入った。

「たまちゃん、あんた、人の話を聞いてないね」

「え？」

「前置きが長過ぎる」

「え……、だって」

「だってじゃないの。あんたはもう黙ってな」

理沙さんは、たまちゃんの上下の唇をキュッとつまんで黙らせた。たまちゃんの顔がアヒルみたいになる。そして理沙さんみずから、いい具合に話をかいつまんで、おつかい便の起業についてを説明したのだった。

その間、わずか三〇秒。

俺が褒めるのもナンだけど、理沙さんの解説は、じつにわかりやすく、きれいにまとめられていた。たまちゃんも、異論はナシ、という得心の顔をしている。

「とまあ、そういうわけだから。真紀、あんたわかった？」

「………………」

返事は、なかった。美沙ちゃんの内部からのリポートもない。

「とりあえず、部屋の鍵を開けなさいよ」

「でも……」

マッキーのか細い声がした。

「そんな心配しなくたって大丈夫だよ。こいつら、いい奴らじゃんかよ。あんただって静子ばあちゃんのこと、助けてえんだろ？」

「おかしな挨拶をする常田モータースも協力してくれるんだよ」

たまちゃんが、また俺の失態を持ち出して、理沙さんが必要以上にウケる。

「おいおい、いま、俺をネタにするとこか？」

不満たらたらで言ったら、なぜか理沙さんに突っ込まれた。

「なに言ってんの、いまが壮介の絶頂期だべ」

「これが絶頂期って——、壮介の人生、哀《かな》しすぎます」

言って、たまちゃんも吹き出した。

「あは。また真紀ちゃんが笑ってるよ」

美沙ちゃんのリポートだ。

「真紀、こいつらめっちゃ愉快じゃんよ。部屋から外に出ろとは言わないから、せめてなかに入れてやって、会うだけ会いなよ」

「でも……」

また、蚊の鳴くような声。

「大丈夫だって。じゃあ、美沙、真紀の代わりにお部屋の鍵を開けなさい」

理沙さんは、娘に指示を出した。

「え、真紀ちゃん、開けていい？」

美沙ちゃんは、マッキーに確認をとった。しかし、その問いにたいする返事は聞こえてこない。

それからしばらくのあいだ、ドアの向こうでごにょごにょと二人の会話が続いているようだった。すると、たまちゃんが、いままででいちばん穏やかな声を出したのだった。

「マッキー……。なんか、ごめんね。やっぱり、今日は会えなくてもいいよ」

「え？」と、思わず俺はたまちゃんを見た。

でも、たまちゃんは、こちらを見もせずに、言葉をゆっくりと続けた。

「わたしね、ただ、静子ばあちゃんのことと、常田モータースのことだけ伝えたいなって思って来たの。だから今日は帰るよ。あとでメールする。メアド、変わってないよね？」

つーか、何で、俺のことまで伝えたいんだよ。意味がわからん。そう思いながら、俺は小声で訊いた。

「たまちゃん、本当にいいのか？」

俺としては、なんとなく、もうひと押しな気がしていたのだ。

「うん。またでいいよ」と、たまちゃんが、俺にだけ聞こえるようにささやいた。

「あんたら、せっかく来てくれたのに、悪いねぇ。でも、たっぷり笑わせてもらったわ」

理沙さんは、まだニヤニヤしている。

「じゃあ、マッキー、またね。メールするからね。ばいばい」

たまちゃんが最後の台詞を投げかけた刹那――。


カチャ。


部屋の鍵が外される音がした。

ハッとして、俺たちがドアを見詰めていると、ドアノブが静かに回り、古めかしい木目調のドアが、とても、とても、ゆっくりと、内側へと開かれていったのだ。

そして、いよいよ俺たちの目の前に、美沙ちゃんを抱っこした、懐かしい同級生のマツキーが——。

マッキーが？

マッキー？

……だ、誰？

目が点になるとは、このことだった。

俺の唇は「ロリ……」と発音しそうになって、慌てて閉じられた。

たまちゃんを見た。

もちろん、たまちゃんも啞然《あぜん》とした顔をしていた。

すると次の瞬間、たまちゃんがいきなり「きゃー」と奇声をあげた。

「可愛い〜っ！　マッキー、なになに、どうしちゃったの？　ショートケーキみたいで美味しそうっ！」

たまちゃんは、メルヘンチックすぎる部屋のなかに飛び込んでいくと、冗談みたいにひらひらがたくさんついたマッキーの洋服をハイテンションでいじりはじめていた。

たまらず俺は、理沙さんを見た。

すると理沙さんは、苦笑しながら、短くため息をついた。

「この子、街から出戻ってきたとき、変身して帰ってきたんだよ」

理沙さんは、マッキーから美沙ちゃんを受け取った。

「真紀ちゃん、お友だちと会えてよかったね」

こてこてロリータ・ファッションに身を包んだマッキーに向かって、美沙ちゃんが無邪気に笑いながらそう言った。

第二章　ふろふき大根

葉山珠美

「いやあ、それにしても、驚いたな……」

ドライブイン海山屋からの帰り道、助手席で壮介がしみじみとした口調で言った。もちろん、マッキーの変貌ぶりを言っているのだ。

「まあね。でも、けっこう似合ってたと思わない？」わたしは、ステアリングを握りながら答えた。「昔の地味な感じのマッキーもマッキーらしいけど、ああいうショートケーキみたいに甘ったるいマッキーもありな気がする」

「うーん、そうかなぁ」

「マッキーってさ、ぱっちり二重のタレ目で、全体的に甘ったるい顔立ちをしてるから、ロリータ・ファッション向きじゃない？」

「なるほど。まあ、このど田舎《いなか》ではかなりブッ飛んでっけど、東京の原宿《はらじゅく》とかならありなのかもな。ピンクと赤と白の色使いと、シルエットのバランスと立体感は、まずまず悪くなかったけど、俺がデザイナーだったら修正したい部分がいくつもあったな」

「あはは。壮介らしい見方だね」

「てか、そこしか見るとこねえべさ」

壮介はまゆ毛をハの字にして苦笑した。

わたしもくすっと笑って、ブレーキをやさしく踏んだ。信号が赤になったのだ。

停車した車のなかから、正面の景色を眺めた。道路の左手は、青いセロファンのような海。その穏やかで洋々たる広がりに、冬の低い陽光がひらひら乱反射していて、わたしは少し目を細めた。ずっと沖合では、数隻の漁船のシルエットが影絵みたいに音もなく浮かんでいる。海と反対側の右手に視線を移すと、道路に沿ってぽつぽつと古びた人家が建っている。家々の背後に連なるのは、冬枯れの山だ。その山々の頂上はどれもかまぼこみたいに丸くて、風景がやさしい。

わたしは、ゆったりとした気分で「ふう」と息を吐いた。海と山にはさまれたこの土地は、つくづくわたしのホームだった。ここでなら、いろんなことを実現できそうな気がしてくる。

信号が青になり、アクセルを踏んだ。

「今日、ドライブが出来てよかったよ」

助手席をちらりと見て、わたしは言った。

「ん？　なんだ、急にあらたまって」と、壮介は小首を傾《かし》げる。

「おつかい便をはじめたときに、保冷車を停《と》めて販売できそうな場所をいくつか見つけられたし、壮介とマッキーに協力をお願いすることもできたし」

衝撃の再会を果たしたマッキーも、とりあえずは「わたしで、お手伝いできることなら……」と、はにかんでくれたのだ。

「ああ、そういうことな」

「ドライブイン海山屋の駐車場も使わせてもらえそうだし」

「んだな。あそこは、すでにばあちゃんたちのたまり場だったもんな」

「うん」思わず、わたしの頬が緩む。さっきのおばあちゃん三人衆を思い出したのだ。

「あ、そういえば、飴《あめ》！」

片手で運転をしながら、ポケットからふたつの飴を取り出し、ひとつを「はい、これ」と壮介に手渡した。

「おっ、サンキュ。あのばあさんたちから見たらよ、二十歳《はたち》の俺らって、まだ飴をあげたくなるくれえのガキなんだべなぁ」

壮介は、イチゴ飴を口に放り込んだ。

「うふふ。そうかもね。だって、考えてみれば、あの人たちの四分の一くらいしか、わたしたちは生きてないんだもん」

わたしも飴を口に入れた。包み紙はポケットに戻す。

この甘酸っぱさ、懐かしいな……と思ったら、なぜだか、ふと、母の顔を思い出して、胸のなかまで甘酸っぱくなってしまった。

「んで、たまちゃんよぉ」

「ん？」

「いつから、やるつもりなんだ？」

「おつかい便のこと？」

「んだ」

「なるべく早くはじめたいんだけど。でも、まだ引っ越しもしてないし」

「なるはや、か。んじゃ、保冷車もなるはやで手配しとかねえとな」

「うん。それはもう、壮介に任せる。それより……」

「ん？　それより、何だ？」

助手席の壮介がこちらを振り向いた気配がした。

「じつはね……」わたしは少し多めに息を吸って、それから口を開いた。「シャーリーンが、おつかい便をやることに反対してるんだよね」

「えっ、なんで？」

「ようするにね――」

わたしは昨夜のシャーリーンとのやりとりを、かいつまんで壮介に話した。

「そっか。なるほどなぁ」

少し無精髭《ぶしょうひげ》の生えた顎を、壮介はぽりぽりと掻《か》いた。

「壮介、どう思う？」

このときのわたしは、安易に「共感」を求めていた気がする。でも、気心知れたはずの幼なじみは、思いがけない台詞《せりふ》を口にしはじめたのだ。

「まあ、この際だから、俺なりに感じたことを正直に言うぞ」

「え？　あ、うん」

町が近づいて、また信号につかまった。ブレーキを踏んで、助手席を見る。壮介はまっすぐ前を向いたまま、腕を組んでいた。

「たまちゃんの行動はよ、はっきり言って突拍子もねえし、リスキーだと思う。それに、シャーリーンの言うことにも一理あると俺は思う」

口調は、いつもの壮介らしく穏やかだった。わたしは何も言えず、ただゆっくりと呼吸をしながらブレーキを踏み続けていた。

「シャーリーンってよ、フィリピンにいたとき、家族を交通事故で亡くしてんだべ？」

「うん……」

前を向いたまま、小声で返して、頷《うなず》く。

シャーリーンが両親と妹を一度に失い、独りぼっちになったのは十七歳のときだったと聞いている。傷心に暮れ、貧困に身をやつしたシャーリーンは、知り合いのつてを頼って日本にやってくると、フィリピンパブなどで働きながら全国を転々と流れ続け——、そして、男やもめだった父と出会ったのだ。

「なんつーかよ、家族で助け合いながら一緒に暮らしていたいっていうシャーリーンの気持ち、わかる気がするんだよな」

わたしは、まだ口を閉ざしていた。

「独りぼっちは、淋《さび》しいもんだべ？　まあ、言ってみりゃ、俺だってよ、だんだんジジイになっていく親父《おやじ》の背中を見てたら妙に淋しくなっちまって、んで、うっかり家業を手伝うことにしちまったわけだしよ」

壮介は、へへっ、と少し照れ臭そうに笑った。

考えてみれば、壮介も片親に育てられたのだった。たしか、お産のときに、壮介の母は亡くなったと聞いている。つまり壮介は、母親の愛情を知らずに生きてきたのだ。家族のいない淋しさを語る資格は、充分にあるとは思う。わたしは何も言わず、いや、何も言えずにいた。ブレーキを踏んだまま、フロントウインドウの向こうの風景を眺めながら、いまの壮介の言葉を自分なりに嚙《か》み砕いていたのだ。

すぐ目の前の横断歩道を、腰の曲がった小さなおじいさんが、ゆっくり、ゆっくり、渡っていく。おじいさんが着ている焦げ茶色のジャンパーは色褪《いろあ》せているうえに薄っぺらくて、なんだか妙に寒そうに見えた。わたしは、無声映画のスローモーションのシーンを観《み》ているような気分で、ぼんやりとその光景を眺めていた。

信号が青に変わった。

でも、寒そうなおじいさんは、まだ横断歩道を渡り切っていなかった。もしかすると、歩行者信号がすでに赤になったことにすら気づいていないのかも知れない。

ふと、わたしは思った。

このおじいさんにも、きっと家族がいるんだよな、と。あるいは、いまは独居老人だとしても、このおじいさんだって、その昔は「お母さん」から生まれてきたのだ。そして、ひとつ屋根の下で暮らす「家族」の誰かに何千回もオムツを取り替えてもらいながら幼児へと育ち、やがて少年になり、青年になり、大人になり、いま、人生の終盤を生きている。

このおじいさんは、不自由なく買い物が出来ているのかな——。

口をつくんだままでいるわたしに気を遣ってくれたのか、助手席からいつも以上にやさしい声が聞こえてきた。

「あ、もちろん俺は、たまちゃんの気持ちもわかってっからな」

おじいさんが横断歩道を渡り切った。

わたしはそっとマークⅡのアクセルを踏む。

「わたしの、気持ち？」

ここで、ようやくわたしは口を開いた。

「まあ、何となく、だけどな。だってよ、たまちゃんも事故で母ちゃんを亡くしてんべさ」

「……」

町が近づいて、道路は海から離れてしまった。わたしは、黙って壮介の次の言葉を待った。

「たまちゃんはよ、亡くした母ちゃんの母ちゃん、ようするに静子ばあちゃんのことを放っとけねえんだもんな。静子ばあちゃんのために何かをすりゃ、それは天国の母ちゃんへの親孝行にもなるわけだべ」

母のことをさらりと知った風に言われたせいか、あるいは、壮介の言葉が回りくどいせいか、わたしは少し苛々《いらいら》しはじめていた。

「孝行するんだったら、わたしは静子ばあちゃんのおつかいだけしてればいいじゃん」

うっかり都会の言葉で棘《とげ》のある言い方をしてしまったけれど、壮介はいつものようにどこ吹く風といった横顔をしていた。

「んだなぁ。でも、あえてそうはしねえで、集落のジジババみんなのことを考えちまうところが、たまちゃんらしいっていうかよ、やさしかった絵美おばさんの娘だなって思うよ」

わたしは、ごくり、と唾を飲み込んだ。壮介の胸のなかにも、まだ母が息づいているということに、なんだかどきどきしてしまったのだ。

わたしたちが幼かった頃、母親のいない壮介は、わたしの母からずいぶんと可愛《かわい》がられていた。我が子のように――といったら少し言いすぎかも知れないけれど、その辺の子とはあきらかに違う扱いで、壮介の面倒を看ていたと思う。だから当時の壮介は、ほとんど口癖のように「あ～あ、絵美おばさんが俺の母ちゃんだったらなぁ」などと幼い台詞をこぼしていたものだ。そして、母が交通事故で亡くなったとき、わたしと同じくらいたっぷりの涙を流してくれたのは、十二歳の壮介だった。

その母は、もうこの世にはいない。でも、母の生前の施しは「想い」となっていまも残っている。ちょっと面映くなったわたしは、わざとつんつんした台詞を口にした。

「で、結局、壮介は、シャーリーンとわたし、どっちの味方なわけ？」

「俺は、両方の味方だな」

「え？」

「だってよ、どっちも正しいこと言ってんだから、選べねえべ？」

「そんなの、どっちつかずで――」ずるいよ、と言いかけて口を閉じた。壮介が、かぶせるように言葉を続けたのだ。

「だから、まずはよ、シャーリーンを手伝って店をやりながら、起業の準備をすればいいべさ」

「え……」

「例えば、月水金曜日はおつかい便のために使って、火木土は店を開けて、たまちゃんも手伝うとか。んで、いよいよたまちゃんが起業する頃には、さすがに正太郎さんだって復帰してんべさ。そうなったら、たまちゃんはおつかい便だけやればいいんだしよ」

　壮介の提案は、ようするにシャーリーンとわたしの意見を踏まえたうえでの折衷案だが、このアイデアは使えそうな気がした。わたしが地元に引っ越してくるからには、「家族」であるシャーリーンとの距離を埋めなくてはならない。いつまでも他人行儀ではいられないのだ。いまのままでは、お互いに息が詰まってしまう。それは、わかっている。だから、そういう意味でも、火木土だけでも、並んで一緒にお店に立つのは悪くない。それに、シャーリーンだって、父のいない間、毎日お店を開けるのは大変だろう。週に三日くらいでちょうどいいのではないか。

「壮介」

「ん？」

「なんか……」ありがとう、と言いたいのに、また「それ、ただの折衷案じゃん」と、都会の言葉で言ってしまった。

「あはは。でも、まあ、平等だべ？」

「まあね」

　フロントガラスの向こうに、青羽川を渡る赤い橋が見えてきた。わたしの家に行くには、その橋の手前の信号を左折。常田モータースは右折してすぐのところにある。

　わたしは左にステアリングを切って「居酒屋たなぼた」の駐車場に戻った。

　車から降りると、壮介はマークⅡのボンネットをポンとやさしく叩《たた》いた。

「車、大丈夫みたいだな」

「うん。助かったよ。ありがとう」

「おう。んじゃ、保冷車、探してみっからよ」

「よろしくね」

「ＯＫ。良さそうなのが見つかったら、連絡すっから」

「うん」

「じゃあ、またな」

ズボンのポケットからキーを取り出して、壮介は常田モータースの白いバンに乗り込んだ。すぐに、ブワーン、とエンジンが唸《うな》る。壮介がこちらに軽く手を挙げたとき、わたしは反射的に運転席の窓ガラスを外から軽く叩いていた。壮介は窓ガラスを下ろして、ん？　と小首を傾げた。

「あ、あのね……、わたし、折衷案をシャーリーンに話してみる」

「おう。それがいいと思うぞ」壮介はちょっと照れ臭そうに後頭部を搔いて続けた。「つーか、俺的にはよ、もっと心配なことがあんだけど」

「え、なに？」

「古館さんだよ。あのおっかねえおっさんが、はいどうぞ、ってな具合に弟子入りなんてさせてくれっか？」

たしかに、それは言える。でも、わたしはなぜだか、そこだけはまったく問題がない気がしていたのだ。

「なんとかなるよ、きっと」

「あはは。なんだよ、その自信。根拠はあんのか？」

根拠は……、あるとするならば、それは——。

「だって、わたしは、ヤクザも怖《おそ》れぬ、あの正太郎の娘だよ」

そう言ったら、柴犬《しばいぬ》みたいな人懐っこい顔をした幼なじみが吹き出した。わたしも自分で言っておきながら吹き出してしまった。本当は、ヤクザも怖れぬではなくて、ヤクザに惚《ほ》れられるだよな、と思いながら。

◇　◇　◇

壮介を見送ったあと、わたしは閉店中のお店に入った。奥の框《かまち》でスニーカーを脱いで、そのままとんとんと二階の居間へと続く階段を上がっていく。階段の途中で醤油《しょうゆ》の焦げるいい匂いがした。

「ただいまぁ」

居間に入ると、シャーリーンが台所でフライパンを振っていた。わたしを見て、ニカッと陽気に笑う。

「たまちゃん、おかえりね。いま、お昼のチャーハン作ってるよ」

おろしショウガと薄口醤油で味付けをした、ベーコンと長ネギのチャーハンだった。フライパンの端っこでわざと少しだけ醤油を焦がして風味をつける料理のコツも、長ネギを最後にまぜて、香りが飛んでしまう前に火から降ろす知恵も、シャーリーンはちゃんと知っていた。

わたしたちは、こたつで一緒にそれをぺろりと平らげた。お代わりをしたのに、まだ足りないくらい、あっさりとして後を引く味だった。

食後、わたしたちはマークⅡに乗って海沿いを北上した。運転手はわたしで、目的地は「鳥出中央病院」だ。

車内では、差し障りのない話をした。シャーリーンが今日もバナナを持ってきたとか、朝ドラのヒロインが可愛いとか、来月には咲き始める水仙の花の匂いが好きだとか、そんな他愛もない話だ。シャーリーンは、壮介にマークⅡを修理してもらえたことを素直に喜び、いつもと変わらぬ朗らかさで助手席からあれこれ話しかけてくる。わたしもなるべく同じテンションで答えた。

信号待ちのときに、何度か視線が合った。そのたびに、わたしはシャーリーンのくりっとした鳶色《とびいろ》の瞳の美しさに見とれそうになった。でも、先に視線を外すのはいつだってわたしだった。シャーリーンの瞳には、えも言われぬ憂愁《ゆうしゅう》の気配が透けていて、それがわたしを引き込もうとするからだ。家族全員を一度に失い、生きるために祖国を離れた一人の女性――その人生の重さが、シャーリーンの瞳の裏側で暗い光となって滲《にじ》み出ているのかも知れない。

◇　◇　◇

昨日、手術を終えたばかりだというのに、父はもう一般病棟に移されていた。六人部屋の右奥のベッドだ。間仕切りのカーテンを引いても、足元の大きな窓ガラスから自然光が差し込むのがいい。

節くれ立った父の手の甲には、痛み止めの点滴の針が刺さっていた。下半身からベッドの脇へとつながっているのは尿道カテーテルの管だ。当然といえば当然だけれど、まだ父は動くことが出来ない。普段は無駄なくらいに元気な父が、いま、こうして寝たきりでいるという現実に、わたしは少なからず戸惑いを覚えていた。

「パパさん、背中、痛くない？」

シャーリーンは、点滴の繋《つな》がっていない方の手を握りながら、少し甘ったるい声を出した。

「ま、痛《い》てえっちゃ痛てえけど、いまは薬でちゃんとペイン・コントロールっつーのが出来るんだってよ。だから、まあ、たいしたこたねえよ。三日も寝てりゃ退院だべ」

強がりを言ってニヤリと笑うけれど、さすがに笑みが弱々しい。表情もどこか眠たげで生気がないし、声も細くかすれていた。それでも、こうして父と会話が出来たことで、わたしの心の土台の部分に多少の安定感が戻ってきた気がする。

口角を頑張って上げながら、わたしは言った。

「三日のわけないでしょ。入院は最短でも三週間は必要だって、先生が言ってたよ」

もしも手術の傷口から細菌が入ってしまったり、炎症が治まらず熱が下がらなかったり、筋肉が弱っていてリハビリがうまくいかなかったりした場合は、一ヶ月以上かかることもあるらしい。

「阿呆《あほ》か。そんなに寝てられっか。あのカピバラみたいな顔した先生に、一週間で十分だって言っとけ」

頼りないかすれ声で、それでも必死に普段どおりの強気のジョークを口にする父を見て、わたしはため息をつきそうになった。父は、シャーリーンとわたしに心配をさせないよう、精一杯、強がってくれているのだ。シャーリーンもそれを充分にわかっているから、父に向かってにっこり笑いかけながら、「パパさん、強い男。かっこいいね。でも、ここはちょっとお馬鹿さんね」と頭を指差して冗談を返している。

わたしたち三人は和やかな雰囲気のまま、点滴の袋が半分くらいになるまでしゃべり続けた。そして、父が「ああ、酒飲みてぇ」とボヤいたのを契機に、わたしは会話の流れを核心へと導いた。

「お酒なんて、退院したら、お店に売るほどあるよ」

「あはは。んだなぁ。たしかに、売るほどある」

父はすでに自分のお店を懐かしく想ったのか、少し遠い目をした。

「お店と言えば――、ねえ、シャーリーン」

「ん？」

「お父さんがいない間のお店のことなんだけど」

わたしは、ここぞとばかりに壮介の折衷案を口にしようとした。でも、先に口を開いたのはシャーリーンだった。

「お店は、やっぱり、パパさんが戻ってくるまで、オープンできないね」

「え？」

「わたし、毎日、お見舞いにくる。そしたら、仕入れと仕込み、出来ない」

たしかに、それはそうだ。でも、そのためにわたしが必要なのではなかったのか。お見舞いにはどちらか一人が行って、片方は仕入れと仕込みをすればいいのでは……。そう思ったけれど、わたしはとりあえず黙っていた。

「お前ら、何言ってんだ？　俺が戻るまでは、シャーリーンはゆっくり休めって。いままで、ずっと頑張って働いてたんだからよ」

「うふふ。ＯＫ。ありがとね、パパさん」

シャーリーンは、あの美しい瞳でパチンとウインクしてみせた。それを見た父は、とても満ち足りたように目を細め、頬も緩めた。

あ、幸せそうだな――。

そう思ったら、急に胸の奥が疼《うず》きだして、わたしは二人に気づかれないようこっそりと湿っぽいため息をついた。

◇　◇　◇

帰りは、夕暮れ時だった。

空は淡いパイナップル色に輝き、その西日を受けた山々の斜面は光の絨毯《じゅうたん》のようだった。穏やかな海原《うなばら》も空と同じ色で揺れている。

マークⅡの助手席で、シャーリーンが「景色、すごく綺麗《きれい》ね」と少女のように言う。

「なんか、パイナップルジュースのなかを走っているみたい」

そう答えたら、語尾の「みたい」だけが、わたしの内側にチクリと刺さって残った。

家族みたい。

夫婦みたい。

親子みたい。

そんな言葉たちが勝手に脳裏を去来して、わたしの心はひと呼吸ごとにしおれていくような気がした。

「ねえ、シャーリーン」

しおれ切ってしまう前に、気になっていることを伝えたくなって、わたしは口を開いた。

「ん？」

「お店のことなんだけど……」ちょっとためらいながら、病室での話題を蒸し返す。

「さっきはどうして、お父さんが帰ってくるまでは開けないって言ったの？」

するとシャーリーンは、ああ、そのことね、といった感じで、淡々としゃべり出した。

「パパさんは、まだ知らないね。たまちゃんが大学を辞めたこと。いま言ったら、ショック受けるね。だから今日はまだ内緒。パパさん、手術したばかり。とても疲れてるから」

そういうことだったのか――。シャーリーンは、当然のように父を気遣っていたのだ。

それに比べてわたしは……。

ため息をこらえて、ステアリングをぎゅっと握った。

「そっか。うん。そうだよね」

口をついて出た返事も、なんだか馬鹿っぽくて情けない。

「わたし、毎日パパさんのお見舞いに行きたいね。これもホント。だから、パパさんが退院してから、お店はやるね。退院しても、パパさん、しばらく、お仕事は出来ないでしょ。だから、そのときから、わたし頑張るよ。たまちゃん、手伝ってくれる？」

山間《やまあい》を走っていたマークⅡがトンネルを抜け、わたしたちの正面に、パッと海が広がった。ついさっきまで金色だった海原が、早くも濃いピンク色に変化しつつある。

「手伝うよ、わたし」

「わおっ、たまちゃん、ホント？」

わたしは、ちらりと助手席を一瞥して「うん」と言い、またすぐに前を向いた。

「手伝うけど――、折衷案なの」

「え？」

「例えば火木土曜日だけで、いいかな」

シャーリーンは、わたしの方を見たまま黙っていた。

「っていうか、お店を開けるのを、週に三日にしたらどうかなって思うんだよね」

「三日だけ？」

「うん……」

それからわたしは、壮介に授けてもらった折衷案を、できるだけ丁寧にシャーリーンに伝えた。するとシャーリーンは少しうつむいて、両手の指先をこめかみにあてたまま思案しはじめてしまった。会話のなくなった車内に、エンジンの音と、タイヤの摩擦音がじわじわと満ちてくる。

「やっぱ、三日じゃ駄目かな」

沈黙が重たくて、わたしはうっかり弱気な台詞を口にしてしまった。

するとシャーリーンが、ようやく言葉を発してくれた。

「わかったよ、たまちゃん」

「え……」

「ＯＫね。パパさんが帰ってきたら、たまちゃんと一緒に、一週間に三回、頑張るね」

広々した海沿いの道路で、信号につかまった。ブレーキを踏んだまま、わたしは助手席を振り向いた。シャーリーンの濡《ぬ》れて光る瞳のなかを覗《のぞ》き込む。

「たまちゃんも、やりたいこと、大事なことあるね。わたしも大事なこと、あるね」

「うん……。ありがとう」

「ええと、さっきの、セッ、セチュー？」

「折衷案。お互い半分半分にするアイデアのことだよ」

「おお、セッチューアン。はじめて聞いた言葉。日本語、ホント難しいね」

「そうだよね」

「でも、問題ないよ」

「え？」

信号が青になった。わたしはピンク色の世界のなかで、再び車を走らせる。

「家族は、ここが大事ね」

シャーリーンの言葉に釣られて助手席を見た。

シャーリーンは、こちらを見ながら、親指で自分の薄っぺらい胸を指差していた。

「言葉、わからなくても、ＯＫね」

わたしと目が合った瞬間、シャーリーンはパチンと見事なウインクをしてみせた。ついさっき、父にそうしたように。

わたしは再び前を向いて、アクセルを気持ち深く踏み込んだ。そして、「だよね」と三文字で答えた。

いま、わたしは、上手に笑えているだろうか。

母の遺影みたいに、やわらかく、幸福そうに笑えているだろうか。

理由もわからずこみあげてくる不可思議なものを散らすように、わたしはもういちど答えた。今度は五文字で。

「そうだよね」

◇　◇　◇

翌朝、父に五円で買ってもらった黄色い軽自動車に乗ったわたしは、都会の自宅アパートに戻る前にちょっと寄り道をすることにした。静子ばあちゃんの家だ。

冬晴れの午前十時すぎ。

銀色に輝きながら流れる青羽川沿いの道を行く。

常田モータースの前を通りかかったとき、少しスピードを落としてガレージのなかをちらりと見たけれど、タイヤの外された修理中の白いライトバンがあるだけで、壮介も壮一郎さんの姿もなかった。

さらに二分ほど上流に向かって進むと、ふいに道幅が広くなり、車で川原に降りていけるスロープがある。静子ばあちゃんの家は、そのスロープのちょうど向かいの小径《こみち》を入ったところにある。

わたしはガードレールに車を寄せて停車させた。

外に出て深呼吸をひとつ。凜《りん》と冷たい風のなかに、ふっくらした腐葉土の匂いが溶けている。冬枯れの山の匂いは、やさしくて好きだ。道路のすぐ下は美しい玉砂利《たまじゃり》で、流れの向こうの対岸は高く険しい崖になっている。その崖の下は青いビー玉の色をした水がとろりと流れる深い淵《ふち》だ。夏に水中眼鏡《めがね》をつけてこの淵のなかを覗くと、カワムツや鮎など清流に棲《す》む魚たちの乱舞に目を奪われる。ビー玉色の淵の上流と下流は流れの早い瀬になっていて、その瀬音がいつも静子ばあちゃんの家のなかにまで染み渡る。

川沿いの道路を渡り、静子ばあちゃんの家に続く小径に入った。十五メートルほど歩けば、こぢんまりとした木造平屋建ての玄関がある。その玄関の手前に、少し錆《さび》の浮いた水色の三輪自転車が停まっていた。千代子バアが遊びにきているのだ。

「おばあちゃーん、来たよぉ」

引き戸を開けて、わたしはなかに入った。といっても、そこはまだ昔ながらの土間だ。いまどき珍しいかも知れないけれど、この家は、土間に台所と冷蔵庫とテーブルの食卓がある。静子ばあちゃんはいつもサンダルを履いて、土間で料理をし、食事をするのだ。

「たまちゃんかーい」

静子ばあちゃんの声は、障子の向こうの和室から聞こえてきた。

わたしは土間の奥の框でスニーカーを脱いで上がると、障子を開けて和室のなかへ入った。

「こんにちは」と、わたし。

こたつに脚を突っ込んだ二人のおばあちゃんが、こちらを見上げている。

「こりゃ、久しぶりのお客さんだね」

しゃがれた声でそう言ったのは、千代子バアだ。相変わらず白髪のおかっぱ頭で、鼈《べっ》甲《こう》の丸眼鏡を鼻先にちょんとのせている。このままテレビに出られそうな個性的なキャラクターだと思う。

「ほれ、座って、あったかいお茶でも飲みな」

静子ばあちゃんは、石油ストーブの上でちんちん沸いている大きなやかんのお湯で、少し濃いめの番茶をいれてくれた。

「おせんべいもチョコもあるからね」

色々なお菓子が盛られた籐《とう》の籠を、千代子バアがわたしの方へと押して寄越した。

「あ、うにせんべい大好き。ありがとう」

わたしもこたつでくつろぎながら、おしゃべりに参加させてもらうことにした。

今日の千代子バアは、三輪自転車で「川沿いサイクリング」がてら、お茶を飲みに立ち寄ったのだそうだ。

「そろそろあたしが来てやんないと、この人が淋しがってんじゃないかと思ってさ」

にこりともせずに、千代子バアはそう言った。そこでにっこり笑うのは、むしろ静子ばあちゃんとわたしの方だ。言葉はつっけんどんでも、実は、千代子バアは思《おも》い遣《や》りに満ちた人で、極度の照れ屋さんであることをわたしたちはよく知っているからだ。つまり、いまの千代子バアの台詞をわたしなりに翻訳すると、こうなる。

《わたしは大好きな静子さんに会いたかったし、お互い歳《とし》だから、静子さんの健康も気になるの。だから、ちょいと三輪自転車で様子を見に来ましたよ》

ところが、そんな千代子バアが、なぜか今日に限ってやたらとシャーリーンのことをしゃべるのだった。

「あの娘《こ》は外人さんだけども、ちゃんと日本の心を持ってるよ。和食の料理だって覚えたし、そもそも日本の女のなんたるかを知ってるね」

と、ひたすらベタ褒めだ。もしもシャーリーン本人が目の前にいたら、「まっ、あんたも、ちったあ出来るようになったかねぇ」くらいの言い方になるのだろうけど。

聞き上手な静子ばあちゃんは、千代子バアの独演会を、嬉《うれ》しそうに目を細めながら聴くばかりだった。もちろん、わたしも、とりあえずは頷いてばかりいた。

ところが、しばらくすると、千代子バアの口から、容易には頷けない台詞が飛び出してきたのだ。

「シャーリーンは、あのやんちゃな正太郎の立派な妻になったし、お店のおかみにもなったし、たまちゃんのお母さんにもなったっぺ？」

「え……」

いきなり背中から見えない手を差し込まれて心臓を握られた気がした。一瞬、呼吸すら忘れていた。

それ……、静子ばあちゃんの前で、言うの？

おそるおそる、静子ばあちゃんの表情を窺《うかが》った。でも、静子ばあちゃんは顔色ひとつ変えず、にこにこしたまま背中を丸めて番茶を啜《すす》っている。

「たまちゃん、あんた、シャーリーンのことを、お母さんって呼べないんだろ？」

あまりの直球に狼狽《ろうばい》したわたしは「ああ」とも「うん」ともつかない声を漏らしていた。

「その気持ちもわかるけどさ、せめて態度で母親だって認めてやったらどうなんだい？」

え、ちょっと、なに、この展開……。

わたしは、とにかく番茶をゆっくりと飲んで、気持ちを落ち着けようとした。すでにぬるくなった液体が、食道をつーっと伝い落ちていく。

と、その刹那、わたしの脳天に雷が落ちた。

シャーリーンが、千代子バアに告げ口をしてるんだ！

そうに違いない。だから、千代子バアは、わたしの顔を見るなり、ひたすらシャーリーンのことを褒め続け、そして、母親だと認めてやれだなんておせっかいなことを言い出したのだ。

せっかく、静子ばあちゃんに会って、たっぷり癒されてから都会に戻ろうと思っていたのに。シャーリーンと二人きりのときは、わたしだってたくさん我慢をして、気を遣っているのに。そこで固く結ばれてしまったような心を解きほぐしたくてここに来たのに。

いったんは食道を伝い落ちたぬるい番茶が、胃のなかで黒くて熱い感情の塊になって、逆流してきそうな気がした。

うちのことなんて、何にも知らないくせに。

しかも、お母さんの実家で。

生まれてはじめて、やさしい千代子バアのことを「この、クソババア」と胸裏で罵った。けれど、ちっとも気分が晴れない。むしろ、顔に出さないよう心を砕いた分だけ、ストレスが溜《た》まっていく。

「シャーリーンはね、いつかはあんたに、マミーって呼ばれるようになりたいんだって、そう言ってたよ」

無神経だ。あまりにも。わたしは湯呑《ゆの》みをそっとこたつの上に置いて顔をあげた。そして、千代子バアの目を鼻眼鏡越しに見据えた。それから息をすうっと吸い込んで、何か言い返してやろうと思った瞬間――。

「うふふ」

と、小さな笑い声が聞こえた。

わたしは驚いて声の方を見た。こたつの上の湯呑み茶碗《ちゃわん》を両手で包み込むようにして、静子ばあちゃんがしわしわの笑みを浮かべていた。その笑みを、そっとわたしに向ける。

「ねえ、たまちゃん」

「え？」

「シャーリーンは、正太郎さんのことを何て呼んでたっけ？」

「え……」わたしの頭のなかに、陽気なシャーリーンの笑顔が浮かぶ。「パパさん……、だけど」

「そう。パパさんだね。でもね、きっと、シャーリーンと正太郎さんが出会ったばかりの頃――、そう、まだ結婚をしていなくて、恋人同士だった頃は、パパさんとは呼んでなかったはずだよね」

静子ばあちゃんは、なぞかけでもするように、わたしに言った。

千代子バアは、黙って番茶を啜っている。

コチ、コチ、コチ、と古い柱時計の秒針が鳴り、シュウシュウとやかんのお湯が沸騰している。

わたしは、静子ばあちゃんの言葉の意味するところを考えた。

パパさん――。

わたしのお父さん、という意味だ。

わたし、の、お父さん。

ということは……。

「あ……」

思わず静子ばあちゃんを見た。

「わかった？」

と、小首を傾げる静子ばあちゃん。

「うん。多分……」

ふつうだったら、シャーリーンは自分の夫を「正太郎さん」と呼べばいい。それなのに、あえて「パパさん」と呼ぶ。つまり「たまちゃんのお父さん」と呼びかけている。シャーリーンは、お父さんを呼ぶたびに、わたしのことも「家族」の一人に含めているということになる。「パパさん」は、夫としてだけでは存在し得ない。娘のわたしがいてこそ「パパさん」なのだ。

「シャーリーンは、あえてパパさんって？」

わたしは、静子ばあちゃんに訊《たず》ねた。でも、答えたのは千代子バアだった。

「あえてかどうかなんて、誰も知りゃしないね」

わたしは千代子バアから静子ばあちゃんに視線を移した。

「どうだろうねぇ。でも、わたしはどっちでもいいと思うよ。あえてでも、無意識でも」

どちらであっても、シャーリーンがわたしを「家族」として考えていることには変わりないから、だろう。

わたしは、シャーリーンの澄んだ瞳を思い出した。そうしたら、なぜだろう、きっとシャーリーンは、あえて父のことを「パパさん」と呼んでいるに違いないという確信が芽生えてきた。

それでも、とわたしは思う。少し性格が悪いかも知れないけれど、シャーリーンが身内ですらない千代子バアに告げ口のようなことをしていると思うと、正直、ちょっと気分が悪い。いや、とても、とても、気分が悪い。わたしだって色々と気を遣っているのに、わたしだけが悪者みたいになっているなんて。こんなに気分が悪かったら、いくら父のことを「パパさん」と呼んでくれているからといって、あのフィリピン人のことを「マミー」だなんて呼べやしない。

わたしの「お母さん」は――。

微笑《ほほえ》んだまま、ちょこんと座っている静子ばあちゃんを見た。

わたしの「お母さん」は、このやさしいおばあちゃんの――。

娘だけだ――、と自分に言い聞かせそうになる直前のところで、静子ばあちゃんがパチンと手を叩いた。まるで何かを思い出したように。

「そうそう、そういえばね、たまちゃんに見てもらおうと思ってたものがあるの」

静子ばあちゃんは、傍らのハンドバッグから白い携帯電話を取り出した。わたしが勧めて持たせた、お年寄り向けの端末だ。健康祈願のお守り付きストラップも、わたしがプレゼントしたものだ。

「シャーリーンのことは、もうこの辺にしといて……」携帯をいじりながら、静子ばあちゃんはさらりと言った。「ほら、これ、見て。たまちゃんに教えてもらったとおり、写真を撮ってみたの」

しれっと話題を変えながら、携帯端末をこたつの真ん中に差し出した。

わたしも、千代子バアも、思わず顔を寄せる。

「あらぁ、あんた、なかなかだね」

夕暮れの青羽川を撮影した写真を見て、千代子バアなりの最大限の賛辞を口にした。

「ほんとだ。きれい……」

わたしも、心のままを口にした。千代子バアとシャーリーンのことは、そう簡単になかったことにできるはずもないけれど、とりあえずいまは、静子ばあちゃんの気遣いを受け入れることにしたのだ。

「うふふ。他にもね、色々と撮ってみたのよ」

静子ばあちゃんは、十枚ほどの写真をわたしたちに見せてくれた。朝日を浴びてきらきら光る松の枝振り、青空を映す水たまりに浮かぶ黄色い落ち葉、西日が差し込む物置小屋の熊手、塀の上でまどろむ猫……などなど。どれも静子ばあちゃんの穏やかなまなざしを感じさせてくれる写真だった。

「ねえ、またいい写真が撮れたら、写メしてね」

わたしが言うと、静子ばあちゃんは少し困ったように眉尻を下げた。

「写メって言われてもねぇ、やり方がわからないから……」

「えっ？　簡単だよ」

すでに静子ばあちゃんはメールの送受信はできるのだ。わたしは、画像添付のやり方を教えてあげた。

「あら、ほんと。わりと簡単なんだねぇ」

静子ばあちゃんは嬉しそうに言って、さっそく千代子バア宛てに猫の写真を送信した。受け取った千代子バアも満更でもない顔をしている。

「んじゃ、そろそろわたしは都会に戻ろうかな」

こたつから脚を抜いて、立ち上がった。

「たまちゃん、お昼は、食べていかないの？」

静子ばあちゃんの言葉に、わたしは微笑みながら首を振った。

「こう見えて、やることがたくさんあるからね」

といっても、せいぜい引っ越しの準備をするくらいだけど。

「最近の学生ってのは忙しいんだねぇ」

千代子バアの言葉にも機嫌のいいふりをして「まあね」と答えた。そしてわたしは、玄関まで見送ろうとする静子ばあちゃんを制止して、ひとり母の実家を後にした。

小径を抜け、愛車を停めておいた川沿いの道路に出たところで、対岸の山から吹き下ろしてくる冷たい風に身をすくめた。冬空は晴れ渡り、まぶしいほどだ。運転席に座り、エンジンをかけた。右手をステアリングに置いたら、胸のなかの深いところから「はあ……」とため息を漏らしてしまった。そのまま息を吸って吐いたら、またため息になってしまいそうだったので、あえて小声でつぶやいてみた。

「パパさん、か……」

千代子バアの鼻眼鏡を思い出しながらサイドブレーキを解除し、そっとアクセルを踏んだ。

それからしばらくのあいだ、わたしは悶々《もんもん》とした気分のまま車を運転していたのだけれど、街のコンビニに立ち寄ったところでささやかな救いがあった。静子ばあちゃんからメールがきたのだ。

《千代子さんは、本当はやさしい人だから、たまちゃんの家族の幸せを願っています。わたしは、さっきのたまちゃんの気持ち、ちゃんとわかっていたからね。ありがとね。また遊びにきてね》

添付されていたのは、すっきりとした青空を駆け上る龍《りゅう》のような雲の写真だった。ついさっき静子ばあちゃんの携帯のアルバムを見たときにはなかった写真だ。ということは、いま？

思わずわたしは、コンビニの駐車場から空を見上げた。

でも、街の空は少し白濁したような水色で、龍は飛んでいなかった。

それでも――と、わたしは思う。

空は、つながっている。

わたしはひとつ深呼吸をすると、心配してくれている静子ばあちゃんへの返信を入力しはじめた。わたしは大丈夫だよ、と。

◇　◇　◇

それからの数日は、アパートでだらだらと引っ越しの準備をしたり、本を読んだり、おつかい便をうまくやるためのアイデアを考えたりして過ごした。

父のお見舞いには一日おきに行ったけれど、毎日来ているらしいシャーリーンとはすれ違っているようで、出くわすことがなかった。正直、わたしはシャーリーンと会わないことに少しホッとしていた。会えば会ったでなんとなく気が重くなりそうだから。でも、ずっと会わずにいると、こちらから避けていると思われそうで、それはそれで気が重くなってくる。

お見舞いの帰り道、車を運転しながら、わたしは、やれやれ、とひとりごちた。会っても会わなくても気が重くなってしまうような人と、これから一緒に暮らせるのだろうか――。

◇　◇　◇

引っ越しの荷物がまとまった火曜日は、久しぶりに朝から冷たい雨が降っていた。そして、その雨は、夕方からみぞれに変わった。

午後七時少し前。コートに身を包んだわたしはビニール傘をさして駅前にある格安の洋風居酒屋へと向かっていた。大学の語学のクラスで仲良くなった友人たちが「プチお別れ会」を開いてくれるというのだ。

店に着き、いかにも南仏っぽいアンティークなドアを押し開けて店内に入ると、フロアのいちばん奥のテーブルで、気の置けない友人たちがすでに笑顔を咲かせていた。時間ぴったりにやってきたわたしの顔を見るなり、幹事のみゆきが「おっ、主役の登場だよ」と言って、拍手で迎えてくれた。男三人、女三人の、笑顔、笑顔、笑顔……。しばらく会っていなかった友人たちの顔は、なんだか以前よりもずいぶんときらきらして見えた。その理由は自覚している。みんなが変わったのではなくて、わたしが大学を辞めたからだ。もう、わたしは二度と、この愉《たの》しい仲間たちとじゃれ合いながらキャンパスの風に吹かれることはない。

大学生と、そうではない人。

彼らとわたしのあいだを厳然と隔てる「見えない壁」の存在をあらためて実感しなが

ら、わたしはいわゆる「お誕生日席」についた。口角をなるべくキュッと上げながら。

それからわたしたちは生ビールのグラスで乾杯をして、いつものようにくだらない話に手を叩いて笑い合いながら、安くてそれなりに美味しい料理をせっせと胃袋のなかに詰め込んでいった。

わたしが田舎に引っ越して少し落ち着いたら、みんなは「居酒屋たなぼた」に飲みに来てくれると言った。「どうせなら、泊まっていきなよ」と誘ったら、「おお、いいね、それ！」「春休みに行こうよ」などと盛り上がって、友人たちはテーブルの上で元気よくハイタッチを交わし合う。そんな彼らを「見えない壁」越しに眺めながら、わたしはひとり赤ワインを口に運んでいた。

今日は酔いたいな――と、わたしのなかのわたしがつぶやいた。

◇　◇　◇

翌朝、布団のなかで目覚めると頭の芯が少し痛んだ。

軽い二日酔いだ。

カーテン越しに朝日が透けて、部屋はうっすらと明るい。

布団からのそのそと起き上がり、渇いた喉を水道の水でうるおした。冬の冷たい水は、食道を伝い、胃に落ちていくのがよくわかる。コップ半分ほど飲んだところで、思わず

「ふう」と声に出してしまう。

部屋がうすら寒いのでエアコンのスイッチを入れた。壁際に積み上がった段ボール箱を見たら、都会に憧れて意気揚々とこの部屋に入居した十八歳の春のくすぐったいような空気を思い出した。あの頃のわたしは無知で無垢《むく》で無邪気だった。大学生活に漠然とした希望を抱いていたのだ。でも、実際にキャンパスに通ってみると、わたしが思い描いていたものとはずいぶんと違っていた。授業はあまり面白くないし、これといってやりたいこと、学びたいことも見つからなかった。気の合う友人たちと無為に戯れたり、バイト先で小さな恋愛をしたりするのは愉しかったけれど、それ以外はもう、ただゆるい日々を積み重ねていくだけで、自分の人生を「ちゃんと生きている」気がしなかったのだ。

わたしは、地に足をつけて自分らしく生きている両親の背中を見ながら育ったことと、母の教えの影響もあって、たった一度の人生に与えられた時間を無駄に使うことがとても怖く感じられてしまうタイプなのだと思う。

命ってね、時間のことなんだよ――。

小学六年生の頃に、母はわたしにそう教えてくれた。

つまり、この世に「おぎゃあ」と生まれ落ちた瞬間から、わたしたちはすでに「余命」を生きていて、あの世に逝く瞬間まで「命」という名の「持ち時間」をすり減らし続けているというのだ。

命＝自分の持ち時間

そのシンプルな説明は、子どものわたしにも、とてもわかりやすいものだった。

一分、一秒、いまこの瞬間も、わたしは貴重な命をすり減らしながら生きていて、着実に「死」へと近づいている。そう思うと、自分らしく心のままに生きていない時間がもったいなくて仕方なく感じてしまうのだ。そして、そのもったいないという気持ちが心のなかに積み重なってどんどん重くなってくると、それはいつしか「不安」に変わり、やがては「恐怖」に似た感情になってくる。わたしが「おつかい便」を思いついたのは、上っ面を愉しんでいるだけの大学生活で、命の無駄使いをしているのではないかと不安を感じていたちょうどそのときのことで、だからこそ、わたしの決断は早かったのだ。

大学の事務所に退学届けを出したとき、わたしの胸裏は、夢へのときめきでいっぱいだったし、爽快な気分ですらあった。それなのに、昨夜は、大学生を続けている友人たちがきらきら輝いて見えてしまうなんて……。

積み上がった段ボール箱に向かって、空っぽのため息をついた。

まだ朝食を摂《と》る気にはなれないから、再び布団のぬくもりのなかにもぐり込んだ。そのままぼんやりと白い天井を見詰めていたら、昨夜の「プチお別れ会」の記憶が少しずつ甦《よみがえ》ってきた。

ワイングラス片手に、愉しさと淋しさのあいだでふらふら揺れていたわたしは、たっぷりのアルコールで饒舌《じょうぜつ》になって、これから自分がはじめようとしている「おつかい便」について、彼らに熱弁していた。女子たちは口をそろえて「うん、うん」「わかる、わかる」「それ、すごいと思う」なんて、いい感じに調子を合わせてくれていたけれど、しかし、男子たちは違った。現実的な台詞をまっすぐにぶつけてきたのだ。「うーん、わかるけど、ちょっとリスキーじゃねえ？」「将来性はあんの？」「資本金はどうするわけ？」「過疎地で起業するなんて、俺だったら怖くてできねえけどな」などと、まさに酔っぱらいらしい無慈悲な持論をわたしにぶつけてきたのだ。本当は、こういう現実を言ってくれる方がやさしいのかも知れないけど……。

そして、わたしは、とにかく必死になって彼らのネガティブな説を論破しようと試みたのだった。でも、それもあまり上手《うま》くいかなかった気がする。わたしの内側からは、ただ熱がほとばしるばかりで、理路整然としたクールな言葉があまり出てこなかったのだ。こんなにも日夜「おつかい便」のことばかり考え続けてきたというのに、自分でも不思議になるけれど。

そして、正直いうと、わたしは、彼らの現実的な言葉と口調におののいていた気がする。自分の考えと行動が、あまりにも浅はかで軽卒なものだったのではないかという不安に押しつぶされそうになっていたのだ。だから、わたしはアルコールの力を借りながらも必死に抵抗し、言葉を返し続け、彼らに「おつかい便」の意義と可能性を理解してもらおうとしていた——と、いうのは、じつは表面上のことで、本当の本当は、むしろ、わたし自身を自分の言葉でちゃんと納得させたいがために、ひたすら熱弁をふるっていたのだと思う。

エアコンで部屋があたたまった頃、わたしは布団から出た。

窓のカーテンをさっと開けると、部屋のなかが新鮮なレモン色の光で満たされた。昨夜のみぞれはいつの間にかあがっていて、空には透明感のある水色が広がっている。

顔を洗い、歯を磨き、ガラス天板の小さなテーブルで、昨夜コンビニで買っておいた野菜ジュースとサンドイッチを口にした。

食後、何気なくテレビをつけてみたけれど、これといって観たい番組が見つからなかった。だからわたしは床にぺたりと座り、背中を壁にあずけながら、読みかけの本を開いた。

本のタイトルは『死を輝かせる生き方』。

今朝の青空みたいな清々《すがすが》しいブルーのカバーが巻かれたその本には、幸福な人生を送るためのコツがあれこれ書かれていた。そもそも、わたしは読書といえば小説とエッセイにしか興味がなかったのだけれど、起業を志したのをきっかけに、様々なビジネス書や自己啓発本を読むようになっていたのだ。

その本のページを開いて十五分ほど経《た》ったとき、ふと心に引っ掛かる一節と出会った。

わたしは、その一文を読み返した。

《人生には、みんなが通ったあとにできる轍《わだち》はあっても、レールはない。だから、あなたは自分の心を羅針盤にして、あなただけの道を歩いていけばいい。そして、それこそが唯一、後悔をしないで死ぬための方法なのだ》

わたしは、この文章を三度、四度と読み返した。

そして、ホッとため息をついた。

なんだか、母が天国からメッセージをくれたような気がしたからだ。

と、ちょうどそのとき携帯が鳴った。メールだ。

わたしはテーブルの上に置いてあった携帯を手にした。差出人は、静子ばあちゃんだった。メールのタイトルには《今朝のしずく》とある。本文を開いてみると、《たまちゃん、今日はとても寒いですね。インフルエンザが流行《はや》っているそうです。くれぐれも気をつけてね》と書かれていた。そして、写真がひとつ添付されていた。冬枯れした庭の梅の枝先についた雨滴《うてき》が、朝日を浴びてきらめいている写真だ。

天国の母からメッセージをもらえた、と思っていたら、続けて静子ばあちゃんからこんな美しい写メが届くなんて。

なんだろう、このタイミング。

たまらなくなって、わたしは静子ばあちゃんをコールした。

「もしもし」

と、静子ばあちゃんは、すぐに出てくれた。もしもし、という四文字の言葉だけで、静子ばあちゃんが笑顔になっているのがわかった。

「珠美だよ。おはよう」

「おはようさん。そっちも寒いのかい？」

「うん、多分ね。でも、いま部屋のなかだから、よくわかんないけど」

「こっちは昨日、みぞれが降ったんだよ」

「あ、こっちも降った。いまはいい天気だけど」

「こっちも、今日はとってもいい天気」

静子ばあちゃんは、青空を見上げているかのようなしゃべり方をする。

「写メありがとね。すごくいい写真だね」

「あら、よかった」

静子ばあちゃんは、うふふ、と笑った。

それからわたしたちは、写真の梅の枝に花が咲くのはもうすぐだとか、その梅の実で作る梅干しが酸っぱくて美味しいとか、先日の龍の形をした雲のこととか、たいして中身のない会話を愉しんだ。そして、何かの拍子に、ふと、ふたりの間に沈黙が降りたとき、静子ばあちゃんは、「それで――」と、おっとりした口調で言った。

「え？」

「たまちゃん、今日はどうしたんだい？」

静子ばあちゃんは、幼い孫の頭を撫《な》でるときのような、とても恵み深い声を出した。

「どうしたのって……」

急な展開に、わたしは言葉を失《な》くしてしまう。

「たまちゃんが用もないのに電話をしてくるなんて珍しいから。何かあったのかなって思ったんだけど」

何かって——。

わたしの脳裏に、友人たちに熱弁をふるう昨夜の自分の声が甦ってきた。淋しさと、不安と、必死さの裏返しともいえるその声は、穏やかでやさしい静子ばあちゃんの声とは対極にある気がして、胸のなかが急にじんじんと熱くなってしまった。

もしかして、静子ばあちゃんは、すべてお見通しなのだろうか？

そういえば、いまは亡き母も、幼いわたしにとっては何でも見透かされてしまう存在だった気がする。

「あったと言えば、あったかな」わたしは、せめて、いまこの瞬間の声色だけは明るいものにしようと決めながら、口を開いた。「じつは昨日ね、友だちにわたしの将来の話をしたんだけど——、そうしたら、あんまり期待したような反応をしてもらえなかったんだよね。それがちょっと残念だったけど……。何かあったとしたら、まあ、それくらいかな」

静子ばあちゃんは、「そう……」と言ったきり、少しのあいだ何も言わずにいた。わたしも、なんとなく口を閉じたままでいた。やわらかな沈黙のなか、わたしはいったい静子ばあちゃんに何を期待しているのだろう、と自分に問いかけていた。

「ねえ、たまちゃん」

その沈黙を、静子ばあちゃんがそっと破った。

「ん？」

「死んだおじいちゃんがね、よく絵美に言っていたことがあるの」

「え……」

わたしのおじいちゃんが、お母さんに？

「人に期待する前に、まずは自分に期待すること。で、その期待に応えられるよう、自分なりに頑張ってみること。人にするのは期待じゃなくて、感謝だけでいいんだよ——って」

「…………」

なるほど、と思いながら、わたしは壁際に積み上がっている段ボール箱の山を見た。

その山に朝日が当たっていて、なんだかちょっと神秘的な感じがした。

まずは自分に期待すること、か。

「ねえ、おばあちゃん」

「ん？」

「おじいちゃんって、篤農家《とくのうか》だったんでしょ？」

篤農家とは、とても研究熱心でまじめな農業者のことだと静子ばあちゃんに教えてもらったことがある。

「そうだねぇ。とにかく土をいじっているのが大好きな人だったよ。たまちゃん、おじいちゃんの顔、覚えてる？」

「うん、少しだけ。日焼けしてて、よく麦わら帽子をかぶってたよね」

「ああ、そうだねぇ」

静子ばあちゃんは、在りし日を追懐するような声を出した。

おじいちゃんは、わたしが物心ついてすぐに逝ってしまったから、記憶も曖昧だけれど、母のことも、わたしのことも、それはそれは可愛がってくれたらしい。

「わたしね、いま読んでる本があって、ちょっといい言葉を見つけたんだ」

そう言ってわたしは、傍らの『死を輝かせる生き方』を手にした。そして、天国の母からプレゼントされたような一文をゆっくり丁寧に読み上げた。

「人生には、みんなが通ったあとにできる轍はあっても、レールはない。だから、あなたは自分の心を羅針盤にして、あなただけの道を歩いていけばいい。そして、それこそが唯一、後悔をしないで死ぬための方法なのだ――。どう？　なんか、いいでしょ？」

「うん。いい言葉だねぇ」

「だよね」

「おじいちゃんが絵美に言ってた言葉と、よく似てるよ」

「うん。結局、同じことを言ってるよね」

わたしは、わたし自身に期待して、心のままに、わたしだけの道を歩いていく。そして、人にはただ感謝をすればいい。そうすれば、死ぬ時に後悔をせずに済む。

それでいいんだ。きっと。

「やっぱ、電話して、よかった」

そう言って、わたしは軽くため息をついた。

「え？」

「おばあちゃん、サンキュ」

静子ばあちゃんは「あらあら、どういうことかしら」と言って小さく笑うと、「わたしも、朝からたまちゃんの声が聞けて元気をもらえたよ」と言ってくれた。

その穏やかな声を聞きながら、わたしは窓の外の清々しい青空を見上げた。

◇　◇　◇

夕方、三日振りに父の見舞いに行った。

「おっ、いま、シャーリーンと会わなかったか？」

わたしの顔を見るなり、父は上半身を斜めに起こした電動ベッドの上で陽気な笑顔を見せた。

「え、会わなかったよ」

「そうか。んじゃ、ちょうどすれ違いだったんだなぁ。ま、いっか。それよか、ほれ、冷蔵庫にシャーリーンが持ってきてくれたプリンがあっから、たまちゃんも喰《く》え」

ベッドの脇にある小さな冷蔵庫を指差して、父は「マジで、めちゃくちゃうめえからよ」と目を細める。

術後の父は、日々、目に見えて快復しつつあった。とはいえ、さすがにまだ一人で自由に歩くことまでは出来ず、トイレも看護師さんの介助つきだ。だから当然、一日の大半をベッドの上で過ごしているわけだけれど、DVDで好きな映画を観たり、テレビのドラマやバラエティを観たり、本や漫画を読んだりして、結構、入院生活をエンジョイしているようにも見える。そして、やっぱり父は、病院のドクターや看護師さんたちとあっという間に打ち解けて、さっそく病棟の有名人になっているらしかった。その噂《うわさ》を電話でこっそり教えてくれたのは、壮介だった。先日、常田モータースの父子はお見舞いに来てくれて、そのとき看護師さんから聞いたのだという。

わたしはベッド脇にある丸椅子に腰掛けて、卵屋さんのこだわりプリンとやらを口にした。なるほど、美味しい——と思いつつ、そろそろ父にも起業のことを話してもいいのではないか、と考えはじめていた。今夜あたり、久しぶりにシャーリーンに電話をして、大学を辞めた件と「おつかい便」についての父への報告と、わたしの引っ越しの具体的な日取りについてを話し合っておくべきかも知れない。

「プリン、ほんと、美味しいね」

わたしは頭のなかで色々と重要なことを考えながら、口からは他愛のない台詞を吐いた。でも、父は、そんな台詞にもいちいち目を細めて喜んでくれる。

「んだべ。なめらかで、濃厚でよ、この卵屋のプリンは日本一だよなぁ」

わたしは「そうだね」と軽く頷きながら、最後のひとくちを口に運んだ。

「ご馳走さま。すごく美味しかったぁ」

空になった卵形のカップと、プラスチックのスプーンをゴミ箱に捨てて、あらためて父を見たら――。

「え……、な、なに？」

父は、もの言いたげな感じでこっちを見て、にやにやしていたのだ。

わたしはプリンでもこぼしてしまったのかと思って、慌てて自分の洋服を見下ろした。

「なあ、たまちゃんよぉ」

「え？」と、顔をあげるわたし。

「俺に、何か言うことあんじゃねえのか？」

わたしの心臓は、一拍スキップした。

「言うこと……って？」

悪戯《いたずら》っぽい顔でにやにやしている父は、しかし、わたしの目を正面から覗き込むように見ていた。わたしは、「え？　え？　なに、その顔」と、狼狽してしまう。

「ほれ、すごーく大事なこと、俺に隠してんべさ」

「すごーく、大事なこと？」

え、まさか、それって……。

ひとりでどぎまぎしていたら、せっかちな父は、堪《こら》え切れなくなったようにこう言ったのだ。

「大学、辞めたんだべ？」

「…………」

わたしは目を見開いたまま、呼吸も忘れて固まっていた。

どうして、そのことをお父さんが知っているの？

「それとよ、もうひとつ、俺に黙ってることがあんべさ？」

起業することも、バレている――。

そうに違いない。

「嘘《うそ》……」と、わたしは無意識にそう言っていた。

父は、にやにやしたまま小首を傾げた。

「ん？　嘘って、なんだ？」

「なんで、お父さんが、そのこと……」

「ぐふふ。そりゃ、おめえ、俺はたまちゃんのことなら何だってお見通しだからなぁ。

それによ――」

「誰から、聞いたの？」

わたしは、父の言葉にかぶせるように訊いた。

「あはは。たまちゃんは、誰だと思う？」

父は、相変わらず愉快そうに笑っている。

わたしの脳裏に、あの人の顔が浮かぶ。

「……シャーリーン？」

もしも違ったら、シャーリーンにはすごく申し訳ないと思いながら、でも、わたしは確信を持っていた。壮介やマッキーから秘密が漏れるとは考えづらい。

「ピンポン、正解だぁ」

あっけらかんと父は言った。

嘘、でしょ――。

あまりのことに、目眩《めまい》を覚えそうになった。

なんてことだろう。あの人は、どうしてわたしにひとこともなしに、勝手に秘密をバラしてしまうのか。もう、信じられない。

憤りと、呆《あき》れと、その他いろいろな負の感情が胸のなかで一気に膨張してきて、たまらなくなったわたしは、それらを重たいため息に変えて「はあ……」と吐き出した。

「いつ？　シャーリーンからは、いつ聞いたの？」

「えーっとな、三日くらい前だったかな」

そんなに前に。なのに、どうしてわたしに報告すらないわけ？

わたしはもう一度、大きく空気を吸って、「はあ」と大袈裟《おおげさ》に嘆息した。そうでもしないと、声を荒らげてしまいそうだったのだ。

「で、シャーリーンは、お父さんになんて言ってたの?」

「あはは。なんだよ、たまちゃん、そんな怖い顔すんなって。せっかくの美人が台無しだべさぁ」

父はそう言って笑うと、わたしの問いかけに恬然《てんぜん》とした口調で答えた。いわく、シャーリーンが父に伝えた内容は、わたしがずいぶん前に大学を辞めていたこと。その理由は「おつかい便」を起業するためだということ。父には術後の体調が落ち着いたら打ち明けようとしていたこと。さらに、近々、実家に引っ越すこと——。とにかくもう、父はすべてを知っていた。もはや、わたしから父に打ち明けることなど、何もないくらいに。

でも、まだ、ひとつだけ、わたしの口から言うべき台詞が残されていた。

「ごめんなさい……」

本当は、自分の口からすべてを打ち明けて、それからきちんと謝りたかった。そのつもりだった。それなのに——。

わたしは丸椅子から立ち上がって頭を下げた。下げながら、ナイキのスニーカーのつま先を見詰めていた。心臓のあたりが嫌な熱を帯びてきたな、と思ったら、透明なしずくがふたつ、リノリウムの床に、ぽた、ぽた、と落ちた。

「えっ? な、なんだ。やめろって。おい、顔あげろって」

今度は父が狼狽してしまった。わたしはゆっくりと顔をあげた。

「な……、きゅ、急に泣くなっつーの」

「だって……」

シャーリーンが——、と言いそうになって、ぐっと唇を嚙んだ。

「たまちゃんはよぉ、これから村のジジババのためにいいことをしようとしてんだべ？それに、俺の身体《からだ》を気遣ってくれて、ずっと黙ってたんだべ？」

「そう……だけどさ」

小さな冷蔵庫の上にあるティッシュ・ボックスから、ティッシュを二枚引き抜いて、わたしは目頭を抑えた。

「だったら、なんも問題ねえべさ。世の中にいいことすんのも、人にやさしいのも、さすが俺の自慢の娘ってなもんだ。だから、ほれ、泣くなって」

わたしは何度か深呼吸をして、こみあげてくる感情を散らそうと心を砕いた。そして、ようやく滲み出す涙を止めることに成功した。

「まあ、アレだ。大学なんてもんはよ、愉快な思い出作りをするための場所なんだべ？だったら別に無理して卒業しなくてもいいさ。俺なんて、高校中退でも、こうやっておもしろおかしく生きてんだからよ」

父はいつものおどけた口調でそう言った。

「お父さんは……、きっとそう言ってくれると思ってた」

思っていたけど、ちゃんとわたしの口から説明すべきだったし、したかった。

「あははは。なんだよ、全部お見通しってか？」

お見通しなのは、お父さんと、静子ばあちゃんの方じゃないの？

そう思ったけれど、口にはせず、ただ黙っていた。

すると、父は少しだけ笑みを小さくして、ついでに声のトーンも下げてこう言ったのだ。

「まあ、それはともかくよ、こっちの方はどうすんだ？」

「え？」

父は人さし指と親指で円を作ってみせた。

「おつかい便とやらを起業すんなら、元手がいるべさ？」

わたしは、ゆっくりと丸椅子に腰をおろしながら「銀行から借りるつもり。少額だけどね」と答えた。

「ほう。借金か」

「うん」

「それは、駄目だな」

「え……」

「借金すんなら、起業は止《や》めとけ。つーか、俺は認めねえ」

「え、そんな……。だって、ちゃんと返済計画もきちんと考えてあるし——」

「だーめ。俺はな、嘘つきと甘い梅干しと借金だけは嫌いなんだ」

「じゃあ、どうすれば」

ふいに父の目が、ニッ、と細くなった。

「むふふ。じつはよ、金なら、あるんだな、これが」

「え……」

「まぁ、その金は、絵美の命の代わりに受け取った金なんだけどよ」

「お母さんの、命の代わり？」言いながら、わたしはピンときた。「それって、生命保険の？」

「おっ、さすが。正解だ」父はニヤリと笑って、続けた。「受取人をたまちゃんと俺で半々にしといたんだ。だから、五〇〇万ほどたまちゃん名義の口座に入ってる。それを好きに使えばいい」

「えっ、で、でも……」

「いいから使え。どうせ、たまちゃんが将来、結婚するときなんかに使おうと思ってた金だしよ」

「お父さん……」

「でもな、その代わり、ひとつだけ約束だ」

「え……」

父の半笑いの目に、今日いちばんのやさしさが滲んだ。

「絵美の命を使って興す仕事だと思って、しっかり楽しむこと」

「………」

わたしは再びティッシュを二枚引き抜いた。

そして、父にちゃんと頷いてから、それを目頭にあてた。

「人生っつーのはよ、たった一度きりの命をかけた遊びだからよ。何でも好きなことやったもんの勝ちだよな」

「ありがとう。お父さん……」

うつむいたまま、かすれた涙声を出したら、ベッドの上から父の大きくて分厚い手が伸びてきて、わたしの頭をぽんぽんと二度やさしく叩いてくれた。

◇　◇　◇

わたしが業者に頼んで引っ越しをしたのは、それから五日後のことだった。

そして、久しぶりに暮らしはじめた実家は、予想どおり、と言っては何だけど、すごく落ち着かなかった。シャーリーンの顔を見れば色々と言いたいことが出てくるし、段ボール箱のなかの荷物の整理もしなくてはならなかったし、引っ越しにまつわる各種手続きも面倒だったし、お父さんのお見舞いに行ったり、起業の準備をしたり、家事の手伝いをしたり——、とにかく、ひたすらばたばたしていたのだ。ようするに、これぞ師走《しわす》、と言いたくなる日々なのだった。

静子ばあちゃんに「おつかい便」の話をしたら、最初はさすがに「こりゃ、たまげたねぇ……」と目を丸くしていたけれど、でも、最後には「ばあちゃんも応援してっからね」と、いつもの穏やかな笑顔を見せてくれた。そして、その瞬間から、わたしの未来は開放された。もう、わたしは心置きなく起業に全力を注ぐことができる。

壮介は、中古車市場のオークションで「おつかい便」に使う保冷車を探してくれていた。しかし、まだ最適な一台は見つからないでいた。年式と程度の良さを鑑《かんが》みて、これっ！　と太鼓判を押せる車が、なかなかオークションに流れてこないらしいのだ。

引きこもりのマッキーには、再び会いに行った。もちろん「常田モータース」を連れて。マッキーは相変わらずショートケーキみたいなロリータ・ファッションに身を包み、美沙ちゃんと部屋のなかで「お姫様ごっこ」などをしていたけれど、わたしとの約束はしっかり覚えていてくれた。そもそも、マッキーはまじめで律儀でやさしい人なので、約束をしたら必ず守ってくれるに違いないのだ。

そんなこんなで師走は矢のように過ぎていき、気づけば過疎の青羽町にも新しい年がやってきた。

生まれてはじめて経験する「父のいない正月」を迎えた朝――。

わたしは黄色い車で静子ばあちゃんを迎えにいき、わが家へと連れてきた。毎年、正月は一緒に祝うことになっているのだ。

日々、父のお見舞いで忙しいシャーリーンは、さすがにおせち料理までは作らなかったけれど、その細い腕によりをかけて、たくさんの日本料理をこたつの上に並べてくれていた。そのほとんどが「居酒屋たなぼた」のメニューにある料理ではあるけれど、それでも、こたつの上は見事なくらいに華やかだった。そして、それを見た静子ばあちゃんは、心から嬉しそうに目を細めて「シャーリーンは本当にすごいねぇ」と手放しに称賛するのだった。

「うふふ。わたし、頑張ったね。これも、これも、めっちゃ美味しいよ。静子ばあちゃん、たくさん食べてね」

日本料理を作れるわりに、日本人らしい謙遜をしないシャーリーンは、あからさまに得意げな顔をしていたけれど、わたしにはそれを批判する権利がなかった。なにしろ料理はほとんどすべてシャーリーンが作ってくれたのだから。

この年の瀬にわたしが貢献したことと言えば、せいぜい大掃除くらいだった。お店のフロアと厨房、さらに二階、三階のトイレと窓ガラス掃除を担当したのだけれど、それ以外はほとんどシャーリーンがやってくれた。わたしは、ただ、シャーリーンの指示通りに動いて掃除をしただけで、自分から率先して働いたことは何ひとつなかった。つまり、この家の実権を握っているのは、他でもないシャーリーンだったのだ。わたしは後から入ってきた余所者《よそもの》、もしくは後輩、といった感じで、なんとなく肩身が狭かった。

静子ばあちゃんと、シャーリーンと、わたし。

三世代の女がこたつを囲んで座った。

にこにこしているのは、わたし以外の二人だった。

お互いに、瓶ビールをグラスに注《つ》ぎ合った。

すると、シャーリーンは、なぜかもうひとつのグラスにもビールを注いだ。

「それ、誰の？」

と、わたしは素朴な疑問を口にした。

「絵美さんの分ね」

シャーリーンはそう言って立ち上がると、いつもぴかぴかな仏壇にビールの入ったグラスを供えてくれた。

わたしと静子ばあちゃんは、思わず顔を見合わせた。

「シャーリーン、ありがとねぇ」

しみじみとした口調で言って、静子ばあちゃんがゆっくりと立ち上がる。釣られて、わたしも立ち上がった。そして、三人で順番に仏壇にお線香を供えると、鈴《りん》を鳴らし、並んで手を合わせた。

シャーリーン、ずるいよ――。

わたしは胸裏でつぶやきながら、小柄で陽気でデリカシーのない人をちらりと見た。

浅黒い頬と、よく光る透明な瞳。

やっぱりわたしの「お母さん」ではあり得ない。

でも、こんな素敵なことをされたら、なんだか全部、悪いのはわたしみたいに思えてくるではないか。

だから、ずるい。

それからわたしたちは再びこたつに着いて、泡のなくなったビールで乾杯をした。

「あけましておめでとう」

三世代それぞれの女の声が、こたつの上で交錯した。

「たまちゃん、今年もよろしくね」

シャーリーンが差し出してきたグラスに、わたしは自分のグラスを軽くコツンと合わせた。

「こちらこそ、よろしく」

そんなわたしたちを、静子ばあちゃんが目を細めて見ている。

よく冷えたビールを喉に流し込んだ。

なんだかいつもより少しだけ苦いけど、美味しい。

わたしはそのままぐいぐい飲んで、グラスを飲み干すと、「ぷはあ」とオヤジみたいな声を出した。すると、シャーリーンもそれを真似《まね》て「ぷはあ」と言って、悪戯っぽく微笑んでみせた。

わたしは、うっかり笑ってしまった。

静子ばあちゃんもくすっと声を出して笑った。

やっぱり、ずるいよ、この人。

やれやれ、と思いつつ、わたしは正月用の両側が細くなっている箸を手にした。

「じゃあ、さっそく頂きます」

シャーリーンにそう言ってから、わたしの大好物、ふろふき大根の鶏そぼろあんかけを口に放り込んだ。

咀嚼《そしゃく》していたら――、ふいに鼻の奥の方がつんと熱を持ってきた。

「たまちゃん、美味しい？」

シャーリーンが小首を傾げてこちらを見ていた。

「うん。で、でも、あ、熱い……」

たいして熱くもないのに、わたしはわざと、ハフハフ、とやってみせた。正月早々、わたしは変な人になりたくはない。たかだか、ふろふき大根の味付けが、母の味とあまりにもそっくりだったくらいで泣くなんて、どうかしている。

仏壇の方から、かすかに線香の香りが漂ってきた気がした。

「うふふ。たまちゃんは、猫の――、ほら、えっと、ベロは、えっと」

笑いながらシャーリーンがそう言って、静子ばあちゃんが「それは猫舌っていうんだよ」と教えてあげた。

「そう、猫舌ね！」

静子ばあちゃんが空だったグラスにビールを注いでくれたので、わたしは猫舌を冷やすフリをして、それをひとくち飲んだ。そして、またふろふき大根を口にした。

静子ばあちゃんが母に伝えて、母が父に教えて、それをシャーリーンが父から習って、わたしと静子ばあちゃんのために作ってくれた味。

やっぱり、ずるいよ、シャーリーンは。

「ずるいくらい、美味しい」

わたしはシャーリーンに言った。

シャーリーンは「ナイス」と大袈裟なウインクをして、自分も箸を手にした。静子ばあちゃんも「どれどれ」と、ふろふき大根に箸を出す。

家族の味の輪廻《りんね》。

そう思って、わたしはひとり正月早々ほっこりしてしまった。

◇　◇　◇

ドライブイン海山屋の二階にあるマッキーの部屋は、年が明けてもやっぱりフリフリで、甘々で、ベッドの上の特大テディベアがいまにもしゃべり出しそうなファンタジー空間だった。わたしたち同級生三人が足を突っ込んでいるこたつ布団にまで、たくさんの白いフリルが縫い付けられている。

「で、たまちゃん、親父《おやじ》さんの具合は？」

理沙さんが淹《い》れてくれた香りのいいコーヒーを片手に、壮介がこっちを見た。淡いピンク色の服に身を包んだマッキーもこちらを振り向く。

「まだコルセットみたいな装具を巻いてるから、ちょっと動きづらそうだけど、なんとか日常生活はやれてる感じ」

「そっか。うちの親父、早く『たなぼた』に飲みに行きてえなって、ぼやいてるよ」

「お店を開けられるのは、まだ先って感じだけどね」

言いながらわたしは、根昆布のうま煮をつついた。さっき理沙さんが「コーヒーのつまみ」と言って、わざわざ二階に持ってきてくれたのだ。どうしてコーヒーに根昆布なのか？　そのチョイスはかなり謎だけど、前回も小アジのみりん干しだったせいか、さほど驚きはしなかった。マッキー家はきっと、細かいことにはこだわらないお家柄なのだ。

「でも、まあ、とにかく退院できてよかったよな」

壮介が言うとおり、父は一週間ほど前に退院していた。正月をはさんだせいで検査が遅れたりして、予定より少し入院が長引いたけれど、術後はおおむね順調に快復していた。退院の日、両手に荷物を持って病室を出ようとしたとき、わたしは担当医に呼び止められた。そして「お父さん、再発の心配はしなくていいけど、リハビリはしっかりね。でないと、社会復帰に時間がかかるから」と言われた。わたしは「はい、ありがとうございます。お世話になりました」と応えつつ、安堵《あんど》感がこみあげてきて大きく嘆息した。

シャーリーンもホッとした顔で「よかったね、たまちゃん」と笑いながら、わたしの背中を軽くさすってくれた。でも、「よかった」のは、残念ながらそこまでだった。父の退院後も、わたしとシャーリーンの間には、大なり小なり摩擦が生じていたのだ。

「そういや、たまちゃんとシャーリーンのふたりで、週に三日は店を開けるんだべ？いつから開けんだ？」

わが家の内情を知らない壮介は簡単に言う。

「いつって、なかなか、そうもいかないんだよ」

「え、なんでだ？」

「なんでって……」わたしはコーヒーカップのなかで揺れる黒い液体に視線を落とし、複雑な胸中を表現するための言葉を探した。そして、ふと千代子バアの顔を思い浮かべながら口を開いた。「なんかさ、嫁と姑《しゅうとめ》のバトルみたいな感じになってるんだよね」

「バトルって、たまちゃんと、シャーリーンが？」

壮介はわかりやすいくらい心配そうな顔をした。おとなしいマッキーも少し目を丸くしている。

「あ、べつに激しく喧嘩《けんか》するわけじゃないけどね。でもさ、生活習慣の違う二人の女が、ひとつ屋根の下に住んでるとさ、なんか、もう、やたらと細かいことまで気を遣うし……、それでいつも気疲れしてるのに、無神経なことを言われたり、されたりするから

——、こっちもつい苛々しちゃうんだよね」

「無神経って、具体的に何をされてるんだ？」

「まあ……、どうってことないんだけど」

本当に、ひとつひとつはどうってことのない事柄なのだ。たとえば、冷蔵庫のなかにマヨネーズをしまうときは「ボトルの頭を下にしておくと、次に使うときに便利だよ」とわたしが教えれば、「気づいたたまちゃんが下に向ければいいね」なんてあっけらかんと言われるし、洗濯後に干しておいたわたしのお気に入りの服をシャーリーンが勝手に着て家事をしているから文句を言えば、「これ、可愛いね。わたしも着たいね。わたしの服、たまちゃん着てもいいね」なんて言って当然の顔をしている。バーターのつもりらしいけど、シャーリーンの服は小さいから、わたしには着られないのに。もっと言えば、わたしの部屋をわたしがいないときに掃除されるのもありがた迷惑だし、そのときに部屋のなかのモノを勝手に移動させるから、失くしモノが増えて困る。しかも、部屋のなかをチェックされているようで、正直あまりいい気がしない。

「なんかね、そういう小さなことがいちいち癇《かん》に障って、積み重なって、イラッとしちゃうんだよ」

しゃべりながらわたしは、人として小さいよな、自分……、と思う。でも、いまこうして思い出しているだけでも苛々してしまうのも事実だった。

「喧嘩するほど仲がいいって奴《やっ》だべ」

「違うって」わたしは一瞬で否定した。そんなことわざ、絶対に嘘だと思う。「違うんだけど——、シャーリーンって、ああいう人だから、喧嘩しても翌朝になるとケロッとした顔で、たまちゃんおはよう、今日もいい天気ね、なんて言いながら朝ご飯を作ってるんだよね。その顔を見てると、なんか自分がすごく小さい人間みたいに思えてきて反省するんだけど、でもね、たいてい、その五分後にはもう、イラッとすることをされてたりしてさ」

「ふむ……」

「で、結局、わたし一人が振り回されてる感じ」

「ふうん。でも、家事はシャーリーンがやってくれてんだべ？」

純朴な壮介は、悪気のない顔で痛いところを突く。

「まあ、そう、だけどね……」

たしかにシャーリーンは、家事をよくやってくれる。愉しげに鼻歌を歌いながら。しかも毎朝、遅くとも五時半には起きているようだった。まだ暗いうちから起き出して、せっせと家事をはじめているのか、あるいは通信教育で日本語の勉強をしているのか。ちゃんと聞いたことはないけれど、とにかく朝寝坊のわたしには絶対に出来そうにない芸当を当然のように継続しているのだった。

一昨日からは、リハビリが必要な父と一緒に、仲良く早朝ウォーキングをはじめたらしい。しかも毎晩シャーリーンは父と一緒にお風呂に入っている。装具がとれるまでは入浴時の介助が必要だということはわかっている——けれど、実の娘としては、なんだか、ちょっと引いてしまう……。

「家のなかのことは、いろいろやってくれるんだけど、でもね、いちいち、たまちゃん、これをやっておいてあげたよって、恩着せがましく言うんだよね。それを言われちゃうとさ、なんか、逆に、素直にお礼を言いたくなくなっちゃって」

「まあな。こっそり他人に施して、それを本人に伝えないのが日本人の美徳、みたいな感覚ってあるもんな。いわゆる陰徳を積むってやつ？」

「そう、それ！　わたしね、昨日まさにそれを言ったの」

昨日のシャーリーンは、やたらと口数が多くておせっかいだった。たまちゃん、わたし階段のお掃除しておいたね、きれいでしょ？　たまちゃん、温泉の粉、お風呂にいれておいたよ、うれしい？　たまちゃん、歯ブラシ古かったから、わたし買っておいてあげたよ。たまちゃんの座ってる座布団、千代子バアに教わって作ったわたしのモノね。気に入ったら使ってもいいよ。たまちゃん、洗面台の流しに毛が詰まってたね。わたしが、掃除しておいたね。

いちいち「やってあげた感」がついてまわるシャーリーンの「親切」に、わたしはげんなりして、そして、思わず、ちょっとキツい口調で言ってしまったのだ。

「あのね、日本人はね、相手の知らないところで、こっそりいいことをするの。それがいちばん喜ばれるんだよ」

するとシャーリーンは、例によってあからさまに不満そうな顔をした。

「ノー、ノー。それだと、相手は気づかないね」

「違うんだってば。それでもちゃんと気づくのが日本人なの。日本には昔から《陰徳を積む》っていう言葉があってね――」

そこから先、わたしはちょっと鋭利な言葉を選びながらシャーリーンの胸に穴をこじ空けようとした。そして、空けた穴に無理矢理「日本人の美徳」を詰め込もうとしたのだった。

「でもね、そのときのシャーリーンの悲しげな目を見てると、なんか、わたしが悪いんじゃないかって気がして――」

ため息まじりにそこまで言うと、壮介がわたしの台詞の続きを奪った。

「で、それでまた、イラッとするんだべ？」

「そうなの……。しかもね――」

わたしはシャーリーンに対する愚痴を、壮介とマッキーに向かって吐き出し続けた。

けれど、愚痴を言えば言うほど、家事をしているときのシャーリーンの悪気のなさそうな笑みと鼻歌が思い出されて、なんだかどんどん自分が嫌になってくるのだった。

「ああ、もう、なんか、ごめん」

やがて、わたしは、自分で自分の言葉を遮った。

「どうした、たまちゃん」

愚痴なんて、聞く側ばかりが疲れるはずなのに、それでも黙って聞いてくれていた壮介が首を傾げた。

「結局さ、わたしが、もっとおおらかになればいいんだよね。それ、わかってるんだけどさ。だから、もういいや。ごめん。新年早々、愚痴ばっかで」

壮介が、やれやれといった顔をする。マッキーは眉をハの字にして、小さく首を横に振っている。わたしたちは黙ってコーヒーを飲み、根昆布のうま煮を楊枝《ようじ》にさして口に運んだ。

「まあ、愚痴くれえだったら、またいつでも聞くけどよ」壮介が、気を取り直したように言ってプーマの黒いリュックを手にすると、なかからおもむろにA4サイズの紙を三枚取り出して、こたつの上に並べた。「そろそろ今日の主題に入んべさ?」

その紙を見たわたしは、思わず「あっ」と言っていた。

三枚の紙には、わたしがおつかい便で使う保冷車のデザインが描かれていたのだ。

「わ、素敵……」

マッキーが久しぶりに声を発した。アニメの声優を思わせるかん高い声だけど、昔かられが彼女の地声なのだった。オラオラとドスのきいた低い声を出す姉の理沙さんとは、どうやら声帯のつくりが根本から違うらしい。

「これ、どうよ? せっかくだから、営業車にはデザイン塗装をした方がいいべ」

「うん。すごい……。っていうか壮介、もう保冷車、見つかったの?」

「いや、それはまだなんだけども、でも、どうせオークションで落とす車の型式は決まってんだから、デザインだけでも先に考えておいた方がいいべさ」

たしかに、そうだ。わたしは「だよね」と頷きながら壮介が描いてくれた三つのデザイン画に視線を落とした。車種は、スズキのキャリイ。小さなトラック型の保冷車だ。その白いキャリイの写真をプリントアウトしたものに、壮介がそれぞれ色鉛筆で模様を描いていた。

三つとも、ボディーの側面に、

たまちゃんの
おつかい便♪

という文字のロゴが描かれているけれど、そのロゴ以外のデザインは三者三様だった。まずひとつ目は、一九五〇年代のアメ車を彷彿《ほうふつ》させるような、全体が真っ赤に塗られたデザインだった。古いキャデラックにありそうな色使いは粋で格好いいし、走っていて目立ちそうだ。二枚目は、レトロなフォルクスワーゲンのワゴンにありそうなエメラルドグリーンと白のツートンカラーだった。軽快な雰囲気と、かわいらしさが同居した感じで、乗るほどに愛着が湧いてきそうな気がする。そして三つ目は、淡いピンクとクリーム色を基調とした、妙に乙女《おとめ》チックなデザインだった。しかも、トラックの荷台部分――つまり、保冷庫になっている部分に、くるくると渦巻き模様が描かれている。

「これって……、ロリータ・カタツムリ?」

わたしは三つ目を指差しながら、確信を持ってマッキーの方を見た。

マッキーは照れ臭そうに首をすくめて「えへ」と笑った。なるほど、やっぱりこれはマッキーが発想したデザインを壮介が絵にしたのだ。

「一応、俺がオススメするのは、これなんだよな」

壮介は、レトロなフォルクスワーゲンっぽい、真ん中のデザイン画を指さした。マッキーには悪いけど、わたしも同感だった。すると思いがけずマッキーが「わたしも、それ、いいと思う……」と控えめな声を出した。

「え、いいの、マッキー?」と壮介。

「うん……」

「壮介とマッキーがいいなら決まりだね。わたしも、そのデザインがいちばん好きだし」

「よっしゃ、んじゃ、決まりな。俺、こういうレトロなデザイン、マジで好きなんだよ。ああ、早く本物を塗装してえなぁ」

壮介はクリスマスプレゼントの玩具《おもちゃ》を想う子どもみたいに、目をきらきらさせていた。そして、そんな壮介をこっそり横目で見ているマッキーの目が、いっそうきらきらしていることも、わたしはしっかりと見ていた。

「壮介、よろしくね。あと、マッキーもありがとね」

面映そうな顔をしたマッキーは、また遠慮がちに首を横に振った。

「あ、そうだ、マッキー」わたしは、そんなマッキーに続けて話を振った。「お願いしておいたチラシの方って、まだだよね？」

「えっと、だいたいは出来てるんだけど」

マッキーはゆっくり立ち上がると、デスクの上にあった白いノートパソコンをこたつに持ってきた。そして、チラシのデザインが表示された画面を開いてくれた。もしかして、こっちのデザインもフリフリだったりして……というわたしの不安は、ありがたいことに杞憂《きゆう》に終わった。

「わっ、いい感じだよ。すごく」

パソコン画面を見てすぐに、わたしは言った。

壮介がデザインしてくれた《たまちゃんのおつかい便♪》というロゴと、ウェブ上にアップされているフリー素材の写真を上手にあしらった、ビジュアル重視のきれいなチラシに仕上がっていたのだ。背景は青羽川のせせらぎの風景写真で、お年寄りが読みやすいよう、大きめの文字でキャッチコピーが書かれているのもいい。

《青羽町で移動販売スタート！　あなたのお家《うち》のすぐそばに、たまちゃんが車で売りに行きます♪》

このキャッチコピーの脇には、わたしの顔写真があった。少し照れ臭いけれど、販売するのが若い女性なら、お年寄りもきっと安心してくれるのでは、と思って、あえて写真を載せてもらったのだ。チラシの下半分は、現時点で販売許可をもらっている四カ所の売り場の案内になっていた。シンプルでわかりやすい地図のデザインはもはやプロ級で、「青羽温泉駐車場」とか「発泡スチロール工場敷地内」とか「青羽漁港の漁協組合事務所となり」といった、地元の人なら誰でもわかる表記があるのもいい。もちろん残りひとつの売り場は「ドライブイン海山屋の駐車場」だ。さらにマップの下の注釈には《※この他、みなさまの買いやすい場所にお伺いしたいので、ぜひ売り場を提供して下さい！》と書かれていた。

「すごいよ、ほんと。マッキー最高だよ」

パソコン画面を食い入るように見詰めたわたしは、このチラシを手にして喜んでくれるお年寄りたちの笑顔を思い浮かべていた。いよいよ本当に「おつかい便」をやるのだ。なんだか胸のあたりが熱くなってくる。

「マッキーってよ、ロリータ系以外のデザインをさせっと、これがなかなかセンスいいんだよな」

壮介が柴犬みたいな顔をして褒めたら、色白なマッキーの頬がわかりやすいくらいピンク色に染まって、顔までロリータっぽくなってしまった。

「マッキー、ありがとね」言いながらわたしが差し出した右手を、マッキーが「てへ」と照れ笑いしながら握り返してくれた。白くてふにゃっとしたマッキーの手はマシュマロみたいだ。

「そしたら、たまちゃんよ、あとは、アレだな」

壮介の言う、アレ、の意味は、わかっていた。

「うん」

「もう電話したのか？」

「まだ、これから」

「じゃあ、いま電話しちまえよ」

「えっ、いま？」

「んだ、いまだ。善は急げだべ？」

善は急げ、か……。たしかに、気持ちが高揚しているいまは、どきどきするような怖いことにチャレンジする好機なのかも知れない。

わたしはゆっくり頷くと、傍らのジャンパーのポケットから携帯を取り出した。そして、壮介とマッキーの顔を順番に見た。ふたりとも、わたしを励ますような目で見てくれていた。先日、父から教えてもらった電話番号を呼び出した。携帯の液晶画面に古館正三という名前が表示された。

「めっちゃ、どきどきする……」

わたしは、もう一度、二人を見て言った。同級生たちはゆっくりと頷いた。わたしは深く息を吸い、「ふう……」と吐いた。そして、人さし指で通話ボタンをそっと押した。

古館正三

「いますぐに返事なんてできねえ。こっちは仕事中だ。悪《わ》りいな」

そう言って俺は一方的に通話を切った。

こりゃ、いったい、なんの冗談だ？

胸裏でつぶやいて、右手にのせたままの携帯を見下ろす。

普段、この携帯にかけてくる人間といえば、最近めっきり歳を取った妻と、数人の仕事関係者くらいなものだ。それなのに、いきなり若い女から、しかも、あろうことか「弟子入り」を志願されるだなんて――。俺の仕事は、単なる移動販売だ。職人や芸術家じゃあるまいし、弟子をとるような仕事ではない。冗談もほどほどにしろと言いたくなる。

「ねえ、おつかいさん」俺のすぐ背後で、少しかすれた年寄りの声がした。「ため息なんてついちゃって、どうしたの？」

俺は顔を上げて振り向いた。車椅子に乗った白髪の老婆が、機嫌のよさそうな顔でこっちを見上げていた。

「いや、別に、なんでもねえよ」

返事をしながら老婆の様子を観察した。ここ二ヶ月くらいで、ひとまわりも、ふたまわりも、小さくなった気がする。噂では、認知症の方もずいぶんと進んだらしい。

「ならいいけど」

車椅子の上に、にっこりと無垢な笑みが咲く。

この老婆は、笑うと一気にタレ目になる。少し不思議なくらい、人懐っこい顔になるのだ。

その笑い方に親近感を覚えながら、俺は携帯をポケットにしまった。そして、気を取り直して、年寄りたちに販売を続けた。

ここは隣町の老人ホーム「望洋苑《ぼうようえん》」の一階ロビーだ。俺は、週に三回（月水金曜日）、この広々したロビーのテーブルの上に商品を詰めた青いバットを並べて商売をさせてもらっている。名前のとおり眺めのいい老人ホームで、今日も冬枯れした芝生《しばふ》の庭に面した大きなガラス窓の向こうに、ゆったりと紺碧《こんぺき》の海が横たわっていた。

「今日は、いいお天気。外は寒かった？」

車椅子の婆《ばあ》さんが、海を眺めながら言った。俺も、窓の外を見る。青々とした海原に、いくつもの小さな漁船が浮かんでいる。

「ああ、寒いな。ここ数日は、ぐっと冷え込んだからな」

俺は、いつも通り、この婆さんの話し相手をしながら、他の老人たちに商品を売りさばいていく。

一日に数カ所を巡る移動販売だが、この売り場は悪くなかった。毎回、二〇人ほどの老人たちが集まってきては、菓子やら果物やら惣菜《そうざい》パンやらをまとめ買いしてくれるから、売上げが見込めるのだ。老人たちは、自分のものを買うというよりも、むしろ面会に来てくれる子どもや孫たちへのプレゼントを購入することが多かった。自らの食欲や物欲を満たすことよりも、子や孫の喜ぶ顔を見ることの方がずっと幸せなのだろう。もしかすると、年をとるとは、そういうことなのかも知れない。

十五分ほど販売をしていると、買い物を終えて満足げな顔をした老人たちは、それぞれの部屋やコミュニティールームなどに散っていく。ロビーに残るのは、車椅子の老婆と、その車椅子を押してきた若い男性スタッフと俺の三人だけだ。

「婆さん、何か欲しいものはあるかい？」

俺は車椅子の老婆に話しかけた。

「卵焼き」

「え？」

「あたしの息子はね、卵焼きが大好きなの」

「……………」

「お砂糖をいっぱい入れた、甘いやつじゃないと嫌だっていうのよ」

「そうか。残念だけどよ、今日は、持ってきてねえな……」

「あら、そう。じゃあ、今度くるときに持ってきて」

「わかった。砂糖がたっぷり入った、甘《あ》めえやつな」

老婆はとても満足げに、うんうん、と首を縦に振った。

そして、なぜか皺《しわ》だらけの目尻に涙をにじませた。俺はその涙から目をそむけて、話を変えた。

「他に、何かいるもんはあるか？　ほれ、この水ようかんなんか美味《うめ》えぞ」

「水ようかんは大好き。おつかいさん、あたしの好きなもの、よくご存知ね」

ご存知も何も、この老婆は昔から決まって水ようかんを買っているのだ。

「たまたまだよ」

「うふふ。じゃあ、それをひとつ頂こうかしら」

「まいど。一五〇円な。婆さん、ほれ、俺に財布を貸してみな」

言いながら、いつものように俺は婆さんの太ももの上にある深緑色の財布を手に取った。車椅子を押してきた若いスタッフは何も言わず、ただ善良そうな笑みを口元に浮かべて、俺と婆さんのやりとりを眺めている。

「ええと、水ようかんは、ひとつ一五〇円だから——」俺は婆さんの財布から小銭を抜き取る素振りを見せながら、逆にこっそり千円札を三枚、なかに押し込んだ。

「代金、もらったかんな。お釣りもちゃんと入れといたぞ。ほれ、婆さんの好きな水ようかん、スタッフの兄ちゃんに渡しとくからな」

財布を閉じ、婆さんの太ももの上にそっと戻す。そして、白いポリ袋に入れた水ようかんをスタッフの兄ちゃんに手渡した。袋のなかには、水ようかんが三つ入っている。

「いつも、ありがとねぇ」

「こっちこそ、毎度ありがとな」

婆さんのほっこりした笑顔を見て、俺は店仕舞をはじめた。テーブルの上に並べたプラスチック製の青いバットに保冷のためのフタをして、外に停めてある保冷車に積み込んでいくのだ。バットの数は八枚。二枚重ねて運べば四往復で終わる。その間、車椅子の婆さんは、俺のことをにこにこ笑いながら見守っている。

「じゃあ、婆さん、また来るからな」

積み込みを終えた俺は、婆さんの車椅子の前にしゃがみ込んだ。

「おつかいさん、次はいつ？」

「明後日だ。甘い卵焼き、持ってくっから」

婆さんは笑みをぐっと深めた。目尻がさらにタレて、泣きたくなるほどやさしげな顔になった。

「んじゃな」

俺は立ち上がり、スタッフの男に目礼すると、踵《きびす》を返した。背中に婆さんの視線を感じながら、ガラスの自動ドアをくぐり抜ける。

エントランスを抜けて外に出ると、ひりひりするような真冬の風が襟もとに絡み付いてきた。思わず肩をすくめる。風のなかに、かすかに海の匂いを感じた。澄み切った冬空は蛍光ブルーだ。それがなんだかまぶしくて、俺は少し目を細めながら保冷車の運転席に乗り込んだ。

エンジンをかけ、ちらりとバックミラーを見遣る。

ガラス扉の向こう、車椅子の婆さんが、まだこっちを見ていた。

アクセルを踏み、ゆっくりと駐車場を出る。

道路を左折して見えなくなるまで、婆さんはこの車を見送っていた。

「甘い卵焼き、か……」

ぼそっとつぶやいたら、笑ってタレ目になった婆さんの顔が脳裏に浮かんだ。

俺は深くため息をついて、アクセルを踏み込んだ。

◇　◇　◇

この日、七カ所の売り場を巡った俺は、青羽町の自宅へと戻った。

すでに時刻は午後四時半をまわっていて、冬の太陽は西の山の端の向こうに隠れていた。

自宅の敷地には、プレハブで建てた簡易的な事務所がある。俺はその事務所の作業台の上に車から運び入れたバットを並べた。すべてのフタをとる。売れ残りは、ほとんどなかった。仕入れの数がきれいにハマったのだ。こういう日の気分は悪くない。

事務用デスクに向かい、手書きの帳簿をつけていく。売れ行きもまずまずだ。ここ数日の寒さを鑑みて、おでんと鍋の具材を多めに仕入れたのが功を奏したようだった。

「さてと……」

帳簿をつけ終えると、俺はおもむろに立ち上がった。売れ残った商品のなかから保冷が必要な商品を選んで、業務用の冷蔵庫とフリーザーに振り分けて入れていくのだ。売れ残りが少ないと、この作業がすぐに終わるのがいい。最後に、明日の仕入れ内容をざっとノートに書き込み、いくつかの馴染《なじ》みの仕入れ先に電話を入れて注文をしておく。

これで、一日の仕事は終わりだ。

俺は事務所の電気を消し、戸締まりをして、妻の待つ隣の母屋へ帰ろうとして——。

ふと、足を止めた。

いったん消した事務所の電気を、再び点ける。そして、事務椅子にどっかりと腰掛けた。

黒いダウンジャケットのポケットから携帯電話を取り出すと、アドレス帳から知人の名前を呼び出した。

この町で……、いや、俺の人生において、数少ない「友だち」と呼べそうな男の名前だった。

通話ボタンを押すと、三コールで相手は出た。

「よおよお、久しぶりでねえの、古館さんよぉ。元気に年越ししたんかい？」

相変わらずカラッと陽気で、人好きのする声が聞こえてきた。

「ああ、俺は元気だけども、そっちこそ背中の具合はどうなんだ？」

「あはは。俺はよ、たいしたこたねえの。ちっせえ人工骨っつーのを背骨の代わりにブチ込んだだけだからよ」

「歩いたりも出来んのかい？」

「毎朝、リハビリで歩いてんだよ。でもよ、コルセットみてえな装具っつーのが邪魔で、日常生活がめんどくせえけどな」

「あんまり、無理すんなよ」

「だーいじょうぶだって。それよか、あれだべ？　あんたが珍しく電話してきたのは、うちの娘っ子のことだべ？」

なんだ、そうか、正太郎はやっぱり知っていたのか――と思って、俺は少し安堵した。

「んだ。昼間、いきなり俺の携帯に電話がかかってきて、おつかい便がどうのってしゃべり出してよ、しまいには弟子入りを申し込まれたぞ」

「あはは。そりゃ、びっくらこいたべなぁ？　本当はよ、俺から古館さんに電話してやるって言ったんだけども、娘がどうしても自分の口からちゃんとお願いするって言い張るもんだから、とりあえず電話番号だけ教えてやったんだ」

「……なるほどな」

「つーわけだからよ、申し訳ねえけども、娘のこと、ちょっくら面倒みてやってくんねえかい」

「………」

ここで、うん、と言うのは簡単だし、そう言ってやりたいとも思う。なにしろ正太郎は、俺が極道から足を洗って、ほとんど逃げるようにこの町に移り住んできたときに、芥子粒《けしつぶ》ほどの差別もせずに受け入れてくれた唯一の男なのだ。つまり俺は「居酒屋たなぼた」があったからこそ、少しはこの町に馴染むことが出来たと感謝している。

だが、しかし、それと今回のこととは、話が違う。

「なあ正太郎」

「おう」

「こんな田舎の町で移動販売なんてやってよ、経営が成り立つと思うか？」

「さあ、どうだべなぁ」

「どうだべって、おめえ……。正直いえば、俺は厳しいと思うぞ」

「なんでだ？　古館さんだって、その辺で移動販売やってんだべ？」

「俺は、人口がそこそこ多い隣町を回ってっから、なんとかぎりぎり仕事になってんだ。青羽町のジジババだけを相手にしてたんじゃ、頑張ってもせいぜいトントンだべ」

無口な俺が、正太郎のためだと思って、必死にしゃべってやったのだが、しかし、この男には暖簾《のれん》に腕押しだった。

「ほう、頑張りゃトントンになんのか」

「いやいや、ちょっと待てよ。トントンになることを、俺は保証したわけじぇねえ。それに、商売ってのは、慈善事業じゃねぇんだからよ」

「あはは。そりゃそうだよなぁ」正太郎はあっけらかんと笑った。そして、気楽な口調で続けたのだ。「うちの娘がよ、頑張った挙げ句にコケたなら、そんときゃ、やっぱおめえ馬鹿だなぁって笑ってやってくれよ」

「あ？」

何を言っているのだ、この男は。

「もしも頑張ってなかったら、俺が尻叩くからよ」

俺は一瞬、言葉を失っていた。娘の失敗の責任は正太郎がとるということだろうか？

「正太郎おめえ、娘が失敗しても……」

「ちげーよ、古館さん。そもそも人生に『失敗』なんてねえべさ？」

「え？」

「人生にあんのは『成功』と『学び』だけだって、死んだ俺の嫁さんが言ってたもんな。それによ、やりてえことをやんねえ人生なんてつまんねえべ？」

「…………」

「つまんねえ生き方すんのは、わが家では禁止ってことになってんだよ。昔っからな」

正太郎は冗談とも本気ともつかない口調で言って、けらけらと愉しそうに笑った。

人生に「失敗」はない。あるのは「成功」か「学び」だけ――。

なるほどな。正太郎の台詞を嚙みしめながら、俺は失敗だらけだと思っていた自分の過去を振り返った。もしも、俺が犯してきた幾多の大失敗から何かを学んで、それを未来に活《い》かせるとしたら……、人生はさほど悪くない気もしてくる。

「なあ、正太郎よぉ」

「あ？」

「おめえんとこの娘、たまちゃんだっけか？」

「んだ。たまちゃんだ」

「本名は？」

「珠美っつーんだけども、それがどうかしたか？」

　たまみ、か……。

　そうか。たまみ、で、たまちゃん、か。

「いい名前だな」

「えへへ。んだべ？　俺がつけたんだもんな」

「たまちゃんは、いま、いくつだ？」

「あっという間に二十歳だぁ。この間、おぎゃあって生まれたと思ったら、一瞬で大人になりやがった」

　たまみ、で、二十歳か――。

　こりゃ、まさかの、運命ってやつだろうか？

　俺は、正太郎に気づかれないよう、携帯を少し口元から離してため息をついた。

「たまちゃんは、幸せな娘っ子だな。おめえみてえな馬鹿な親に育てられてよ」

「てへへ。まあな、俺も自分でそう思うわ」

悪戯っぽい顔で笑う正太郎の顔が思い浮かぶ。

「言っとくが……」そこで俺は、わざと固い声を出してやった。「弟子のあいだは、ただ働きだぞ」

電話の向こうで、ぷぷぷっと、正太郎が吹き出した。

「そりゃそうだ。逆に娘が授業料を払ってもいいくれえだもんな」

「馬鹿。金はいらねえよ」

「わかってる。その代わり、しっかりこき使ってやってな」

「たちの悪りい不良だったおめえに怒鳴り込まれねえ程度に、こき使わせてもらうさ」

「がははっ。その台詞、本物のヤクザだったジジイにだけは言われたかねえな」

正太郎が、肚《はら》の底から愉しそうに笑う。

俺の弟子になった二十歳のたまちゃんを、あの婆さんに見せたら、いったいどんな顔をするだろう。

想像したら、俺も肚の底から笑いがこみ上げてきた。

「元ヤクザの俺が、商売の弟子をとるなんてよ」

「ったく、馬鹿な話だよな」

俺たちは、へへへ、と馬鹿っぽく笑い合った。

常田壮介

二月に入って最初の火曜日。

車体と同じエメラルドグリーンに塗装したラウドスピーカーを運転席の上の屋根に取り付けた。そして、その瞬間、ひとつの「作品」が完成した。静かな常田モータースのガレージで、俺は思わず「よっしゃ、完璧だ」とひとりごとをつぶやいていた。左手首に巻いたGショックを見ると、午前十一時十一分を示している。「1」のぞろ目で、なんだか気分もいい。

とにかく、完成したのだ。ついに。

たまちゃんのおつかい便に使う、保冷機能付きの営業車が。

俺は工具棚の隅っこに置いてあった携帯を手にすると、前後左右と斜めから、出来立てほやほやの「作品」の写真を撮りまくった。自分で言うのもナンだが、どの角度から見ても、キュートでレトロでシックに仕上がっていた。本音を言えば、外装だけではなく、内装まできっちり改造しまくりたかったのだが、たまちゃんの予算の都合上、さすがにそこまでは手が回らなかった。

予算といえば、たまちゃんはとてもツイていた。というのも、中古車オークションで、かなりお得な買い物が出来たのだ。

このスズキのキャリイ保冷車、年式はたったの四年落ちだし、走行距離も三万二〇〇〇キロだから、まだまだ充分に走ってくれるはずだ。ミッションは女の子でも運転しやすい三速オートマチックで、車検は一年二ヶ月も残っている。しかも、保冷車としては破格の七八万円で落札できたのだ。

どうしてそんなに安かったのか。理由は単純だ。ようするに前のオーナーがフロントバンパーの左の角をぶつけて、ぺっこりと凹ませていたのだ。でも、この車の問題らしい問題はそこだけで、あとは機械も内装もかなりきれいな優良車だった。俺にとっては板金なんて朝飯前だから、あえてバンパーの凹《へこ》んだこの車を選んでやったのだ。

安くていい車を落札できた俺は、嬉しさのあまりむくむくと悪戯心が芽生えてきて、たまちゃんには修理と改造と塗装が終わるまで、この車のことは内緒にしておくことにした。完成したら、いきなりのサプライズ納車をするのだ。

そう決めてからの俺は忙しかった。日々の仕事終わりの夜間と休日を費やして、こつこつと作業を続けてきたのだ。想定外だったのは、この車に手をかければかけるほどに、俺の内側のどこかに潜んでいた創作意欲が沸騰してきたことだった。作業に没頭するあまり、何度も飯を喰い忘れたし、寝ている時間すらもったいないと感じたこともある。ガキの頃、俺はよく流木などのゴミを素材にして、自由奔放なオブジェを創作していたけれど、あのときとそっくりな「無心になる快感」を味わいながら、この中古車を「作品」へと昇華させていったのだった。

完成したキャリイには、俺の魂の欠片《かけら》が注入されていた。そのせいか、正面から対峙《たいじ》すると、いまにも話しかけてきそうな気さえする。

「いやあ、おめえ、最高にイケメンだなぁ」

携帯で写真を撮り終えた俺は、自分からキャリイに声をかけてやった。そして、あふれ出しそうな高揚感を押さえながら、たまちゃんの携帯に電話をかけた。三コールで電話に出たたまちゃんは、ちょうどいまシャーリーンと買い物から帰ったところだと言った。俺はあえて平然とした声でもって「いまからそっちに行くからよ、ちょっくら待っててくれ」とだけ言って通話を切った。

むふふふ。

たまちゃんの驚く顔を思うと、俺はたまらなく愉快な気分になって、しんとしたガレージのなか、ひとりでニヤけてしまうのだった。


出来立てホヤホヤのキャリイのアクセルを踏んでガレージを出ると、外はぼそぼそと小雨が降っていた。納車の日が雨天というのは少し残念ではあるけれど、完成したこの車を一秒でも早くたまちゃんに見せてやりたいという思いはある。俺はワイパーを動かしながら青羽川沿いを河口に向かって走った。少しして「居酒屋たなぼた」の駐車場が見えてきたところで、取り付けたばかりのラウドスピーカーの電源スイッチを入れた。カーステレオにＣＤを押し込む。

ラウドスピーカーから流れ出したのは、コニー・フランシスの名曲「ヴァケイション」だった。たまちゃんが「おつかい便」のテーマソングとして選んだ曲だ。一九六〇年代はじめのアメリカの陽気なポップスが、冷たい小雨の降る田舎町に響き渡る。

そのまま、ゆっくりと駐車場に入って、キャリイを停車させた。

俺はエンジンも音楽もかけたまま、フロントガラス越しに「居酒屋たなぼた」の上階を見た。

と、すぐに三階の窓がガラリと開いた。

たまちゃんが目を丸くして、こちらを見下ろした。

俺は運転席側のサイドウインドウを下ろして、顔を外に出した。そして、「常田モータースです。納車に参りましたぁ！」と、三階に向かって手を挙げてみせた。

うそ……。

という声は聞こえなかったけれど、両手を口に当ててポカンとしているたまちゃんは、きっとそうつぶやいたに違いなかった。

サプライズ、成功。

「おーい。早く降りてこいよぉ」

小さく頷いたたまちゃんは、階段を駆け下りたのだろう、十五秒後には裏玄関から飛び出してきた。俺も運転席から降りる。

軽やかなコニー・フランシスの歌声のなか、たまちゃんがスキップするような足取りでこちらに近づいてきて、さっと両手を挙げた。俺も両手を挙げる。

パチンッ！

小雨に打たれながらのハイタッチは、とてもいい音がした。

「これ、わたしのだよね？」

目がなくなるほど嬉しそうな顔をしたたまちゃんが、当たり前なことを訊く。

「おう。どうよ、なかなかだべ？」

「すごいよ。ホント、すごい」

魂を注入した「作品」を直球で褒められた俺は、思わず「えへへ」と笑って首筋を掻いていた。

「ってか、いつの間にオークションで落札してたの？」

「先月の後半、だな」

「ちょっと、なんで、わたしに教えてくれなかったわけ？」

文句を言いつつも、たまちゃんの顔には笑顔が咲いている。

「サプライズだからな」

「もう、めっちゃ驚いたよ。いきなりコニー・フランシスが聞こえてきたから、まさかと思って、慌てて窓を開けちゃった」

たまちゃんは、冷たい小雨に打たれているのを気にもとめず、キャリイを眺めながら、その周りをゆっくり一周歩いてまわった。

「たまちゃんよ、濡れっから、そろそろ車んなかに入んべ」

「うん」

たまちゃんは運転席に、俺は助手席に乗った。

「ヤバい。なんか……、感動。わたし、これに乗って、おつかい便をやるんだよね」

たまちゃんは、また、当たり前なことを口にした。そんなたまちゃんの舞い上がりっぷりに、俺まで釣られてテンションがあがってきたので、さっそく車の説明に入った。

「ええとな、これが屋根の上のラウドスピーカーのスイッチだ。ほれ、つまみを下げてみな」

たまちゃんがつまみを下げると、外の音が消えて、車内にコニー・フランシスが流れだした。

「で、スペアキーはこれな。車検証はここに入れ——」

「ねえ、壮介」

たまちゃんが、浮かれた声でかぶせてきた。

「ん、なんだ？」

「走らせたいよ、この車。町をぐるぐる走りながら、話をしようよ」

「おう、いいぞ」

俺の返事を聞くやいなや、たまちゃんはサイドブレーキを外し、ギアをドライブに入れた。そして、さあ、出発、というときに、たまちゃんの家から男物の傘をさした小柄な女性が現れた。小走りで、こちらに近づいてくる。

「あ、シャーリーンだ」

言って、たまちゃんはブレーキを踏んだまま、サイドウインドウを下ろした。

「ごめんね、シャーリーン。わたし、いまからちょっとこの車で走ってくるから」

「ワオ、たまちゃん、車、出来たの？　すごいカッコイイね！」

「お昼ご飯はあとで食べるよ」

「コニー・フランシス、わたしも大好きね！」

なんだか、ずいぶんとちぐはぐな会話をしているけれど、とりあえずふたりの声色が愉しそうだったから、俺は少しホッとした。

「壮介、こんにちは」

ふいにシャーリーンが車内を覗き込んで、俺と目が合った。

「どうも」と、小さく会釈を返したら、シャーリーンはコニー・フランシスばりの陽気な笑顔を返してくれた。

「じゃ、ちょっと行ってくるね」

「行ってらっしゃい。たまちゃん、気をつけてね」

バトル中の嫁と姑になどちっとも見えないふたりは、互いに笑顔で手を振り合った。

そして、キャリイは、冷たい小雨のなか、納車後はじめてのドライブへと繰り出したのだった。

この車が、わたしの「おつかい便」の相棒になるんだ――。

そう思うと、アクセルを踏みながらステアリングを撫でてやりたいような気持ちになる。車内のスピーカーから流れるコニー・フランシスの名曲「ヴァケイション」も気分をぐっと押し上げてくれるので、わたしの心臓は小躍りしそうだった。

空は薄暗く、冷たい小雨がフロントウインドウを濡らすけれど、中古のキャリイは想像していたよりもずっと小気味よく走ってくれる。ほとんど人通りのない田舎道を軽快に通り抜けながら、わたしは助手席に向かって口を開いた。

「こんなにわくわくするの、久しぶりかも。はじめて車を運転した日のことを思い出すよ」

「あはは。じつは、俺もよ、こんなにわくわくしながら車をいじったのは、久しぶりだったんだ。やっぱ、創作って、たまんねえわ」

壮介は柴犬のように無邪気に笑う。

「修理とは、ちょっと違うもんね」

「んだ、んだ。自分の思い描いたモノを少しずつカタチにしてくってのは、修理と違って、すげえおもしれえの。もう、ガキの頃みてえにわくわくしたさ」

わたしは、オブジェ創作に夢中だった頃の、幸せそうな壮介の顔を思い出した。

「じゃあ、この車いじりで、壮介の才能が久しぶりに開花したんだね」

「へへ。才能ってほどではねえけども、充分に愉しませてもらったな」照れ臭そうに鼻の横を人さし指でポリポリ掻くと、壮介はふと何かを思い出したように続けた。「あ、そういえばよ、あの後、古館さんはOKしてくれたんか？」

「うん、まあね」わたしはステアリングを切って、青羽町のメイン通りに入った。メイン通りと言っても、田舎の小さな駅から続くシャッターだらけの寂れた商店街だ。「じつは、もうすでに先週から弟子入りしてるんだよね」

「え、マジかよ」

「うん。マジ」

「あのおっさん、怖くねえの？」

「怖くないよ。ぶっきらぼうだし、ちっとも愛想はないけど、根っ子はやさしい人なんだと思う」

「へえ。どうしてそんな風に思うんだ？」

どうしてだろう？　わたしは信号を左折して、今度は港の方面に向かいながらその理由を考えた。すると、古館さんが老人ホームで見せた、ちょっと意外なシーンが脳裏に浮かんだのだった。

「壮介さ、隣町にある望洋苑っていう老人ホーム知ってる？」

「ああ、海沿いの高台にあるとこだべ？」

「そうそう。あそこも売り場のひとつなんだけどね、古館さん、ホームにいる車椅子のおばあちゃんとしゃべるとき、ひざまずいて目線を合わせてから、ゆっくり、ゆっくり、しゃべるんだよね」

「へえ。あの、強面《こわもて》が」

「うん。そういうところがあるんだよ。それって、やさしい人じゃないと、なかなかやれないと思わない？」

「たしかに。でも、なんか意外だな」

「うふふ。まあ、あの顔と、あの雰囲気だもんね」

笑いながらわたしはステアリングを切って漁港に入った。そのまま魚市場の前を通り抜け、今度は内陸に向けて愛車を走らせる。車内ではコニー・フランシスが、ひたすら何度もリピートされている。町のお年寄りたちが、ピュアな恋愛をしていた頃に吹いていた甘酸っぱい風を思い出して元気になって欲しくて選んだ曲だ。

「で、たまちゃんは、どうなんよ、修業はよ」

「仕事はそこそこたいへんだけど、いろんなお客さんと会って、おしゃべりができて楽しいよ」

「あのムスッとした古館さんが、いきなり若い女の子を連れて現れたんだから、常連のお客たちは色々と突っ込んできたべ？」

それは、まったくもって壮介の言うとおりだった。とりわけ最初の数日は、あんたはいったい誰なのかと訊かれまくって辟易《へきえき》したほどだ。

「まあね。五人に一人くらいは、もしかしてあんた、古館さんの新しい奥さんかい？なんて突っ込んできたよ」

「あはは。だべなぁ」

「六五歳と二十歳の結婚って、そうないと思うけどね」

「でもよ、最近は、芸能界でも年の差結婚ってのが流行っててんべ？」壮介は笑いながら続けた。「んで、具体的に、仕事はどんなことすんの？」

「ええとね、まずは、朝七時に古館さんの家に自転車で行って――」

一日の流れを思い出しつつ、わたしは壮介に話す。

おはようございます、となるべく元気に挨拶しながら古館さんの事務所に入っていき、業務用の冷蔵庫から惣菜などの食料品を取り出して、フタのできる青いバットに詰め込み、それを車に積み込むのが一日の最初の仕事だ。その後は、ポータブル金庫におつり用の小銭を入れたり、「仕入れ表ノート」とボールペンをグローブボックスに突っ込んだりしながら、出発の準備を整えていく。万端整ったら、古館さんが運転席、わたしが助手席に乗り込み、いくつかの仕入れ先を巡っていくのだ。仕入れ先は日によって違うけれど、たとえば地元の問屋さん、お寿司《すし》屋さん、お惣菜屋さん、魚屋さん、レストランなどを回って、前日に電話で注文しておいた商品（主に食材）を仕入れ、すべて青いバットのなかに詰め込んでいく。

ちなみに、わたしは仕入れ先のおじさんおばさんたちと、あっという間に打ち解けることができた。元々あまり人見知りをしない性格だし、わたしが「居酒屋たなぼた」の娘だとわかれば、たいていの人は「おお、あの店の！」と相好を崩してくれるのだ。しかも、問屋さんと魚屋さんからは、「居酒屋たなぼた」でも色々と仕入れているそうなので、当然、父とシャーリーンのことをよく知っている。つまり、最初から話が嚙み合ったのだ。田舎の飲み屋の娘という肩書きは、こんなふうに思いがけないところで役に立つのだった。

「仕入れが終わったら、そのまま売り場に直行なんだけど、売り場に近づいたら、古館さんはラッパ？　昔はよく豆腐屋がラッパ吹いて売りにきたよなぁ」

「え、ラッパ？　昔はよく豆腐屋がラッパ吹いて売りにきたよなぁ」

「そうそう、あれと同じやつ。パープーって」

「なつかしいなぁ」

「でしょ。で、売り場に到着したら、アウトドア用の折りたたみ椅子を並べるの」

「椅子を？」

「うん。背もたれがなくて、横から見ると漢字の『又』の字みたいな椅子」

「ああ、わかる。めっちゃシンプルなやつな」

「そう。でね、その椅子の上に青いバットを五つから八つくらい並べて置いて――」

仕入れた商品を陳列するのだ。それが終わる頃にはラッパの音を聞きつけた人たちがぽつりぽつり集まってきて商売がはじまる。その日の売り場と、そこへの到着時間は曜日によって変わるけれど、古館さんは月、水、金曜日に七カ所、火、木、土曜日に別の七カ所の、合計十四カ所の売り場を確保していて、その半分以上は雨天時にも商売しやすい屋根付きだった。

「へえ。じゃあ、たまちゃんも、屋根のある場所を借りねえとな」

「そうなんだよね。とりあえず、漁港には屋根があるし、発泡スチロール工場は庇《ひさし》の下を貸してもらえるんだけど、ドライブイン海山屋と温泉の駐車場は露天でなんとかするしかないんだよね」

「ってことは、雨だとバットを陳列できねえから、お客の欲しいモノを聞いて、荷台からそれを出すってことか」

「とりあえず、そうなるね。古館さんもそうしてるし。雨の日の売上げは、かなり落ちるんだよ」

わたしが古館さんの弟子として働いているのは、月曜から木曜の四日間で、金、土、日曜日は休みということになっている。なので、その休日を利用して、わたしはマッキーに作ってもらったチラシを青羽町の老人たちに配り歩いている。

「でも、まあ、楽しそうで何よりだな」

「日々、勉強だけどね」

「つーかよ、古館さんが、おっかねえ人じゃなかったってのが、何よりだな」

「あはは。たしかに。ホント、そこは助かった」

「あのおっさん、笑った顔が想像できねえもん」

「でしょ！　だから、わたしね、なんとかしてあの能面《のうめん》を笑わそうとして、車の移動中に頑張ってるんだよ」

「あはは。たまちゃんも、暇だなぁ」

「だってさ、あの人、誰としゃべっても、ちっとも楽しそうな顔しないんだよ。せめて隣同士で座ってる車のなかくらいは、楽しい気分でいたいでしょ」

「まあな」

「だからさ、わたしは色んな笑い話をぶつけてみるんだけど」

「そのネタが面白くねえんじゃねえの？」

「げっ、そんなことないって。誰にでもウケる鉄板ネタを言っても、あの人、唇のはじっこでフッてニヒルに笑うだけなんだもん。しかもね、あんまりわたしと目を合わせてくれないの。やっぱり照れてるのかな、わたしが美人すぎて」

冗談を言いながら、わたしは右にステアリングを切る。キャリイはがら空《す》きの国道に入った。

「自分で言うか、それ」

壮介はぷっと吹き出した。

「ほら、笑った。こういうネタを言っても、古館さんは笑ってくれないんだよ」

「なるほどな。ってか、ほれ、古館さんとそっくりな人でよ、そういうニヒルな笑い方する俳優がいるよな。ああ、ほれ、なんつったっけ。あの、昔の刑事ドラマによく出てた……」

「刑事役で？」

「いんや、違う。だいたいヤクザ役だ」

「あはは、いそう、ヤクザ役に」

わたしたちは笑った。

「いそうじゃなくてよ、そもそも古館さんって、昔はリアルにヤクザだったんだべ？」

「え、そうなの？」

「んだ。あの人、小指ついてっか？」

「ちゃんとついてるし、そんなに怖い人じゃないってば。寡黙すぎて謎だらけだけど」

それでも、わたしには、仕事のいろはをわかりやすく教えてくれる――というか、自分でやって見せてくれるし、帳簿のつけ方も、冷蔵庫のなかを整理するコツも、バットの除菌方法や食べ物以外の商品の仕入れ先、値段のつけ方、同じキャリイの荷台のなかの棚の作り方など、仕事をするうえで必要なことは、すべて惜しみなく御開帳してくれる、親切な人なのだ。

もっと言えば、仕事中、古館さんは弟子のわたしにいっさい指示を出さない。ただ黙々といつも通り自分の仕事をしていくだけだ。弟子のわたしは古館さんの仕事を見ながら、手伝えそうなところがあったら率先して手伝う。そして、気づいたことをどんどんノートにメモしていく。つまり「弟子」というより「見学」と言った方がしっくりくるような関係性なのだった。

「へえ。じゃあ、ちっとも厳しくはねえわけだ」

「そうだね。でもね。ひと言だけ、ちょっと厳しいことを言われたかな」

「何て？」

「商売ってのは慈善事業とは違うんだぞって」

「ほう」

「要するにね、しっかり黒字を出さないと廃業になるし、そうなったら、むしろお客さんにも迷惑をかけることになる。だから、ちゃんと金儲《かねもう》けはしろって」

「なんか、あの人、けっこうまともな人なんだな」

「だから、さっきからまともだって言ってんべさ」

わたしは笑った。

「でも、あの顔だぞ」

壮介も笑いながら言ったとき、わたしは気づいたのだ。さっき壮介が言っていた俳優の名前を。

「あっ、ねえ、さっき言ってた俳優だけど――」

わたしが悪役で有名な役者の名前を口にしたら、壮介は「そう、それだぁ！」と手を叩いた。

「たしかに、そっくりかも」

「だべ？　もしも古館さんがハゲたらよ、もはや双子だな」

壮介の台詞に、わたしたちは吹き出した。

わたしのキャリイは、のんびりしたペースで国道を進んでいく。

いつの間にか雨が弱くなっていて、道路の右手に広がった海原には、雲の切れ間から落ちる陽光が木漏れ日のように点々と光っていた。

もうすぐ雨はあがりそうだ。

「あ、そうだ、たまちゃんよ」

壮介が目尻に笑いをためたまま、こっちを見た。

「ん？」

「せっかくだから、この車、マッキーにも見せに行くべ」

「あっ、それ、いいね」

ゆるいカーブに合わせてステアリングを切りながら、わたしは二つ返事で賛成をした。

「んでよ、ドライブイン海山屋に近づいたらよ」

「わかってるって」壮介の言葉をさえぎって、わたしは銀色のスイッチを指さした。

「コレ、ね？」

「んだ」

壮介は、いたずら坊主みたいにニヤリと笑った。

わたしの「おつかい便」のテーマソング、コニー・フランシスの「ヴァケイション」をラウドスピーカーから流すのだ。

古館正三

正太郎の娘は、どこか不思議な雰囲気をまとった子だった。

きびきびとよく働いているのにもかかわらず、なぜだか忙しそうに見えないのだ。しかも、食品の詰まったズッシリと重たいバットを三つ重ねて運んでいるときですら、その口元には小さな笑みを浮かべている。おおらかというか、大物感があるというか、こりゃ、たしかに正太郎の育てた娘だなぁ、と思わずにはいられない。

相手に対して余裕を持って笑顔で接するせいか、あるいは若い娘だからだろうか、とにかく老人たちからのウケもいい。だから、このところ、望洋苑では俺の出番がなくなってきた気がする。買い物に集まってくる年寄りたちは、まるで孫でも見るように目を細めては、「お姉さん、これとこれ、ちょうだいな」などと、たまちゃんを選んで話しかけるのだ。俺はただ、その横でボサッと突っ立っているだけでいい。ラクといえば、ラクだ。

　そんなわけで今日も望洋苑での商売は、八割方たまちゃんがこなしている。だから俺は、いつもよりゆっくりと落ち着いて車椅子の婆さんの相手をすることが出来ていた。

　たまちゃんは車椅子の婆さんとしゃべるときに、自然とひざまずいて目線を合わせる。しかも、「おばあちゃん、今日は、ほら、卵焼き作ってきたよ。お砂糖と味醂《みりん》たっぷりの甘いやつだよ」と、婆さんの好みをいつの間にか覚えていたりもするのだ。

「あら、お姉さん、ありがとねぇ。うちの息子は、甘いのが大好きなのよ」

「わたしも大好き。美味しいよねぇ」

　大きな窓ガラスから差し込む冬晴れの陽光。その透き通った光のなかで、婆さんとたまちゃんが笑い合っていた。

　祖母と、孫娘――。

　もしも、この婆さんに孫娘がいたら、きっとこんなほっこりした感じで会話をするのだろう。

　そんなことを思いながら、俺はいつものように婆さんの財布にこっそり金を入れた。

　その様子を、施設のスタッフがにこやかに見ている。


　望洋苑を後にして車を走らせると、例によって助手席のたまちゃんが馬鹿話をしはじめた。この娘のおしゃべりは、ときどき面白いのだが、声をあげて笑うほどではない。だからといって、まったく反応をしないのも悪いから、俺は少しだけ笑みを浮かべてやることにしていた。ちゃんと聞いてるぞ、という意思表示だ。

ひとしきり馬鹿話をしゃべり終えると、今度はせっせと助手席でノートをとりはじめる。仕事をしていて気づいたことを箇条書きにまとめているそうだが、そのノートもすでに二冊目に入っていた。正太郎の娘にしてはまじめなのだ。

先日、たまちゃんは「三月か四月くらいになったら、免許皆伝してもらって、わたしも営業したいなぁ」などと言っていたが、正直、あと半月もすれば移動販売の仕事などすべて覚えてしまうだろう。そうすれば、二月中には免許皆伝だ。おそらく、この娘は、人とのやりとりが苦手な俺などよりもずっと気の利いた仕事をするに違いない。

「ねえ、古館さん」

ふいに、たまちゃんがノートから顔をあげた。

俺は声を出さずに、少しだけ首を傾けて応えた。

「次の売り場って、緑地公園ですよね？」

「ああ」

「どうして、あそこを売り場に選んだんですか？」

嘘をつく必要はない。だから、俺は言った。

「儲かるからな。あそこは人が多い」

「そっか……」

たまちゃんは、進行方向をじっと見詰めながら、何かを考えているような顔をしていた。

「儲かんねえ場所じゃ、俺は商売なんてしねえ」

「さっきの望洋苑も、ですか？」

「あそこは——、あそこも、客の数が見込める売り場だ」

「………」

たまちゃんが、運転席の俺をじっと見ているのがわかる。俺は前を向いたままゴクリと唾を飲み込んで、ステアリングを握り直した。

「まあ、儲けといっても、この仕事じゃ、たかが知れてるけどな」

「ですよね。青羽町でやったら、さらに儲からない気がします」

自虐的なことを言って、たまちゃんはくすっと笑った。

「あんた——」

「あ、すみません。そろそろ、わたしのこと、あんた、じゃなくて、たまちゃんって呼んでくれませんか？　みんな、そう呼んでくれるし」

「あ、ああ……」不意をつかれた俺は、ぽりぽりと頭を掻いて、ちょっと照れ臭いが、言葉を続けた。「た、たまちゃんよ、あんた、どうしてこんな儲かんねえ仕事をおっぱじめんだ？」

「あはは。結局、また、あんたって言いましたよ」

「え？　あ、ああ、すまねえ……」

「ま、いっか。あんたでも。古館さんらしくて」

「………」

「えっと、どうして儲からない仕事をするか、ですよね」

「ああ」

そこでたまちゃんは、どこか遠い目をした。

「青羽川の少し上流の方に住んでいる静子ばあちゃんが、いわゆる買い物弱者なんだって気づいたのがきっかけなんですけど」

「静子ばあちゃん？」

「わたしの祖母です」

それからたまちゃんは、切々と「おつかい便」への思いを語りはじめた。いったん口を開いたら立て板に水で、売り場の緑地公園に着いて椅子の上にバットを並べているときも口は動き続けたし、商売をしている間ですら、隙あらば続きをしゃべりだす始末だった。

「わかった。もういい」

「え――」

「要するに、ジジババの役に立ちたいんだな」

緑地公園での商売を終えてバットを保冷車にしまいながら、俺はたまちゃんの熱弁を断ち切るべく言った。まさか、これほどの長話になるとは思わなかったのだ。

「まあ、全体的にはそういうことですけど――」

「もうわかった。その辺にしとけ」

「はぁい……」

口を動かしていても、たまちゃんはしっかり手も動かす。だから片付けもあっという間に終わった。

「そういえば、古館さんって、おいくつなんですか？」

助手席に乗り込みながら、たまちゃんが訊く。あれ、いくつだったかな、と少し考えて、「六五だ」と答えた。

「六五歳ですか。じゃあ、ちょっと変なこと、訊いていいですか？」

「……」

俺は黙って、助手席を見た。それをＯＫの合図だと思ったらしく、たまちゃんは変な質問とやらを口にした。

「六五年間の人生って、あっという間でしたか？」

なるほど、たしかに変な質問だ。

俺は、車にキーをさし込みながら六五年の過去を遡《さかのぼ》った。

そのキーをひねり、エンジンをかける。

俺の記憶のなかにある過去の風景は――いつも、うすら寒くて、全体的に灰色で、精神的にとても乾いた時間だった。母に捨てられ、父に殴られ、学校では荒れていたから、友だちもできず、先生に嫌われ、ほとんどロクなことのなかったクソみたいな人生、と言うのが一般的だろう。とはいえ、極道から足を洗ったあとは、さほど悪くもない時間を生きてきた気もする。

だが、どちらにせよ、俺の六五年間は――。

「あっという間だったな」

本音だ。

「やっぱり、そうなんだぁ……」

静かにアクセルを踏んだ。車が走り出す。今日、最後の売り場、ＪＲの駅前ロータリーに向けてステアリングを切る。

「どうして、そんなことを訊く」

「わたし、十二歳のときに母を亡くしているんですけど、その母が生前によく言っていたことがあるんです」

「……」

「人生なんて、あっという間だから、一分一秒を惜しんで、なるべくいい気分で過ごしなさい――って」

「いい気分、か」

「はい。いい気分、です。それが、幸せに生きる極意なんだって」

頭の悪い俺は、そんなこと、考えたこともなかった。

「もうひとつ、変なことを訊いてもいいですか？」

俺は頷いた。

「古館さんがいい気分になれるときって、どんなときですか？」

たしかにこれも、変な質問だ。

「酒、飲んでるときだな」

思ったことを正直に口にした。ただし、あんたの父ちゃんと一緒に、という前置きは省略したが。

「あはは。お酒でいい気分って、なんか、そのまんまですね」

車は役所と消防署の並ぶ通りを抜けていく。交差点で俺は右にステアリングを切った。

「俺は、そのまんまを答えたからな」

「あは。ごめんなさい。馬鹿にしているわけじゃないんです。わたしもお酒好きだし」

「じゃあ、あんたは」俺はまた、あんた、と言ってしまったけれど、構わず続けた。

「どんなときに、気分が良くなるんだ？」

「うーん、色々ですけど、母に教わったのは、人は人に喜ばれたときに、いちばんいい気分になれるんだって」

「………」

「そう思うと、おつかい便って、最高の仕事かなって」

「なるほど、な」

たまちゃんの実母の顔は、俺もうっすらと覚えている。生前はたしかに気分がよさそうで、いつもにこにこしていた印象がある。事故で亡くなったあと、一応は俺も通夜に顔を出したが、告別式には行かなかった。あのとき喪服を着た正太郎のとなりで、泣きもせず、ただ呆然《ぼうぜん》と突っ立っていた制服姿の少女が、明るく立派に成長して、いま俺のとなりで仕事を学んでいると思うと、感慨深いものがある。

「あんた、いい母ちゃんに育てられたんだな」

父ちゃんもいい奴だけどよ――という前置きは、もちろん省略だ。

「母に育ててもらえた期間は短かったけど、わたしもそう思っています」

堂々と前を向いて、照れもせずにそんな台詞を口に出来るあたりは、正太郎と似ていると思う。

「古館さんも」

「ん？」

「たくさんのお客さんに喜ばれてますね」

「………………」

「とくに、あの車椅子のおばあちゃんとかに。やっぱ、人に喜ばれるって、いい気分ですよね？」

俺が、人に喜ばれている？　あの婆さんにも？

綺麗すぎる台詞は、正太郎と違って苦手だ。

だから俺は、フッ、と小さく笑うだけで、何も答えずにいた。

「仕事をしてて、いい気分じゃないですか？」

綺麗すぎる台詞は苦手だが、しかし、助手席でまぶしいほどに好ましい光を放っているこの娘は、嫌いじゃない。だから、仕方なく答えてやった。

「まあ、悪い気分じゃねえな」

第三章　涙雨に濡れちゃう

葉山珠美

四月一日。

記念すべきその日の朝、わたしは目覚まし時計が鳴る十五分前に目を覚まし、布団のなかでぐっと伸びをした。そして、「よしっ」と小声で言って、羽布団から這《は》い出した。パジャマ姿のまま、両手で海側の窓のカーテンをさっと開けた。空は薄曇りだったけれど、それでも充分に眩《まぶ》しい。眼下に広がる海原《うなばら》は、やわらかな朝の陽光を吸い込んで銀色に輝きながら、ゆったりと揺れていた。

窓ガラスも開けた。

ひんやりとした海風が、すうっと吹き込んでくる。

殺風景なわたしの部屋は、春の海ならではのなまめかしい香りで満たされた。

水平線を眺めながら、深呼吸をひとつ。

昨夜の天気予報では、これからどんどん晴天へと向かうはずだ。初日の天気としては悪くない。

寒くなる前に、窓ガラスを閉めた。

パジャマを脱いで、動きやすいジーンズとパーカーを着ける。階下に降りて、しっかり歯を磨き、顔を洗い、髪はきゅっとポニーテールにまとめた。家のなかに父とシャーリーンの気配はなかった。きっと毎朝恒例となっている父の「リハビリ散歩」に出かけているのだろう。

部屋に戻ると、机の抽《ひ》き出《だ》しから母の遺影を取り出した。

まぶしそうに微笑《ほほえ》む母と視線が合う。

「いよいよ今日からだよ」

わたしも少し口角をあげて、母と同じ微笑みを作ってみた。

遺影をそっと机の上に立て、腕時計で時間を確認する。

六時十五分。いい時間になってきた。

ハンガーにかけておいたクリーム色の薄手のジャンパーをはおった。

「じゃ、お母さん、行ってくるね」

つぶやくように言って、わたしは自室を後にした。

階段を一階まで降り、いちばん動きやすいスニーカーを履く。お店の玄関を開けて外に出た。目の前の駐車場を見ると、可愛《かわい》い相棒と目が合った。壮介がワーゲンバスみたいに塗装してくれたスズキのキャリイだ。

今日からよろしくね——。

心のなかで語りかけつつ、キャリイの荷台の保冷庫の引き戸を開けた。なかには古館さんの真似《まね》をしてスチール棚を設置してある。この棚に保冷用バットを積み込むのだ。さらに、百円ショップで買ったプラスチックの小さなカゴを結束バンドで棚にいくつか付けることで、調味料などの小物を整理して収納できるよう工夫しておいた。

わたしには古館さんのような離れの事務所と冷蔵庫がないから、とりあえずは「居酒屋たなぼた」の厨房《ちゅうぼう》にある大きな業務用冷蔵庫の一部を共用にさせてもらうことにした。「おつかい便」の売り場で必要になるアウトドア用の椅子や、業務用のラップやトレー、値段を貼り付けるラベラーという機械など、開業に必要なものも、ぬかりなく買いそろえてある。

古館さんから免許皆伝をもらえたのは、思い掛けないほど早くて、二月の後半だった。そして、それからわたしは、たっぷりひと月ほどかけて完璧な準備をしていた。すでに、日持ちのする食料品などは問屋さんから仕入れて冷蔵庫やキャリイの保冷庫のなかに入れてあるし、今日、これから仕入れる商品のオーダーも、昨日のうちにバッチリ終えている。売り場の数も、当初の倍となる八カ所にまで増やした。月、水、金曜日に四カ所の売り場を回り、火、木、土曜日は残りの四カ所を売り歩くことになっている。その告知も、マッキーが作ってくれた新たなチラシでしっかりと出来ているはずだった。あとは、静子ばあちゃんが作ってくれた四ツ葉のクローバー柄の巾着袋（お釣り用の小銭がたっぷりと入っている）を手にして出発するだけだ。

よし、行こう。

胸裏でつぶやき、相棒のキャリイに乗り込もうとしたとき――。

「たーまちゃーん」

ふいに遠くから女性の声がした。

見ると、ふたつの小さなシルエットが手を振っていた。斜め後ろからレモン色の朝日を浴びたシャーリーンと父が、海沿いの道路をこちらに向かって歩いてくるのだった。

「おはよーう」

わたしも、手を振り返した。

父は、もうほとんど普通に歩いている。まだ重たいモノを持ったりは出来ないけれど、料理を作るのに支障がないくらいには快復しているのだ。ということで、わたしの開業に合わせて「居酒屋たなぼた」も、今日、久しぶりに再開することになっているのだった。

しばらくすると、二人が駐車場に入ってきた。

「たまちゃん、いよいよだなぁ」

首にかけたタオルで額の汗をふきながら、父がニカッといたずら坊主みたいに笑った。

「今日は、わたしたち家族の新しい日ね。記念に、写真撮るね」

シャーリーンが、着ていたジャージのポケットから携帯電話を取り出した。

「うん、いよいよ」

「たまちゃん、そこに立って。もうちょっと右がいいね」

まずは、相棒のキャリイの前に立ったわたしを、シャーリーンが撮ってくれた。次は「居酒屋たなぼた」の玄関の前に並んで立った父とシャーリーンをわたしが撮影した。

そして最後に、三人の顔をくっつけるようにして、父の長い腕でもって「自撮り」をした。

「ねえ、シャーリーン、いまの写真、わたしにメールして」

「OK、すぐに送るね」

さっそくシャーリーンが送ってくれた写真を見て、わたしは笑った。

「あはは。シャーリーン、二枚とも半目で写ってる」

「どれどれ。俺にも見せろよ。あはは、ほんとだなぁ」

「オーマイガー」

とシャーリーンは笑っているだけで、撮り直したいとは言わなかった。細かいことを気にしないシャーリーンらしい。それに、よく見ると、こういう出来損ないの写真の方がむしろ「家族」らしく見える気がするから不思議だ。

家族、か――。

ここにお母さんが一緒に写っていたら、すごくいいのに……と、チラリと考えたけれど、わたしはシャーリーンを見て、すぐにその想いを振り払うように口を開いた。

「じゃ、行ってくるね」

「おう。思いっ切り楽しんで、たっぷり儲《もう》けるんだぞ」

「うん、わかってる」

「たまちゃん、車、気をつけてね」

「オッケー」

わたしはキャリイの運転席に乗り込んだ。ドアを閉めて、エンジンをかけ、窓ガラスを下ろした。そして、もう一度「行ってきます」と言ってアクセルを踏んだ。

キャリイがゆっくりと走り出す。

いよいよ、本当に、わたしの「おつかい便」がはじまるのだ。

駐車場を出て、左に曲がった。

わたしの姿が見えなくなるまで、父とシャーリーンは、お店の前に立って手を振ってくれていた。

ほっこりとした気分で、小さくなっていく二人の様子を見ていたら、ふいにわたしの記憶の浅いところで、何かが引っ掛かった気がした。

あれ、この光景、どこかで見たような……。

そして次の瞬間、わたしの脳裏には、望洋苑で目にした印象的なひとコマが思い浮かんだのだった。それは、車椅子に乗ったあの白髪のおばあさんが、古館さんの運転するキャリイを、見えなくなるまでずっと見送っている——というシーンだった。

◇　◇　◇

初日に回る仕入先は四軒だった。

すでに古館さんの弟子として顔なじみになっているから、どこに顔を出しても「たまちゃん、いよいよ今日からだなぁ」「頑張ってね」などと激励の声をかけてもらえるのが有り難い。

とりわけお寿司屋さんは「ほれ、起業のご祝儀だ。持っていきな」と言って、わたしのお昼ご飯用にとお寿司《すし》をパックにしてくれた。

すべての仕入れを終えて、いざ最初の売り場に向かおうとキャリイに乗り込んだ刹那、ダッシュボードの上に置いておいた携帯が鳴った。メールだ。差出人の名前をチェックして、思わず頬を緩めた。静子ばあちゃんからだったのだ。

《たまちゃん、おはよう。今日からスタートですね。どんなものを買えるか、楽しみにしています。車の運転にはくれぐれも気をつけてきてね》

文章の他に、いつものように写真が添付されていた。今日の写真は、川辺の道路に沿って咲く一本の若い桜の樹だった。花は七分咲きで、おそらく、ついさっき撮影したのだろう、新鮮な朝日を斜めから受けて、道路にくっきりと樹の影が落ちている。そして、その影が、風景をひときわ味わい深くしているのだった。

《おはよう。いま仕入れを終えたところだよ。少し緊張でどきどきしているけど、楽しみます♪》

静子ばあちゃんのメールに返信して、わたしは携帯をダッシュボードの上に戻した。

そして、「ふう」と息を吐き、エンジンをかけた。

これから向かう最初の売り場は、青羽漁港内にある漁協事務所のとなりだった。そこでは、朝早くから魚市場で仕事をしている漁協の人たちと、その周辺に住んでいる老人たちを、お客さんとして見込んでいる。

ギアをドライブに入れ、ステアリングを握った。売り場までは、五分とかからない。

お客さん、集まってくれるかな——。

祈るような気持ちで、キャリイのアクセルを踏み込んだ。

◇　◇　◇

車はどんどん漁港に近づいていった。

空には無数のカモメが海風にのってふわふわと飛んでいる。

本当に「たまちゃんのおつかい便」がはじまるのだ。

心の天秤《てんびん》は、期待よりもむしろ緊張に傾いていた。運転をしながらでも鼓動が少し速くなっているのがわかるくらいだ。

やがて道路がアスファルトからコンクリートに変わり、わたしは活気あふれる朝の港のなかに入り込んでいった。魚を買い付けに来た人、市場の人、漁師とその奥さんたち。たくさんの人たちが入り乱れて動き回り、車もたくさん停《と》まっていた。ゆっくりステアリングを切って、漁協の事務所の前へとキャリイを進めていく。

売り場に着いた。ブレーキを踏んで、車を停める。

いまから、この場所で商売をするというのに、誰一人として、この車に注目している人はいなかった。

嘘《うそ》でしょ……。

動揺と不安で心臓が押しつぶされそうになったとき、わたしは「あっ」と声をあげてしまった。あまりにも緊張しすぎて、肝心な作業を忘れていたことに気づいたのだ。

これは駄目だ、やり直し！

わたしは再びアクセルを踏んで、漁港の外へと出ていった。そして、ぐるりと住宅地を一周したあとに、もう一度さっきと同じルートで漁港に向けてキャリイを走らせた。

遠くに漁協の事務所が見えてくる。

その上空には、さっきと同様、無数のカモメたちがふわふわと海風にのって飛んでいる。

よし、今度こそ！

壮介が付けてくれた銀色のつまみを動かした。スイッチ・オンだ。そして、すぐにCDをデッキに押し込む。キャリイのおでこに付けられたラウドスピーカーから、陽気な音楽が流れ出した。

路面がアスファルトからコンクリートに変わる。

本日二度目の、青羽漁港への突入。

コニー・フランシスの『ヴァケイション』が、漁港に響き渡る。

なんだ、なんだと、市場で働く人たちの視線が一気に集まった。

わたしは、恥ずかしさと緊張と不安と戦いながら、なるべくゆっくりキャリイを走らせた。そして、漁協の事務所のとなりで車を停めた。

運転席から降りると、ポカンとした人たちの視線が痛かったけれど、わたしはその視線に思いっきり笑顔を返してやった。そして、荷台の保冷庫のドアを開け、アウトドア用の椅子をどんどん並べていく。ここまでくれば、あとはもう古館さんの弟子として覚えた手順をそのまま踏襲すればいい。わたしはてきぱきと準備をして、青い保冷用バットをずらりと八つ並べた。その間も、音楽は流しっぱなしにしておいた。あとはお客さんが来てくれるのを待つだけだ。

わたしは商品とキャリイの間に立って、とにかく唇の口角を上げ続けることにだけ心を砕いていた。

でも、一分待っても、二分待っても、お客さんはやってこなかった。

老人たちはおろか、漁港で働く人たちはみな、元通り自分たちの仕事に戻ってしまったのだ。

胃の奥から食道のあたりにかけて、嫌な熱がこみ上げてきた。

それでも、わたしは笑顔をつくり続けた。

誰か来て。あんなにチラシを配ったんだから。

足元にずらりと並ぶたくさんの商品を見下ろした。もしも、これが全部売れ残ってしまったら……、うっかり、そんなネガティブな思いに駆られそうになる。

と——、漁港の入口に、両手を背後で組んだ、少し腰の曲がったおばあちゃんの姿が見えた。ペンギンみたいに上体を左右に揺らしながら、こちらに向かって歩いてくる。

もしかして、お客さんかも。

わたしは、腰の曲がったおばあちゃんの足が余所《よそ》に向いてしまう前にと、慌てて声をかけた。

「おばあちゃん、おはようございます」

言いながら手を振ると、十メートルほど先で、おばあちゃんの目が皺《しわ》のなかに隠れた。

笑顔になったのだ。

「今日からだって言うから、来てみたんだよぅ」

よく見ると、折り畳まれたチラシを左手に持っていた。

おばあちゃんは、右から左まで、陳列した商品を眺めてまわった。

「色々あるねえ」

「うん。これなんか、美味《おい》しいですよ」

お寿司屋さんが作ってくれた助六《すけろく》寿司をすすめてみた。でも、おばあちゃんは「うーん」と首をひねっている。

「それ、美味しいの？」

ふいに左の方から声がしたので顔を上げると、いつの間にか、もう一人のおばあちゃんが商品を見下ろしていた。

「あ、うん、おすすめです」

「じゃあ、お昼用にふたつもらおうかね。あと……、この浅漬けと、ビスケットもね」

「わあ、ありがとう」

わたしは白いビニール袋にそれらの商品をまとめて入れた。

「チューブのワサビなんかは、さすがにないよねぇ？」

「あ、あるっ！　ちょっと待ってて」

保冷庫の扉を開けて、スチール棚に取り付けた百円ショップのカゴからワサビを取り出した。

「これですよね？」

「あら、何でもあるんだねぇ」

「無いものもあるけど、欲しいものがあったら、一応、聞いて下さい」

わたしは言いながら合計金額を伝えた。

「おばあちゃん、ありがとね」

商品を手渡し、お金を受け取る。

「こちらこそ、どうもありがとさんね。お姉さん、また明後日、来てくれるんでしょ?」

どうもありがとさんね——。

そのひとことで、わたしは返す言葉に詰まってしまった。

大学を辞めてから今日までの日々が、まるで走馬灯のようによぎったのだ。

「あらら、お姉さん、どうしたの?」

おばあちゃんが心配そうな顔をして、下からわたしを覗《のぞ》き込むようにした。

「あはは。大丈夫……」わたしは、親指でそっと目尻をぬぐうと、笑ってみせた。「おばあちゃんは、お客さん第一号だから、これサービスしちゃうね」

わたしは、おばあちゃんのしわしわな手を取ると、その上にアンパンをひとつのせた。

「あら、今日はツイてるねぇ」

にっこり笑ったおばあちゃんは、なんだか七福神にでもなれそうな顔をしていた。

「明後日、また売りに来るから、よろしくね」

「今度は、お友だちも連れてくるよ」

そう言って、わたしの最初のお客さんはのんびりとした足取りで、帰っていった。

「これ、もらおうかね」

さっきの腰の曲がったおばあちゃんも買ってくれるようだ。

「はい。どうもありがとう」

「あたしは二人目だから、アンパンはないよね」

「あははは。アンパンはないけど、内緒で、二人目まではサービスしちゃう」

わたしは袋入りのシュークリームをひとつサービスした。

「あら、よかった。アンパンよりも好きだわ」

腰の曲がったおばあちゃんは喜んでくれて、それからしばらくわたしと立ち話をしはじめた。こういうのは、古館さんの弟子をしていたときにもよくあったから慣れている。

五分ほど井戸端会議をしていたら、市場で働く人たちがバラけはじめた。彼らの仕事が終わったのだ。バラけた人たちのなかから、比較的若い漁師風のお兄さんたち三人組がこっちに歩いてきた。

「あんた、川向こうの居酒屋の娘だべさ？」

「はい」

「ああ、やっぱりな。どっかで見た顔だと思った。おつかい使ってのをはじめるって聞いてたけど、今日から営業スタートかい？」

「そうなんです。今日からです」

「そっか。んじゃ、まあ、俺らもご祝儀に何か買ってやっか」

「んだなぁ」

「俺は、朝飯を買って帰《け》えんべさ」

「やった、ありがとう」

「お兄さんら、この娘っこはよ、一人で買い物に行けねえジジババのために売り子をはじめてくれたんだ。たぁくさん買ってやんだよ」

腰の曲がったおばあちゃんが、お兄さんたちに言った。

「あはは、わかったよ」

お兄さんたちが商品を眺めているうちに、さらに数人の漁業関係者と、二人のおばあさんが覗きに来てくれた。

これなら、なんとか商売として成立するかも——。

わたしは安堵《あんど》のため息を飲み込んで、お客さんたちに言った。

「明後日もここに来ますから、今度はぜひお友だちも連れてきて下さいね」

青羽漁港での最後のお客さんは、漁協の組合長だった。

「おう、たまちゃん、頑張ってるなぁ」

でっぷりとしたお腹《なか》と、長年の漁でチョコレート色に日焼けした顔。そして、その顔と同じ色をした禿頭《とくとう》。まさに「ザ・組合長」といった風格を漂わせたこの人こそ、漁協のとなりのスペースを快く提供してくれた、わたしにとっては恩人の一人でもあり、父の飲み友だちでもある。


「あ、組合長さん、おはようございます」

「どうだい、ちったぁ儲かったか？」

「おかげさまで、まずまずだったんですけど、でも、もうちょっと売りたいから、漁協の組合員さんに、ぐいぐい宣伝しておいて下さい」

「がははは。了解、了解。しっかし、たまちゃんには商売の才能がありそうだな。どんぶり勘定の正太郎とは大違いだぁ」

豪快に笑いながら組合長は商品をひと通り見ると、助六寿司を三つと、鶏の唐揚げ二つと、切り干し大根と、おにぎりを六つも買ってくれた。

「で、たまちゃん、この後は、どこで売るんだ？」

「次は、青羽温泉の駐車場です」

「ああ、川沿いの？」

「はい」

「あっちは山間《やまあい》だしよ、ここと比べたらずいぶん人も少ねえべさ。そんなとこで商売になんのか？」

組合長はまゆ毛をハの字にして心配してくれた。でも、そういう過疎の土地に売りに行ってこそ、「たまちゃんのおつかい便」の意義があるのだ。もっと言えば、あそこは静子ばあちゃんの家のすぐ近くだから、わたしがいちばん売りに行きたい場所でもある。

「あっちのお客さんが少ない分、ここのお客さんを増やしてもらわないと。組合長さん、よろしくね」

わざと悪戯《いたずら》っぽく言って、わたしは微笑んでみせた。

「がははは。そうきたか。ＯＫ、ＯＫ。明後日は客の数を倍にしてやっから、任しとけ」

わたしは上機嫌な組合長を携帯のカメラで撮影させてもらった。背景には売り場の様子とキャリイを入れ込んだ。こういう写真を、日々のブログにアップしていくのだ。ブログのタイトルは、そのまま「たまちゃんのおつかい便日記」としてある。オープニングに使う写真は、ついさっきシャーリーンに撮影してもらった、わたしとキャリイのツーショットになるだろう。

ブログをはじめることにした理由は、いくつかあった。ネット上に広く公開することで営業ツールとして役立てたいのと、季節や天候によって変化するお客さんの様子や、その日によく売れた商品などを書き記しておくことで、今後の改善に役立てようと思ったのだ。あとは、お客さんたちが喜んでくれている写真をアップして眺めることで、わたし自身がその笑顔から元気をもらおうと思ったからだった。仕事が上手《うま》くいかないときや、つらくなったときには、きっとこのブログがわたしを助けてくれると思う。

◇　◇　◇

漁港での販売を終えたわたしは、商品をキャリイの保冷庫にしまって、再び出発した。目指すは、静子ばあちゃんの待つ青羽温泉の駐車場だ。

低い空をカモメが舞い飛ぶ海辺の集落を抜けて、国道を右折し、青羽川に架かる大橋を渡ったところで川沿いの道を左折した。すぐに常田モータースが見えてくる。

ガレージに白いつなぎを着た壮介の背中を見つけたわたしは、ブレーキを踏んで車を止め、ウインドウを下ろすと、パパッとクラクションを鳴らした。すぐに壮介が振り返った。

「おう、たまちゃんか」

柴犬《しばいぬ》みたいな笑顔を浮かべて、壮介はすたすたと近寄ってきた。

「おはよう」

「お嬢さん、ずいぶんセンスのいい車に乗っててんじゃねえの？」

ドア越しの壮介のジョークに、わたしも付き合った。

「んだべ？　洋服の着こなしと一緒で、乗りこなしてる人のセンスがいいと、車もセンスよく見えるんだってさ」

「うはー、どの口がそれを言うか」

わたしと壮介はけらけらと笑い合った。

「つーかよ、もう、漁港で売ってきたんだべ？」

「うん」

「で、どうだった？」

「まあまあ、かな」

「そっか。まあまあか。天気もよくなってきたし、いい初日になりそうだな」

壮介が空を見上げて言った。まぶしそうに目を細めたその顔を見て、わたしはため息をつきそうになった。この幼なじみ、つくづくいい奴《やっ》だなぁ——と、あらためて思ったのだ。

「うん、そうなるといいな」

「絶対になるって。なんつったって俺の作品に乗って商売してんだからよ」

「え、オーナーのわたしは関係ないわけ？」

わたしは、笑いながら自分の鼻を指差した。

「いやあ、あのチラシもいい出来だったしなぁ」

わざととぼけた顔をして、壮介はニヤついた。

「で、オーナーのわたしは？」

「あ、そうだ。出来の悪いオーナーが俺の作品の足を引っ張んねぇように、いいもん持ってきてやっから、ちょっと待ってろ」

笑いながら壮介はガレージのなかに消えると、缶コーヒーを手にして戻ってきた。

「ほれ、ご祝儀。これ飲んで、しゃきっとしろよ」

「サンキュ。充分しゃきっとしてるけど、もらっとくね」

わたしはドア越しに缶コーヒーを受け取って、車内の缶ホルダーに立てた。よく冷えているから、ガレージの冷蔵庫から出してきたのだろう。

「んじゃ、とにかく、上手くやれよ」

「うん」

パチンと小さくハイタッチを交わす。

わたしはウインドウを下ろしたまま、ゆっくりとキャリイを走らせた。サイドミラーのなかの壮介は、つなぎのポケットに両手を突っ込んだ格好で見送ってくれていた。その姿がどんどん小さくなっていく。やがて、ゆるいカーブの途中で見えなくなった。

ほんと、いい奴だなぁ――。

壮介にもらった缶コーヒーのプルタブを起こして、ひと口飲んだ。ほろ苦さが、じんわりと胸に沁《し》みてくる。

「よし、頑張ろう」

小声でつぶやいて、壮介の作品のアクセルを踏み込んだ。

道路と寄り添うように流れる青羽川は、今日もラムネのように澄んでいた。浅いちゃら瀬は朝日をはじいてきらきら輝き、深い淵《ふち》は吸い込まれるようなビー玉色をしている。

いた。

川向こうに連なるてっぺんの丸い山々は、目にまぶしい緑の樹々《きぎ》にこんもりと覆われていて、さらにその稜線《りょうせん》の上に広がる空は、薄雲が消え、清々《すがすが》しい蛍光ブルーになってた。

開け放った窓から吹き込んでくるのは、爽やかな春の朝の風だ。

わたしは、胸一杯においしい空気を吸い込んで、ゆっくりと吐いた。

川沿いの道は、くねくねとよく曲がり、見通しの悪いカーブがいくつか続いた。そのなかの、さほどきつくもないカーブに、対向車を確認するためのミラーが設置されていた。八年前、母がダンプに撥《は》ねられたのを契機に設置されたミラーだった。事故現場でもあるそのカーブを、わたしはことさらゆっくりと走り抜けていく。

ほら、お母さん、今日からわたし、社会人なんだからね——。

胸の奥でうずく鈍痛を噛《か》みしめながら、心で語りかけた。

そのカーブを抜けると、ふいに目の前がパッと明るくなった。

満開に近い桜の樹が、沿道で咲き誇っていたのだ。

あ、きれい——。

わたしは、なんとなく、母にそっと背中を押されたような気分になって、頬をゆるませた。道路の上にまで張り出した雅《みやび》やかな桜の枝の下を、キャリイは悠々と走り抜けた。

そこから先は、沿道の桜の樹が少しずつ増えて、風景がみるみる華やかになっていく。

しかし、桜の樹の数が増えるほどに、民家はどんどん少なくなっていき、高齢者——つまり、買い物弱者の比率が高くなっていくのだ。

　左手に、青羽川を渡る橋が見えてきた。

　この橋を渡り、対岸の川沿いの道路に行けば、そこは見事な桜並木だ。そして、その並木の途中に、わたしの通っていた小中学校がある。でも、今日は対岸には渡らず、そのまま上流方面へとキャリイを走らせた。玉砂利《たまじゃり》の川原《かわら》に広がる町営キャンプ場を過ぎ、地元の建設会社が所有している建築資材置き場を通り過ぎた。

　そろそろ、いいかな……。

　わたしは今度こそ忘れずにラウドスピーカーのスイッチをオンにして、ＣＤをデッキに差し込んだ。うららかな春の川辺に、コニー・フランシスの明るい歌声が響き渡る。

　この田舎町《いなかまち》をずっと支えてきてくれた、じいちゃん、ばあちゃんに、届け——と、念じながら、ゆっくり、ゆっくり、キャリイを走らせた。

　ほどなく静子ばあちゃんの家の前を通り過ぎた。さらに、そこから十数秒も走れば、本日ふたつ目の売り場、青羽温泉の看板が見えてくる。

　青羽温泉は日帰りの温浴施設と、地元料理のレストランと、宿泊施設を兼ね備えた第三セクターで、ちょうどわたしが生まれた年にオープンしたらしい。田舎にしては、わりと立派な施設なので、毎年、夏休みになると鮎《あゆ》釣り師やカヌーイストなど、川遊びをする人たちでにぎわっている。

　わたしはステアリングを右に切って、青羽温泉の駐車場へとキャリイを滑り込ませた。

と、その刹那——。

「あ……」

思わず声を出していた。

駐車場には、すでに十五人ほどのお年寄りたちが集っていて、みんなが一斉にこっちを振り向いていたのだ。しかも、その輪の中心には、にこにこ顔の静子ばあちゃんと千代子バアの姿もある。

ヤバい、泣きそう……。

わたしは深呼吸をして、こみ上げてくる気持ちをなだめながら、温泉施設の出入り口のそばの植え込みの前にキャリイを停めた。エンジンを切って車を降りると、さっそくチラシを手にしたお年寄りたちが集まってきてくれた。

「おはようございます」

わたしはぺこりと頭を下げて、笑顔を作った。

あちこちから「おはようさん」という声が返ってくる。

静子ばあちゃんと千代子バアは、あえて遠慮をしたようで、集団のいちばん後ろに立って、まぶしそうな顔でこちらを見ていた。だから、わたしは右手にピースサインを作って、それを小さく振ってみせた。静子ばあちゃんが気づいて、嬉《うれ》しそうに手を振り返してくれる。

さあ、仕事だ。

「いま、商品を並べるんで、ちょっと待ってて下さいね」

わたしは荷台からアウトドア用の椅子を下ろしてセッティングすると、てきぱきと商品の入ったバットを並べていった。

商品が出そろう先から、お客さんたちの手が伸びてきて、焼きそば、梅干し、がんもどき、刺身盛り合わせ、せんべい、キャンディー、お米、だし入り味噌《みそ》と、飛ぶように売れていく。

忙しく会計をしていると、見知らぬおばあちゃんに声をかけられた。

「たまちゃん、歯磨きのチューブはあるかい？」

初対面のわたしのことを気軽に「たまちゃん」と呼んでくれたことは、しみじみ嬉しかったのだけれど、でも、想定外のニーズに、わたしは準備不足を痛感した。そうなのだ。古館さんが巡る街場の売り場とは違って、ここは生活必需品をそろえておかねばならないのだった。

「おばあちゃん、ごめんね。歯磨きのチューブはないの。明後日くるときにはそろえておくから」

「それは助かるねぇ。ついでに、歯ブラシも頼めるかい？　毛がやわらかいのがいいんだけど」

「うん、仕入れておく」

わたしは助手席に置いてあるメモ用のノートを手にして、歯磨きのチューブとやわらかい毛の歯ブラシ、と記しておいた。そして、その後も、商品ラインナップにないオーダーがいくつかあって、わたしのメモは初日からノート半ページを埋め尽くす勢いだった。

買い物を終えたお年寄りたちは、満足げな顔をしてぶらぶらと歩いて帰って行く。そして、それと入れ替わりに、また別のお客さんがやってくる。なかには、おばあさんというより、おばさんという年代の主婦の姿もあって、そういう人は、惣菜《そうざい》を何種類かまとめて買ってくれた。

二〇分ほどで、あらかたのお客さんは帰途についた。最後に売り場に残ったのは、静子ばあちゃんと千代子バアだった。

「たまちゃん、お疲れさま」

静子ばあちゃんの笑顔に、わたしも「うん」と笑みを返した。

「ずいぶんと売れたじゃないか」

千代子バアの言うとおり、八つ並べていたバットの中身は、すでに半分以下になっていた。

「まさか、最初から、こんなにたくさんのお客さんが来てくれるなんて思ってなかったよ。もしかして、静子ばあちゃんが、周辺のみんなに声をかけてくれたの？」

「ううん、あたしは、何にもしてないよ」

「え、じゃあ」

わたしは千代子バアを見た。すると、千代子バアは、ちょっと唇をとがらせて何か言いたげな顔をした。でも、すぐにその表情を元に戻して首を横に振ったのだった。

そして、少し素っ気ない感じで言ったのだ。

「あたしでもないね」

「え？」

だったら、いったい誰が——、と考えはじめたとき、千代子バアが商品の前で腰を折って、ひとつひとつ指差していった。

「この生卵のパックと……、これと、これ。あと、ご祝儀にこれも買っといてやろうかね」

千代子バアは、卵のほかに、惣菜パン、野菜ジュース、ちらし寿司を買ってくれた。

「わあ、ありがとう」

頂いた代金は、静子ばあちゃんが作ってくれた四ツ葉のクローバー柄の巾着袋に入れて、お釣りもそこから出す。ちなみに、営業中、その巾着はドアを開け放った運転席のシートの上に置いておくようにしていた。つまり、並べた商品越しにお客さんから代金を受け取ると、わたしは後ろを向いて、運転席の巾着に代金を入れていくのだ。お客さんの目に入るところに売上金を置くな——というのは、古館さんの教えだった。

「せっかくだから、千代子さんと一緒にお昼を食べようかね」

静子ばあちゃんも、そう言いながら、ちらし寿司を手にとり、ついでにチョコレート菓子と、お茶っ葉を買ってくれた。

これで、この売り場での営業は終了だ。

「ねえ、何かほかに欲しいものがあったらリクエストしてね。少しずつ、みんなが必要なものをそろえていくから」

売れ残った商品をキャリイの荷台に積み込みながら、わたしが静子ばあちゃんに言うと、千代子バアが代わりに答えた。

「お風呂洗いの洗剤とか、トイレの紙とか、ティッシュとか、綿棒とか、そういう消耗品があると助かるねぇ」

「なるほど。わかった。消耗品ね」

わたしは、それもメモしておいた。

すべての積み込みを終えたとき、上着のポケットで携帯が鳴った。メールだ。差出人は珍しくマッキーだった。

《たまちゃん、祝・開業♪　いまね、『凜子《りんこ》の森羅万象占い』で、たまちゃんの占いを見たの。そうしたら、今週は人生の転機で、お金にまつわることに好機あり。転職、投資も吉。あなたを陰ながら応援してくれている人への感謝の気持ちを大切に――って書いてあってビックリ！　すごいタイミングで開業できたね。おつかい便、きっとうまくいくネ♪》

「うわ、この占い、ホントすごいな。あまりにもハマってる……」

わたしは思わずそうつぶやいてから、静子ばあちゃんと千代子バアに、メールの内容を読んで聴かせた。すると、小柄な千代子バアが腕を組んで、わたしをまっすぐ見上げてきた。

「たまちゃん、あんた、そのメール、大事にとっておくんだよ」

「え？　あ、うん」

千代子バア、ちょっと変なことを言うな、と思ったのだけれど、よくよく考えてみれば、たしかに、こういう縁起のいい言葉が書かれたメールは、消去せずに残しておくべきだろう。疲れたときなどに読み返せば、気持ちを押し上げてくれそうだし。

「その森羅万象占いってのは、星占いみたいなもんなのかい？」

静子ばあちゃんが小首を傾《かし》げた。

「うーん、わたしはよく知らないんだけどね、あまりにもよく当たるからって、友だちのマッキーって子が毎朝チェックしてるの」

マッキーいわく、凜子という占い師による森羅万象占いは、生年月日からその人のカテゴリー（海、空、大地、植物、動物、風、月など十二種類）を割り出して占うもので、わたしは植物にカテゴライズされているらしい。

「でね、この占い師の凜子さんっていう人、じつは有名な漫画家だっていう噂《うわさ》も流れているんだって」

「へぇ。それにしても、最近は、いろんなおもしろいもんがあるねぇ」

静子ばあちゃんは感心したように言う。

「そのマッキーって子は、あんたのチラシを作った子かい？」

千代子バアが、また妙なことを訊《き》いてきた。

「え？　そうだけど……」

どうして千代子バアがそんなことまで知っているのだろう、とわたしは不思議に思う。マッキー本人は引きこもったままだから、わざわざ人にそんなことを言ったりしないはずだ。ということは、壮介か、あるいは理沙さんあたりから噂が流布したのだろうか。

「その子、海山屋さんとこの娘さんだね」

千代子バアが腕を組んだまま言った。

「うん、そうだけど。千代子バア、よく知ってるね」

「あたしゃ地獄耳なんだよ」

わたしたちのやりとりを聞いて、静子ばあちゃんがくすくす笑った。そして、目尻に笑みを溜《た》めたまま言った。

「たまちゃん、次はどこに行くんだい？」

「次は、まさに、いま話題だったマッキーの実家。ドライブイン海山屋さんの駐車場だよ」言いながら、わたしは腕時計を見た。「あ、ここでちょっとのんびりしちゃったから、そろそろ行かないと」

「あらあら。事故を起こさないように、車の運転には本当に気をつけるんだよ」

静子ばあちゃんが気持ちを込めて言うから、わたしはふと母が事故に巻き込まれたカーブの先で咲き誇っていた桜の樹を思い出した。

「うん、大丈夫。気をつけるよ。そういえば、お母さんの事故があったあのカーブのところ、桜がすごく綺麗《きれい》に咲いてたよ」

「ああ、あの桜は立派だもんねぇ。でも、下の方から上がってくるときは、カーブを過ぎた後に桜が見えるからいいんだけど、上から下っていくときは、あの桜に見とれて、うっかりカーブを曲がり切れなくなる車がいるっていうから、たまちゃんも気をつけるんだよ」

切々と語る静子ばあちゃんの言葉に、わたしはどことなく不自然な重みを感じた。

もしかして、母を撥ねたダンプは、あの桜に見とれて……。

いったんそう思いはじめたら、もはやそれが真実であるかのような気がしてくる。実際はどうだったのだろう。ちょっと気になったけれど、いま静子ばあちゃんに訊《たず》ねるのは気が引けた。静子ばあちゃんは、あえて「一般論」としてあのカーブと桜の関係を口にしたのかも知れない。だとしたら、そのことについて、いまは語りたくないのだ。

わたしは、話の方向を変えた。

「わたし、お守りを持ってるんだよ」

「お守り？」と、静子ばあちゃん。

「うん」と頷《うなず》いて、助手席のグローブボックスから黄色い長財布を取り出した。そして、そのなかから手のひらサイズの写真を抜き出すと、静子ばあちゃんに見せた。

「ほら、これ」

写真を手にした静子ばあちゃんは、感嘆ともため息ともつかない声を漏らして、わたしと写真を見比べるようにした。

「なんだか、最近、よく似てきたと思ってたけど……」

静子ばあちゃんは目を細めた。

「え、うそ、似てる?」

「うん。声もよく似てきたよ」

えへへ、とわたしは照れ笑いをした。

わたしが財布から取り出した写真は、母の遺影の縮小版だった。携帯で遺影を撮影して、それを自宅のプリンターで小さく印刷したものだ。

「天国から絵美が守ってくれてるなら、きっと大丈夫だねぇ」

「でしょ」

そんなわたしと静子ばあちゃんのやりとりを、千代子バアがやれやれといった顔をして見ていた。でも、わたしは知っているのだ。この顔は、千代子バアがとても嬉しいときに浮かべる表情だということを。

「はい、じゃあ、これ」

「うん」

母の写真を、静子ばあちゃんから受け取り、そっと財布に戻した。

「じゃ、そろそろ、海山屋さんに行かなくちゃ」

わたしが言うと、静子ばあちゃんがあらためてわたしの名を呼んだ。

「たまちゃん」

「ん？」

「ありがとさんね」

「え……」

「お仕事、頑張るんだよ」

「そうさ、頑張りな。周りだって応援してんだからね」

千代子バアが、ちょっと面倒くさそうに付け足した。

そのとき、ふわっと春のみずみずしい川風が吹いて、わたしの前髪を揺らした。同時に、静子ばあちゃんと千代子バアの姿もゆらりと揺れた。

わたしはその風を吸い込んで、しっかりと返事をした。

「はい。頑張ります」

二人の顔に咲いた笑みが、ゆらゆらと揺れていた。

しずくをこぼす前に、わたしは振り返って運転席に乗り込んだ。そして、こっそり親指で目元をぬぐうと、二人の方を振り向いた。

「じゃ、明後日、また来るね」

愛車のエンジンをかける。

「気をつけるんだよ」

静子ばあちゃんが念を押す。

「うん。じゃあ、またね」

わたしはそっとアクセルを踏んで、キャリイを発車させた。

駐車場を出るときにサイドミラーを見た。二人は並んで見送ってくれていた。窓から腕を出して、背後に向かって手を振る。サイドミラーのなか、静子ばあちゃんだけが手を振り返してくれた。川沿いの道路に出て左折すると、ミラーのなかの二人の姿が見えなくなった。

わたしは「ふう」と穏やかに息をついた。心臓のあたりにこもるほこほこした熱を感じながら、川下へとキャリイを走らせていく。

開け放った窓から、清澄な川風が吹き込んできた。

目の前には、ひらひらと桜の花びらが舞っている。

清流と、山々と、青空と、舞い散る桜の花びら。

そして、春の風のかぐわしさ。

この光景は、きっと一生忘れないんだろうな——。

わたしはまどやかな気持ちで、壮介にもらったコーヒーの残りをごくごくと飲み干した。

松山真紀

わたしのベッドの上で、美沙が寝息を立てはじめた。

読み聞かせていた絵本を閉じて、そっと毛布をかけてやる。美沙が読んでくれとせがんだ絵本は、「ミミっち」という名のパンダ模様のうさぎが不思議な冒険をする物語だった。とても内気で、怖がりで、泣き虫な「ミミっち」は、なんだか自分とよく似ている気がして、毎度、読みながらつい感情移入してしまう。

その絵本をベッドサイドに置いて、わたしは膝立ちになった。

美沙の寝顔を見下ろす。

三歳になったばかりの幼女は、まさに天使のように無垢《むく》な生き物だった。まだ、その小さな胸のなかには悪意も邪気も芽生えていないから、決してわたしを傷つけることもなければ、裏切りもしない。そして、愛情を注いだ分だけ、キュートな笑顔を返してくれる。

ああ、癒されるなぁ……。

実姉である理沙ネエの子どもですらこんなに可愛いのだから、もしも自分に子どもができたら、いったいどれだけ溺愛してしまうのだろうか——。無垢な美沙を見ていると、ときどき、そんなことを思う。

都会から逃げ帰り、いわゆる引きこもりになったわたしにとって、美沙の存在は癒しであると同時に、孤独をやわらげてくれる救世主でもあった。この子がいてくれたおかげで、わたしの心は土台までは崩壊せず、何とか今日まで保ってこられたのだと思う。だから、きっとわたしは一生をかけて、この姪《めい》っ子を愛し続けていくだろう。

ベッドの傍らでそっと屈《かが》んで、美沙のふっくらした頬にキスをした。ちょっとくすぐったかったのか、美沙は寝ながら頬をぽりぽりと掻《か》いた。そんな仕草がまた愛らしい。しばらく、そっと寝かせておこう。そう思ったわたしは、窓際の作業机に着いて、なんとなくいつもの癖でパソコンを立ち上げた。

デスクトップの壁紙は、わたしとたまちゃんと壮介くんが並んでピースをしている写真に設定してあった。三人の背後には、出来立てほやほやのキャリイも写っている。この車の納車日に、たまちゃんと壮介くんが、わざわざお披露目に来てくれて、そのときに撮った記念すべき写真なのだ。じつは、その日、わたしは、壮介くんの手で新しく生まれ変わったキャリイをどうしても間近で見たくて、久しぶりにサンダルというものを履き、恐る恐る家の外へと出たのだった。そして、駐車場でキャリイをじっくり鑑賞したあとに、理沙ネエを呼んでシャッターを押してもらったのだ。たしか、あの日は薄暗い空に覆われて、小雨がパラついていた。それなのに、久しぶりに海風を浴びたわたしは、地中から這い出したモグラのように、世界の広さとまぶしさに目がくらみ、ガタガタと脚を震わせていた。きっと「自由」というものの解放感と怖さを思い出していたからだと思う。

　あらためてデスクトップを眺めた。

　笑顔でピースをする三人の同級生の写真――でも、わたしだけが、どこかぎこちない笑い方をしていた。

　壮介くんやたまちゃんのように、あるいは、美沙のように、わたしも純粋に心から笑えたらいいのに……。

　そんなことを考えたら、つい小さなため息をもらしてしまう。

　思えば、いまから約二年前――。

　わたしは地元のみんなと一緒に高校を卒業したあと、内気な自分の殻を破るべく一念発起して都会で就職をした。わたしを雇ってくれたのは、主にお菓子を製造する中堅どころの食品メーカーで、与えられた仕事は総務部の事務だった。もともと幼い頃から、モノを作ることや絵を描くことが好きだったわたしは、たまたま隣の席になった三つ上の女性の先輩に誘われて、入社わずか三日目にして社内の手芸サークルに入れてもらうことになった。そして、そこで出会ったのがロリータ・ファッションだったのだ。わたしは一瞬にしてその魅力にハートを射貫《いぬ》かれていた。

　それからしばらく経《た》ったある夜、部署の先輩たちが帰ったあとに一人で残業をしていたら、ふいに隣の部署の男性の先輩に声をかけられた。「よかったら、これから一杯飲みにいかない？」と言うのだ。二十代後半のその先輩は、スーツやネクタイのセンスもいい上に、背も高く、清潔感もあり、都会で遊び慣れていそうな雰囲気を漂わせていたけれど、しかし、仕事はてきぱきとまじめにこなし、上司からの信頼はとても厚いと噂される人だった。そもそも男性から声をかけられたことなど皆無だった田舎娘のわたしは、突然の誘いにのぼせてしまい、頭をぽうっとさせながら彼の背中に従って会社を出た。そして、都会の洒落《しゃれ》たお店の雰囲気に飲まれつつ、しかも彼の強引とも言える話術にあらがえないまま、とめどなくワインを飲まされ……いつの間にか記憶をなくしていたのだった。

ふと意識が戻ったとき、わたしは淡いピンク色の光のなか、生あたたかいベッドの上で仰向《あおむ》けに寝ていた。飲み過ぎたせいで、こめかみのあたりがひどく痛み、少し吐き気もした。起き上がる気力すらなかったけれど、自分がいま服を脱がされているという事実に気づいたときには、さすがに我に返った。わたしは、自分の置かれた状況をはっきりと理解した。同時に、吐き気がこみあげてきた。やめて下さい——と、思わず声を出した。しかし、気弱なわたしの言葉とアルコールで弱った肉体の抵抗は、怖いほどの男性の腕力であっさりねじ伏せられた。抵抗が無駄だと確信したとき、わたしは人形みたいにくたくたになってしまい、そのまま処女を奪われた。事を終えると、彼は隣でいびきを立てはじめた。その耳障りな音を呆然《ぼうぜん》と聞きながら、わたしは静かにベッドから起き上がり、トイレに駆け込んだ。便器を見た瞬間、嘔吐《おうと》した。ぽろぽろと涙を流しながら、何度も吐いた。吐瀉物《としゃぶつ》はワインを多量に含んでいたせいで、グロテスクな赤い色をしていた。すべて吐き切って、涙もおさまったら、急いで服を着けて、一人でホテルの部屋を飛び出した。

翌日は、最悪の気分と体調だったけれど、それでもなんとか必死に出社した。当然ながら、同じフロアの彼とわたしは、お互いの視野のなかにいた。でも、彼はまったく何事もなかったかのように平然と振る舞い、わたしとはちらりと視線を交わすことすらなかった。

お昼休みに、わたしは同期の子に誘われて二階の社員食堂でランチを摂《と》った。食後、部署に戻ろうと廊下を歩いていると、すれ違いざま、二人の若い男性社員がニヤけた目でわたしを舐《な》めるように見た気がした。一瞬、何だろう――と訝《いぶか》しんだけれど、こちらの気のせいだと思い直して放っておいた。

そして、その日の夕方、上司が来客時に使ったコーヒーカップを洗っておこうと、自販機のある給湯室に向かったとき、なかから漏れ聞こえてくる絶望的な声と出くわしてしまったのだった。

「あの新人のロリータっ娘《こ》な。あいつ、見るからにまじめで押しに弱そうじゃん。だからワインをどんどん飲ませてみたわけよ。そしたら、一瞬でヘロヘロになってさ、あっけなくお股を開いてやんの。しかも、なんと、処女だぜ」

「うおお、マジかよ。俺も飲ませたら、やらせてくれっかな」

「バーカ、お前とキョウダイになんてなりたくねえよ」

給湯室の入口近くの廊下に突っ立っていたわたしは、もはや背骨の芯まで凍り付いていた。わたしは手にしていたコーヒーカップを自分のデスクの上に置くと、我を忘れてそのまま会社から逃げ出した。そして、一人暮らしのアパートの部屋に引きこもり、入社してからわずか半月で出社拒否となったのだった。

引きこもりをはじめて一週間のあいだに、会社の上司から留守電が何度か入って、出社をうながされた。手芸サークルに誘ってくれた先輩が部屋まで訪ねてきてくれたこともある。しまいには会社から両親に連絡がいったようで、母からの留守電も二度ほどあった。それでも、わたしは、ひたすら居留守を使い続けた。

日がな引きこもって泣き暮らしていると、不思議なくらい、お腹が減らなかった。ご飯をほとんど食べずにいたら、日に日に身体《からだ》がやつれていった。体重が減ると、体力がなくなり、体力がなくなると、生きる気力までもが削《そ》がれていった。

わたしは、ただ呼吸をするだけの抜け殻だった。

心のなかにも、身体のなかにも、都会で暮らしていくためのエネルギーは、一滴たりとも残されてはいなかったのだ。

わたしは会社と都会とあの男から逃げるように実家に戻った。

出戻った理由は、口が裂けても両親には言えなかったし、両親は両親で、ご飯も食べずに泣いてばかりいる尋常でないわたしの様子を心配したのだろう、無理に聞き出そうとはしないでいてくれた。そのやさしさがまた余計に悲しくて、わたしは何度もひとり部屋で枕を濡《ぬ》らした。

その頃、両親は、はじめたばかりの牡蠣《かき》の養殖をなんとか軌道にのせようと、昼夜の別なく懸命に働いていた。義兄の貴弘さんも、しばしば両親の手伝いに駆り出されていた。そんな状況だったから、わりと暇な土産物《みやげもの》屋を取り仕切るのは、必然的に育児中の理沙ネエということになった。

理沙ネエは、両親と義兄がいる前で、わたしにこう言った。

「真紀、あんた、ちょうどいいときに出戻ってきたよ。どうせ毎日ヒマしてんだから、あたしの代わりに美沙のプチママをやってよ。給料は出せないけど、小遣いくらいはやっからさ」

それは、いかにも理沙ネエらしい、恵み深い台詞《せりふ》だった。引きこもりのわたしが、なるべくこの家に居づらくならないよう、あえて家族の前で「役割」を与えてくれたのだ。

その日から、わたしは、当時まだ一歳そこそこだった美沙のお守りをしはじめた。そして、それから三ヶ月ほど経った頃、わたしは店番を終えたばかりの理沙ネエを部屋に呼ぶと、こっそり退社の理由を打ち明けた。美沙をわたしのベッドに寝かしつけながら黙って話を聞いてくれていた理沙ネエは、最後にちょっと淋《さび》しそうに笑いながらこう言った。

「なるほどね、そりゃ親には言えないね。でもさ、真紀、オンナっていう商売を長くやってりゃ、たまには出会い頭の事故みたいにゲスな野郎とも出くわしちまうもんだよ。

あんたの場合、たまたま最初がゲスな野郎だっただけだべ？　こっから先、いい男と出会って、人生、巻き返しなよ。真紀だけに。なんつって」

理沙ネエは、自分の駄洒落にくすくす笑いながら、泣いているわたしの首に手を回すと、その華奢《きゃしゃ》な肩にわたしの顔を引き寄せた。

「あたしの賢い旦那が言ってたよ。人生は振り子なんだってさ」

「振り子……」

「そう。人生で、何かでっかい不幸があったら、今度は、それと同じ分量だけ振り子は幸福の側に振れるんだって。だから真紀には、これから物凄《ものすご》くいいことがあっからね、期待してなよ」

そう言って、理沙ネエは、わたしの背中をぽんぽんと叩《たた》いた。そのやさしい手の感触がスイッチになって、わたしは自分でも不思議なくらいに泣きじゃくってしまった。眠ったばかりの美沙を起こさないよう、必死に声を押し殺しながら、赤ん坊のように泣きつかれるまでしずくを流し続けたのだ。

そんなわたしの人生の振り子が、もしかすると幸福側へと振れはじめたのかな——と思ったのは、久しぶりにたまちゃんが顔を出してくれた日のことだった。なつかしい旧友と会話が出来ただけでも、泣きたいくらい嬉しかったのに、その日のたまちゃんは、わたしがとても会いたいと願っていた人を連れてきてくれたのだから驚くほかなかった。

じつは、わたしは、引きこもりながらも、何度か中高生の頃の卒業アルバムを開いていた。そして、あの頃、わたしたちのまわりで吹いていた甘酸っぱい風を思い出しては、しみじみとため息をついていたのだった。もちろん、あの頃はあの頃で、日々いろいろな想いを胸に秘めては一喜一憂していたはずだ。でも、いま思い返してみると、悲しみも悩みも切なさも含めて、それらはまるごと素敵な六年間だったということに気づく。なにしろ、学校という場所に行きさえすれば、そこにはいつだって同年代の「友だち」と呼べる人間がたくさんいてくれたのだから。

毎日、必ずたくさんの友だちと会える――。

その状況こそが人生においてのスペシャルであり、とても「贅沢《ぜいたく》な日々」なのだけれど、そのことに気づこうとすらしないままに毎日を過ごせてしまう時代。じつは、それこそが、本当に幸福な時代なのではないかと、わたしは思うようになっていた。

薄暗い部屋で、ひとり卒業アルバムをめくっているときに、ふと手を止めるページがあった。そこには、わたしなど足元にも及ばないくらいモノ作りの才能にあふれた男子の姿が写っていた。思えば美術や技術の授業のなかで、彼が創り上げた作品を目の当たりにしたとき、わたしはいつだって胸をときめかせていた。

もしも、わたしにこの人くらいの才能があったなら、将来はいったい何になるだろう

――などと、幼稚な妄想をすることさえあった。

ああ、また見たいな。彼の才能が凝縮されたきらっきらの作品を。

卒業アルバムを開いて、そんなことをぼんやりと思っていたときに、振り子は振れた。

わたしに小さな奇跡が起きたのだ。起こしてくれたのは、もちろん、たまちゃんだった。

わたしは、パソコンのファイルをクリックして、画面に「たまちゃんのおつかい便」の最新版チラシを開いた。表示サイズを少し小さくして、チラシ全体が見えるようにする。タイトルと、見出しと、コピーと、写真と、簡単なイラスト、そして、ひとつひとつ手間をかけて作った地図。

わたしなりに全力でデザインしたこのチラシを壮介くんが手にしたとき、その口からは、思いがけない言葉が飛び出した。

「マジか。マッキー、デザインのセンスあんなぁ」

わたしを夢心地《ゆめごこち》にさせたその声を、わたしは記憶のいちばん浅いところにタトゥーのようにしっかりと刻み付けておいた。だから、いつだって取り出しては、脳内で再生させることができるのだ。

わたしがチラシのなかでいちばん大きく扱った写真は、壮介くんが手がけたキャリイだった。チラシを見てくれた人の記憶に、この車がしっかりと焼き付けられるよう心がけてデザインした。そうなれば「たまちゃんのおつかい便」だって、きっと上手くいくはずだから。

わたしは、チラシの表示サイズをどんどん大きくして、キャリイの写真をアップにした。あらためて、飽きのこない素敵なデザインの車だなぁ、と思ったそのとき、ふとパソコン画面の隅っこにある時計表示をチェックした。

あれ、予定では、そろそろのはずだよね――。

そう思って椅子から立ち上がると、窓を細く開けて「ドライブイン海山屋」の駐車場を見下ろした。よく見ると、コカ・コーラのベンチの周辺に、お年寄りたちが集まっていた。まだ数人しかいないけれど、それでも、わたしが必死に作ったチラシを見て集まってくれたのだと思うと、それだけで純粋に胸がほくほくする思いだった。

お年寄りたちのなかには実際にチラシを手にしている人もいた。よく、あのベンチに腰掛けて、のんびりとおしゃべりをしている三人組のなかの一人だった。

わたしは視線を外して、右手遠くを眺めた。

青々とした春の海が、気持ちよさそうにたゆたっている。

少し前までは、こんなふうに窓の外を眺めることすら避けていたんだよなぁ……、と感慨深く思ったとき、ふいにコニー・フランシスの明るい歌声が遠くに聞こえた気がした。

わたしは、耳を澄ました。

聞こえる。潮風に乗って。しかも、少しずつ近づいてくる。

海沿いの国道を、壮介くんがデザインしたキャリイに乗って、たまちゃんと「たまちゃんのおつかい便」がやってくるのだ。

わたしはなぜか少しだけ緊張して、ごくりと唾を飲み込んでから、駐車場の入口を見詰めた。

コニー・フランシスの歌声がどんどん大きくなってくる。

一台、二台、三台……と、違う車が国道を通り過ぎた。

そして、四台目の車が、ゆっくりとうちの駐車場に滑り込んできた。

たまちゃんのキャリイは、駐車場の右手奥に停車した。お年寄りたちの視線を一身に浴びたたまちゃんが、運転席から颯爽《さっそう》と降り立つ。まばゆい春の陽射《ひざ》しのなかで、黒髪のポニーテールが元気そうに揺れた。

たまちゃんはすぐにこっちを見上げた。目が合う。

「おーい、マッキー、おはよう！」

笑いながら手を振ってくれた。

そんなたまちゃんに釣られたお年寄りたちも、一斉にこちらを見上げた。数人の視線にさらされて、わたしはちょっとどぎまぎしてしまった。けれど、思い切って窓を半分くらい開けると、たまちゃんに手を振り返した。

「おはよう」

そのときわたしの口から出た声は、とても中途半端なトーンだった。もしかしたら、たまちゃんまで届かなかったかも知れない。

でも、次の瞬間、たまちゃんがにっこりと微笑み、お年寄りたちも顔をしわくしゃにして「おはようさん」という声を返してくれた。

ふんわりとまあるい海風が吹いて、わたしの前髪を揺らした。

なんだろう、気持ちがいいな、すごく――。

そう思ったら、わたしの口がもう一度開いていた。

「おはようございます」

お年寄りたちに向けた挨拶は、さっきよりも少し張りのある声になった気がした。

そして、このとき、わたしは自分の頬がやんわりと緩んでいることに気づいたのだった。

あ、わたし、いま、自然に笑えてる――。

パソコンのデスクトップの壁紙の二人みたいに、ちゃんと笑えている気がした。

でも、あの写真の二人とは決定的に違うところもあった。

せっかく緩んだわたしの頬に、しずくが伝っているのだ。

二人の純粋な笑顔と、わたしの泣き笑い。

意味合いは、かなり違うけれど――でも、遠くから見たら同じはずだ。きっとみんなは涙に気づかないから。

そう思って、わたしは緩んだ頬の感触を楽しみながら、しばらくのあいだ駐車場を見下ろし続けていた。

葉山珠美

四月十二日の日曜日――。

今日は、母の命日だ。

そんな特別な日だというのに、空は朝からどんよりと薄墨色の雲が垂れ込めていて、いまにも雨が降り出しそうだった。海原を渡ってくる風は、なんとなく気持ちをざわつかせるような生暖かい南風で、青羽町はむっちりと濃厚な海の匂いに包まれていた。

お昼前、わたしたち家族は、シャーリーンの運転する車で静子ばあちゃんをピックアップして、小中学校近くの斜面に広がる墓地にやってきた。葉山家の墓は墓地のちょうど真ん中あたりにあり、正面に青羽川の澄んだ流れを見下ろすことができる。視線を右にずらせば、母がダンプに撥ねられたあのカーブも視界に入る。

シャーリーンの前で「お母さん」と呼びかけるのはさすがにためらわれるから、わたしは墓石に向かって「今年もお参りに来たよぉ」とだけ言って、二つの花立てに多すぎる供花《くげ》をぐいぐいと力任せにねじ込んだ。

「お花きれいね。絵美さん、ゼッタイよろこんでるね」

不自然なくらい盛大な花を見て、シャーリーンがいけしゃあしゃあと言う。

「がはは。こんなド派手な墓、見たことねえな。祭りでもはじまりそうで、いいじゃやねえか」

父は、母の命日でもやっぱり父だった。静子ばあちゃんは、そんな二人を見て、にこにこ笑っている。

「もう。お墓参りなのに、ちっともしめやかじゃないよ」

わたしは、一人でむくれていた。

そもそも——、シャーリーンの出しゃばりが悪かったのだ。

じつは今朝、お墓参り用の供花をわたしが買いに行こうとしたら、シャーリーンが横からしゃしゃり出てきて、「わたし、お花好きね。センスもいいよ。お花屋さんの場所も知ってる。だから、わたしが買ってくるね。たまちゃん、まかせてね」と言って、車で隣町まで出かけていったと思ったら、まったくもってお墓参りに使うとは思えないようなゴージャスすぎる巨大な花束を抱えて帰ってきたのだ。それを見た父は、思わず吹き出しながら「おい、すげえな、こりゃ。うちにレコード大賞を獲《と》った演歌歌手が来たぞ」とシャーリーンをからかったほどだ。どうやらシャーリーンは、お花屋さんに「みんながびっくりするほど盛大な花束にして欲しい」と頼んだらしいのだ。

そんなわけで、その巨大すぎる花束をわたしがいったんバラして、適当なサイズの花束に作り直すハメになったのだった。お墓参り用にふたつ。事故現場の献花用にひとつ。家の仏壇用にふたつ。それぞれかなり大きめに作っても、まだ大輪の花がたくさん余ってしまったので、仕方なく「居酒屋たなぼた」のカウンターにも花瓶を置いて盛大に飾り付けた。

父はそれを見て、またげらげらと笑った。

「絵美の命日に店がパッと華やかになったな」

するとシャーリーンが「オー、イエス！　さすが、パパさんね」と、嬉しそうに言って、父の腕に抱きついた。

お母さんの命日にいちゃつくな！

わたしは胸のなかでブーイングを飛ばしつつ、でも、そんなことでいちいち苛《いら》ついている自分がまた嫌で、結局、朝からずっと苛々モードが続いているのだった。

花を供したら、静子ばあちゃん、父、シャーリーンの順番で線香を手向《たむ》け、墓石に向かって手を合わせた。シャーリーンが手を合わせているとき、その華奢な背中を見詰めながら、わたしはため息をこらえていた。

どうしてこの人が、わたしより先にお線香をあげるの？

正直、ちょっと癪《しゃく》だったけれど、でも、シャーリーンは正式な父の妻だし……わたしが最年少だし……まあ、仕方がないか……と自分に言い聞かせるしかない。

「はい。たまちゃんの番ね」

合掌をほどいたシャーリーンが振り向いて、わたしを見た。墓参りだというのに、シャーリーンは微笑んでいた。南国の太陽みたいに、とても無邪気な感じで。その浅黒い小さな顔を見た刹那、わたしの心のなかに住んでいる意地悪なわたしが、ぼそっとつぶやいた。

この人は、連れて来ない方がよかったんじゃないの——。

わたしは、今日の空みたいに鬱々とした気分で線香を手向けた。

目を閉じ、墓石に向かってそっと両手を合わせる。

暗転したまぶたの裏側に、やさしい顔をした母の遺影が浮かんだ。

ねえ、お母さん——。

わたしは胸裏で母を呼んだ。でも、どうしてだろう、その先の言葉が思い浮かばなかったのだ。わたしには、母に伝えたいことや、お願いしたいことがないのだろうか。いや、そんなはずはない。おつかい便のこと、シャーリーンのこと、静子ばあちゃんのこと……いろいろあるはずだった。もやもやした思いは、たしかに胸のなかにあるのだ。それなのに、その思いが言葉になって浮かばない。そんな感じだった。わたしが苛々しているからだろうか……。

あれこれ考えているうちに、なんとなくわたしは合掌をほどき、目を開けて、墓石を見詰めていた。

そんなわたしの様子を見ていた父が軽い口調で言う。

「よし、墓参りは終了だな。んじゃ、あっちいくべ」

あっち、というのは、事故現場のことだ。

わたしは、少し呆然としたまま父を見た。

「ん、たまちゃん、どうした？」

「あ……、ううん。別に」

「たまちゃん、行こ」

シャーリーンが少女みたいな仕草でわたしの腕を取り、ぐいぐいと引っ張った。まだ母に何も伝えられていないわたしは、一瞬、その腕を振りほどきたいという欲求に駆られた。でも、さすがにそこまではしなかった。わたしは楽しそうなシャーリーンに腕を引かれるまま、よたよたとお墓を後にしたのだった。

それから、わたしたち四人は車に乗り、対岸へと渡った。川沿いの道の路側帯の広いところに車を停めて、さらにそこから百メートルほど歩いて母の事故現場へとやってきた。

見通しが悪く、幅の狭いカーブ。

そのカーブの先で咲き誇っていた桜は、もうすっかり葉桜になっていた。足元を見ると、無数の花びらがアスファルトの上に散っていた。一見すると、華やかな白い絨毯《じゅうたん》のようだったけれど、でも、よく見れば轍《わだち》の部分が黒っぽく汚れていて、なんとなく惨めな気持ちにもなる。

静子ばあちゃんが代表して、ガードレールの下に献花した。

その花に向かって、四人で合掌する。

わたしはいちばん後ろにいて、みんなの背中を見詰めていた。母が亡くなって一年目、二年目くらいのときは、みんなの背中はもっと丸まっていた気がする。そして、目からしずくをこぼしていた。

でも、もう、命日にこの現場に来ても、誰も涙を流さないんだ――。

そのことに気づいて、わたしはなんだか逆に泣きたい気分になった。

ふと青羽川を見下ろした。澄み切った水が、ゆるぎない力で流れ続けていた。川は、時間とよく似ていた。時間もまた、過去から未来へと、無慈悲なまでのゆるぎない力で流れていく。そして、その時間とともに未来へと流されているわたしたちは、少しずつ、確実に、母が存在していた過去の日々を遠くの岸辺に置き去りにしていき、結果として、母を失った悲しみは薄らぎ、その分、生前の母を忘れていくことへの淋しさが増していく。少なくとも、わたしはそうだ。

時間は、知らぬ間に人の記憶を変える。過去の日々を薄めてしまう。だからこうして命日が来ても、なんとなく献花をして、手を合わせて、冥福を祈って、それで終わりになるのだ。その間、一分とかからない。年々、形だけの儀式のようになっていくのが、わたしには淋しい。それがいいとか悪いとかじゃなくて、ただ淋しいのだ。

合掌をほどき、最初に静子ばあちゃんが顔をあげた。

その後ろにいた父も顔をあげた。

いちばん最後まで合掌していたのは、意外にもシャーリーンだった。

母から父を奪った――いや、父に心変わりをさせた者として、少しは母にたいして後ろめたい気持ちを抱いているのだろうか。もしそうなら、意地悪なわたしとしても納得できるし、そうであって欲しいと思う。

ふう。

わたしは、静かにため息をついた。

くちびるから、熱っぽくて黒い息が出た気がした。

シャーリーンは、たっぷり三〇秒ものあいだ手を合わせていた。顔をあげたとき、シャーリーンの前にいた静子ばあちゃんと父が、なんとなく恵み深いような目でシャーリーンを見ていた。わたしだけは、彼女の後ろ姿しか見ていないから、そのときいったいどんな表情をしていたのかはわからない。でも、シャーリーンがこっちに振り返ったときは、また、さっきと同じようにあっけらかんとした笑顔だった。

「よおし、んじゃ、帰って、みんなでうめぇ寿司でも喰うべさ」

父がシャーリーンの背中をポンと叩いた。

「わお、お寿司、大好きね」

陽気すぎる夫婦は、嬉しそうに目を細めて車に向かって歩き出した。わたしは、父とシャーリーンを先に行かせて、静子ばあちゃんと一緒に二人の後ろを歩いた。

と、そのとき、びょう、と一陣の風が吹き抜けたと思ったら、アスファルトの上に黒い小さな花がぱらぱらと咲きはじめた。雨だった。

「空が泣いてるね。これは、涙雨ね」

シャーリーンが、暗い空を見上げて言った。

「すげえな、シャーリーン。俺より日本語くわしいんでねえの？」

父が褒めると、シャーリーンは得意げに答えた。

「うふふ。わたし勉強がんばってるよ。偉いね」

「ああ、偉《え》えぞ」

そしてシャーリーンは父と腕を組んで歩き出した。

仲睦《なかむつ》まじい二人の後ろ姿を見ていたわたしは、うっかり「やれやれ」と声に出してしまった。となりにいた静子ばあちゃんは、そんなわたしを見てくすっと笑うと、肘を軽く突ついた。そして、わたしにだけ聞こえる声で、思いがけない言葉をささやいたのだ。

「たまちゃん。シャーリーンには、ありがとう、だよ」

「え……？」

「だって、絵美のためにびっくりするほど大きな花束を買ってきてくれたんでしょ。それに、いま『涙雨』って言ってくれたんだよ。ちゃんと、空まで悲しんでいるって、そう言ってくれたんだから」

黙っているわたしに、静子ばあちゃんは「ね」と念を押した。

「うん……」

小さく頷いて、前を歩く二人を見た。

もしかすると——、わたしは、父の方に腹を立てているのだろうか？　いや、父とシャーリーンが、べたべたしている様子を見ているのが嫌なだけなのだろう。きっと、そうだ。せめて命日くらいは……、お墓と事故現場にいるときくらいは……、もう少し離れていて欲しい。母に気を遣ってあげて欲しい。そんな勝手な思いがあるのだ。

「でもさ、いま、この現場で、あんなに仲良くすることないんじゃない？」

わたしも静子ばあちゃんにだけ聞こえる声で言った。

「どうして？」

「どうしてって……、あんなの見せられたら、お母さんだって気分悪いよ」

「たまちゃん」

ん？　と思って、立ち止まった。

静子ばあちゃんが立ち止まっていたのだ。

小柄な静子ばあちゃんは、わたしの顔をまっすぐ見上げながら、静かに微笑んでいた。

「な……、なに？」

その静かな感じが、なんだか少しだけ怖かった。

「自分のお母さんを馬鹿にしちゃ駄目」

「え……？　馬鹿になんて——」

「絵美は、あなたのお母さんは、その程度の人じゃないでしょ？」

とても穏やかに言うと、静子ばあちゃんはわたしから少し視線をずらして、幸せそうに腕を組んで歩く父とシャーリーンの後ろ姿を見遣《みや》った。そして、子どもでも見るように、やさしく目を細めた。

「さ、わたしらも行かないと。涙雨に濡れちゃう」

静子ばあちゃんが歩き出した。

わたしは、ちょっとどきどきする心臓の熱を感じながら、静子ばあちゃんの横に並んだ。

また背後から強い風が吹いた。すると、どこからやってきたのか、一枚の桜の花びらが静子ばあちゃんの肩に乗った。

「あ――」

わたしは、その花びらをつまみあげた。

静子ばあちゃんは、わたしを見てにっこりと笑った。

「あら、なんだか、いいことありそうね」

「うん」

わたしは、まだ少しどきどきしていたけれど、静子ばあちゃんの笑みに釣られて、自然と微笑みを返していた。

◇　◇　◇

翌日から、ふたたびおつかい便の日々がはじまった。

スタートしてから、二週間ほどしか経っていないのに、わたしはもう、ずいぶんとこの仕事に慣れたような気がしていた。やっぱり古館さんのところに弟子入りして、いろいろな経験を積めたのがよかったのだ。

仕事は、日々、改良を重ねていった。メモをとり続けているノートとにらめっこしながら仕入れの内容や数量を調整してみたり、売り場でお客さんたちに宣伝用のチラシを配るようにしたり、商品の並べ方に工夫を凝らしたり、ラベラーで値札を貼る位置を工夫したりもした。さらに、売れ残った商品は「セール品」として売ってみたり、お年寄りが知らないような新商品を売るときには「試食サービス」をしたりもした。コンビニの品揃《しなぞろ》えを参考にしながら、こまごました日用品も仕入れるようにしたから、さながら「移動式コンビニ」の様相を呈してきた感もある。

「居酒屋たなぼた」のレジ横には、常にチラシを積んでもらっているけれど、このところ、そのチラシの減りがやけに早い気がしていた。ふと気づけば無くなりそうになっているから、わたしは慌ててプリンターで印刷して、補充しておくのだった。お店に来てくれたお客さんたちが、何枚もまとめてチラシを持ち帰って、ご近所さんたちにせっせと配ってくれているのかも知れない。だとすれば、とてもありがたいことだし、それは近隣住人とのつながりの濃い田舎のよさでもあると思う。

◇　◇　◇

五月に入ると、青羽町の雰囲気がぱあっと変わっていった。

集落を囲むように連なる山々が、まぶしい新緑にこんもりと覆われて、風景が一気に明るくなったのだ。海風も、川風も、このうえなく清々しくて、薫る風を一日に何度も深呼吸してしまう。わたしはいつもキャリイの窓を全開にして、きらきらした五月の風の感触と香りを楽しみながら田舎道を運転していた。

この頃になると、おつかい便はもう完全にわたしの日常生活の一部と化していた。日々の仕事のやり方に、いっそうの改良を加え続けたおかげで、時間をかなり効率よく使えるようにもなった。とはいえ、決して仕事がラクになったわけではない。時間的な効率がよくなった分、これまでやれなかったサービスにあれこれチャレンジするようになり、むしろ忙しくなってしまったくらいだ。

冷蔵庫の一角を間借りしている「居酒屋たなぼた」の厨房で、わたしがバタバタと翌日の仕込みをしているとき、よくシャーリーンが見兼ねたような顔をして声をかけてきた。

「たまちゃん、忙しい。わたし、手伝ってあげるね」

その気持ちは素直にありがたいし、実際に手伝ってもらって助かったこともある。でも、時々シャーリーンは「やっておいてあげたよ」と、過去形で言うことがある。つまり、おせっかいの事後報告だ。そして、そういうときはたいてい、やっかいな問題を起こしてくれるのだった。

たとえば「居酒屋たなぼた」が漁協から魚を仕入れるときに、ついでとばかり、おつかい便の分まで勝手に仕入れてしまったりするのだ。わたしは、わたしなりに日々ちゃんと計算をしたうえで仕入れをしているし、その計算を間違えるとすぐに赤字になってしまうから、とても困る。で、やんわりと文句を言ってみるのだけれど、そもそも厚顔なうえに「良かれ」と思っておせっかいをしているシャーリーンには、まったくもって暖簾《のれん》に腕押しなのだった。

あるときなど、わたしが仕入れておいた食材を、逆にシャーリーンがお店の料理に使ってしまったことがある。これには、さすがのわたしも爆発しそうになったのだが、顔を真っ赤にして抗議しようとしたわたしは、なぜか父にゲラゲラ笑われて、そのままなんとなく冗談と馬鹿話で毒気を抜かれ、なんとか厨房で大声を出さずにすんだのだった。

また、別の日は、わたしが間借りしている冷蔵庫のなかを、シャーリーンが無断で「整理」してしまったおかげで、どこに何をしまったのか、さっぱりわからなくなってしまった。わたしは、よく使うものや、翌日使うものを右手前にしまい、すぐに使わないものは左奥の方に入れたりして、自分なりに使い勝手よくローテーションしていたのだ。それなのに、そういった工夫をすべて台無しにしてくれたシャーリーンが「冷蔵庫、整理しておいてあげたね」なんて、さも得意顔で言うものだから、わたしの胃はチリチリと痛くなる。

　さらに細かいことを言えば、わたしが買っておいた業務用のラップがやけに早くなくなるな、と思っていたら、当たり前のような顔をしてシャーリーンが使っていたり、わたしが前夜にトレーに小分けしてラップしておいた焼きそばのパックのなかに、こっそり（良かれと思って）ソーセージを一本ずつ入れられていたこともある。

　ラップに、ソーセージ……、本当に些細《ささい》なことではあるけれど、真剣に仕事に取り組んでいるわたしの心は、シャーリーンの自己中心的な関与にどうしてもさざ波が立ってしまうのだ。そして、ついつい「そういう勝手なことされると、ほんと、困るんだけど」なんて、きつい言葉をぶつけてしまって、その夜、ベッドのなかで自己嫌悪――。その繰り返しだった。

　だから最近、わたしはなかば無意識にシャーリーンとの接触を避けるようになっていた。あの悪気のない陽気な小顔を見ただけで、「良かれと思って、良からぬことをしているのでは……」という変な被害妄想が胸のなかで膨らんでしまうし、その妄想で、ひとり勝手に苛々してしまうのがとても嫌なのだ。わたしだって、日々なるべくいい気分でいたい。

　とはいえ、もちろん、あからさまに避けることはできない。同じ屋根の下に暮らす家族だし、ご飯はいつもシャーリーンが作ってくれるのだから。こちらとしても、頭が上がらない部分は多々あるのだ。だから、なるべく感謝しなくちゃ、シャーリーンのいい所を見なくちゃ……と自分を戒めながらの毎日なのだった。

家のなかでは、そういう細々したストレスがあるけれど、でも、朝、キャリイに乗って出かけさえすれば、わたしはみるみる開放的な気分になれた。地元のおじいちゃん、おばあちゃんたちの笑顔に癒されるし、あちこちで「ありがとねぇ」という言葉をかけてもらえるのが、なによりわたしの心の栄養になっていたのだ。

ドライブイン海山屋の駐車場に行くと、決まって二階の窓からマッキーと美沙ちゃんが顔を出して「おはよう」と声をかけてくれるのも嬉しい。穏やかな微笑でこっちを見ているマッキーの頬は、明らかに日を追うごとにやわらかくなっていた。笑うことにたいして緊張感がなくなってきたのだと思う。最近は、二階の窓からマッキーに呼びかけられて、お互いに大きな声で会話を交わすこともあるし、時々は、お客さんとマッキーの会話だってある。もしかすると、マッキーの引きこもりは、もうすぐ終焉《しゅうえん》を迎えるのではないか――そんな気さえしはじめていた。

でも、この売り場で、ひとつだけ気掛かりなことがあった。ずっと常連客でいてくれた初音《はつね》さんの姿を、このところめっきり見かけなくなっていたのだ。初音さんは、いつもコカ・コーラのベンチに座って井戸端会議を楽しんでいた三人組のひとりで、以前、わたしと壮介に飴玉《あめだま》をプレゼントしてくれた、あのおばあちゃんだった。わたしは残りの二人のおばあちゃんが買いにきてくれたとき、何喰《く》わぬ顔で初音さんについて訊ねてみた。すると、「あの人は最近、膝が悪くてよぅ、あんまり出歩けねえんだってさぁ」とのことだった。

そこで、五月晴《さつきば》れのある日、わたしは昼休みの時間を利用して、初音さんの様子を見に行ってみることにした。初音さんの自宅は、弓なりに伸びる白い砂浜に面した、古くて小さな、青い屋根の家だった。庭の入口から家の玄関にかけては、植木鉢がたくさん並べられていたけれど、手入れが行き届かないらしく、どの鉢にもぱらぱらと雑草が生えていた。

「初音さーん、こんにちは」

引き戸をノックしながら、わたしは声をかけた。

返事は、ない。でも、なんとなく人の気配がするので、引き戸を少しだけ開けて、なかを覗き込みながらふたたび呼びかけてみた。すると、奥の部屋でがさごそと人の動く気配がした。

「あぁ、はい、はい」

年寄りにしては可愛らしい初音さんの声だった。

「突然すみません。たまちゃんのおつかい便です」

「おやおや、たまちゃんかい？」

玄関に出てきてくれた初音さんは、目を丸くしていた。

「はい。こんにちは」

噂通り、初音さんは杖《つえ》をつき、右足を引きずるような歩き方をしていた。あまり家から出ていないのだろう、くたびれた紫陽花《あじさい》柄のパジャマを着ていて、白髪頭もぼさぼさだ。

「こりゃまた、珍しいお客さんだねぇ。いったいどうしたんだい？」

「最近、初音さんの顔を見てないなぁって思って、様子を見にきちゃった。押し売りじゃないから、安心してね」

冗談を言ってみたら、初音さんはころころと笑ってくれた。

「ありがとねぇ。最近は、このとおり膝が痛くって畑にも出らんねえし、買い物にも行けねえし、近くの海山屋さんに行くのも億劫《おっくう》になっちまってねぇ」

眉をハの字にして淋しそうに笑いながら、初音さんは続けた。

「なんもねえけど、せっかくだから上がっていきなよ」

わたしはそのつもりだったので、「うん」と素直に頷いてスニーカーを脱ぐと、小さな台所のある食卓に上げてもらった。そして、お茶を頂きながら、初音さんと世間話をした。

いろいろと話をしているうちに、奥の部屋に妹の敏美《としみ》さんが、ほぼ寝たきりで暮らしているということがわかった。初音さんは、老姉妹ふたりで細々と生活していたのだ。

これまでは初音さんが妹さんの面倒を看ていたけれど、その初音さんもいよいよ膝を悪くしてしまい、色々と困っているらしい。一応、町内には亡くなった夫の弟さん夫妻がいるので、時々、その人たちにも面倒を看てもらっているという。初音さんには二人の息子がいるのだが、いまはどちらも都会に出てしまって、孫を連れて帰省するのもせいぜい年に一度だそうだ。

「ねえ初音さん、わたしの携帯番号を教えておくからさ、何か必要なものがあったら連絡して。おつかい便の途中にここに来るから」

「でも……、いいのかい？」

「うん。ついでだから平気だよ」

初音さんは、何度も、何度も、ありがたいよぉ、助かるよぉ、と言いながら、昔ながらの住所録を廊下にある電話台から持ってきて、テーブルの上にそっと置いた。わたしは、たまちゃんの「た」のページを開いた。どうやらこの住所録は想像以上に古いものらしく、ページの角がセピア色に変色しはじめていた。わたしは紺色のボールペンを借りて、自分の携帯番号をなるべく大きめの文字で書き込んだ。

帰りがけ、初音さんは右足を引きずりながら玄関まで見送りに出てくれた。そして「はい、これ」と、わたしに向かって右手を差し出した。

「え……」

思わず伸ばしたわたしの右手の上に、紅茶味の飴玉が乗せられた。

「あは。ありがとう。この飴、美味しいよね」

「こんな身体だから、何もお礼ができなくて、ごめんねぇ」

初音さんは、情け無いような顔で言って、小さく微笑んだ。

「ううん、大丈夫。ほんと、遠慮しないで電話してね」

「ありがとねぇ」

「じゃ、初音さん、またね。お邪魔しましたぁ」

軽く手を振って、薄暗い玄関の引き戸を開けたら、外は初夏のまぶしい陽光とやわらかな潮騒《しおさい》の世界だった。わたしはそのギャップに、思わず目を細めた。そっと引き戸を閉め、雑草の生えた植木鉢が並ぶ庭を歩き出す。

清々しくて、やさしい海風——。

やるせないような思いが胸の辺りからじわじわと広がって、お腹の底まで侵食されそうな気がした。

燦々《さんさん》と陽光が降り注ぐ海辺の路地に、愛車のキャリイが停まっている。その背後は澄み切った海と空のブルーだ。

「さーて。午後も、がんばろっと……」

わたしは、あえて小さく声に出して、雲ひとつない空に向かって伸びをした。そして、もらったばかりの紅茶味の飴を口に放り込む。

甘いけど、ちょっとほろ苦いな——。

そう思ったら、なんだか、もう駄目だった。

「はあ……」
堪《こら》え切れず、力無いため息をもらしてしまったのだ。

その日から、わたしは、初音さんと敏美さん姉妹の家に、週に一、二度ほど出入りするようになった。奥の和室に敷かれた万年床で横になっていることの多い敏美さんとも、三度も顔を合わせればお互いの気心が知れて打ち解けた。それからはもう、ほとんど自分の家のように気軽に上がり込んでは、頼まれた商品を勝手に冷蔵庫のなかにしまっていくまでを仕事とするようになった。そして毎回、冷蔵庫のなかをチェックして、足りなくなりそうな必需品を初音さんに報告し、次回の注文をその場で受け付けるようにした。

初音さんの膝は、その後も一進一退といった様子で、とても痛がる日と、そうでもなさそうな日があった。とくに痛みが激しい日は、わたしが訪れても奥の部屋にこもったままで、「たまちゃん、ありがとさーん、上がってよぉ」という声だけが玄関に届く。そういうとき、少しでも時間があれば、わたしは初音さんの膝まわりをマッサージさせてもらった。あまり使われなくなった老人の脚は、触るのが怖いくらいに力無く、枯れ枝のように華奢だった。

「あたしらにも、たまちゃんみたいな孫がいてくれたらねぇ」
初音さんも敏美さんも、やさしく目を細めて、そんなことを言ってくれるけれど、その言葉の裏側に張り付いた淋しさや心細さがひしひしと伝わってくるから、なんだかわたしもたまらない気分になってしまう。

わたしには、お年寄りたちが受け取っている年金の額はわからないけれど、この家は、どこからどう見ても裕福とは無縁そうだったし、初音さんが畑仕事をできなくなってからは、いっそう生活が細っていくように見えた。庭はどんどん雑草だらけになり、玄関のドアもキイキイと音を立てて軋《きし》むようになり、ガラス窓には白い水垢《みずあか》のような汚れがついて、外の景色が見えにくくなった。家全体が、なんとなくうら寂れたオーラを発しはじめていて——例えるなら、朽ち果てていく空き家のような、そんな侘《わび》しい風情を醸し出すようになっていた。

帰り際にくれる飴玉も、初音さんは、わたしから買うようになった。本当は、もう、お駄賃のように一粒の飴玉をもらうことさえ気が引けるのだけれど、でも、きっと初音さんの方が、わたし以上に気が引けているのかも知れない、と思って、あえて笑顔で受け取り続けた。そして、そんな思いで受け取った飴玉は、なんとなく食べられなくて、キャリイのグローブボックスのなかに少しずつ溜まっていくのだった。

常田壮介

「いやぁ、この岩に登ったのって、何年振りだべ」

ちょっと興奮ぎみに言いながら、俺はサイコロみたいな四角い岩の角に腰掛けた。素足を投げ出して、膝から下をぶらぶらさせると、つま先からしずくがしたたり落ちる。ひょいと足の下を覗き込めば、二メートルほど下にトロリと流れる青羽川の深い淵が見える。その澄み切った淵の水面は磨き込まれた鏡のようで、蛍光ブルーの夏空と、真っ白な雲を映しながら、ひらり、ひらり、と揺れていた。

「わたしは、高一のときに登ったのが最後かも」

となりに座ったたまちゃんも、ちょっとテンションが上がっているような口調だ。

「俺は、たしか、小六だったかな」

「あはは。壮介、カナヅチだったから、思春期は川から逃げてたんでしょ？」

「うっせ」

「これ、必需品だもんね」

言いながら、たまちゃんは俺の脇にある浮き輪を指で突ついた。

「だから、それは言うなっつーの」

たまちゃんは、対岸を見ながら愉快そうに笑った。

川の向こうには静子ばあちゃんの家がある。

俺たちは、静子ばあちゃんの家の前の路肩にキャリイを停めて、川を泳いで渡り、子どもの頃、よく遊んだこの岩によじ登ったのだ。

「なんか、ここから眺める景色、なつかしいな」

「うん、ほんと、なつかしいし、やっぱ川は気持ちいいよなぁ」

「泳げないくせに？」

「泳げなくても、涼しくて気持ちいいの！」

俺は両手を夏空に突き上げて、大きく伸びをした。

宇宙が透けて見えそうなくらい真っ青な空に、無数のセミたちの絶叫が染み渡っていく。

赤いビキニの上に生成りのショートパンツと白いTシャツを着けたたまちゃんは、濡れた長い髪の毛を両手でぎゅっと握って、肩の上でしぼっていた。びっしょり濡れたTシャツが白い素肌に張り付いて、俺はちょっと目のやり場に困る。

「たまちゃんの休みは、俺と同じで、今日までか？」

「うん、そう。お盆休みなんて、あっという間だったなぁ」

しみじみとした口調で言うと、たまちゃんは空を見上げて、静かに目を閉じた。なんだか夏空の匂いをかごうとでもするような横顔だ。

ついさっき——。

俺は、常田モータースのお盆休みの最終日を利用して、キャリイの点検整備をしてやった。そのとき、ガレージのなかがあまりにも暑くて汗だくになったから、思い付きで言ったのだ。「なあ、久しぶりに川で泳いでみっか」と。そうしたら、たまちゃんもノリノリで「わっ、それ、いいね」と手を叩き、結果、俺たちはいま、ここにいるのだっ

「そういや、都会の友だちってのは、いつ帰ったんだ？」

た。

「都会の友だちって、なんか変な言い方――」たまちゃんは、くすっと笑うと「昨日だよ」と答えた。

たまちゃんのお盆休みに合わせて、大学時代の友人たちが自宅に泊まりに来ていたらしいのだ。

「大学生ってのは、まだまだ夏休みなんだべ？」

「うん。九月に入っても、しばらく休みが続くからね」

「うはぁー、学生さんは気楽だなぁ」

「ほんとだよね」

「たまちゃん、学生を見てっと、いまでも羨ましくなるんか？」

俺は、あえて軽い口調で訊ねた。

「うーん……。前ほどではないかな。いまは、まずまず胸を張って、おつかい便の話をできるようになったし」

「そっか。なら、いいべ」

「でもさ……」上を向いていたたまちゃんが、ゆっくりと俺の方を振り向いた。「お酒をがぶがぶ飲んで、能天気に大笑いして、肩を叩き合ってる友だちを見てっとさ、ああ、みんな全力で青春してんだなぁーって思って、ちょっぴり淋しくなったかも」

「そっか……。ま、そうだよな」

俺も、都会に出て学生をやっている友人たちの現況を耳にするたびに、なんとなく心がざわついてしまう。だから、たまちゃんのそういう気持ちには共感できる気がする。

「あとね、社会人なんだからお金持ってんでしょ？　って言われたときは、正直、痛いところ突かれたなあって思ったよ」

「え？」

どういう意味かを摑《つか》みかねて、俺は小首を傾げてみせた。

「だって、そんな、儲かんないもん」

「…………」

「おつかい便って、利益ほとんど出ないんだよね。最初からわかってたことだけどさ」

自分に言い聞かせるみたいに言って、たまちゃんも膝から下をぶらぶらさせはじめた。

「古館さんに、ちゃんと金は儲けろって言われたんでねえの？」

「まあ……うん。そうだけど……」

「ど田舎のボンビーなジジババ連中から、カネをじゃんじゃん巻き上げるような悪人にはなれねえってか？」

俺はわざと冗談めかして言ってやった。

「あはは。まあね」

小さく笑いながら、たまちゃんは足のぶらぶらを大きくした。そして、ふたたび静子ばあちゃんの家の方を見遣った。

　川の上流の方から、すうっと夏の風が渡ってきた。

　森と水の匂いのする清澄な風だ。

　泳いでしっぽり濡れた肌を、その風は心地よく撫《な》でていく。

「うちだってよ、かつかつでやってんだぞ」

　慰めるわけでもないけれど、とりあえず俺は冗談めかして言った。

「そうなの？」

「見りゃ、わかんべ。俺、品のいい金持ちボンボンに見えっか？」

「あはは、それはちょっと微妙」

　夏の強い日差しを受けたたまちゃんの横顔が笑う。

「そこは嘘でも肯定しろって」

　また、笑う。

「俺から、たまちゃんを見てたらよ」

「え？」

「ってか、傍《はた》から見たらよ、たまちゃんは順調そうに見えてんぞ」

「なんで？」

「だってよ、新聞にでかでかと掲載されたりして、たまちゃんのおつかい便は、この辺じゃもうすっかり有名だべさ」

「有名と順調は、意味が違うもん。新聞のインタビューには、いいことしか言えないし」

たしかに、それはそうだ。たまちゃんが時々こぼしているシャーリーンとの確執も、あまり儲かっていないという現実も、そのまま新聞記者に話せることではないだろう。

でも――、と俺は思う。

「裕福と幸福は違う」

「………」

「だべ？」

新聞記事では、たまちゃんがそう言ったことになっていた。そして、その記事を読んだとき、俺は少なからず救われた気分になっていたのだ。自分の夢に目をつぶり、ひとり退屈な田舎に残って、それこそたいして儲からない親父《おやじ》の自動車修理工場を継いでいる――そんな自分にとって、たまちゃんのその言葉はキラリと光る宝石そのものだった。

俺の内側にコロリと転がり込んできて、小さな灯火《ともしび》のように明かりを灯《とも》してくれたのだ。

そうか、俺は、裕福にはなれなくても、幸福にはなれるのか――。

そう考えることで、自分の置かれた現状を素直に受け入れられそうな気がしていたのだ。それなのに……、

「なんだよ、自分の台詞、忘れちまったんか？」

「あはは、まさか」たまちゃんは小さく首を振って、少し淋しそうに笑った。そして続けた。「忘れてないよ。でもね、じつは、あの言葉、お母さんの受け売りなんだよね」

たまちゃんは、淋しそうな笑みを目尻に残したまま、静子ばあちゃんの家の方を見詰めていた。

「なんだ。そっか」

「うん」

「でも、さすが、いいこと言うな」

「でしょ」

たまちゃんは、ゆっくりとこちらに振り向いた。そして、何を思ったのか、岩の上にすっくと立ち上がった。

「ねえ、壮介」

「え？」

「わたしがどうして大学を辞める勇気を持てたか、教えてあげよっか？」

「え……」

俺は、足のぶらぶらを止めて、たまちゃんを見上げた。

青空が痛いくらいにまぶしくて、思わず目を細めた。

「これも、お母さんから教えてもらったことなんだけど、聴きたい？」

「あ、うん、そりゃ、まあ……」

「じゃあ、教えてあげる。あのね――」と言って、たまちゃんは遠い山並みを見た。そのまま、言葉を続けた。「わたしが小学五年生の頃だったかなぁ、お母さんと一緒にテレビアニメを観《み》ていたとき、気の弱いキャラクターを見て、ポロッとこんなことを言ってくれたの。人生の『小さな冒険』に踏み出せない人って、『勇気』が足りないんじゃなくて、本当はきっと『遊び心』がちょっぴり足りないだけなんだよねって」

「遊び心、か……」

「うん。人生は、たった一度きりの『遊びのチャンス』なんだってさ。だから、未来を自由に楽しんで遊ぶ時間にしようって思えた人から『小さな冒険』の最初の一歩をひょいと踏み出していくんだって」

「そっか。なるほどな……」

俺は、ため息をこらえていた。

いまの台詞を、自分に当てはめて考えてしまったのだ。

「壮介」

「ん？」

「なんか、陽射しに炙《あぶ》られて暑くなってきたね」

たまちゃんは俺を見下ろしてそう言った。

「ああ、うん……」

「よーし、わたしは『小さな冒険』に突入するぞぉ！」

なに言ってんだ、コイツ——と俺が思った刹那、たまちゃんは岩の上から一歩を踏み出した。

え——？

飛び込み？

そう思った瞬間、長い髪の毛からきらきらとしずくをまき散らしながら、まるでスローモーションのような美しさで、たまちゃんの身体が宙に浮かび、そのまま放物線を描いた。

ぽしゃんっ！

二メートル下の水面で、飛沫《しぶき》が上がった。

炭酸水みたいに透明な水のなかで、人影がゆらゆらと揺れていた。

なんか、人魚みたいだ——。

そう思った刹那、俺はなぜか弾《はじ》かれたように岩の上に立ち上がっていた。

飛び込みは、怖《こ》えぇ。

でも、俺だってよ。

思い切り息を吸って、止めて——。

人生、遊んでやっぺ！

岩の上から「小さな一歩」を踏み出した。

空中で逆さまになり、鏡のような水面が目の前に迫った瞬間、ふと、俺の脳裏に冷静な言葉が浮かんだ。

あ、浮き輪、岩の上に忘れた……。

第四章　秘密の写真を見つけた

葉山珠美

お盆休みが明けると同時に、ふたたびフル回転で働きはじめた。

一週間ぶりにわたしの顔を見たお客のおばあちゃんたちは、口をそろえて「お盆のあいだ、たまちゃんに会えなくて淋《さび》しかったよぅ」と言ってくれたから、それが何よりの心のエネルギーになった。いつの間にか、わたしは「各集落共通の孫」のような存在になっていたらしい。

馴染《なじ》みのおばあちゃんたちは、集落にコニー・フランシスが流れ出すと、とくに買い物の用事がなくてもぶらぶらとやってきて、わたしや、集まった人たちとおしゃべりをして帰っていく。おしゃべりついでに買い物をしてくれるときもあれば、しないときもある。でも、わたしはそれでいい気がしていた。お年寄りたちに可愛《かわい》がられ、喜ばれながら、ちょこっと役に立つ。そういう自分の在り方に、くすぐったいような気分の良さを感じていたからだ。

お客さんのなかには、買い物もおしゃべりもしないのに、わざわざ畑で穫《と》れたばかりの野菜を持ってきてくれる人もいた。それも、一人、二人ではない。そういうとき、わたしはいつも遠慮をせずに頂いた。そして、食べたら必ず、次に会ったときに「すごく美味《おい》しかった。ありがとうね」とお礼を言う。それだけで、おばあちゃんたちは顔中をしわしわにして笑ってくれるのだ。

おつかい便をはじめて、ひとつ気づいたことがある。それは――人は、人に「ありがとう」と言ってもらえたときにこそ、いちばんピュアな幸福感を味わえる――という、当たり前ともいえる気づきだった。しかも、お互いにお礼を言い合える関係になって「ありがとうのキャッチボール」が成立しているときこそが究極だ。父が「居酒屋たなぼた」で、酒癖が悪いお客さんや、人として問題のありそうなお客さんにまで、いちいち「ありがとなぁ。また来てなぁ」と言っている理由が、おつかい便をはじめて、ようやくわかった気がする。

濃密な自然に囲まれた青羽町は、朝から夕方まで蟬時雨《せみしぐれ》が満ちあふれていて、抜けるような青空と、まぶしい入道雲と、思い切りのいい夕立ちに、八月の後半が彩られていた。

酷暑の日ともなれば、わたしは服の下に水着をつけて家を出て、仕事の途中、青羽川の淵《ふち》に飛び込んだ。澄み切った水のなかを泳いでいると、数分で全身の細胞が清涼感で満たされる。そうしたら、さっとタオルで身体《からだ》を拭いて、水着の上にTシャツを着込み、そのままキャリイに乗り込んで次の売り場へと直行した。売り場では一応、濡《ぬ》れた髪の上に帽子をかぶるけれど、わたしが川でひと泳ぎしてきたことは、たいていのお客さんたちにはバレていて、逆に「鮎《あゆ》はたくさんいたかい？」なんて訊《き》かれたりもする。

このところ、個人的なおつかいを頼まれることが増えてきた。フライパン、熊手、オーブントースター、蛍光灯……など、オーダーは種々雑多だった。頼まれたわたしは、それらの商品を入手するために隣町を探しまわる。そして、購入した値段に少しばかりのお駄賃を乗せた金額で依頼者に買ってもらうことにしていた。蛍光灯を買ってきたときなどは、たいていお年寄りの家に出向いて、新品と取り替えてあげた。正直、こういうオーダーが増えると商売は上がったりなのだけれど、でも、そこは何とか、できるところまで踏ん張っていこうと決めていた。

お年寄りのなかには、初音さんのように生活に余裕のない人も多かった。そこで、わたしは「たなぼたセール品」というサービスを考案した。ようするに「居酒屋たなぼた」で中途半端に余ってしまった食材や料理をタダでもらい、それをトレーに載せてラップして、特売品として売るのだ。このサービスをはじめたことで、居酒屋では食材の廃棄が減ったし、おつかい便のお客さんには廉価で喜ばれ、わたしの儲《もう》けの足しにもなった。三者三様、みんなそれぞれが得をするという、我ながら、いいアイデアだと思う。

しかも、このところ、おつかい便の売上げがいまいちだなぁ……と、頭を抱えたくなる時期に限って、タイミングよく「居酒屋たなぼた」での残り物が増えたりするので、わたしとしては非常に助かるのだった。

とはいえ、「たなぼたセール品」が、あまりにも多くなってくると、今度は逆に、居酒屋の経営が心配になってくる。お店の売れ行きが悪化しているのではないか、シャーリーンが仕入れのバランスを間違えているのではないか、などと、そっちを危惧してしまうのだ。

◇　◇　◇

ある雨降りの夜、居酒屋を閉めたあとのシャーリーンとわたしは、静かな厨房《ちゅうぼう》で二人きりになった。わたしは翌日のおつかい便の支度、シャーリーンは店の後片付けをしていた。

「はい、たまちゃん、これと、これと、これと、これと、これ。お店の余りもの。おつかい便で使っていいね」

シャーリーンは、例によって「たなぼたセール品」に使える余り物の食材と料理をまとめてわたしにくれた。

「え、こんなに？」

「そう、こんなによ。たまちゃんに全部あげる。タダであげるね。タダはラッキーね」

相変わらず、なんとなく、恩着せがましい感じの口調だったけれど、それでも助かることは助かるので、わたしは素直にお礼を言って、もらうことにした。

「ありがとう。じゃ、明日、売ってくるね。でも――」

「ん？　でも、なに？」

小首を傾《かし》げたシャーリーンを見て、わたしはちょっと言い淀んだ。しかし、いつまでもお店の心配ばかりしていても仕方がないので、なるべく棘《とげ》のない言葉を選んで訊いてみることにした。

「ちょっと、最近、多くなったなって」

「多い？　なにが？」

「お店で余る食べ物だけど……」シャーリーンの仕入れが悪い、とは言わず、あえてこう続けた。「お客さん、少し減っちゃったとか？」

するとシャーリーンは、いつものように無邪気な笑みを浮かべた。

「うふふ。大丈夫ね。お店は、わたしがちゃんとやってる。だからＯＫ。心配ない。たまちゃんは自分のこと考える。それが大事ね」

自分のことばかり考えていられないから――、っていうか、シャーリーンもお父さんも、どんぶり勘定を平気でするような人だから、心配して、あえて言ってるのに。

わたしはちょっとイラッとしたけれど、顔に出さないよう心を砕きながら「なら、いいんだけどね」と微笑《ほほえ》んでみせた。そして、シャーリーンに背中を向けて、自分の仕事に取りかかった。

常田壮介

仕事を終え、ぬるめのシャワーを浴びた俺は、今日一日の汗とオイルの匂いを石鹸《せっけん》できれいさっぱり洗い流した。

「ふう、すっきりしたぁ」

脱衣所でひとりつぶやき、短パンとTシャツを着け、居間に戻る。

居間では、年代物の扇風機がカタカタと悲しげな音を立てながら首を振っていた。網戸にした窓辺からは、晩夏の夜風がやさしく吹き込んできて、凜《りん》、凜、と軒先の風鈴を鳴らす。ニスのはげ落ちた丸い卓袱台《ちゃぶだい》の下から、蚊取り線香の煙が漂い出していた。

今夜は月が出ていないのだろう、網戸の外の闇は深かった。

そして、その闇のなかから、秋の虫の歌が聞こえてくる。

俺は、短かった夏の終わりを憶《おも》う。

卓袱台の向こうに親父《おやじ》が横たわっていた。半分に折った座布団を枕代わりにして、くうくう、と寝息を立てている。涼しげな紺色の甚兵衛《じんべえ》と、風鈴の音色が、うたた寝をいっそう心地《ここち》よさそうに見せていた。卓袱台の上を見ると、空になった瓶ビールと安物のグラスがひとつ置かれていた。親父は、つまみも食べずに、ひとりで飲んだようだ。

「おーい、こんなところで寝てたら、風邪《かぜ》ひくぞぉ」

言いながら、俺は親父を見下ろした。

「んん……」

と、くぐもったような声を喉の奥から出した親父が、目を閉じたまま眉間に皺《しわ》を寄せた。

ここ数年で、親父は一気に歳《とし》を取った。首の後ろに深い皺ができたし、頭も白髪だらけで、地肌が透けて見えるようになった。頬とこめかみのあたりには焦げ茶色のシミが浮き、ごつくて力強かったはずの手は、細く節くれ立った枯れ枝のようだ。

放っておけねえよなぁ——。

俺は胸裏でつぶやいて、小さく嘆息した。

風鈴がまた、凜、と鳴る。

「親父、ちゃんと寝室で寝ろって」

俺はしゃがんで、そっと親父の肩を揺らした。筋肉の落ちた、薄っぺらな肩の感触が、俺から言葉を奪う。

「ん……、ああ、うっかり寝ちまったなぁ……」

呻《うめ》くように言って、親父はゆっくりと起き上がった。そして、起き抜けに言った。

「もう津崎《つざき》さんとこの車の修理、終わったのか？」

「なんとか終わらせたよ」

「そうか。お疲れさん」

「うん」

「んじゃ、俺は、先に寝っかなぁ」

親父は天井に両手を突き上げて伸びをすると、のそのそと歩き出した。

昔より小さく、丸くなった背中に、俺は声をかけた。

「おやすみ」

「おう、おやすみ」

親父は振り返らず、右手をひょいと上げて答えると、そのまま廊下へと消えた。

一人になんて、できねえよなぁ——。

また胸裏でつぶやいて、なんとなく食器棚の上を見たら、二十一年前に他界した母の写真と目が合った。写真の母は、俺の方を見てやさしげに微笑んでいる。

冷蔵庫から瓶ビールを持ってきて、俺もひとりで晩酌をはじめた。テレビは消した。

なんとなく、静かに飲みたい気分だったのだ。

凜。

風鈴が鳴るたびに、田舎の夜の静謐《せいひつ》がいっそう深くなる気がした。

盛夏の頃と比べれば、夜風がだいぶ涼しくなった気がする。あとひと月ほどで扇風機もいらなくなるだろう。その頃は、俺の誕生日だ。でも、俺は昔から自分の誕生日を心から喜べたことがない。なぜなら、俺の誕生日は、母の命日でもあるからだ。

母は、お産のときに死んだらしい。俺の命をこの世に誕生させるのと引き換えに、自分の命を落としたのだ。聞く所によれば、母はひどい妊娠高血圧症候群だったそうだが、まさかそれが原因で死ぬとは産婦人科医も思っていなかったという。

そういうわけで、俺は母親というものを知らずに育った。しかし、昔からずっと、居間の食器棚の上には母の写真が飾られていて、その微笑みに見守られながら二十一年ものあいだ暮らしてきたせいか、俺は母にたいして、なんともいえず妙な親近感を抱いているのだった。誤解を恐れずに言えば、会ったことがある人のような気さえするのだ。もしかすると、幼少期のあいだくらいまでは、ひとつ屋根の下で暮らしたのではないか――と、そんな錯覚を覚えそうになることとすらある。

男手一つで俺を育ててくれた親父は、穏やかで、正直で、かなりのお人好《ひとよ》しだ。集落の人たちに何かを頼まれると、決して嫌とは言えない性分で、いつも忙しそうに誰かのために駆けずり回っている。そんな親父だから、俺は、幼少期からほとんど叱られたこともなければ、手を上げられたこともない。かといって、甘やかされたわけでもないと思う。怒るのではなく、淡々としゃべって諭す。それが、親父の子育てなのだった。

愛情は、人並みには注いでもらった気がする。男同士だから、べたべたすることは少なかったが、愛されていないという感覚を抱いたことは、これまでに一度もない。そのおかげで俺は、母親のいない人生を悲しく思いこそすれ、淋しくは思わずに生きてこられた。

軒先の風鈴が、凜、と鳴った。

俺は、ビールのグラスを握ったまま顔を少し上に向けて、正面の壁の高い位置を見上げた。ずらりと一列に並べられた、いくつもの額が目に入る。右の壁にも、左の壁にも、後ろの壁にも、額はびっしりと飾られていた。額の中身は、かつて俺が美術系のコンクールで受賞した際に授与された賞状たちだ。それらを壁に飾ってくれたのは、親父だった。

親父は、俺が学校から賞状をもらって帰ると、いつも目がなくなるほど嬉《うれ》しそうな顔をした。そして、オイルにまみれた節くれ立った手で、頭をごしごし撫《な》でてくれたものだ。もしかすると、当時の俺は、親父のあの顔が見たくて、必死に絵や工作に取り組んでいたのかも知れない。最近になって、なんとなくそんな風に思うようになってきた。

俺はグラスのビールを飲み干してテーブルに置くと、ふたたび食器棚の上の写真に視線を送った。

たまちゃんがよ、人生の小さな冒険に踏み出せない奴《やつ》は、遊び心がちょこっと足んねえだけなんだってさ。俺も、そうなんかな？

胸裏で問いかけてみたものの、その答えは、自分自身がいちばんよくわかっていた。だから、心がひどくもやもやした。写真のなかの母は、イエスともノーともとれる、邪気の無い微笑み方をするばかりだ。

「久々に、すんげえ楽しかったんだ、俺……」

たまちゃんのキャリイを作っているときの、あの忘我の喜びを思い出しながら、今度は小声でぼそぼそとつぶやいてみたら、うっかり「はぁ」と気の抜けたため息をついてしまった。

とりあえず、飲むか——。そう思って、空のグラスにビールを注《つ》いだ。そして、そのグラスを口に運ぼうとした刹那、ブーン、と卓袱台の上の携帯が振動した。

メールだった。携帯を手に取り、液晶画面を見た。差出人はマッキーだ。

《こんばんは。真紀です。来月から、たまちゃんの売り場がまたひとつ増えるので、チラシに地図を加えることになりました。せっかくなので、これを機にデザインのイメージを一新させたいです。また壮介くんにアドバイスをもらえたら嬉しいなと思ってメールをしました。ラフ・デザインを添付したので、時間のあるときにでも見てみて下さい。あっ、もちろん忙しかったら、大丈夫です》

マッキーと再会してから、ときどきこんな風にメールがくる。しかも、最近のマッキーは、なんとなくメールの文章から「元気」を感じさせてくれるようになった。きっと、たまちゃんのチラシをデザインするのを楽しんでいるのだ。俺がキャリイ作りを楽しんだように。

さっそく俺は、その添付ファイルを開いてみた。

縮小と拡大表示を繰り返しながら、ラフ・デザインを隅々まで丹念にチェックしていく。

今回のデザインは、説明的だったこれまでのものと比べると、コンセプトが根底から変わっていた。おつかい便のお客さんたちの笑顔の写真をチラシの周りに配置することで、かなりアットホームなテイストにしてあるのだ。二〇枚ほどの笑顔の写真は、ちょうど、いま俺がいる居間の賞状みたいに、ぐるりと隙間なくチラシを一周していた。そして、チラシのど真ん中にはキャリイの写真が使われていた。ちょうど、居間のど真ん中に俺が座っているように。

うん、悪くねえな、と俺は頷《うなず》いた。お年寄りたちの笑い声やおしゃべりが、平面のチラシから立ちのぼってきそうな、生き生きとしたデザインだ。

「かなり、いいんでねえの?」

無意識に口に出したとき、ふと、親父に頭をごしごし撫でられたときの、くすぐったいような幸福感を思い出した。

俺は、携帯の画面に表示していたラフ・デザインを閉じて、代わりにマッキーの電話番号を表示させた。通話ボタンを押す。マッキーは三コールで出た。

いつものように、ちょっと控えめ、というか、どぎまぎしたような声が端末から聞こえてきた。

「えっと……もしもし」

「おっす、俺だけど」

「あ、うん……」

「いま、新しいデザイン、見たぞ」

「……………」

マッキーは、息を詰まらせたみたいに、何も言わなかった。きっと俺から下される評価に緊張しているのだ。それがわかると、俺のなかに小さな悪戯心《いたずらごころ》が芽生えてきて、ちょっとからかってやることにした。

「見たんだけども、正直、俺の想像してたのとは、ずいぶん違ったなぁ……」

と、わざとがっかりしたような声で言う。

電話の向こうから、音にならないマッキーのため息が聞こえるようだった。俺はついくすくすと笑ってしまう。

俺の笑い声に気づいて、マッキーが「え……」と言った。

悪戯の時間は、ここで終了だ。

「おめえ、やっぱデザインのセンスあるな」

またマッキーは「え……」と言ったけれど、さっきよりも声のトーンが少し上がっていた。

「俺の想像してたのとはずいぶん違う——っていうか、その想像を超えたレベルで、売り場の楽しい雰囲気がよく出てるよ。はっきり言って、すげえいいと思う」

「え……、え……、え……」

おとぎ話の少女みたいな格好で、あたふたしているマッキーの様子が目に浮かぶ。

「このラフをもとに本番のデザインしろよ。たまちゃん喜ぶぞ」

「は……、はい」

「あはは。はい、じゃなくて、うん、でいいべ。俺たち同級生なんだからよ」

「あ、うん。そうだよね」

うふふ、とマッキーの笑い声が耳をくすぐる。なんか、可愛い声だな、といまさらながら俺はマッキーの声色に感心していた。

と——、そこで、ふいに会話が途切れた。

重くも、軽くもない、あっさりとした沈黙だった。

言葉が途切れたままでも、俺はあまり嫌な気分にはならなかった。お互い、顔がほころんでいるのを知りながら黙っているからかも知れない。

網戸をふわりと抜けて、晩夏の夜風が吹き込んでくる。

凜。

風鈴の音色が心地よく響く。

「いい音だね」

沈黙をすんなりと破ったマッキーの声も、この風鈴の音色とよく似ている気がした。

「そうか？」

「うん」

「俺の死んだお袋がさ、生前、お気に入りだった風鈴なんだってよ」

凜。

風鈴がどこか嬉しそうに、また鳴った。

それから、ふたたび少しの沈黙があったあと、消え入りそうな声でマッキーが言った。

「わたし、好き……」

「え？」

「なんか透明感があって」

「ああ、風鈴の音か」

「うん……」

たしかに、透明感はあるな――。そう思ったとき、なぜだろう、もやもやしていた俺の心の内側も、すうっと透き通っていく気がした。すると、とても自然な感じで、俺の口が動きはじめたのだ。

「なあマッキー」

「え？」

「ちょっくら、つまんねえこと、訊くけどよ」

「つまらない……こと？」

「んだ。つまんねえことだぁ」

マッキーは「うん……」と、少し不安そうな声を出した。

「この間、たまちゃんが、こんなこと言ってたんだ」

「…………」

「人生の小さな冒険に踏み出せねえ奴ってのは、遊び心がちょこっと足んねえだけなんだって」

「遊び心……」

「んだ。遊び心」

「…………」

「じつは、俺な――」ここで俺は、ひとつ大きく息を吸い込んだ。そして、何かを断ち切るような気持ちで言葉を続けた。「ほんとはよ、アート系の仕事をしたかったんだ」

「うん……」

「でも、俺、一人っ子だべ。やっぱ家業を継がねえと、親父がひとりになっちまうしよ」

「うん……」

「そういう俺って……、やっぱ、遊び心が足んねえのかな？」

しばらくの間、マッキーは何も言わなかった。

夜風が吹き渡り、風鈴が、凛、凛、と続けて鳴る。

なんとなく、マッキーが電話の向こうで目を閉じ、じっと耳を澄まして、その音を聞いているような気がした。

「なあ、おめえ、どう思うよ？」

しびれを切らして、俺は答えをうながした。

すると、マッキーらしい控えめな声で、でも、思いがけず控えめではない内容の返事が返ってきたのだった。

「両得、したらどうかな」

「リョウトク？」

「うん。お家《うち》のお仕事を続けながら、アートもやるの」

「それ、どういうことだ？」

「えっと……、たまちゃんのキャリイを作ったときみたいなお仕事を、普段から受注したらどうかなって」

ああ、なるほど。たしかに、その手はあるかも知れない。

俺はグラスに残っていたビールをごくりと飲んで、喉を湿らせた。

「わたし、それがいちばん、遊び心のある選択な気がするけど」

「マッキー」

「え……」

「おめえ、なんか、変わったな」

凜。

マッキーの代わりに風鈴が返事をした。

「なんか、前よりいい感じになった」

「え、あ、ありがと……」

マッキーは蚊の鳴くような声でそう言った。

「おもしれえよ、そのアイデア。つーか、何で、俺、いままで気づかなかったんだべ」

くすっと笑いながら、どんどん俺の内側のテンションが上がっていくのがわかった。

「マッキーの言うとおり、車をいじって、それを作品にすることを俺の仕事にしていけば、両得だもんな。少しずつ、仕事をそっちにシフトしていけば、親父を一人にしないでやっていけるし」

「うん」

悪くねえ。うん、悪くねえ。胸のなかでそう繰り返していたら、ふとひらめきが降ってきた。

「あ、そうだ、マッキー」

「え？」

「俺と一緒にやんねえか？」

「え……、何を？」

「仕事に決まってんべ。俺が車を作品にすっから、たまちゃんのときみてえに、ホームページとかチラシとか、そういうのを作ったりする仕事を担当してくれよ。で、例えば、おめえの作ったホームページを通して仕事がきたら、ギャラのなかからマージンを渡すってのでどうだ。そういうの、ありだべ？」

おつかい便のチラシ作りを楽しめるマッキーには、きっと向いているはずだ。そう思いながら、俺はグラスに残ったビールを一気に飲み干した。

「どうよ。おもしろそうだべ？」

「えっと……」

マッキーは、ちょっと返事に困ったような声を出した。

「あれ……、駄目か？」

「ううん」

「じゃあ」

「あの……」

「ん？」

「本当に、いいの？　わたしで」

マッキーの遠慮がちすぎる声に、俺は思わずプッと吹き出してしまった。そして、いっさいの遠慮を含ませずに答えた。

「いいも何も、マッキーはデザインのセンスあっからよぉ」

「…………」

「一緒に、小さな冒険に踏み出すべさ。遊び心を持ってよ」

さやさやと、やわらかな夜風が吹いた。

凜。

「うん」

風鈴の音色とマッキーの声が一度に鳴り響いて、俺の内側をすっきり浄化してくれた気がした。

◇　◇　◇

「はい、〆鯖《しめさば》ね。ちょこっと酢蛸《すだこ》をサービスしといたから」

カウンター越しにたまちゃんの手が伸びてきた。

「おお、サンキュ」俺は冷酒を飲んで、さっそく〆鯖を口に放り込んだ。「うん、うめえ」

「でしょ。シャーリーンが得意にしている料理だからね」

言いながら、たまちゃんは背後の厨房を振り返った。

「シャーリーン、たいしたもんだなぁ。つーかよ、正太郎さんが風邪引くなんて、珍しいよな」

「ほんと、珍しいでしょ。ナントカは風邪引ねえっていうけど、やっぱり俺は賢かったんだなぁ——、なんて、さっきも上機嫌で言ってたけど、熱を測ったら三九度もあんの。信じらんない」

「あはは。正太郎さんらしいな」

俺が笑った瞬間、上から「へ〜っぐしょいっ！」と、冗談みたいに威勢のいいくしゃみが聞こえてきた。

「さっそく噂《うわさ》に反応してるし」

たまちゃんが、やれやれ、と眉尻を下げて笑った。

九月の声を聞いて最初の週末——。

俺は久しぶりに「居酒屋たなぼた」に飲みにきていた。

おつかい便の定休日が日曜ということで、土曜の夜は、たまちゃんがたいてい店の手伝いをしている。俺はそれに合わせて暖簾《のれん》をくぐったのだ。

今日は夕方から小雨が降っているせいか、客は少なかった。奥のテーブル席で老夫婦が静かに飲んでいる他は、カウンターのど真ん中に、ちょっと目の据わった中年のおっさんがひとりいるだけだ。俺は、たまちゃんの仕事の邪魔にならないよう、カウンターのいちばん奥に座っていた。

ふいに「たまちゃーん」と、厨房から陽気なシャーリーンの声があがった。それに

「はーい」と、たまちゃんが答えて厨房に入ると、間もなくシャーリーンが作った料理を手にしてテーブル席へと運んでいく。この二人、傍《はた》から眺めている限りでは、なかなかいいコンビに見えるのだが……。

酢蛸を食べ終えて、なんとなく腕時計を見ると、時刻はすでに十時を回っていた。俺が入店したのは七時頃だったから、もう三時間も飲んでいる計算になる。

「あ、そういえば、壮介」

カウンターのなかに戻ってきたたまちゃんが、ちょっと意味ありげな目で俺を見た。

「ん、なんだ？」

「最近、マッキーとコンビを組みはじめたんだって？」

「おう。マッキーから聞いたんか？」

「そうだよ。詳しいことは聞いてないけどね」

「まあ、まだ動き出したばかりで、何にもカタチにはなってねえ仕事なんだけどよ」

「仕事って、どんな？」

「まあ、簡単に言うとな――」

俺は、たまちゃんに今後の仕事の理想形について短く語った。すると、たまちゃんは、カウンターにちょっと身を乗り出すようにして、うんうん、と何度も頷いてくれるのだった。

「それ、めっちゃいいアイデアだよ。壮介はやっぱりアート系の仕事が向いてると思うし。だって、キャリイが出来上がったとき、わたし、つくづくそう思ったもん」

くすぐったいような台詞を言われた俺は、酔いのせいもあってか、つい「てへへ」とだらしなく笑ってしまった。そして、親父の顔を思い浮かべながら蛇足も口にした。

「親父と一緒に常田モータースをやりながら、創作も楽しめるしな」

「だよね」

「んだ」

「壮介――」

「ん？」

「親孝行だね」

たまちゃんが、まっすぐに俺を見て、あまりにも直球な台詞を口にするから、俺はいっそう面映《おもはゆ》くなってしまった。だから、とりあえず冷酒をぐい呑《の》みに手酌して、ひと口味わってから答えた。

「別に、孝行ってほどじゃねえけども……。まあ、うちは長いこと、父一人、子一人だかんな。仕方ねえべ」

「うん……」

小さく頷いたたまちゃんが、少し遠い目をした気がした。

考えてみれば、たまちゃんだって少し前までは――シャーリーンがこの家に来るまでは――俺と同じ境遇だったのだ。

俺は、ちょっと慌てて話のベクトルを変えた。

「つーかよ、このアイデア、そもそもマッキーの発案なんだ。んで、せっかくだから、マッキーにも手伝わせようと思ってな」

「それも、すごくいいと思う。マッキー、最近、表情がどんどんやわらかくなってきたし」

「らしいな。俺んとこにくるメールの文章も、雰囲気が明るくなってきたよ。いい傾向だよなぁ」

「うん。いい傾向。マッキー、もうすぐ引きこもりから卒業するかもね」

「んだな」

俺は深く頷いて、冷酒をちびりと舐《な》めた。

「同級生が地元にいるって、やっぱ、いいもんだね」

どこかなつかしいものでも見るような目をして、たまちゃんが言う。俺は相変わらず照れ臭かったから、黙って小さく頷くだけだった。

「わたし、おつかい便をはじめて、あらためてそう思ったよ」

「そっか」

そうだよな。と、俺も思う。たとえ、ど田舎《いなか》に住んでいても、近くに気分のいい仲間がいてくれて、そこそこ楽しい仕事さえやれていれば、人はわりと幸せに生きていけるし、人生を遊びにすることだってできる。俺はそのことを、マッキーとたまちゃんから教わった気がしていた。

「そのうち、マッキーと壮介が一緒に飲みに来てくれるかもね」

「かもなぁ」

二人して、そんな楽しげな未来をぼんやり思い浮かべるような顔をしていたら、ふと、たまちゃんが何かを思い出したように言った。

「あっ、飲みに来るといえば、今日は古館さんが来ないな」

「古館さん、よく来るんか？」

「月に三、四回くらいかな。たいていは、わたしが店に出る土曜日に来てくれるんだけど」

「へぇ。いい師弟関係になったんだなぁ」

「せっかく来てくれても、ずっとあの強面《こわもて》のまんまで、ほとんど何もしゃべんないんだけどね」たまちゃんが、古館さんの顔を思い出したようにくすっと笑う。「惣菜屋《そうざい》さんで朝の仕入れをしてるときにも、ときどきバッタリ会うんだよ」

「そん時も、何もしゃべんねえの？」

「挨拶のほかに、せいぜい、ひとこと、ふたことくらいかな」

「あはは。あのおっちゃん、相変わらずなんだな」

「だよね。でも、わたしの様子をけっこう気にしてくれてるみたい。よく惣菜屋さんのおばちゃんに、わたしがちゃんとやれているかどうかを訊いてるらしいから」

そう言って、ちょっと嬉しそうに目を細めたたまちゃんを見て、俺もなんだかほっこりした気分になっていたら、ふいに、カウンターの真ん中から酒臭いような声が上がったのだった。

「ったく、偉《え》えもんだよなぁ」

たまちゃんと俺が、そろって声の方を見ると、目の据わったおっさんが上唇の左側だけを釣り上げた嫌な笑みを浮かべながら、たまちゃんを見ていた。左肘をカウンターに突き、右手でぐい呑みを持っている。

「新聞にも載ってよぉ、あんた、いっぱしの有名人だべ」呂律《ろれつ》が回っていない。かなり悪酔いしているようだ。「ったく、どうやったら、そんないい娘ちゃんに育つんだぁ？　世のため、人のためなんてよ。うちの千秋《ちあき》なんて、俺とはまともにしゃべりもしねえ。都会の変な男に捕まっちまってから、実家に寄り付きもしねえ。ったくよぉ」

千秋って……、と思ってたまちゃんを見たら、「ほら、ふたつ上の先輩の」と、俺に耳打ちするように言った。それで思い出した。マッキーのところの理沙さんと同じクラスだった尾川《おがわ》千秋さんだ。つまり、このおっさんは、千秋さんの父親なのだ。

「尾川さん、うちのお酒とおつまみが美味しくて、ちょっと飲みすぎちゃったんじゃない？」

冗談めかした口調で、たまちゃんがなだめるように言うと、おっさんはトロンとした目に濁った光を溜《た》めた。そして、「はあ……」と、この世の終わりみたいなため息をついて、続きをしゃべりだした。

「あんた、自分のせいで母ちゃんが死んだってのに、よくも、そんないい娘に育ったもんだよな」

「え？」

と、声に出したのは、俺だった。見ると、たまちゃんも俺と同じように、ポカンとした顔をしていた。

「絵の具、忘れたんだべ？」

「絵の具？」

今度は、たまちゃんが訊き返した。

「絵の具でなければ、習字の道具だったっけか？　まあ、とにかくよ、あんたの忘れもんを届けようとして自転車で学校に向かってるときに、母ちゃん、ダンプに轢《ひ》かれちまったんだもんなぁ」

そこまで言うと、おっさんは俺と同じ冷酒をガブリと飲んで、「この世に神はいるのかっつうの」と吐き捨てるように言った。そして、カウンターの上に置かれた空っぽの皿を見下ろしながら、くくく、と品の悪い笑い方をした。誰が見ても典型的な酔っぱらいだ。

まったく、ナニわけのわからんこと言ってんだ、このおっさん――。

俺は胸裏でボヤきながらカウンターのなかを見た。

すると、口を半開きにして突っ立っているたまちゃんの姿が目に入ってきた。

「え？　たま――」

俺が幼なじみの名前を口にしようとした刹那、厨房からつかつかと大股でシャーリーンが飛び出してきた。白い手ぬぐいで両手を拭きながら、目には怒りとも焦りともつかない色を浮かべている。こんなシャーリーンの顔を見たのは、はじめてだった。

「ちょっと、おじさん、飲みすぎね。うちは、もうお酒を出さないね。だから帰ってよ」

カウンター越し、おっさんに向かってシャーリーンが厳しい口調で言った。

「んあ？」

おっさんは、座ったままシャーリーンを見た――というか、酔っぱらいの据わった目で睨《にら》んだ。椅子に座った大柄なおっさんと、腕組みをした小柄なシャーリーンの目線の高さは、ほとんど変わらない。それでもシャーリーンは臆することなくカウンターから出ていくと、おっさんの肘のあたりを両手でぐいと引っ張った。

「お金は、いらないね。だから、すぐ帰るね」

「おい、痛《い》てえな。なんだ、この生意気なフィリピン女はよぉ」

おっさんは摑《つか》まれた腕を力任せに払って、シャーリーンの手を振りほどくと、ついでに華奢《きゃしゃ》な右肩を軽く突いた。シャーリーンは後ろによろけたけれど、尻餅をついたりはしなかった。

「んあ？　なんだ、その目はよぉ」

おっさんが、少し低い声を出した。

唇を真一文字に引いたシャーリーンの目に、暗い光が揺れたように見えた。

店内に、ピンと一触即発の空気が張りつめた。

テーブル席の老夫婦も、息を止めたように状況を見据えている。

これはヤバいな――と、俺が立ち上がりかけたとき。

「もう、いいです」

静かな、よく通る声が響き渡った。

たまちゃんだった。

「いいですから。尾川さん、今夜はもう」

店内にいた全員の視線がたまちゃんに集まり、次の瞬間、おっさんに注がれた。その視線が、酔っぱらいにも痛かったのか、おっさんは呂律の回らない口で「ったくよ、これだから、いい娘《こ》ちゃんはよぉ」などとぼやきながら、店の出入り口に向かってよたよたと歩き出した。途中、シャーリーンとすれ違いざまに、「ちっ、どけよ、フィリピン女」と小声を出したけれど、シャーリーンは凜と背筋を伸ばして腕を組んだまま、おっさんを睨み続けていた。

おっさんが店の引き戸をガラリと開けた。

小雨はいつしか上がっていたらしく、店内に秋の虫の声が入り込んできた。そして、おっさんは引き戸を閉めるのも忘れたまま、千鳥足で田舎の闇のなかへと消えていった。

りりりり。りりりり……。

秋の虫の歌声は、むしろ店内の静けさを際立たせた。

そんななか、シャーリーンが最初に動いた。汚《けが》らわしい空気をシャットアウトするかのように引き戸をピシャリと閉め、そのままかすたすたとカウンターのなかに入っていったのだ。

「たまちゃん……」

心配そうな顔をしたシャーリーンが、自分よりも背の高いたまちゃんをそっとハグすると、右手で背中をさすりはじめた。

緊張から解放されたのか、たまちゃんは「ふう」と小さく嘆息して、そのまましばらくシャーリーンのなすがままにされていた。

俺は、二人の様子を眺めながら、さっきのおっさんの台詞を反芻《はんすう》した。

いわく、たまちゃんの忘れ物を届けるために、お母さんが学校に向かい、その途中で事故にあった――。

だが、俺が、かつて親父から聞いた内容は、それとは違っていた。たまちゃんのお母さんは、自分の友だちの家に遊びに行こうとして家を出て、その途上、ダンプに撥《は》ねられたのだ。そして、たまちゃんもまた、それと同じことを正太郎さんから聞かされているはずだった。

背中を撫でられながら、たまちゃんが口を開いた。

「ねえ、シャーリーン」

「なに、たまちゃん」

「さっき、尾川さんが言ってたことだけど……」

シャーリーンは何も答えず、ただ、ハグをしたまま、たまちゃんの背中を撫で続けていた。

「あれ、嘘《うそ》だよね？」

言いながら、たまちゃんの顔が、ちょっと哀《かな》しげな半笑いになった。

「そう、嘘ね。酔っぱらいは、嘘つくね」

俺の席からは、シャーリーンの横顔が見えていた。シャーリーンは、眉間に皺を寄せて、痛々しいような顔をしていた。

たまちゃんは、すべてを悟ったように上を向き、二秒ほど目を閉じた。そして、シャーリーンの細い腕に抱きしめられたまま、少し怖いくらいに穏やかな声を出した。

「シャーリーンも、知ってたの？」

返事は、なかった。

それでも、たまちゃんの背中を撫でる右手は、ゆっくりと上下に動き続けていた。

「ねえ、シャーリーン……」

シャーリーンも、そっと目を閉じた。

そして、そのまま何も答えなかった。

葉山珠美

・

尾川さんが出て行くと、テーブル席にいた老夫婦も店内の重苦しい空気に押し出されるようにして、そそくさと帰っていった。

壮介もカウンター席を立った。シャーリーンに「壮介、ごめんね。今夜は閉めるね」と言われたのだ。壮介の会計は、わたしがレジで応対した。ちょっぴりサービスしたうえに、端数は切り捨ててあげた。

「なあ、たまちゃん」

店の玄関を出るとき、壮介は不安そうに眉尻を下げて、いったんこちらを振り向いた。

「ん？」

「大丈夫か？」

「あは。大丈夫だよ」

わたしは、唇の口角をきゅっと上げてみせた。

「そっか――。うん。でも、また、連絡するわ」

「うん」

ちょっと不器用な微笑みを浮かべたまま、わたしは小さく頷いた。

壮介が店を出ていくと、店内に残ったわたしとシャーリーンは、なんとなく視線を合わせた。先に視線をそらしたのは、わたしだった。

ふいに、厨房の冷蔵庫がブーンと小さな音を立てた。

ひっそりとした店内に、秋の虫たちの歌声が小さく漏れ聞こえてくる。

わたしは、なんだか居たたまれないような気分になって、「じゃ、片付けようか」と言った。するとシャーリーンは珍しく、少し困ったような顔を見せた。そして、いつもより控えめな声で言った。

「たまちゃん、今日はいつもより早くお店を閉めたよ。だから、お酒、飲む？」

感情を隠すのが下手《へた》なシャーリーンの瞳の奥には、憐憫《れんびん》の色が揺れていた。

「うーん……、今日は、いいや」

わたしは早くひとりになりたかった。いまシャーリーンと飲めば、どんな会話になるのか、容易に想像がつく。

「たまちゃん……」

「せっかくだけど、ごめんね」わたしは微笑みを消さないよう心を砕きながら言葉を続けた。「ね、ほら、片付けようよ」

そして、カウンターにシャーリーンを残したまま、ひとり奥の厨房に入り、さっさと食器洗いをはじめた。

少しのあいだ、背中にシャーリーンの視線を感じていた。

それでも構わず、黙々と食器を洗っていく。

やがて、シャーリーンがフロアを片付ける音が聞こえてきた。厨房でひとりになれたわたしは、背骨から力が抜け落ちていく気がした。深呼吸がしたくなって、食器を洗いながら深く息を吸い込んだ。吐く息がため息にならないよう注意しながら、そっと空気を吐き出そうとしたとき——、そのまま、なんとなく、わたしは唇をとがらせていた。

口笛を吹きはじめたのだ。

曲は、コニー・フランシスの「ヴァケイション」だった。

もしかすると、この陽気な曲なら、わたしの胸のなかで膨張する鬱陶しい感情をまるごと上塗りして、気を紛らわせてくれるかも知れない……、そんな気がしたのだ。

スポンジをつかんだ手を、口笛のリズムに合わせて動かした。

皿が、一枚、また一枚と、きれいになっていく。

でも、わたしの心は陽気なメロディーと同じ波長になることはなかった。それでもめげずに同じ曲の二回目を吹きはじめたとき、思いがけず、口笛の音色がもうひとつ重なった。

シャーリーンがフロアで吹きはじめたのだ。

わたしとシャーリーンが吹く「ヴァケイション」は、リズムもピッチもなんだか少しちぐはぐだった。でも、どうしてだろう、その不出来な感じがむしろ、わたしの心を少しだけホッとさせてくれる気がしたのだ。

ホッとしたら、わたしの感情がぐらりと揺れた。

でも、いまは——。

泣かない。

わたしは、そう決めて、黙々と手を動かした。

いま泣いたら、この変に心地いい口笛を吹けなくなってしまう。

◇　◇　◇

店の後片付けを終えると、わたしは逃げるように三階の自室に入った。

ドアノブについたボタンを押して、カチャ、と鍵をかける。

「はあ……」

ずっとこらえ続けていたため息をついた。

部屋のなかは蒸し暑いような空気がこもっていて、息苦しく感じたので、海側の窓を開けて網戸にした。生暖かい風が透明な塊になって吹き込んでくる。生成りのカーテンがはたはたと揺れた。

網戸を少し開けて外を見た。

今宵は、月も星も薄雲に隠されていた。

夜空が暗いと、海も黒くてのっぺらぼうだ。その海からざわざわと低い潮騒《しおさい》だけが立ちのぼってくる。きっと低気圧の影響だろう、潮騒がいつもより荒っぽい。

椅子に腰掛け、机の抽《ひ》き出《だ》しのなかから母の遺影を取り出した。

それをそっと机の上に立てる。

少しまぶしそうな母の微笑と目が合った。

わたしは机の上に両手を置いて、ふう——、とふたたび嘆息した。

そのまま、何も言わない母の顔を眺めていたら、胸のなかに、ひんやりとした黒い霧のような感情が渦巻きはじめて、それが荒っぽい潮騒と混じり合い、みるみる膨れ上がり、喉の奥からこみ上げてきた。

そして、思わず、

「ごめんね……」

と、小さなかすれ声をこぼしていた。

まぶたを閉じたら、机の上にしずくがふたつ、ひた、ひた、とこぼれた。

ごめんね。

ごめんね。

ごめんね。

わたしの胸の浅いところから、四文字の言葉がくりかえし押し出されてくる。

額のなかの母は、ただ、やさしい微笑をわたしに向け続けていた。

ふいに、ドアがノックされた。控えめなノックだ。

ドアの方を振り向くと、低く抑えたシャーリーンの声が聞こえてきた。

「たまちゃん」

わたしは軽く咳払《せきばら》いをして喉を整えてから、ドア越しに返事をした。

「なに？」

「冷蔵庫にシュークリームがあるよ。とても美味しいね。わたしお茶いれるよ。一緒に食べる？」

シャーリーンに気取《けど》られないよう、静かにため息をついた。気持ちを平静に保つための、儀式としてのため息だ。

「ありがとう。でも、いまは、いいや」

それから少しのあいだ、ドアの向こうからの返事はなかった。わたしは、その沈黙が嫌で、先に口を開いた。

「シュークリームは、明日、食べるね。今夜はもう眠いから」

「お風呂は？」

「お風呂も、いいや。明日にする」

「たまちゃん……」

シャーリーンが、また、わたしの名前を呼んだ。いたわしげな、あまり聞いたことのない声色だった。だからわたしは、ほとんど反射的に答えていたのだ。

「シャーリーン、わたし、大丈夫だよ」

少し強い海風が吹き込んできて、カーテンが大きく揺れた。やさしくない潮騒が心細さを助長する。

「本当に？」

「本当だよ」

わたしが嘘をつくと、シャーリーンは少し間を置いてから、「じゃ、また明日ね。おやすみね」とささやくように言って、階段を静かに降りていった。

罪悪感にやられそうになったわたしは、携帯を手にして立ち上がった。そのまま窓辺まで歩いていき、網戸を開け、ベランダに出た。手すりに寄りかかるようにして、黒いのっぺらぼうな広がりをぼんやりと眺めた。

生暖かい風がびょうと吹いて、わたしの髪をなびかせる。

携帯のメール画面を立ち上げた。

送信先のアドレス欄に、静子ばあちゃんのアドレスを表示させた。

ぼうっとした頭で文面を考えたけれど、何も浮かばなかった。とりあえず《こんばんは》とだけ入力しようとした刹那、廊下をはさんだ向かいの部屋（父とシャーリーンの寝室）から、ちょっと苦しそうな咳がふたつ聞こえてきた。風邪で床に就いている父の咳だった。

そういえば、咳をすると、まだ手術をした背中が痛いって言ってたな——。

ふと、そんなことを思い出した。

いつだって微塵《みじん》も悪気のない父の顔が脳裏にちらつく。

父は、わたしを傷つけないために内緒にしていたのだ。一ミリだって罪はない。ない、けど……。

潮騒の圧力が、さっきよりも高まってきた気がした。

メール画面を閉じて、そのまま携帯の電源も落とした。

生暖かくて真っ黒い夜風が、濡れた頰をなぶる。

わたしはその風を吸い込んで、小さな口笛の音色に変えた。ついさっき、シャーリーンとちぐはぐに吹いていた、おつかい便のテーマソングだ。

わたしの唇から弱々しくこぼれ出した音符たちは、生まれてすぐに、闇夜の荒っぽい潮騒と黒い風にかき消されてしまう。

それでもかまわず、わたしは陽気なはずのメロディーを奏でた。

漁《いさ》り火《び》すら見えない、真っ黒な水平線に向かって。

◇　◇　◇

翌日、わたしはベッドにしがみつくように寝続けた。

起きたのは、昼すぎだ。

ぼうっとした頭のまま階下の居間へと降りていくと、床に寝そべってテレビを観《み》ていた父が、わたしの気配に気づいて振り向いた。

「おう、たまちゃん、今日はずいぶんと寝たなぁ」

もう熱が下がったのだろうか、いつものようにニカッと笑う。

「おはよ。寝すぎたかも」と返事をしたものの、わたしは昨夜のことを思い出して、「歯、磨いてくる」と言いながら、そそくさと父から離れた。

歯を磨き終えても、まだ、なんとなく居間に戻る気がしなくて、ついでにシャワーも浴びていたら、お腹《なか》がグルルと盛大に鳴り出した。

なんだかなぁ……、と思いつつも、シャワーで少し気分をリフレッシュさせたわたしは居間に戻った。すると、第一声からわたしの考えを見透かしたような台詞が飛んできたのだ。

「テーブルの上のチャーハン、たまちゃんの分だから、喰《く》っていいぞ」

テレビを観ながら父はそう言って、小さく咳き込んだ。

「シャーリーンは？」

「チャーハンを作って、さっき買い物に出かけた」

「ふうん」

きっちりとラップに覆われたチャーハンは、まだ温かかった。レンジで温め直す必要はなさそうだ。

「じゃあ、いただきます」

「おう」

と言って、父はまた咳き込む。

「ちゃんと寝てた方がいいんじゃない？」

「いやあ、熱はもうほとんどねえんだ。あとは気合いだな」

「熱があるときだって、気合いだって言ってたくせに」

「がははは。たしかに」

父は愉快そうに笑って、また咳き込んだ。まるで子どもみたいな人だ。

わたしはレンゲを使って食べはじめた。コンソメと醤油《しょうゆ》とキノコと長ネギの風味が絶妙にマッチした、とても美味しいチャーハンだった。有り難いことに、野菜たっぷりのスープも用意されている。

「うめえだろ」

「うん。美味しい」

父が観ているテレビは、往年の歌謡曲のヒットソングの番組だった。わたしの知らない演歌歌手が、サビだけ聴いたことのある曲を熱唱している。

ふわり、ふわり、と開け放った窓から清々《すがすが》しい秋風が流れ込んでくる。潮騒も昨夜とは違って、穏やかだ。

今日は海も、空も、すっきりと抜けるようなブルーだった。

わたしは少し癒された気分になって、チャーハンを黙々と口に運んだ。

父はわたしに背を向けたまま、幸せそうに演歌のサビを口ずさんでは、時折、軽く咳き込んでいる。

のどかな昼下がりって、ちょっと淋しいな――。

そう思いながら父の背中を見ていたら、ふいに父がその背中越しに話しかけてきた。

「そういや、バレちまったんだってなぁ」

「え？」

あまりにも他愛ないような口調で言うから、一瞬、わたしは何のことかわからなかった。

「あんまり、気にすんなよな」

その言葉で、ようやく理解した。

「シャーリーンから、聞いたの？」

「ああ。今朝のウォーキングのときにな。シャーリーン、えらく心配してたぞ」

わたしは手にしていたレンゲをテーブルにそっと置いた。そして、横になってテレビを観ている父の背中を見詰めた。

「ねえ、お父さん」

「ん？」

父は、こちらを振り向かないまま、一文字で返事をした。

「気にしないでいられるかな、わたし」

「そりゃ、完全には無理だべなぁ」

「え、無理って――」

わたしが言いかけたとき、父がそっと言葉をかぶせてきた。

「たまちゃんは昔っからやさしい子だからよ、どうしたって気にしちまうべさ。でもよ、知っちまったからには、背負っていくしかねえべ？」

背負う？　それって、この現実を？

ぎゅっと口を閉じたまま考えていたら、「よっこらせ」と年寄りくさいかけ声とともに父が起き上がり、あぐらをかいた。そのままリモコンでテレビを消し、こちらを振り向いた。

父の顔には、いつもと寸分違《たが》わぬ能天気な笑みが浮かんでいる。

テレビが消えたら、部屋がしんと静かになった。

「たまちゃんはよ、どうせ、わたしのせいで、なんて考えてんだろ？」

「…………」

「ところがどっこい、じつは、たまちゃんのせいだけじゃねえんだな、これが」

「え……」

意味がわからず、わたしは小首を傾げた。

「どうせバレたんだから、最後まで教えてやっけども」そう言って父はニヤリと笑い、少し咳き込んだ。そして、何か特別におもしろいネタをこっそりわたしだけに話すかのような口調で続けた。「じつはよ、本当は、たまちゃんの忘れもんを届けに行くはずだったのは、俺なんだ」

想定外の告白に、わたしは声も出せなかった。

「でもな、そんとき、たまたま静子ばあちゃんから店に電話がかかってきて、俺がその電話に出てたんだ。んで、電話中の俺の代わりに絵美が忘れもんを届けに向かったってわけさ」

「…………」

「つーわけで、たまちゃん、どうよ？」

「え？」

「たまたま電話をしてきた静子ばあちゃんのせいにすっか？　その電話に出たことで、代わりに絵美に行かせた俺のせいにすっか？」

父は、いまにも吹き出しそうなくらいの笑顔だった。でも、わたしは少しも笑う気になどなれなくて、ただ小さく二度、首を横に振った。

静かな居間のなかに、やさしい潮騒と青い海風が忍び込んできて、白いレースのカーテンを夢のように揺らす。部屋は静かなのに、わたしの心臓は外から誰かに叩《たた》かれているみたいにドクドクと拍動しはじめていた。

「背負ってんだ。俺も、静子ばあちゃんもよ」

父は少し声のトーンを落としてそう言った。わたしは急に息苦しさを覚えて、ひとつ深呼吸をした。

「てなわけでよ、バレちまったからには、たまちゃんも一緒に背負ってくんねえとなぁ」

小さく咳き込んだ父は、また悪戯っぽく笑ってみせた。

「知らなかったよ」わたしの唇から、ぽろりと言葉がこぼれ落ちた。「知らなかったよ。何も……」

「まあ、ずっと内緒で通せれば、それでよかったんだけどな。噂にフタはできねえもんだ」

父は頭をぽりぽりと搔《か》いた。

「背負うよ、わたし」

「おっ、そうか、背負ってくれっか。そりゃ、ありがてえな」

「うん……」

仕方がない。事実は、事実なのだ。わたしは、そのことで苦しみながら、これから一生を――、と思った刹那、いきなり父が笑い出した。

「がははは。おい、そんな深刻な顔すんなって」

「だって……」

「たまちゃんよ、俺の言ってる『背負う』って意味、勘違いしてんじゃねえのか?」

「え……」

あぐらをかいていた父が、手術をした背中をかばうように、ゆっくりと立ち上がった。

そして、こっちに近づいてきて、テーブル越しの椅子に腰掛けた。

「いいか、たまちゃんよぉ、間違えねように、よく聞けよ」

父の笑みから、すうっと冗談っぽさが消えた。でも、その分だけ、やさしさの純度が増した気がした。

「もしも、たまちゃんが、わたしのせいで——って本気で思うならよ」

「……………」

「絵美が、たった一度の人生で味わうはずだった楽しいこととか、幸せだなぁって思うこととか、そういうことを、まるごと背負って生きろ。ようするに、たまちゃんがよ、絵美の分まで、太く、長く、全力で人生を楽しまねえといけねえんだ。それが、俺の言ってる『背負う』ってことだぞ」

そこまで言って、父は軽く咳き込んだ。

「お父さん……」

鼻の奥がじんと熱を帯びていて、わたしはすでに涙声だった。目の前の父のやさしい笑みが、ゆらゆらと揺れている。

「俺はとっくに背負ってっからよ。だから、いつだって気分のいいことしか考えねえし、いい気分になる行動しかとんねえって決めてんの。ま、そのせいで、みんなからは阿呆《あほ》だ阿呆だって言われっけどもな」

「あはは――」

わたしは、泣き笑いだ。

「ちなみによ、俺の座右の銘、知りてえか？」

「え、あるの、そんなの？」

「おう、あるぞ、カッコイイのがよ」

父は腕を組み、得意げに胸を張ってみせた。そして、とくに格好よくもない台詞を口にした。

「人生、何があっても、いい気分」

「え？」

「以上」

ニカッと笑った父に釣られて、わたしは吹き出した。

「なに、それ。やせ我慢するってこと？」

「阿呆か。俺は我慢なんて大嫌《だいきれ》えだ」

「じゃあ、どういうこと？」

「いいか――」

それから父は、まるで世間話でもするみたいに、こんな話をしてくれたのだった。

いわく、人生に辛《つら》いこと、悲しいこと、嫌なことがあっても、その事象のなかには必ず「いい部分」が隠されているから、それを見つけ出して、しっかりと「いい気分」の喜びを味わうのだそうだ。

「じゃあ、お母さんが死んじゃったときみたいな、最悪なくらいに悲しいときはどうするの？　いい部分なんて、ひとつもないじゃん」

わたしは、わざと意地悪な質問をした。わたしを阿呆呼ばわりした父を、半ば冗談で困らせてやろうと思ったのだ。でも、父は、そんなわたしの質問すらも、どこ吹く風で笑い飛ばしたのだった。

「それがよ、いいところもあったんだなぁ。こんなにも別れが悲しくて辛《つれ》えってことは、俺はとんでもなくいい女を嫁にもらえたんだなあ、ツイてたなあって思えば、その瞬間からいい気分だべ？　しかもよ、嫁より先に俺が死なないで良かったたってことに気づけば、さらにいい気分だ。だってよ、伴侶を亡くすなんていう最悪の悲しみを、絵美に味わわせないで済んだんだぞ。こんな悲しみ、俺が代わりに味わってやった方がいいべさ」

わたしは、両目からしずくと一緒に鱗《うろこ》を落としていた。

「ねえ、お父さん……」

「ん、なんだ？」

「お母さんを亡くしたとき、本当にそんな風に思えたの？」

すると、嘘をつけない父は、ちょっと淋しそうに目を細めて首を振った。

「まあ、あんときは、さすがにそうは思えなかったな」

「じゃあ、いつから――」

「絵美の葬式が終わってから、一週間くらいずっと凹《へこ》んでたらよ、静子ばあちゃんがふらっと店に来て、俺に言ったんだぁ。これからは、正太郎さんが、絵美が味わうはずだった分まで幸せを『背負って』生きてくれって」

「静子ばあちゃんが……」

「んだ。あの言葉に、俺は元気をもらえてよ、考え方を変えるきっかけになったんだ」

父は当時を追懐したのだろう、少し遠い目をした。

「すごいね」

「何がだ？」

「静子ばあちゃん」

「そりゃそうだべ」

「え？」

「なんつっても、この俺が選んだ嫁さんの母ちゃんだからな」

あまりにも真顔で言うから、わたしはまた吹き出した。

「なあ、たまちゃんよ」

「ん？」

ふいに、父が、今日いちばんのやさしい笑顔を浮かべた。

「絵美の人生まで背負った以上は、これまでの二倍、いい気分で生きていこうな」

窓からふわっと青い海風が吹き込んできて、レースのカーテンが揺れた。居間が少し明るくなった気がした。

「うん……」

返事をしたら急に、あったかいような、切ないような、複雑な感情があふれ出して、また、しずくがほろほろとこぼれはじめた。

「ほれ、泣くな」

傍らのティッシュを箱ごとわたしに差し出した父は、どこかなつかしそうな顔をして微笑んだ。

「その泣き顔、絵美に似てきたなぁ」

「え……」

「俺がプロポーズしたときによ、あいつ、あまりにも嬉しすぎて大泣きしたんだ。そんときの泣き顔と、そっくりだ」

「あは。そんなこと、あったんだ」

ほっこりしつつティッシュで涙を拭いたわたしを見ると、父は急にニヤリと悪戯っぽい顔をした。

「な～んちゃって。嘘だよ～ん」

「え……」

「俺がプロポーズしたときはよ、本当は、泣くどころか、『冗談でしょ？』って吹き出しやがったんだ、あいつ」

嘘をつけないはずの父に、騙《だま》された。

「えっ……、ちょっ、なにそれ、もうっ」

わたしは笑いながら涙を拭いたティッシュを丸めて父に投げつけた。

あったかいしずくは、まだしばらく止まりそうにないけれど、泣き笑いのわたしはもうすでに、いい気分だった。

◇　◇　◇

まぶしい緑におおわれていた山々が、くすんだ苔《こけ》色に変わりはじめる頃、青羽町にはひんやりとして透明感あふれる風が吹き下ろす。

この季節、川で遊ぶ人たちは落ち鮎とモクズガニ漁、山で遊ぶ人はキノコ狩りに精を出す。そして、海ではカツオとイナダが回遊してきて太公望《たいこうぼう》たちを嬉々《きき》とさせる。山間部の小さな田んぼはすでに黄金色の絨毯《じゅうたん》を秋風に揺らし、畑では様々な実りが収穫の季節を迎えていた。

そんな秋晴れのある日、わたしは長い釣り竿《ざお》を振るう数人の太公望たちを横目に、キヤリイで初音さんの家を訪れた。庭先に足を踏み入れてすぐに、思わずため息をこぼしてしまう。並んだ植木鉢には、以前にも増して雑草がはびこり、玄関の庇《ひさし》にはクモの巣が張っていたのだ。

いつものように呼び鈴を鳴らし、返事を待たずに玄関の引き戸を開けた。

「初音さん、おつかい便です。お邪魔します」

廊下の奥に声をかけつつ、スニーカーを脱いで家のなかに上がる。

「はいはい」

少し遅れて、なかから初音さんの可愛いらしい声が聞こえてきた。

冷蔵庫のある台所に入ると、ちょうど右足を引きずった初音さんが奥の部屋から現れたところだった。わたしは小さなテーブルの脇にある丸椅子を差し出して、初音さんを座らせた。右膝の痛みは、このところ悪化の一途を辿《たど》っているらしい。

「初音さん、その後は、大丈夫？」

冷蔵庫をチェックする前に、わたしは訊いていた。ただでさえ痩せていた初音さんが、いっそう小さくなっていたからだ。

「まだ、十日だからねぇ」

初音さんは、皺にうずもれた小さな目を淋しげに細めた。

「そっか。うん、そうだよね……」

十日やそこらじゃ、大丈夫なはずないよな――と、わたしは思う。

初音さんと一緒に暮らしていた妹の敏美さんが急死したのは、今日からちょうど十日前のことだった。敏美さんは半月ほど前から病状が思わしくなくなり、隣町の病院に入院をしたのだが、容態は悪化し、最期は初音さんに看取られながら息を引き取ったらしい。

敏美さんの葬儀は、隣町の葬祭場でひっそりと行われた。わたしは通夜にだけ顔を出させてもらったけれど、正直、参列者と供花の少なさに胸を痛めずにはいられなかった。

わたしは気を取り直すように明るめの声を出して、冷蔵庫のなかをチェックしながら初音さんに訊いた。

「今日は、お米とお豆腐と、レトルトのおかずを持ってきたけど、他に何か注文はある？」

「とくには、ねえけども……、もう、飴玉《あめだま》がなくなっちまってよぅ」いつも、わたしにお駄賃代わりにくれる飴のことだ。「たまちゃん、なんか、美味しいのがあったら、持ってきてくれっかい？」

そう言って初音さんは、丸椅子に腰掛けたまま、やさしげに微笑んだ。

わたしは、ふと初音さんの背後に見えている台所のシンクを見た。そこには使用済みの皿が数枚、積んだままになっていた。冷蔵庫の脇には綿ぼこりが転がっている。いつも家のなかをきれいにしていた初音さんも、ここへきて家事ができなくなってきたのだろう。

「飴……、初音さんは食べないんでしょ？」

「あたしはいいんだよぅ」

「じゃあ――」

と、わたしが言いかけたとき、初音さんの静かな声がかぶさった。

「敏美は、飴が好きだったんだけどねぇ……。でも、たまちゃん用に買っておきてぇの」

「初音さん……」

「こうやって、たまちゃんが来てくれんのが、何よりの楽しみだからよぅ」

しわしわの顔で微笑む初音さんの目尻に、うっすらと涙がにじんでいることに気づいたわたしは、あやうくもらい泣きしそうになってしまった。

「うん、わかった。ありがとね。じゃあ、美味しい飴、次回は持ってくるからね」

「ありがとさんねぇ」

ありがとさんは、こっちの台詞だよ――。

わたしは胸裏でつぶやきながら微笑み返すと、持ってきたお米を米びつに移し替え、二合分の米を夕方までに炊けるよう、炊飯ジャーにセットしておいた。そして、「何かあったら、いつでも電話してね」と言い置いて、初音さんの家を後にした。

玄関を出て、引き戸を閉めたあと、わたしは庭の端っこに転がっている腐りかけた竹《たけ》箒《ぼうき》を手にした。そして、その箒で玄関の庇のクモの巣を払っておいた。

秋晴れの空を見上げて、ひとつため息をつく。

荒れた庭を歩き、渚《なぎさ》に面した小径《こみち》に停《と》めたキャリイに乗り込んだ。

エンジンをかけ、サイドブレーキを解除する。

アクセルを踏み込む前に、なんとなくもう一度、初音さんの家を振り向いた。住人をひとり失った青い屋根の小さな家は、以前よりもいっそうくたびれて見えた。

わたしは思う。敏美さんは、初音さんに面倒をみてもらっていたし、最期も初音さんに看取ってもらえたけれど、でも——、ひとりぼっちになってしまった初音さんに、いざというときが来たら……。

現実を突き付けられたわたしは、これから先、この家を訪れることが少し怖くなりそうだった。

◇　◇　◇

その夜、「居酒屋たなぼた」の厨房で翌日のおつかい便の準備をしていると、ジーンズのヒップポケットで携帯が振動しはじめた。静子ばあちゃんからのメールだった。写真が添付されている。とりあえず、わたしは本文に目を通した。

《たまちゃん、こんばんは。今日もおつかい便、ご苦労さまでした。このあいだ、玄関脇の草地で撮れた写真を送ります。不思議なもので、この写真を持っていると、毎日かならず小さな幸せが四つずつ訪れます。たまちゃんにも、きっと同じ効果があるはずなので、ぜひ、持ち歩いてみて下さいね。わたしは毎晩、お布団に入ったときに一日を振り返って、その日にあった四つの幸せをひとつひとつ思い返して、幸福感を丁寧に味わっています。そうすると、よく眠れるから。たまちゃんも、ぜひ。では、おやすみなさい》

なんて洒落《しゃれ》たメールだろう。静子ばあちゃんって、人を幸せな気分にさせる天才だなぁ……。わたしは思わず嘆息してしまった。

きっと、こういう人だからこそ、亡くなった母の分の幸せを背負って生きる――なんていう素敵な言葉を父に伝えられたに違いない。

わたしは、四つの幸せを呼び寄せるという添付の画像を開いてみた。

あ、かわいい。

写真を目にした瞬間、胸裏で声をあげた。

陽光をさんさんと浴びた四ツ葉のクローバーの写真だったのだ。

クローバーは地面に生えたままの状態で、静子ばあちゃんの指がその茎をそっとつまんでいる。

さっそく、わたしは、それを待受画像に設定した。待受にしておけば、これからは一日に何度も、何度も、この写真を見ることになる。そう思っただけで、すでに気分はちょっぴりハッピーだったし、なんだか本当にハッピーな出来事が未来からやってきそうな気もする。

ふと、この写真を誰かに見せたくなって後ろを振り向くと、配膳から戻ってきたシャーリーンがいた。でも、ちょうどシャーリーンも携帯を手にして、どこか幸せそうな顔をしていたので、わたしはなんとなく声をかけあぐねた。人にはそれぞれ幸せがある。シャーリーンがその幸せを味わっているときに、あえて声をかけなくてもいいよね。そう思って、わたしは、静子ばあちゃんにお礼のメールを返信し、そのまま携帯をジーンズのヒップポケットにしまった。そして、翌日の仕事の準備にふたたび取りかかった。

おつかい便で使っている四ツ葉のクローバー柄の巾着袋と携帯の待受画像がおそろいになって、なんだかすごく縁起がいい気がする。

毎日、四つの小さな幸せ、か。

母の死を背負って、二倍の幸せを味わうことを課せられたわたしとしては、これはまさに渡りに船となりそうだった。

◇　◇　◇

水曜日は、朝からずっと絹のような霧雨が降っていた。

キャリイの車窓越しに眺める青羽町の風景は、どこを見てもうっすらと灰色がかっていて、いまいち気持ちが上がらない。もちろん、お客さんの出足も悪かった。売上げが天候に大きく左右されるのが、おつかい便を経営する難しさのひとつだ。

それでも、夕方になると雨はあがった。

この日に予定していたすべての売り場を巡り終えたわたしは、帰宅してすぐに自室で着替えをした。まとわりつく霧雨で、全身がしっとりと濡れていたのだ。

ようやく乾いた服を着てホッとしていたら、階下でインターフォンが鳴った。今日は「居酒屋たなぼた」の定休日だから、きっとシャーリーンか父が出てくれるだろうと耳を澄ましていたのだけど、どうやら誰も出る様子がなかった。わたしは慌てて階段を降りていき、インターフォンの受話器をとった。来訪者は宅配便の人だった。シャーリーン宛ての着払いだという。財布を取りに、ふたたび三階に向かおうとしたら、風呂場から声がした。

「たまちゃん、宅配便きたの？」

シャーリーンは、シャワーを浴びていたらしい。

「うん。着払いだっていうから、払っておくね」

「わたしのお財布、居間のトートバッグのなかにあるね。そこから払ってね」

別にいいよ、立替えておくから――と言いかけたとき、ふと、わたしは思い出した。そういえば、いま、わたしの財布のなかは、かなりさびしい状態なのだった。

「わかった。トートバッグのなかね」

「よろしくね」

「了解。あ、お父さんは？」

「部屋で寝てるね。風邪が、また悪くなったね」

わたしは「そっか。わかった」と答えた。

とりあえずは、宅配便の応対だ。

シャーリーンのトートバッグは、居間の椅子の上に無造作に置かれていた。なかを覗《のぞ》くと、長年使い込まれて革がへたった黄色い長財布があった。わたしは、それを手にして階段を降りていった。裏玄関の引き戸を開けると、見覚えのある宅配便のお兄さんが立っていた。

「ご苦労様です」と、わたし。

「ありがとうございます。お届けものは、こちらになります」

五〇センチ四方もありそうな段ボールを手渡された。

サイズのわりに軽いな、と思って伝票をチラリと見てみると「品名」の欄に「裁縫セット」と書かれていた。

シャーリーンったら、日本語の勉強をしながら裁縫の勉強もはじめるのか……。「ニッポンの嫁」として不断の努力を続けるシャーリーンに、ちょっと頭の下がる思いがする。

わたしは黄色い財布のなかからお札を数枚取り出し、それで支払いを済ませた。

「ありがとうございました」

元気よく言って、宅配便のお兄さんは帰っていく。

裏玄関の引き戸を閉めて、お釣りをファスナー付きの小銭入れに入れた。一応、領収書を無くさないよう、財布のなかに入れておこうかな、と思って札入れの脇のポケットをちょいと覗いた刹那――。

え……。

わたしの指は、ピタリと止まっていた。

そこには一枚の色褪《いろあ》せた写真が入っていたのだ。

見てはいけない気もしたけれど、わたしは財布をあずけられたのだから、中身を見ても大丈夫――と、むりやり自分を言いくるめて、その写真を引き抜いてみた。

手札よりもひとまわり小さいサイズのその紙焼き写真は、それなりに古いのだろう、すでに四隅が少し擦り切れていた。わたしはその写真に指紋をつけないよう、そっと手のひらにのせた。

印画紙に写っているのは、四人のフィリピン人だった。おそらく……いや、間違いなく、これはシャーリーンのフィリピンの家族だ。父親と、母親と、シャーリーンと、幼い妹が写っている。

シャーリーンは十七歳のときに事故で家族をすべて亡くしたと聞いている。ということは、つまり、この写真に写っている彼女は、中高生くらいだろう。いまでもかなり童顔だけれど、この頃のシャーリーンはいっそう幼く、美しい顔をしていた。

浅黒くて、くりくりとよく光る目をした四人の家族は、木造の質素な家の前に並んで立ち、満面の笑みをたたえていた。耳を澄ませば、いまにも写真から四人の陽気な笑い声が聞こえてきそうだ。

こんなに、幸せそうなのに……。

でも、この写真を撮ったあと、シャーリーンの家族の幸せは、そう長くは続かなかったのだ。

わたしは、ため息すらつけずに、古びた写真に見入っていた。

ある日、突然、事故で家族を失い、養護施設にあずけられ、二六歳のときに出稼ぎの女性たちにまぎれて日本に流れてきて、東京のフィリピンパブで働いたあと、地方を流れ、流れて……、そして、いま、写真のなかのシャーリーンは、わたしの家の風呂場でシャワーを浴びている。必死になって日本語を学び、料理を覚え、家事をして、仕事をして、くたくたになりながらも、いつだって明るく振る舞いながら、わたしの母であろうとしている小柄なひとりの女性。しかも、これから裁縫まで覚えようとしている。

それに比べて、わたしは、いつだって自分の好きなように生きさせてもらえたし、ときには母を失った自分を悲劇のヒロインのように思ったりもしてきた。

家族を失った悲しみは、シャーリーンだって抱えているのだ。

どうしてわたしは、そのことを忘れているのだろう……。

シャーリーンと、亡くした家族たちの幸せそうな笑み——。

色褪せた写真を見詰めながら、わたしは涙が出そうなくらいに恥じ入って、その写真をそっと財布に戻そうとした。

でも、そのとき、ふと思い直して手を止めた。

そうだ、この写真――。

わたしは財布と写真を手にしたまま、階段を急いで三階まで上がり、自室に入った。

そして、机の三段目の抽き出しを開けた。なかから取り出したのは、使い慣れたデジタルカメラだった。

きっと喜んでもらえるはず……。

そう思いながら、わたしはデジカメの電源をオンにした。

第五章　まだ、生きたい

葉山珠美

このところ、秋が一気に深まってきた。

とりわけ早朝の空気は凛《りん》として、日々、透明感を増している気がするのだが、ある朝、わたしは布団のなかで目覚めると同時に、眉間に皺《しわ》を寄せていた。

「うう、寒っ……」

首まで掛け布団をかぶっているのに、身体《からだ》に震えがきて、奥歯がかちかちと鳴っていたのだ。身体もやけに重たい。まるで毛細血管までびっしりと粘土が詰まってしまったようだった。それでも、なんとか必死にベッドから降りたわたしは、昨夜のうちに用意しておいた服に着替えた。

正直いえば、目覚めた時点でわかっていた。この震えは単なる「寒さ」のせいではなく、「寒気」のせいだということを。ひどい頭痛がしているし、背中もぞくぞくしているのだ。

でも、これは風邪《かぜ》じゃない。

絶対に、絶対に、風邪じゃない。

むりやり自分に言い聞かせながら階下へと降りていく。いったん風邪だと認めてしまうと、そこから気分が一気にストンと落ちて、滅入《めい》ってしまいそうだから、あえて熱も測らないことにした。

「おはよう、たまちゃん」

わたしを見るなり、台所からシャーリーンが笑いかけてくる。

「おはー」と、軽薄な挨拶を口にしたのは、居間でごろごろしている父だ。

わたしは唇の口角を必死に上げて、ふたりにそれぞれ「おはよう」と返した。

「たまちゃん、昨日の夜、ご飯たくさん残したね。だから、朝ごはん、たくさん用意してあげたね」

シャーリーンならではの素っ頓狂な気遣いだけれど、普通ならここは感謝の言葉を返すべきところだ。でも、頭痛がするうえに昨夜から食欲がまったくないわたしは、シャーリーンの「してあげたね」という語尾だけが鼻についてしまった。

「朝っぱらから、そんなにたくさんはいらないよ」

不機嫌さ丸出しで言い放つと、わたしは洗面所に向かった。

鏡の前に立つ。青ざめた自分の顔を見た。思わず「はあ」と深いため息をついてしまった。体調が悪いうえに性格まで悪くなっている自分に嫌気がさす。のろのろと顔を洗い、歯を磨き、居間に戻った。

テーブルの上には、すでに焼き魚と納豆と味噌汁《みそしる》という、旅館の朝食みたいな料理が並んでいた。わたしは、そのテーブルに着く前に、いったん階段を上がり自室に戻った。そして、机の上に置いておいた四ツ葉のクローバー柄の巾着袋に、今日のおつかい便で使うお釣り用の小銭を補充した。仕事中に釣り銭切れになると、色々と面倒なのだ。

「これで、よし」

そう言って、巾着袋の紐《ひも》をきゅっと引いたとき——。

「あ……」

プツプツプツ……。

紐を通してあるパイプ状に縫われた部分の糸が、数センチにわたって切れてしまった。思えばこの巾着袋は、十数年も前に作られたものだから、さすがに糸も劣化していたのだろう。

「ああ……、もう、何でこうなるわけ」

わたしは、つい不平をこぼしたけれど、巾着袋に文句を言ってもはじまらない。とにかく、ここまで糸がほつれてしまったら、いったんすべて糸を抜いて、あらためて縫い直さなければならないだろう。

仕方がないので、わたしは、これを作ってくれた静子ばあちゃんにお直しを頼むことにした。今日のおつかい便では、たまたま部屋にあったお菓子の缶を代用することにした。師匠である古館さんが、まさにこういうお菓子の缶を使っていたのだ。

わたしは、お釣り用の小銭をお菓子の缶に移し替え、ナイキのパーカーをはおると、階下の居間へと戻った。ガチャガチャと音を立てる缶を見て、父が「なんだ、それ？」と眉をハの字にした。

「釣り銭入れにしている巾着袋が破れちゃったんだよ。だから、その代わり」

わたしは破れた巾着袋をぶらぶら振って見せた。

「古い巾着だからなぁ」

「うん。今日、静子ばあちゃんのところに寄って、お直しを頼んでくる」

そう言って、わたしはこめかみを揉《も》んだ。頭痛がさらにひどくなってきたのだ。

台所では、シャーリーンが鼻歌を歌いながら父のために珈琲《コーヒー》をドリップしていた。さっきわたしが言い放ってしまった冷たい台詞《せりふ》のことなど、まったく気にしていないようだ。

わたしが椅子に座ると、さっそくシャーリーンが矢継ぎ早に話しかけてきた。「あ、そのお魚、たまちゃんが好きなお魚ね。わたしがもらってきてあげたね」とか「美味《おい》しいオレンジジュース、作ってあげたね」とか「たまちゃんが好きなキノコ、昨日、スーパーにあったね。だから買ってきたよ。キノコ、お味噌汁に入れてあげたね」などと、例によって、ちょっぴり恩着せがましい感じの台詞を並べ立てた。

わたしは嘆息して、さっきよりも強くこめかみを揉んだ。

シャーリーンに悪意がないことは「頭では」わかっていた。でも、今朝は体調がすこぶる悪いうえに、お気に入りの巾着袋が破れてしまったりもして、わたしの「心」の許容量は不足しているらしかった。だから、シャーリーンの口から出てくるかん高い声が、いちいち癇《かん》に障る。

とりあえず箸を手にして、朝食の皿を見下ろした。

そのまま、ひとつ、ため息をついた。食欲が、ちっとも湧いてこない。

それでも、せめて温かい味噌汁くらいは身体に入れておこうと、お椀《わん》を手にした。わたしの好きなナメコが入っている。

無理をして、味噌汁に口をつけた。

「たまちゃん、美味しい？」

ふつうに美味しいけど、いちいちうざったいよ——と思いながら、わたしは「うん」と短く答えてテレビに目を向けた。ニュース番組の天気予報を見ることで、シャーリーンへの苛々《いらいら》を忘れようと思ったのだ。

いつものお天気お姉さんが、ちょっと鼻にかかる甘ったるい声で各地の天気を伝えていた。予報によると、今日は昼前から天気が崩れて、この辺りも冷たい雨が降るらしい。

昨夜の天気予報では、晴れのち曇りだって言ってたのに……。

雨が降れば、お客さんは減る。

しかも、こんなに寒気がしている日に「冷たい雨」だなんて。

そんなことがまた、わたしを鬱々とさせた。

「たまちゃん、ご飯、いっぱい食べてね。せっかく作ったからね」

シャーリーンが、後ろから話しかけてくる。

ああ、頭が痛い、と思った。

「お魚も美味しいね。港でもらってきた金鯵《きんあじ》ね。たまちゃん、食べて、食べて」

わたしは、なんとか味噌汁だけは飲み干して、シャーリーンを見た。

「ちょっと、食欲ないから。ごめん」

そう言って席を立った。

そんなわたしを、居間でごろごろしていた父が振り返った。

「おう、どうした、具合でも悪いか？」

風邪ひいたみたい――と、言いそうになるのをぐっとこらえた。

「平気。ただ、あんまりお腹《なか》が減ってないだけだから」

必死にそう答えたとき、シャーリーンが台所からすたすた歩いてきて、正面からわたしの顔を見上げた。

「たまちゃん嘘《うそ》ついてるね。おかしいよ。具合が悪い顔してるね」

シャーリーンは、浅黒くて小さな手を、わたしの額に向かって伸ばした。

「平気だってば」

わたしは顔をそむけるようにして、その手をよけた。

「たまちゃん」

シャーリーンが眉をひそめた。ストレートに、不平があります、という顔だった。

「ほんと、大丈夫だから」

そう言ったとき、ジーンズのヒップポケットの携帯が鳴った。メールだった。

こんな朝っぱらから、誰なの――。

わたしはシャーリーンと父に背を向けるようにして携帯画面をチェックした。送信してきたのはマッキーだった。メールの本文を開いてみると、そこには、わたしをいっそう憂鬱にさせるような内容が書かれていた。ようするに、マッキーが毎朝チェックしているという、例の「凜子の森羅万象占い」の結果だ。

《今日のたまちゃんは、やることなすこと裏目に出るから、すべてにおいて無理は禁物。一年でもっとも不運で要注意な日だって。この占い、めっちゃ当たるから、ほんと気をつけてね》

なるほどね。たしかに、朝っぱらから色々と運気が悪そうだよ……。

わたしは胸裏でぼやいて、メール画面を閉じた。

と、その刹那、わたしの首筋にひんやりとしたものが触れた。

驚いて「ひゃっ」と、小さな悲鳴をあげてしまった。

「やっぱり熱があるね。たまちゃん、お仕事は駄目よ。お休みね」

シャーリーンが後ろからわたしの首に触れたのだ。

「なんだ、やっぱ熱あんのか？」

ごろごろしていた父も起き上がって、こっちを見た。

「もう、だから、たいしたことないってば」

せっかく気持ちが落ちないよう、あえて熱を測らずにいたのに——。

おせっかいなシャーリーンへの苛立ちが、わたしの内側で一気に膨張しはじめた。

「たまちゃん、今日はお休みね」

「これくらいじゃ休めないんだってば。お客さん、待ってるんだから」

「熱ある。病気よ。無理したら駄目ね」

「大丈夫だってば」

「大丈夫じゃないね。今日はお休みね」

シャーリーンは両手を腰に当てて、かたくなな目でわたしを見上げた。

ああ、頭が痛い。

もう、なんか、無理。

大きな声を出したいよ——。

そう思ったとき、なぜだろう、ふと、わたしの視界に、ぴかぴかに磨き上げられた仏壇が入ってきたのだった。わたしはシャーリーンを無視して仏壇の前に立ち、お線香をあげた。両手を合わせ、目を閉じ、母を憶う。そうすることで、あふれ出しそうな苛々を抑えられそうな気がしたのだ。

「たまちゃん、わたしが駄目って言っても、お仕事に行く?」シャーリーンが、しつこく背中に話しかけてくる。「絶対に行くなら、運転、危ないね。わたしが運転してあげるね」

あ、また、「してあげる」って言った。

そう思ったとき、頭痛で潰されそうなわたしの脳内で、見えない糸がプツと切れた感覚があった。わたしは合掌していた手を下ろし、シャーリーンに向き直った。そして、自分でも不思議なくらい冷静な声を出していた。

「ねえシャーリーン、してあげるとか、してあげたとか、上から目線な言い方をいつもいつもするけど、それはよくないんだよ。日本人は、そういう言い方をしないの。それにさ、前に『陰徳を積む』っていう言葉、教えたよね? 日本人は、こっそり陰で人のためになることをして、それを本人には伝えないの。それがいちばんきれいで善い行いなんだよ」

そこまで言うと、わたしはテーブルの上に置いてある釣り銭の入ったお菓子の空き缶を手にした。そして、シャーリーンと父に背中を向けた。

「いってきます」

振り返らずに短く言って、階段に向かった。そのまま仕事に出てしまおうと思ったのだ。

と、そのとき、のんびりとした父の声がした。

「おーい、たまちゃんよぉ」

正直、なんとなく、声をかけられる気がしていた。

「なに？」

足を止めて、首から上だけで振り返る。

頭が痛い。悪寒もひどくなっている。

「一応、伝えとくけどな、シャーリーンはよ、ちゃーんと陰徳を積んでんだぞ」

意味がわからない。わたしは、黙っていた。

「たまちゃんがおつかい便をスタートさせる前後に、こっそり町中にチラシを配って歩いてたんだからよぉ。そういうのは、陰徳だべ？」

驚いて、シャーリーンを見た。

シャーリーンは、バレてしまったことがむしろ嬉《うれ》しいことであるかのように、いつもの笑顔で肩をすくめて見せた。

なんだ、そうだったのか――。わたしは得心した。おつかい便をはじめた初日から、ちょっと不自然なくらいにお客さんが集まってくれたのは、そういうことだったのか。

ということは、「居酒屋たなぼた」のレジ脇に置いておいたチラシの減りがやけに早かったのも、シャーリーンが配ってくれていたのか。そっか。そういうことだったのか……。

想定外の事実を知ってしまったわたしは、父に返す言葉がなにひとつ浮かばなかった。

「ほれ、びっくらこいたべ？　たまちゃんの知ってることだけが、この世のすべてじゃねえべさ？」

父の言葉は、決して強くはなかった。むしろ、あくびでもしそうなムードさえ漂わせていた。それでも、わたしには充分にわかっていた。父がわたしをたしなめていることが。

シャーリーンは、少ししゅんとなったわたしを見て、いっそう誇らしげな笑みを浮かべた。父の援護を得られたことがよほど嬉しかったのだろう。

でもね、違うんだよシャーリーン。そういうときこそ日本人は照れるんだよ。はにかむんだよ。お願いだから少しは恥ずかしがってよ。ああ、頭が痛い。ずきずきする。そう思いながら、わたしは「そうだったんだ。知らなかったよ。シャーリーン、ありがとうね。じゃ、いってきます」と、あまり心のこもっていない台詞を残して、そのまま階段を駆け降りた。

「あっ、たまちゃん」

シャーリーンの声を背中で跳ね返して、わたしは外に出た。

それにしても、なんてひどい自己嫌悪だろう。いつからわたしは、こんなにも性格がねじ曲がってしまったのだろうか。ふと、シャーリーンが隠し持っていたフィリピンの家族の写真を思い出したら、目の奥がじんじんと熱を持ちはじめたので、「ふう」と大きく息を吐いて涙腺に刺激がいかないようにした。

裏玄関を出てキャリイに乗り込んだ。助手席のシートの上に、お菓子の缶と、糸のほつれた巾着袋と、携帯電話をそっと置いた。シートベルトをして、エンジンをかける。

そして、いつもより少し早めに出発した。

駐車場を出て、川沿いの道をのろのろと走り出す。

寒気を少しでも抑えたくて、エアコンの暖房をつけた。

やがて国道にぶつかり、赤信号につかまった。頭がガンガン痛む。両手を使ってこめかみを揉んだ。なんとなくフロントガラスの向こうを眺めたら、この町を囲むようにしてそびえる山々が、赤や黄色の錦をまとっていた。でも、今朝のどんよりとした空と、わたしの心の濁りのせいか、その風景は薄ぼんやりと沈んで見えた。


港の近くの寂れた路地へとステアリングを切った。そこから五〇メートルも走れば、わたしがいつも商品を仕入れている惣菜屋《そうざい》さんがある。その惣菜屋さんの店先に、見慣れた車が停《と》まっていた。古館さんのキャリイだった。わたしはその車の後ろに縦列駐車した。

運転席から降りたわたしは、二度ゆっくりと深呼吸をすると、顔に笑顔を作ってから、惣菜屋さんの引き戸を開けた。

「おはようございます」

思ったよりも、元気そうな声を出せた気がする。

「あらぁ、たまちゃん、おはようさん。今朝はあんたの師匠が来てるよ」

惣菜屋のおばちゃんが、いつものように恵比寿《えびす》様みたいなあったかい笑顔を向けてくれた。

「おはようございます」

わたしは、あらためて古館さんに挨拶をした。

「おぅ」

と、相変わらず愛想のない師匠は、すぐにわたしから顔をそむけて、仕入れの内容を確認しはじめた――と思ったら、二度見するように、こちらを振り向いた。

「顔色、悪《わ》りいな」

古館さんが、少し怖い目をして言った。

「あら、ほんと。たまちゃん、風邪かい？」

二人の視線を受けて、わたしは困ったように笑ってみせた。

「ちょっと風邪っぽいけど、大丈夫です」

今度は、あまり大丈夫そうには言えなかった。

「熱、あるかもね。青い顔してるもん。寒気がするんじゃない？」

おばちゃんが心配そうな顔をした。

「今日は、休んどけ」

古館さんは、いつものように、ちょっと突き放すような言い方だ。

「ううん。じいちゃん、ばあちゃんが待ってっから。こんくらいじゃ休めないです」

がんばって腹から声を出したら、二人とも、やれやれ、といった顔でわたしを見た。それはありがたいことに、愛のある呆《あき》れ顔、というべき表情だった。わたしはもう一度、「ほんと、大丈夫ですから」と笑ってみせて、おばちゃんに仕入れの商品を揃《そろ》えてもらえるよう催促をした。

きっちりと注文どおりの惣菜を仕入れたわたしと古館さんは、一緒に店を出た。そして、仕入れた商品をバットに並べ、それぞれのキャリイの荷台に積んでいく。

「おい」

先に積み終えた古館さんが、自分のキャリイの前から声をかけてきた。わたしはバットを手にしたまま振り向いた。

「本当に、大丈夫か？」

「大丈夫ですって」

なんとか笑みを浮かべて見せてから、最後のバットを積み込む。

「そうか」

「はい」

二秒ほど、怪訝《けげん》そうにわたしの顔を見ていた古館さんが、「じゃ、先に行く」と短く言って運転席に乗り込んだ。エンジンがかかり、古館さんのキャリイがゆっくりと走り出す。すぐに運転席側のウインドウが降りて、なかから古館さんの右手が差し出された。その手がひらひらと小さく振られた。離れていく師匠のキャリイを見送りながら、わたしも右手を振り返した。

古館さんのキャリイが左折して見えなくなると、わたしは思わず「ふう」と息を吐いて、両膝に手をついてしまった。そして、もう一度、深いため息をもらした。背中がぞくぞくして、油断すると全身に震えがくる。

やっぱり、今日は休もうかな——。

自分のつま先を見ながら、気弱なことを考えた。でも、このまま帰宅しても、父とシャーリーンに合わせる顔がない。

「はあ……。駄目だ。やっぱ、行かなきゃ」

自分に言い聞かせるように小さく声に出して、膝から手を離した。そして、丸めていた背筋を伸ばした。そのまま空を見上げたら、不穏なほど黒い雲が、弱ったわたしの心にのしかかってくるような気がした。その重さから避難するように、わたしはキャリイに乗り込んだ。

◇　◇　◇

寒気と頭痛を抱えながらも、わたしはお客さんたちの笑顔をエネルギーにして、なんとか朝いちばんの青羽漁港での販売を終えることができた。売り上げは悪くなかったし、帰り際には、いつも可愛《かわい》がってくれている漁協の組合長さんが、わたしの体調不良に気づいて栄養ドリンクを買ってきてくれた。

「ほれ、プレゼントだ。グビッとやれ」

「ありがとうございます」

「仕事に張り切んのもいいけど、あんまり無理すんでねえぞ」

組合長さんの邪気のない笑顔に、わたしは「はい。でも、大丈夫です」と、なるべく同じ種類の笑顔を作って応えた。

漁港を出発し、栄養ドリンクを飲みながら次の販売所となるドライブイン海山屋に向かう途中、わたしは海沿いの路地へとステアリングを切った。初音さんに頼まれていた醤油《しょうゆ》とトイレットペーパーを届けるのだ。

いつものように海の見える道路に路駐して、青い屋根の小さな家へと歩き出した。雑草だらけの植木鉢が並ぶ庭は、前に来たときよりもさらに荒れていて、なんだかもうこの家には人が住んでいないのではないかという気さえしてくる。だからわたしは呼び鈴を鳴らすのを少しためらってしまった。でも、自分に、そんなわけないよね、と言い聞かせて呼び鈴を押した。そして、いつもどおり玄関を開けて「初音さーん、おつかい便でーす」と、家のなかに声をかけた。

「はいはい、ご苦労さん」

奥から初音さんの可愛らしい声が返ってきた。わたしは妙にホッとして、小さく嘆息してしまった。そして、こめかみを揉んだ。

醤油とトイレットペーパーの入ったビニール袋を手に、勝手知ったる家に上がり込む。いつもなら、食卓のある台所まで杖《つえ》をついて出てくる初音さんが、今日は、かつて敏美さんが寝ていた和室からわたしを呼んだ。

「たまちゃん、こっちきてくれっかい」

「あ、はーい」

と答えて、わたしは廊下を進み、奥の間の障子を引いた。

初音さんは、白地に紫の花柄のパジャマを着ていた。布団の上で上体を起こし、こっちを見ている。桐《きり》の箪笥《たんす》の脇に置かれた小さなテレビでは、午前のワイドショーが流れていた。

「初音さん、具合でも悪いの？」

「いやいや、そういうわけではねぇの。ただちょっと足が痛くて、動くのが億劫《おっくう》でよぉ」

「そっかぁ……、大丈夫？」

「いつものことだから、大丈夫だよぅ」

初音さんは、老人特有の、ちょっと潤んだ小さな目を細めるようにして微笑《ほほえ》んだ。背中が丸まっていて、またひとまわり身体が小さくなったように見える。

「ほんとに？」

「大丈夫だってばよぅ」

ついさっきまで、幾人もの人に大丈夫かとしつこく訊《き》かれていたわたしが、今度は他人の具合を心配しているのだから妙な気分だ。

「そっか。じゃあ、お醤油は冷蔵庫の扉のところに入れておくね。トイレットペーパーは……、トイレに置いておく？」

「その辺に置いといてくれればいいよ。それより、悪りいんだけども、財布を持ってきてくれっかい？」

「あ、うん。いつもの鞄《かばん》ごと持ってくればいい？」

初音さんは頷《うなず》いた。わたしはいったん食卓のある部屋に戻ると、茶箪笥の脇にある背の低い抽き出しの上を見た。思ったとおり、そこには少し色褪せた藍染めの鞄があった。それを手にして、ふたたび奥の和室へと入った。

「鞄、これだよね？」

「そうそう。悪《わ》りいねぇ」

わたしから鞄を受け取った初音さんは、布団の上に座ったまま財布を取り出すと、醤油とトイレットペーパーの代金を支払ってくれた。

「初音さん、いつもありがとね。また何か要るものがあったら、遠慮なく電話してね」

代金を受け取ることに小さな罪悪感を覚えながら立ち上がろうとすると、初音さんが
「あ、たまちゃん、ちょっと」と、わたしを呼び止めた。

「ん？」

上げかけた腰を下ろして、わたしは小首を傾げた。

「これ」

言いながら初音さんが鞄のなかから取り出したのは、ソーダ味の飴《あめ》が入った袋だった。

ああ、またひと粒くれるんだな——と思ったら、どういうわけか、初音さんは袋ごとこちらに差し出したのだった。

「え……」

一瞬、固まったわたしの内側に、なんとなく嫌な予感がよぎった。

「これ、今日はぜんぶ持っていってねぇ」

「え、ぜんぶ？」

嫌な予感がみるみる増幅して、胸の内側がすうっと冷えていく気がした。

「じつはよぅ、急なんだけども、来週、引っ越すことになって」

「え……」

「ほれ、あたしも、こんな身体になっちまったべ。だから、もう一人暮らしは無理だべって、長男が言うもんだからよぅ」

「長男って、都会に出てる？」

「んだ。そろそろ田舎《いなか》は捨てて、都会に出てこいって」

「じゃあ、長男のご夫婦と一緒に住むの？」

初音さんは少し困ったような、でも、どこか嬉しそうでもある複雑な顔をして「どうなることやら、心配だけども」と頷いた。

「そっか……」

そうなんだ。よかったね、初音さん。

そう思ったけれど、わたしの口は上手《うま》く動いてくれなかった。

少しのあいだ黙っていたら、初音さんがリモコンでテレビを消した。ふいに音が消えて、和室のなかに、もの悲しいような静謐《せいひつ》が満ちた。

初音さんは、どこかあらたまった感じでわたしの方に向き直ると、ソーダ味の飴の袋をそっと畳の上に置いた。そして、それをこちらにゆっくりと押し出した。

「たまちゃんには、本当にお世話になったのによぅ……。お礼のひとつもできねぇで……。ごめんねぇ」

わたしは少しのあいだ、膝の前に差し出された飴の袋を見下ろしていた。

そして、それをそっと手にした。

半月ほど前に、自分で売った飴の袋は、すでに開封されていた。先週、わたしはこの袋のなかの飴玉をひとつ初音さんからもらっているのだ。

その袋を膝の上にのせたとき――、

てん……。

かすかな音が、部屋のなかに響いた。

飴の袋の上に、しずくがひとつ落ちたのだ。

「初音さん」

「ん？」

わたしは、飴の袋から視線を上げた。

「よかったね。ひとりぼっちじゃ、なくなるね」

そう言って微笑みかけたら、初音さんの顔にもしわしわの笑みが浮かんだ。

「んだけども、逆に淋《さび》しくてよぅ……」

「…………」

「父ちゃんと息子たちと暮らしたこの家を捨てんのは、やっぱ淋しいんだよぅ……」

言いながら、初音さんは枯れ枝のような指で光る目頭をぬぐった。

「そっか」

「友だちとも会えなくなるし、たまちゃんとだってよぅ……」

初音さんの切々たる思いが一気に胸の奥にまで伝わってきて、わたしの涙腺はいっそうゆるんでしまった。

初音さんが故郷を捨て、遠く離れた都会に引っ越すということは——、つまり、ドライブイン海山屋のベンチで、いつも仲良くおしゃべりをしていたあのおばあちゃんたちとの「生涯の別れ」を意味するのかも知れない。彼女たちが、年老いた身体を引きずって都会にまで出かけていけるとは思えないし、もちろん、わたしとだって、おそらくは、もう……。

「初音さん……」

「いつも見てた、海も、山も、もう見られなくなっちまうと思うとよぅ……」

語尾が少し潤み声になった。

「そっか。そうだよね」

これから初音さんが失うのは、人とのつながりだけではなく、故郷という名の、愛着に満ちた人生の一部そのものといっていいのだろう。海も、山も、町も、港も、四季折々の風景も、家も、庭も、人も——、これまでずっと初音さんが寄り添ってきたすべてを過去形にし、思い出というカタチに変える作業が、初音さんを待っているのだ。

「ねえ、初音さん」

わたしは、自分の涙に気づかないふりをして、少し明るめの声を出した。

「ん……」

「よかったら、今日、わたしの車の助手席に乗って、一緒におつかい便に行かない？この町をぐるっとドライブすんの」

足が悪くて、ずっと外に出られずにいた初音さんに、最後にもう一度、故郷の風景を眺めさせてあげられたら——。わたしは、そう思ったのだ。しかも、おつかい便の現場に居てくれれば、たくさんの地元の人たちと会えるし、あの仲良し三人組のおばあちゃんたちとも会えるかも知れない。

しかし、初音さんは、小さく首を横に振ったのだ。

「無理だよぅ」

「え、助手席に乗ってるだけだよ」

「それでも、くたびれちまうよぅ」

「でも、一緒に行けば、海も山も見られるよ。天気は、あんまりよくないけど」

「たまちゃん、ありがとねぇ。でも、もういいの」

どうして、とは訊けなかった。初音さんが、切ないほどまっすぐにわたしを見て微笑んでいたから。

「たまちゃんのお仕事に迷惑かけらんねぇし、いま、あちこち見て回ったら、なつかしくて、余計に淋しくなっちまうからよぅ」

言葉をかけられずにいるわたしに、初音さんはもう一度「ありがとねぇ。たまちゃんは、やさしい子だよぅ」と、ささやくように言った。

しんみりと微笑んだ初音さんの背後で、カタカタと寂しい音がした。海風が木枠の窓を叩《たた》いたのだ。

見ると、窓ガラスには、まばらな雨粒が打ち付けられていた。

雨か——。

わたしは、こぼれそうになるため息をこらえながら、初音さんとの別れの言葉を探し続けていた。

◇　◇　◇

初音さんの家の玄関を出た。

憂鬱な空から、ぱらぱらと銀色の雨粒が落ちてくる。

さようなら、とも、ありがとう、ともつかないような複雑な思いを胸裏に抱きながら、わたしはまばらな雨のなか、荒れた庭を歩いた。

結局、初音さんと最後に交わしたのは、「引っ越しても、元気でね」「たまちゃんも、元気でねぇ」「うん。それじゃ」「ありがとねぇ」「こっちこそだよ」という、あまりにもありふれた言葉だった。そして、わたしは顔の横で小さく手を振りながら障子をそっと閉めた。そのときの初音さんの物寂しい泣き笑いが脳裏にこびりついている。

庭から出て、停めていたキャリイに乗り込んだ。

なんだか急に力が抜けてしまって、わたしはぐったりとシートに背中をあずけた。半開きの唇からは、空っぽなため息がこぼれた。

少し頭を転がして、サイドウインドウ越しに、鉛色の海原《うなばら》を眺めた。

これまで初音さんが何十年と眺めてきたはずの海は、沖合で身悶《みもだ》えするようにうねり、浅瀬の白い波頭は強い風に嬲《なぶ》られていた。

「なんだかなぁ……」

おつかい便じゃ、守れないものがあるんだ——そんなこと、本当にあたりまえだし、守れるなんて思う方がどうかしているし、すごくおこがましいことだって——そんなこと、わたしだってわかっている。

それでも……。

わたしは太ももの上にのせたソーダ味の飴の袋を見下ろした。そして、それを一粒だけ口に入れて、あとはグローブボックスのなかにしまった。これまで初音さんからもらった色とりどりの飴玉と一緒に。

なんだかなぁ……。

今度は、胸のなかでつぶやいた。あらためて、今日はつくづく不幸な日だった。家族を傷つけ、体調は最悪で、初音さんともお別れだ。占いの結果だって、ひどいし——。

占い、という単語を脳裏によぎらせた刹那、わたしは、ふとあることを思い出した。

そういえば、おつかい便をはじめた初日にも、マッキーから占いメールをもらったのだ。

たしか、あのときの占いは、今日とは真逆の、とてもラッキーな感じの内容だったはずだ。

わたしはほんの少しでも気持ちを上向きにしたくて、助手席のシートの上に転がっていた携帯を手にした。そして、半年以上も前にもらったメールをあらためて開いてみた。

《たまちゃん、祝・開業♪　いまね、『凜子の森羅万象占い』で、たまちゃんの占いを見たの。そうしたら、今週は人生の転機で、お金にまつわることに好機あり。転職、投資も吉。あなたを陰ながら応援してくれている人への感謝の気持ちを大切に――って書いてあってビックリ！　すごいタイミングで開業できたね。おつかい便、きっとうまくいくネ♪》

メールの内容を読み終えたとき、わたしの唇は思わず「そうだったのか……」とつぶやいていた。このメールをマッキーからもらったとき、わたしは意気揚々と静子ばあちゃんと千代子バアに読み聞かせて、そして、千代子バアにこんなことを言われたのだ。

「たまちゃん、あんた、そのメール、大事にとっておくんだよ」

千代子バアは、たしかにそう言った。そして、その言葉の意味が、今になってようやくわかったのだ。

あなたを陰ながら応援してくれている人――。

それって、シャーリーンのことじゃないか。

あのとき千代子バアは、シャーリーンがチラシ配りをしていることを知りながらも、あえてわたしには言わなかったのだ。きっとシャーリーン本人に口止めされていたのだろう。

ざあっとフロントガラスで音がした。

さっきよりも風雨が強まってきたようだ。

頭痛の波が押し寄せてきて、わたしは眉をひそめた。寒気もひどい。背骨の芯から凍えそうだった。メール画面を閉じて、携帯を助手席のシートの上に戻した。

帰りたいな。今日は、もう……。

心の隅っこで、正直な自分がささやいた。

でも――。わたしの脳裏に、お客さんたちの笑顔がよぎる。初音さんの物寂しい泣き笑いも。シャーリーンと父の顔も。

今日は、まだ、やろう。

意地っ張りなわたしが、正直なわたしを押さえ込む。

「ふう。がんばろっと」

あえて声に出して、キャリイのエンジンをかけた。

サイドブレーキを下ろし、アクセルを踏む前に、わたしはもう一度、初音さんの家を振り向いた。

冷たい雨に濡《ぬ》れた海辺の小さな青い屋根の家は、泣きながらひっそり凍えていた。

◇　◇　◇

午前中の二軒目の販売所は、ドライブイン海山屋だった。雨がいっそう強くなったので、わたしは理沙さんに頼んで店の軒先に商品を並べさせてもらった。悪天候のせいで、お客さんはほとんど来なかったけれど、その代わりに二階の部屋からマッキーがこっそり降りてきてくれた。

マッキーは、わたしの顔を見るなり、「あれ、たまちゃん……」と言って眉をハの字にすると、わたしの額に手を当ててくれた。

ひんやりしたマッキーの手の感触。

それが、あまりにもやさしく、心地《ここち》よくて――。

わたしは、うっかりにじみそうになる涙をこらえるために「あは、大丈夫だよ」と、無理に笑ってみせた。今朝、シャーリーンが伸ばしてくれた手をあんなふうに避けたりしなければ、きっとこんな感じになれたのかな、と思いながら。

「ぜんぜん大丈夫じゃないよ。熱、あるよ」

マッキーは少し慌てた様子で家のなかに駆け込むと、白湯《さゆ》と解熱剤を手に戻ってきた。

わたしがその薬を飲むのを見届けると、マッキーは「今日の占いのメール、見てくれたよね？」と、念を押した。

「うん。見た。最悪だね」

「今日はもう、休んだ方がいいよ。あの占い、本当によく当たるから」

わたしは頭が痛まぬよう、ゆっくりと首を横に振った。

「大丈夫。お客さん、待ってるし」

口ではそう言ったけれど、正直、このとき、わたしの胸のなかには、自分でもちょっと意外な思いが充満していたのだ。

今日のこの苦しさは、きっとわたしへの罰だ。甘んじて受けなくちゃ——。

そんな自虐的ともいえる思いだった。

「マッキー、ありがと。薬飲んだし。大丈夫だから」

「たまちゃん……」

不安げな声をもらしたマッキーを見たとき、わたしはあることに気づいた。マッキーの着ている洋服のフリフリが、以前よりもだいぶ落ち着いた感じになっているのだ。もしかすると、マッキーは、本当にあと少しで、引きこもりから卒業するかも知れない。

「ねえ、マッキー」

「え?」

マッキーを卒業へと導くのは、きっと——。

「最近、壮介から連絡ある?」

「えっと……。うん。ときどき」

やっぱり、そうか。

はにかんだマッキーの頬には、うっすらと朱がさしていた。

◇　◇　◇

お昼になると、雨脚はいっそう強まった。

わたしは川沿いの道路をのろのろと走り、静子ばあちゃんの家の前でキャリイを停めた。さっき電話をして、一緒にお昼ご飯を食べようと伝えておいたのだ。売り物の幕の内弁当ふたつと、糸がほつれてしまった巾着袋を手にしたわたしは、傘をささずに玄関の前まで小走りしていった。

「おばあちゃん、来たよぉ」

言いながら家のなかへと入っていく。台所のある土間を抜け、三和土《たたき》で靴を脱いだ。障子の向こうの卓袱台《ちゃぶだい》で、静子ばあちゃんはひとりお茶を飲んでいた。

「いらっしゃい。今日の雨は冷たいねぇ」

「うん。もう、商売あがったりだよ」

このときのわたしは、わりと上手に笑えた気がする。マッキーにもらった薬がきいてきたせいか、頭痛と寒気がいくらかやわらいでいたのだ。

「お茶、飲むかい？」

「うん、ありがと。お昼、これ一緒に食べようよ」

わたしも卓袱台について、幕の内弁当を置いた。

「それ、売り物じゃないの？」

「そうなんだけど、どうせ今日は売れ残って捨てるハメになると思うから。食べないともったいないでしょ？」わたしは幕の内弁当のひとつを、静子ばあちゃんの前に差し出した。「あ、あと、これ、縫い直して欲しいんだけど」

わたしは四ツ葉のクローバーの巾着袋を卓袱台の上に置いた。

「ん、どれどれ？」

静子ばあちゃんは、淹《い》れたばかりのお茶をそっとわたしの前に置いて、代わりに巾着袋を手にした。

「こりゃ、なつかしいねえ。ああ、ここがほつれちまったんだね」

「うん。すぐじゃなくていいから、直してくれる？」

静子ばあちゃんは、小さく頷いて「あずかっとくよ」と言うと、巾着袋を自分の座っている座布団の脇にそっと置いた。

それからわたしたちは、幕の内弁当を食べはじめた。

正直、まだ食欲はなかったけれど、ここで食べておかないと夕方まで体力が持たない気がして、わたしは少し無理に箸を動かしていた。

「たまちゃんは、裁縫はやらないのかい？」

「うーん、なかなかやる時間がないし。あ、でも、シャーリーンは裁縫の勉強をはじめたみたい」

シャーリーンという名前を口にすると、わたしの胸の奥の方が少しきゅっとなって、ご飯が喉を通りにくくなる。だから一瞬、箸を止めた。

すると、そんなわたしを見て、静子ばあちゃんは小首を傾げるようにした。

「たまちゃん」

「ん？」

「この巾着袋のお直し、シャーリーンじゃなくて、あたしがやっていいの？」

「え、うん……」かすかに生じた罪悪感が、わたしに言い訳めいた台詞をしゃべらせた。「もともと、静子ばあちゃんに作ってもらった袋だし」

わたしは視線を弁当に落として、箸で焼き鮭《ざけ》をほぐしはじめた。小骨をひとつひとつよけていく。静子ばあちゃんの視線がこちらに向いているのがわかったけれど、なんとなく顔をあげられずにいた。

「ねえ、たまちゃん」

静子ばあちゃんが、どこかあらたまったような声を出した。

「ん？」

わたしは鮭の身をほぐしながら、空返事をした。

すると、静子ばあちゃんは、次の言葉を丁寧に選んだのだろう、少し間をおいてから、ゆっくりとしゃべり出した。

「おばあちゃんは、ちゃんとわかってるからね」

「え？」

予期せぬ言葉をかけられて、わたしは思わず顔をあげてしまった。

「たまちゃんが、シャーリーンのこと、本当はどう思ってるか」

静子ばあちゃんは、手にしていた箸をそっと置いた。

そして、とても穏やかな声色で続けた。

「たまちゃん、ありがとうね」

「え……」

「絵美のこと、ずーっと大切に思い続けてくれて」

「……」

「たまちゃんは、亡くなった絵美のことを忘れたくないって思ってくれてんだよね。わたしは、そのことはすごく嬉しいの。でもね——」

そこで、静子ばあちゃんはいったん言葉を切った。そして、少し目を細めるようにして、このうえなくやさしい微笑を浮かべた。

それはまるで仏様みたいな、美しく、恵み深い笑みだった。

わたしは、その笑みに見とれていた。

「たまちゃん、よく聞いてね」

「……」

声を出せず、ただ、わたしは小さく頷いた。

「シャーリーンはね、絵美の代わりじゃないんだよ」

その言葉に、一瞬、わたしの潜在意識が震えた気がした。

「ふたりを天秤《てんびん》の端と端にのせたら駄目。人と人って、比べても意味がないんだから。

絵美は絵美、シャーリーンはシャーリーン。それぞれに長所と短所があって、それぞれ愛すべき人なんだよ。たまちゃんがシャーリーンと仲良くしたって、絵美のことを忘れたりはしないし、絵美の存在が薄らいだりもしないよ」

「おばあちゃん……」

「たまちゃんと仲良くやれたら、シャーリーンだってきっと、いまよりも絵美のことを大切に思ってくれるよ。そう思わない？」

静子ばあちゃんに問われたとき、ふと、わたしの脳裏に華奢《きゃしゃ》な背中が思い浮かべられた。母の命日に、事故現場でじっと手を合わせてくれていたシャーリーンの背中だ。

うん――。

と、わたしが頷こうとしたとき、静子ばあちゃんが、すっと笑みを深めた。どこか茶目っ気のある笑い方だった。

「なんてね」

「え……」

「たまちゃんはもう大人だもんね。たまちゃんは、たまちゃんのペースで、たまちゃんらしく人間関係を作っていけばいいね」

「…………」

「さあ、お弁当の続き、いただきます」

静子ばあちゃんは置いていた箸を手にして、ふたたび幕の内弁当を食べはじめた。

わたしは、そんな静子ばあちゃんを少しのあいだ眺めていた。そして、なるべく自然な声色で話しかけた。

「ねえ、そのエビフライ、美味しいんだよ」

「どれどれ」

静子ばあちゃんがエビフライを食べて、目を細めた。

「ほんとだ。美味しい」

「ねえ、おばあちゃん」

「ん?」

「またいつか、巾着袋の糸がほつれたら、そのときはシャーリーンにお願いするね」

「そうだね」

「だから、今回だけ、お願いしてもいい?」

「うん。わかったよ」

静子ばあちゃんが、今日いちばん幸せそうな顔で微笑んでくれた。

わたしも、なんだかすうっと肩の力が抜け落ちて、ちょっとへらへらした感じの笑みを浮かべながらエビフライを頬張った。

「さくさくで、ぷりぷりだよね」

そう言って、面映いような気持ちからくる涙をこらえた。

「そうだね」

と答えて小さく微笑む静子ばあちゃん。

わたしはあったかいため息をひとつついて、なにげなく窓辺に目をやった。雨は、さらに強くなっていた。紅《あか》く色づいた庭木が、その雨に白く煙って見えた。

「雨の日は、川の音が聞こえないんだね」

わたしが言うと、静子ばあちゃんはもう一度、「そうだね」と同じ台詞を繰り返して、窓の方を振り向いた。そのおっとりした横顔を、わたしはやさしいような、悲しいような気持ちで、ぼんやりと見詰めていた。

川上《かわかみ》静子

「じゃ、おばあちゃん、また来るね」

「うん、待ってるよ」

わたしは孫を見送るために、玄関の庇《ひさし》の下にまで出た。

「雨だから、運転、気をつけるんだよ」

「オッケー。バイバイ」

小さく手を振った孫娘が、愛くるしい笑顔を浮かべた。そして、降りしきる雨のなか、傘もささずに車まで駆けていく。頭の後ろでひとつに結んだ黒髪が、一歩ごとに左右に跳ねていた。その潑剌《はつらつ》とした後ろ姿が、なぜだろう、亡くした娘・絵美の若い頃の姿と重なって見えた気がした。

たまちゃんの姿が見えなくなると、わたしは家のなかに戻った。二人分の湯呑《ゆの》みを土間の台所で洗いながら、たまちゃんの体調を憶《おも》う。食後、なんとなく顔色がすぐれないように見えたから、わたしは「どこか具合でも悪い？」と訊《たず》ねたのだが、孫娘は「ううん、ぜんぜん平気だよ」と笑ったのだった。もしかすると、わたしが余計な話をしたせいで、心を複雑にしてしまったのかも知れない。老婆心ながら、という言葉があるが、いざ自分が老婆といわれる歳《とし》になっても、言っていいことと悪いことの境目すらはっきりと見えてこないのだから、人はいくつになっても未完成なのだとつくづく思う。

　たまちゃんには言わずにいたけれど、正直いえば、体調がすぐれないのは、昨日からのわたしだった。とりたてて身体の一部が痛むとか苦しいとかいった症状はないのだが、ただ、なんとなく全身の細胞がゆっくりとしぼんでいくような——例えるなら、開いていた花びらが、音もなく閉じていくような——そんな妙な感じがするのだ。時折、動悸《どうき》に似た感覚もある。しかし、それは心臓の拍動が早くて強いのではなく、むしろその逆だった。拍動に力がなく、ゆっくりすぎて、なんとなく身体に力が入らなくなるような、そんな感じの動悸なのだ。そして、その感じになると、わたしの肉体は眠りを欲した。深く、深く、眠りたくなるのだ。それなのに、不思議と目だけは冴《さ》えてしまう。思考と身体がちぐはぐ……そんな調子だったから、昨夜は念のため、お風呂に入るのをやめておいた。

この体調のせいか、気持ちの有り様もどこかおかしかった。過ぎ去った日々が、やけになつかしく思えてくるのだ。ついさっきも、駆けていくたまちゃんの背中に、在りし日の娘の後ろ姿を重ねている自分がいた。

湯呑みを洗い終え、布巾で水気を拭いて棚にしまった。

居間に戻り、ふと窓の外を見る。

この家に嫁いでから何十年と眺めてきたつつましい庭が、激しい雨に白く煙っていた。

暗い空を見て、短く嘆息する。

今日は、三時に千代子さんが来ることになっているけれど、この雨では、さすがに無理だろう。千代子さんは車の運転をするものの、雨の日は基本的に控えるようにしているからだ。つまり、今日の午後、わたしはひとりぼっちになりそうだった。

それならば、と、わたしは奥の部屋の書棚から古いアルバムを引っ張り出した。心が勝手に昔をなつかしく思うのなら、その感情に素直に従えばいい。当時の写真をゆったりと眺めながら、在りし日を追懐してみようとわたしは思ったのだ。

古いアルバムは、たっぷりの埃《ほこり》をかぶっていた。

わたしは廊下の窓を少し開け、アルバムを外に出して軽くはたいた。

そのとき、ぴょうと風が吹いた。

あっ、と思ったときにはもう、アルバムの表紙に、ぱらぱらと雨滴がついてしまった。

アルバムが、泣いてる――。

なぜか、そう感じたわたしは、少し慌てて、着ていた服の裾でしずくを拭き取った。

居間の卓袱台の上に、そっとアルバムを置いた。

クリーム色の表紙には、青い風船を手にしてお座りをしている赤ちゃんの絵が描かれていた。アルバムのタイトルは「絵美ちゃんのアルバム」。絵美を出産した際に、産婦人科から記念品としてもらったものだ。

静かにページを開いた。最初のページには、生まれたばかりの絵美の手形が押してあった。紅葉《もみじ》のような朱色の小さな手形が、わたしの口元を自然とほころばせる。その隣のページには、亡くなった夫の文字で「絵美」という名前と、その意味が記されていた。

《絵美――絵のように美しい人生を歩んでくれますように》

筆で書かれたその文字は、男性的でごつごつしていた。でも、この一文を記していたときの彼の満ち足りた横顔は、いまでも鮮明に思い出せる。まさに、いまわたしが座っているこの場所で、この卓袱台の上で、夫はこの文字をゆっくり丁寧にしたためたのだった。

わたしは恵み深いような気持ちになって、次のページをめくった。

ここからが、いわゆる写真アルバムのページだった。

最初の一枚は、生まれたばかりの絵美の写真だった。いまにも湯気が立ちそうなくらい新鮮な命が、目を閉じたまま産湯につかっていた。同じページには、産婦人科のベッドに横たわって、にっこり笑っているわたしと、その横に仰向《あおむ》けで寝ている絵美の写真が貼られていた。さらに、おっかなびっくりな様子で絵美を抱く夫の写真もあった。なつかしさに胸がきゅっとしめつけられて、思わず「はあ」とため息をもらしてしまった。

わたしは、一枚一枚の写真を慈しむように眺めた。

ページをめくるたびに、アルバムのなかの絵美が少しずつ成長していく。赤ん坊が幼女になり、徐々に素敵な少女へと成長していくのだ。一方、夫とわたしは、じわじわと歳をとっていく。

当然といえば当然だけれど、このアルバムに貼られた写真は、どれも人生の幸福な瞬間を切り取った一コマばかりだった。あらためて、人生は無数の幸せな瞬間に彩られていることを知った気がした。でも、この幸せそうな日々の裏側には、決して写真に残しておきたくないような、つらいこと、悲しいこともたくさんあったのだ。

それでも——、とわたしは思う。

いいことと悪いこと、すべてをひっくるめてこそ、人生は絵のように美しく輝くのだ。写真や絵画が光と影で描かれるように、幸福と不幸は、人生をより美しく、深く、彩るための大切な素材なのだと思う。そして、人は歳をとると、それまで自分が描き続けてきた「人生という名の絵画」を、数歩さがったところから眺められるようになる。人生をトータルで鑑賞する目が養われてくるのだ。

わたしの人生において、絶望的なまでに濃い影を落としたのは、夫と娘の死だった。しかし、その影があまりにも濃かったおかげで、たまちゃんという孫娘の命が、いま、まぶしいほどきらびやかに感じられている。光が強ければ影は濃くなり、影が濃ければ光は強く輝いて見えるのだ。

いよいよアルバムの最後のページを開いた。

写真のなかの絵美はまだ、あどけなさを残した中学生だった。濃紺の学生服姿で、カメラに向かって両手でピースサインをしている。少しさがった目尻や、きゅっと上がった口角のあたりが、たまちゃんとそっくりだ。

わたしの人生のふたつの宝物が、こんなによく似ているなんて――。

そのことが、わけもわからず嬉しくて、わたしは「ふふっ」と目を細めて笑ってしまった。

そして、わたしは、一冊目のアルバムの背表紙をゆっくりと閉じた。

書棚には、まだ、この続きの二冊目のアルバムがある。

それを取りに立ち上がろうとしたとき――。

ふいに、胸のなかを乾いた風が吹き抜けた気がした。

わたしは思わず心臓のあたりを両手で押さえた。また、あのへんな動悸だ。心拍が遅く、頼りなくなるような、とても妙な感覚……。

乾いた風は、なんだかやけに淋しい風だった。わたしの心を風化させ、さらさらの細かい砂のようにして、どこかへさらっていこうとするような。

わたし、いま、淋しいのね。


胸裏でつぶやきながら、両手を胸から下ろした。

そして、その両手を、閉じたアルバムの上にそっと重ねておいた。

淋しい。

どうして、こんなに淋しいのだろう。

自分の内側に問いかけたら、答えは、あっさりと返ってきた。

この世界が、あまりにも去りがたい素敵な場所だということに気づいたからだった。

ずっとここにいたいのに、でも、そうはいかない。人生には限りがある。はじまりがあり、終わりがあるのだ。そして、その終わりが、まもなくわたしのところにやってくる。

歳をとるとは、単純にそういうことだ。その現実をひしひしと思うわたしがいるから、いま、あらためて、こんなにも淋しく思うに違いなかった。

わたしは、ごくふつうの両親のもとに生を受け、あまり裕福ではないながらも人並みの愛情を注がれながら育てられた。どこにでもありそうな恋愛をし、結婚をして、この家に嫁ぎ、子を産み育て――、やがて親も、夫も、娘も亡くしたけれど、それでも鮮やかに四季は移ろい、田畑には実りがあった。そしていま、孫の成長を眺めつつ、ときどき友だちとお茶を飲み、笑い合い、やさしい清流のせせらぎに耳を澄ましながら、日々、穏やかに暮らしている。

そんなわたしが、八〇年という歳月を費やしながら描き続けてきた「人生という名の絵画」を眺めてみると、その全体の構成から細部に至るまで、すべてが奇跡のみで描かれていることに気づく。とくべつな取り柄もないような、ありふれた人生ではあったけれど、でも、途中のどこかひとつでもボタンをかけ違えていたら、いまのわたしはいないのだ。もしかすると、絵美を産んでいなかったかも知れないし、そうしたら、たちまちゃんだって存在しなかった。

わたしの描いてきた絵は、一筆たりとも無駄のない、奇跡の一枚なのだ。

なんという幸福に満ちた絵だろう。

この美しい絵のなかに、ずっと、ずっと、わたしは存在していたい。

そう願うから、淋しくなる。

わたしは自分の人生を愛しているから、いま、淋しいのだ。

なんとなく――。

さっきよりも少しだけ心臓の拍動が弱くなった気がしていた。しかも、世界の見え方が、少しずつスローモーションになってきたように感じる。全身の細胞ひとつひとつが、閉じていく花びらのように眠りはじめて、身体が思うように動かなくなっている。

それなのに、不思議と悪い気はしなかった。

むしろ穏やかで、あたたかな真綿に包まれたような気分だったのだ。

はあ。

やさしくため息をついたら、泉のように幸福感が満ちあふれてきて、心臓の周辺から心地よく力が抜けていくような気がした。

ごく自然に、わたしはあることに気づいた。


ああ、そうか。

お迎えが来るんだ。


もうすぐわたしは、この奇跡のように美しいありふれた絵と、さよならをする。

そのことがわかると、いっそう淋しさが増した。

けれど、悲しくはなかった。

むしろ、何かに慶《よろこ》ばれ、祝われている気さえしていた。


寿命。

ふいに、わたしは、その二文字の意味を憶った。

命を寿《ことほ》ぐ――。

そうか。命が最期を迎えるということは、おめでたいことなのだ。

ああ、ありがとうございます。

なぜか、ふと両親とご先祖さまに感謝の念を抱いた。

すると、母の胸に抱かれていた赤ん坊の頃のような安心感に包まれて、わたしの身体はふわふわと軽くなってきた。

お迎えが来たのなら、ここに残していくみんなを心配させないよう、ちゃんと布団に入って、眠るように「帰ろう」と思った。あちらの世界に「行く」のでも「逝く」のでもなく、自然と「帰ろう」という気持ちになっていた。この世という奇跡に満ち溢《あふ》れた素敵な旅先から、わたしは「帰る」のだ。長くて夢のように美しい、人生という旅を、わたしはめでたく終えて、ここにすべてを置いて「帰る」ときがきたのだ。

何かのときのためにと、こつこつ貯《た》めていた少しのお金も、お気に入りの桐の箪笥も、夫と一緒に庭に植えた梅の木も、心やさしい友人も、酷使に耐えてくれたこの年老いた肉体も、そして命より大切なたまちゃんも……、みんな、みんな、ここに残して、わたしは帰っていく。

あらためて、わたしは静かな気持ちで得心していた。この世で授かったすべてのものは、ほんの一夜限りの借り物でしかなかったのだ。本当の意味で「自分のもの」になるものなど、この世には何ひとつなかった。そして、もうすぐ、わたしは身軽になる。一夜限りの借り物を、すべて手放して自由になるのだ。手放すことへの淋しさはあるけれど、不安になることも、未練もなかった。そもそも、わたしのものではなかったのだから。

ふいに、気持ちが、すうっと若返っていくような快感に包まれた。

それと同時に、身体の力が抜けていく。

わたしは、卓袱台の脇に、ゆっくりと横たわった。

そのまま数回、浅い呼吸をしたあと、もう一度、身体に力を込めて、畳の上で赤ん坊のように四つん這《ば》いになった。手のひらに感じる冷たい畳の感触も、肺に吸い込む空気の存在すらも、慈しむべきものに思えていた。ひとりぼっちで過ごした幾多の夜に、孤独を感じさせた柱時計の音までも、いまはいとおしく感じはじめて、無意識に涙があふれてくる。

おぎゃあ、おぎゃあ、と全力で泣いていたあの頃に向かって、わたしは一気に戻っていくような気がした。なるほど、年老いたわたしは、いま、ふたたび赤子へと返っているのだ。

布団に入るために、なんとか奥の寝室に行こうと思うのだが、もはやはいはいすら上手くできなくなっていた。でも、その分、心はきらきら透き通って輝き、この世に存在していることがとても新鮮で、嬉しくてたまらなくなっていた。

ようやく部屋の隅っこにまでたどり着いたとき、空気があまり肺に入らなくなってきた。でも、苦しさは感じなかった。むしろ、幸福感が胸のなかで膨れあがってくる。

右手を伸ばして、障子を開けようとした。

と、そのとき、わたしの脳裏に、たまちゃんの笑顔が浮かんだ。

そして、あの約束を思い出したのだ。

いとしいたまちゃんが、まだくりくりの目をした幼子《おさなご》だった頃に作ってあげた、あの巾着袋——、わたしは、お直しを頼まれていたではないか。

そうね。この世で、もうひと仕事しなくちゃ。

わたしは、わたしが描いてきた絵画の最後のひと筆が、いとしい孫娘に喜んでもらえる裁縫になることに、えも言われぬ幸せを感じはじめていた。

障子に向かって伸ばしていた右手をひっこめた。そして、裁縫道具をしまってある棚の方に身体の向きを変えたところで——、わたしは、両腕の力を失い、畳の上にうつぶせに倒れ込んだ。

左の頬に、慣れ親しんだ古い畳のひんやりとした感触があった。かすかに、その畳のなつかしい匂いをかいだ。

目の前の光景が、ダイヤモンドダストのようにきらきらと光りはじめた。

畳に頬をつけたまま卓袱台の上に視線を送ると、たまちゃんの巾着袋の上端が少しだけ見えていた。幸運を呼ぶという四ツ葉のクローバーの欠片《かけら》が、緑色に光っている。

幸せでいてね。

ありがとね。ありがとね……。

風にさらわれる砂のように、みるみる質感を失っていく身体を、ほとんど無意識に匍《ほ》匐《ふく》前進させて、わたしは卓袱台へと近づいた。

右手を伸ばしたら、指先が巾着袋に触れた。

それを、握りしめた。

握ったままの右手が、するりと床に落ちた。

使い古された布の手触りが、なんとも心地よかった。目の中に入れても痛くないほどいとおしいたまちゃんが、こんなになるまで使ってくれた、くたくたの布袋の感触。

きらめく光のなかに、たまちゃんの笑みが浮かんだ。

なんという、いとおしさだろう。

わたしが産み育てた、愛する絵美。その絵美が産み育ててくれた、愛するたまちゃん。やさしくて、愛くるしい、わたしの孫娘。わたしの宝物。大切で、大好きで、心から愛してやまない珠美という、まさに珠のような孫娘。

ああ、絵美――、たまちゃんをこの世に残してくれて、ありがとう。あなたの名前には「笑み」という意味も込めたんだっけね。先にそっちに帰った夫が、一生懸命に考えてつけた、素敵な名前だね。

ああ、おとうさん、ありがとう。ありがとう。

わたしの目の前に四ツ葉のクローバーがある。その緑色が、さらにきらきらの温かい光で満ちていく。

とてもまぶしい。

まぶしいから、そっとまぶたを閉じた。

わたしの身体の質感が、さらに薄れていく。全身の細胞が、砂のようにさらさらと流れ出していくようだ。自分が、まるで自由な空気みたいに軽くなっていく。その感覚がとても心地よかった。

母親の子宮のなかの羊水にふわふわと浮かんでいるような安心感。

わたしは、帰っていく。

おかえり――。

心の核の部分に直接、慈悲深い声が届けられた気がした。

わたしは、自然と理解していた。

いま、この瞬間、わたしを包む無限の広がりが、わたしをまるごと受け入れてくれたことに。

わたしは、これからひとつになる。

無限と、ひとつになるのだ。

最後にもう一度——。

わたしは、わたしが描いてきた美しい奇跡の絵を眺め渡した。

この全体像こそが、走馬灯だった。

そして、走馬灯というものは、つねに完璧に美しいものだということに気づいて、深く、深く、安心した。

それと同時に、わたしの内側すべてが感謝の光でいっぱいになった。

すうっと、わたしが、消えながら、広がっていく。

そして、わたしは、わたしになった。

葉山珠美

午後四時すぎ——。

本日、最後の売り場は、隣町にほど近い小さな集落の工場跡だった。先月から新たに追加したこの売り場は、元々は印刷工場だったらしい。工場が倒産したときに、建物のなかの機械だけを売り払ったため、いまはちょっとしたガレージのようなスペースとなっている。屋根もあり、壁もあるから、今日のような雨降りの日には、とてもありがたい売り場だ。とはいえ、晴れた日と比べれば、客足は半分にも満たないけれど。

「じゃあ、たまちゃん、またね」

集落の人たちから「トリ屋さん」と呼ばれて親しまれている小柄でふっくらしたおばあちゃんが微笑んだ。この人は、二十数年前まで伝書鳩《でんしょばと》を育てて売るという仕事をしていたそうで、いまでもみんなから「トリ屋さん」と呼ばれているのだ。

「トリ屋さん、いつもありがとう。また来てね」

わたしも、口角をあげて応えた。

いま買ってくれた紅茶とキュウリの浅漬けの入ったビニール袋を手にしたトリ屋さんは、ゆっくりこちらに背を向け、茶色い傘をさした。そして、雨の家路へとついた。小さくて肉付きのいいその背中を眺めながら、ひとりになったわたしは「ふう」と深く嘆息した。体調不良を抱えながらも、なんとか最後のお客さんをさばき終えたのだ。マッキーからもらった薬の効果が薄れてきた気がするのは、きっと夕方になって熱が上がってきたからだろう。

「さぁて、片付けて、帰ろっと」

自分を鼓舞するように、あえて声に出した。

そして、しゃがみこみたくなるくらい重たい身体に鞭打《むちう》ちながら、バットに並べた商品をキャリイの荷台へと積み戻していった。

いつもの二倍の時間をかけて積み込みを終えると、わたしは運転席に座り、力の抜けた背中をぐったりとシートにあずけた。

「ふう、終わったぁ……」

ひとりごとが、弱々しいかすれ声になった。

とにかく、あとは家にたどり着けさえすれば、なんとかなる。今日の売上げの計算やら、明日の仕入れの準備やらは、さすがにもう無理そうだった。でも、たくさん売れ残ってしまった商品を、お店の冷蔵・冷凍庫にしまっておくことだけは必須だ。腐らせてしまったら、もったいない。もしかしたら、その作業をシャーリーンが手伝ってくれるかも知れない。そうなったら、今度こそ素直に「ありがとう」とお礼を言って、気持ちよく手伝ってもらおうと思う。

そうすればいいんだよね、静子ばあちゃん――。

昼間の静子ばあちゃんの、穏やかな微笑みを思い出す。

さあ、帰らなくちゃ。

「頼むよ、キャリイ」

つぶやいて、エンジンをかけた。

と、その刹那――。

助手席のシートの上で携帯が鳴った。液晶画面には、父の名前が表示されていた。仕事中に父が電話をかけてくるなんて、とても珍しいことだった。もしかすると、今朝のわたしの非礼をたしなめようと……、と一瞬、考えそうになったけれど、すぐに思い直した。父はそういうタイプの人間ではない。きっと、具合の悪いわたしのことを朝からずっと心配していて、たまらずかけてきたのだろう。

わたしは、ほんの少しだけ緊張しながら通話ボタンを押した。

「おう、父ちゃんだけど」

「うん」

「たまちゃん、いまどこにいる?」

父の声色が、いつもと違う気がした。なんとなく早口だし、感情を押し殺したような、変な緊張を孕《はら》んでいるように思えたのだ。だから、わたしは思わず「え?」と訊き返してしまった。

「もしもし?」

「仕事は、もう終わったのか?」

「え……、えっと、うん。いま、終わった」

「町内にいるんだべな?」

「いまは、焼沢《やきさわ》集落の工場跡だけど」

「そうか」

「うん……」

「あー、えっとな」

「……なに?」

「えっと、たまちゃんよ」

「え?」

この時点で、わたしは嫌な予感がしはじめていた。こんなしゃべり方をする父を、わたしは知らない。

「落ち着いて聞けよ」

「え？」

「だからよ、ちゃんと落ち着いて、俺の話を聞けってことだ」

「………」

父は、そこでいったん間を置いた。そして「ふう」と、小さく息を吐いた。呼吸を整えたのだろう。この不自然な間のせいで、わたしの内側は一瞬にして厭《いと》わしいような胸騒ぎでいっぱいになった。

「えっとな、いま、千代子バアから電話があってな」

まだ大事なことは何も聞いていないのに、すでに、わたしは、自分の頭からすうっと血の気が引いていくのがわかった。

「うん」

わたしの口は短く返事をしていた。でも、その声は、どこか他人の声のように聞こえた。

「静子ばあちゃんが、いま――」

父の声も、遠くなった。現実とは別の、作り物の世界から声が聞こえてくるようだった。そのせいか、「いま――」の先が、よく聞き取れなかった気もする。それなのに、わたしの身体はしっかりと反応していたのだ。

「うそ……」

「嘘でねえ」

「うそ……」

「こんな嘘、つけっこねえべさ」

父が、急に力ない声を出した。

わたしは左手で携帯を耳に押し付けながら、右手で心臓のあたりをぐっと抑えていた。

「発見したのは、千代子バアでよ――」

わたしの頭のなかは、しんとしていて、ほとんど停止状態だった。それでも脳の一部では、父の言葉の内容を理解していた。

「行く」

わたしの口が、ひとりでにそう言っていた。

「行く……って、おい、たまちゃん、ちゃんと俺の話を聞けってばよ。いまな、警察の検視官っつうのが、静子ばあちゃんちに来ててよ――」

「わたし、すぐ、行くから」

「え……、おい」

「ごめん、お父さん、いったん切るね。すぐ行くから」

わたしは一方的に通話を切って、携帯を助手席に放り投げた。すぐにまた父からの呼び出し音が鳴った。それを無視して、わたしはサイドブレーキを解除し、アクセルを踏んだ。

薄暗い工場跡を飛び出し、雨に白く煙る集落のなかを走り出す。やけに視界が悪いと思ったら、ワイパーを動かすのを忘れていた。

山間部にある集落だから、道は狭く、曲がりくねっていた。ステアリングを右へ左へと切りながら、わたしは、嘘、嘘、嘘、と、胸裏で何度もつぶやいた。父がそんな嘘をつくわけがないと知っているのに。

携帯の呼び出し音が止《や》んだ。

父は、あきらめたようだ。

見通しが悪く、道幅の狭いカーブにさしかかったとき、スピードを出した対向車がきて、サイドミラーすれすれを通り過ぎていった。一瞬、ヒヤリとしたけれど、それでもわたしは踏み込んだアクセルを緩めることはできなかった。

整理のつかない頭で、父からの電話の内容を反芻《はんすう》する。

静子ばあちゃんは、あのいつもの卓袱台の脇で、うつ伏せに倒れていたそうだ。しかも、わたしの巾着袋を握りしめたまま。

警察の検視官の人たちが、あの家に押しかけている様子を思い浮かべた。いつだってやわらかな清流のせせらぎに包まれていたあの家に、他人が入り込んで、うつ伏せの静子ばあちゃんを検査しているなんて。

嫌だ――。

そう思ったとき、なぜか、いきなり頭痛が戻ってきた。思わず眉間に皺を寄せて、息を止める。痛みをこらえ、ステアリングを両手で強く握りしめた。頭痛を追うように悪寒も戻ってきた。シートにくっつけていた背中に鳥肌が立ち、奥歯がカチカチと鳴りはじめる。うるさい奥歯をぐっと噛《か》み締めて、情けないその音を止めた。頭が痛くて、視界がふらふらと揺れて安定しない。

一定のリズムで左右に動くワイパー。

それがまるで催眠術みたいに、わたしの意識を混濁させようとしていた。

雨だから、運転、気をつけるんだよ――。

静子ばあちゃんが、わたしに声をかけてくれたのは、ほんのついさっきのことだった。慈しみ深い声。もう聞けなくなるのだろうか。わたしにはまだ、そういう現実的なことを理解するだけの余裕がなかった。

ふと、自分の娘を交通事故で亡くした静子ばあちゃんの悲しみを想った。同時に、静子ばあちゃんよりも先に逝ってしまった母の想いも、なぜだか、いまになってわたしの胸の核《コア》へと流れ込んでくる。

机の抽《ひ》き出《だ》しのなかにある母の遺影を思い出した。

わたしは、ほんの少しだけ、アクセルを踏む力を緩めた。

やがて車は海沿いの国道に出て、ドライブイン海山屋の前を通り抜けた。しばらく進むと青羽大橋が見えてきて、信号機のある交差点を右折した。そして、川沿いの道を上流方面へと遡《さかのぼ》っていく。左手に、常田モータースの古びた看板が見えてきた。そのガレージの前を通り過ぎるとき、ほんの一瞬だけ、水色のつなぎを着た壮介の背中が見えた気がした。

ここから先、道路は青羽川に寄り添う。道幅はぐっと狭くなり、急なカーブがいくつも現れる。アスファルトは継ぎはぎだらけで、車はガタガタと振動し、痛む頭に響いた。不穏な黒い雲。やむ気配のない土砂降りの雨。増水した清流はウグイス色に白濁し、荒れ狂う大蛇のようにうねって見える。

はあ……。

湿ったため息を漏らした。

わたし、何やってるんだろう……。今日まで必死におつかい便をやってきたのに、結局、いちばん大事な人を独りぼっちで死なせてしまったではないか。

孤独死──。

三文字の単語の重さを憶ったとき、ぶるっと上半身が震えた。その震えが悪寒のせいなのか、悲しみのせいなのか、自分への怒りのせいなのか、よくわからなかった。

ふいに路面の小さな凹《へこ》みに右のタイヤが落ちた。ガクンと振動があって頭に響く。痛みに眉をひそめた。奥歯をずっと食いしばっていたせいか、歯茎のあたりがじんじんと痛んだ。熱でぼうっとする頭。川沿いの道路は、すでに薄暗くなっていた。

でも、急がなくちゃ。

再びわたしは、アクセルをぐっと踏み込んだ。

速度があがると、なぜだろう、うるうると涙がこみ上げてきた。しずくで歪《ゆが》んだ世界のなか、わたしはステアリングを、右へ、左へと切り続けた。

静子ばあちゃんのやさしい笑顔が脳裏をよぎる。

遺影のなかの母の微笑もチラついた。

ふたりとも、わたしに何かを伝えようとしているような気がした。

ああ、頭が痛い。

静子ばあちゃんに、早く会いたい。

スピードを出したまま、ゆるい左カーブを抜けた。

続けて、玉砂利《たまじゃり》の川原《かわら》へと降りられるスロープのついた、少し急な右カーブにさしかかった。静子ばあちゃんの家までは、あと一分だ。

涙で、風景が歪む。

と、その刹那――。

ぼんやりしていた頭の一部で、パッと閃光《せんこう》が弾《はじ》けた。

あ、危ないっ！

気づいたときにはもう、対向車のトラックはすぐ目の前に接近していた。

パパーッ！

耳障りなクラクションが鳴らされた。

そして、そこから先はスローモーションだった。

わたしの左の視界のすみっこに、一瞬、ガードレールの切れ目が見えた。そこは川原へと降りるスロープの入口だった。わたしは反射的にそのスロープへと強引にステアリングを切った。

キイイッ！

タイヤが大きくスリップする。

強い遠心力がかかり、わたしの右肩が窓ガラスにぶつかった。すれすれのところを紺色のトラックが通り過ぎていく。

スリップし、バランスを失ったキャリイは、そのままスロープの方へと突っ込んでいった。スロープには、ガードレールはもちろん、手すりさえもなかった。まっすぐ進めば、スロープのてっぺんから川原へと落ちてしまう。わたしは右に向けて急ハンドルを切り、なんとかスロープに沿って降りようとした。でも、キャリイは曲がりきれなかった。左側の車輪がガクンと落ち、コンクリートと車の底がガリガリこすれる嫌な音がした。と思ったら、次の瞬間、目の前の世界がゆっくりと回転しはじめた。キャリイは、高さ一・五メートルほどのスロープから飛び出してしまったのだ。

　胸が悪くなるような、長い、長い、浮遊感のなか、わたしはなぜか冷静に考えていた。この右カーブは、奇《く》しくも母の事故現場のひとつ手前のカーブではないか。万一、あと数十メートルほどキャリイを進ませていて、母と同じあのカーブに突っ込んでいたら、スロープという逃げ道のないわたしはトラックと正面衝突していただろう。さっき、静子ばあちゃんと母の遺影を思い出して、ほんの少しでも速度を落としておいてよかった。だから、まだ、わたしは生きている。

　そこまで考えたとき、目の前の世界は上下逆さまになっていた。

　わたしは必死の思いでステアリングをきつく握りしめていた。

　でも、このままじゃ——。

　死を意識したとき、ふと、今朝のシャーリーンの顔が脳裏に浮かんだ。具合の悪いわたしを見上げ、心配そうに眉をハの字にしていたシャーリーン。いま、この瞬間、生死のはざまにいるわたしが思い出したのは、母でも静子ばあちゃんでもなく、シャーリーンの顔だった。わたしは、シャーリーンに、ちゃんと「ごめんね」も「ありがとう」も言えないでいた。きっと、そのことが、とても心残りなのだ。こんな気分じゃ、まだ死ねない。

世界は、すでに四分の三回転していた。

雨に濡れた玉砂利の川原が間近へと迫ってくる。

わたしは、
まだ、
生きたい。

胸裏で叫んだ次の瞬間――、
ドガガガンッ！

と、信じられないような衝撃に襲われた。

川原に落下した後も、キャリイはさらに転がったようだった。

その間、わたしの身体のどこに、どれくらいの衝撃を受けたのかは、ちっともわからないし、覚えてもいない。それでも、とにかく、わたしは意識を失わずにいられた。あまりの衝撃に朦朧《もうろう》としていたけれど、なんとか途切れずにはいられたのだ。

キャリイの回転がおさまってから、何秒くらい経《た》っただろう。わたしはうっすらとまぶたを開けた。まず目に入ってきたのは、めちゃくちゃに割れたフロントガラスだった。わたしはもう、ステアリングを握ってはいなかった。上半身を助手席側に倒したような、妙な格好になっていた。シートベルトをしていなかったら、外に飛び出していたかも知れない。

　不幸中の幸いだったのは、転がった結果、キャリイが「起きて」止まったことだった。

「う、うう……」

　必死に上半身を起こそうとしたとき、誰かのうめき声が聞こえた。それがわたしの口から出ていると気づいたのは、一瞬あとのことだった。いわゆるショック状態なのだろう、わたしは痛みを感じず、ただ全身が火照っているような気がしていた。

　なんとか上体を起こした。

　放心状態のまま、ぼんやりと車内の様子を見た。

　左右のウインドウも粉々に砕け散り、助手席のグローブボックスはだらりと開いたままになっていた。初音さんからもらい続けてきた飴玉が、そこかしこに散乱している。お金を入れていたお菓子の空き缶は、わたしの足元に転がっていた。でも、フタが開いていて、なかのお金は飴玉たちと一緒にバラまかれていた。とりあえず、その缶だけでも拾おうと右手を伸ばしたところで、わたしはまた「うう……」と声を漏らしてしまった。右肘の少し上のあたりが差し込むように痛んだのだ。骨に異常はなさそうだけれど、かなりひどい打撲をしてしまったらしい。

　シートベルトをそっと外し、わたしは左手で缶を拾い上げた。そして、元どおり助手席の上に置いた。フタがどこにあるのかはわからなかった。もしかすると、外に飛び出してしまったのかも知れない。

なんとなく右の首筋に違和感を覚えて、痛む右手で触れてみたら、ぬるっとした嫌な感触があった。その右手を見た。人差し指と中指が真っ赤になっていた。鮮血だ。右耳の少し上のあたりの側頭部が焼けるように痛むから、きっと、そこから首筋へと血が流れているのだろう。わたしは指についた血を、ズボンの太ももにこすりつけて拭いた。

まだ、エンジンがかかっていることに気づいた。

キーをひねって、止める。

世界が静かになった——、と思った瞬間、今度は無慈悲な大雨の音と、増水した川の轟音《ごうおん》が、薄暗がりの川原を支配しはじめた。

携帯は？　携帯はどこだろう？

視線を彷徨《さまよ》わせると、なぜか割れたガラスの破片と一緒にダッシュボードの上に転がっていた。

わたしは左手を伸ばして、少し雨に濡れた携帯を手にした。

電源ボタンを押すと、何事もなかったかのように、液晶画面に平和な光が灯《とも》された。

小さなその画面には、かつて静子ばあちゃんが送ってくれた四ツ葉のクローバーの写真が映し出されていた。

おばあちゃん……。

みずみずしい緑色をした、四枚の葉っぱ。

それが、ゆらゆらと揺れだした。

わたしの目に、しずくがたまったのだ。

まばたきをして、そのしずくを頰に落とした。

落としても、落としても、しずくはとめどなく湧き出てくる。

あれ、どうして止まらないんだろう。これじゃ、四ツ葉のクローバーが見えないよ
――。

まだ少し朦朧とした頭で、わたしは考えた。

ひた……。

四ツ葉のクローバーの上にも、しずくが落ちた。

それを見たわたしは、袖で携帯のしずくを拭き取った。そして、左手で操作して、ある電話番号を表示させた。

呼び出しボタンを押す。

ワンコール、ツーコール、スリーコール。

相手が出てくれることを祈りながら、わたしは軋《きし》むキャリイのドアを肩で強く押し開けた。

ためらうことなく、土砂降りのなかへと出ていく。

足元には、無残につぶれた器械が転がっていた。キャリイのおでこについていたラウドスピーカーの残骸だった。

お願い。出て。

携帯を耳に当てたまま、わたしはふらふらと玉砂利の上を歩きはじめた。

常田壮介

ガレージの壁沿いに置かれた赤いツールボックスの上で、さっきからずっと携帯が騒いでいる。

「へいへい、わかってるってばよぉ。でも、いまは手が離せねえんだっつうの」

車のボディの下にもぐり込んだ俺は、ひとりごとを言いながら、最後のネジを締め終えた。

「よっしゃ、修理完了」

また、ひとりでつぶやくと、車の下から這い出した。

スパナ片手にひょいと立ち上がる。

ツールボックスに向かって歩きながら、オイルで真っ黒になった右手をつなぎの太ものあたりにこすりつけた。そして、少しはきれいになったその手を携帯に伸ばす。

携帯の画面には、たまちゃんの名前が表示されていた。

「ほーい、お待たせぇ」

俺はいつも通り、気楽な感じで話しかけた。

「壮介……」

「え？」

のっけから俺は言葉を失った。たまちゃんの声色がおかしい。ひどく耳障りな雨音と、増水した川の重低音のような音が、携帯のスピーカーからかすかに聞こえている。

「壮介……」

たまちゃんは、力なくかすれた声で、また俺の名を口にした。

「えっ、た、たまちゃん、どうした？」

たまちゃんは、すぐには返事をしなかった。

俺はぎゅっと携帯を耳に押し付け、その耳を澄ました。少しでも、たまちゃんの様子を知ろうとしたのだ。すると、ほんのわずかだが、不自然なリズムの呼吸音が聞き取れた。

泣いてる——。

間違いない。たまちゃんは、いま、電話の向こうで泣いている。

俺の頭のなかは一瞬、真っ白になりかけた。でも、もう一人の俺が、とにかく冷静になれと言う。

「たまちゃん、いま、どこだ？」

できる限り、穏やかな声で訊いた。

「川原……」

「川原？　って、青羽川のか？」

「うん……」

「そうか。で、えっと、何かあったんか？」

「壮介……」

「おう、なんだ」

「ごめんね、壮介……」

「え？」

「わたし、キャリイをね……」そこで、たまちゃんは、二度ほど小さくしゃくりあげた。

「壮介が作ってくれたキャリイをね、駄目にしちゃったの」

「駄目にって……」と俺の口が言いかけたとき、ハッとした。「えっ、まさか、事故かっ？」

「うん……。ごめんね」

俺の心臓は、肋骨《ろっこつ》を内側から押し上げるほど激しく動きはじめた。

「ってかよ――た、たまちゃんは、大丈夫なんか？　怪我《けが》とかよ」

「うん。それは大丈夫」

「ほんとか？」

「うん」

「状況、話せるか？」

「うん」

それからたまちゃんは、何度も小さくしゃくりあげながら、カーブを曲がりきれずスロープの上から転落したことや、大破したキャリイの様子を話してくれた。たまちゃん自身は、肘や頭を打撲したらしいが、怪我そのものはたいしたことがないらしい。

「だからね、壮介」

「おう……」

「車、レッカーしておいて欲しいの」

「そりゃ、もちろんいいけども……、たまちゃんは、どこにいるんだ？」

「いま、歩いてんの」

「歩いてるって、どこを？」

「落ちた川原から、道路に上がったところ」

「雨の音がすごいけど、傘持ってんのか？」

「ない、けど……」

「え？」

傘もささずに、いったいどこへ行こうというのだ。そう思ったとき、たまちゃんの口から、その行き先が告げられた。

「静子ばあちゃんちに、行くの」

え、静子ばあちゃんちって——、どうして、いま？

クラッシュしたキャリイを川原に置き去りにして、この雨のなか、歩いて静子ばあちゃんの家に行こうというのか。

どう考えても、異常な行動だ。

「たまちゃんよ、なんで、いま、静子ばあちゃんちになんて行くんだ？」

俺がそう訊ねたら、どういうわけだろう、たまちゃんがむせび泣きはじめた。

「えっ？　ちょ、たまちゃん、どうした？」

「……ゃん、……んじゃったの……」

耳障りな雨音と、嗚咽《おえつ》まじりのせいで、たまちゃんの言葉がよく聞き取れなかった。

「えっ、なんだって？」

「静子ばあちゃんが……」

「うん」

「死んじゃったの……」

たまちゃんが、また、しゃくりあげる。

俺の頭は、一瞬、フリーズしていた。

しかし、再起動したときには、身体が勝手に動き出していた。

「え……」

俺はガレージを飛び出し、庭を駆けた。そして、母屋の玄関をガラリと開けると、なかにいる父に向かって大声を出した。

「親父《おやじ》、ちょっと出てくっから！」

父の返事を待たず、俺はそのままレッカーのできる車に向かって駆け出した。そして、再び携帯に向かって話しかけた。

「たまちゃん、俺、すぐにそっちに行くから。俺が、静子ばあちゃんとこまで連れてってやっから」

「…………」

「おいっ、聞いてっか？」

「うん……」

「よし。じゃ、たまちゃんはキャリイのなかに戻れ」

「…………」

「んで、俺が行くまで待ってろ」

そこまで言って、俺は一方的に通話を切った。

携帯をつなぎのポケットに押し込む。

そして、ガレージの脇に停めてあるレッカー車に飛び乗った。

「ったく、なにやってんだよ、たまちゃんはよ……」

ひとりごとを口にしながら、差し込んだままのキーをひねってエンジンをかけた。外はもう薄暗い。ライトを点《つ》け、ワイパーを動かした。サイドブレーキを解除し、ギアをローにいれる。アクセルを踏んだ。

待ってろ――。

土砂降りのなか、おんぼろのレッカー車が川沿いの道を走りだす。

二分で着くかんな――。

ギアをどんどん上げていく。

気づけば俺は、アクセルが床に着くほど強く踏み込んでいた。

第六章　かたつむり

葉山珠美

静子ばあちゃんの葬儀の翌日——。

わたしは二階の居間の椅子に腰掛けて、ぼんやりと遠い海原《うなばら》を眺めていた。

瑠璃《るり》色の水平線の上には、よく澄んだ水色の空が広がっている。

開け放った窓からは、さわさわと心地《ここち》いい潮騒が流れ込んできて、十一月の少しひんやりした風が、レースのカーテンをひらりひらりと揺らしていた。

なんだか、ふしぎなくらい静かな日だな……。

目を閉じて、ゆっくりと深呼吸をした。

そのとき、シャーリーンと父が階下から上がってきた。お昼ご飯の食材を、お店の冷蔵庫からみつくろって持ってきてくれたようだ。

「たまちゃん、食材もらうね。ありがとね」

「あ、うん」

キャリイを大破させてしまったわたしは、もう、おつかい便はできない。でも、冷蔵庫に保存しておいた食材がたくさん残っていた。どうせ売る機会がないのなら、腐らせる前にシャーリーンに使ってもらって、自家消費しようと決めたのだった。

「レンジでチンできるおかず、いっぱいあったね」

台所に立ったシャーリーンは、にっこり微笑《ほほえ》んだけれど、さすがに葬儀の翌日だけに少しくたびれて見える。

「うん。好きな物を使っていいから」

シャーリーンが「サンキュー」と親指を立ててみせた。

「なあ、どうせ今日は店も開けねえしよ、昼間っから一杯飲《や》んべさ」

わたしの向かいの椅子に座った父が、あっけらかんとした口調で言った。でも、その声の裏側にもうっすらと疲労が張り付いていた。

「わお、それ、いいね」

シャーリーンが、大袈裟《おおげさ》に喜んでみせる。少し芝居がかったその感じが、なんだか余計に静子ばあちゃんを亡くした悲しみをあおった。

「でもよ、たまちゃんは飲まねえ方がいいか」

「え、なんで？」

小首を傾《かし》げて父を見ると、父はわたしの頭を指差した。

「頭の傷、痛むかも知んねえぞ」

「ああ、たいしたことないから、大丈夫だよ」

川原に転落したときにできた側頭部の裂傷のことを言っているのだ。この傷は、隣町の病院で三針ほど縫った。縫ったといっても、実際はホッチキスのような金属の針でパチパチと留めただけだ。しばらく頭を洗えないこと以外は、特段、生活に不便はない。

シャーリーンがレトルトの肉団子や回鍋肉《ホイコーロー》などを温めて、テーブルに並べはじめた。わたしも席を立って、缶ビールとグラスを出したり、階下のお店の冷蔵庫から、おつかい便で売るはずだった高菜漬けのパックを持ってきたりした。

レトルトだらけの手抜きランチがそろったところで、三人のグラスにビールが注《つ》がれた。昨日の今日で「乾杯」というのもなんだか変だから、「献杯」かな、と思っていたら、父が口を開いた。

「昨日は、お焼香に、たくさん来てくれたなぁ」

ため息みたいな、感慨深い口調だった。

「そうだね……」

グラスを持ったまま、わたしは、ちょっとかすれた声で言った。

「悲しくて、みんなで泣いた、いい葬式だった」

「うん」

わたしが頷《うなず》き、シャーリーンも神妙な顔で、父の横に座っている。

「とにかく、二人とも、お疲れさん」

喪主を務めてくれた父がそう言って、グラスをテーブルの上に掲げた。わたしとシャーリーンもグラスを小さく掲げた。

三人それぞれがビールに口をつける。

いつもだったら「ぷはぁ、やっぱ昼間の酒っつーのはよぉ」などと陽気にしゃべりだす父が、今日はしみじみとした顔でグラスを置いた。

「じゃあ、食べよ。ちなみに今日は、これも、これも、これも、わたしのおごりだからね」

おつかい便で売るはずだったテーブルの上の食材たちを指差しながら、わたしは、あえて冗談めかして言った。「あはは、たしかにな」と父が小さく笑ってくれたけれど、でも、まゆ毛が少しハの字になっている。シャーリーンはむしろ憐《あわ》れみの目でこっちを見ている気がした。

それから三人は、ぽつぽつと箸を動かし、ゆっくりとしたペースでビールを飲んだ。会話はあまり弾まないけれど、途切れて気まずくなることもない。

時折、窓の外から、やわらかな潮騒が風にのって流れ込んでくる。

初冬の、少しひんやりした、清潔な感じの風だ。

テレビもつけず、音楽も流していない居間に、季節外れの窓辺の風鈴が、凛《りん》、と小さく鳴り響いた。

とても静かで、しめやかな昼下がりだ。

静子ばあちゃんの葬儀は、初音さんの妹の敏美さんが亡くなったときと同じ、隣町の葬祭場で営まれた。参列者は長い列をつくり、ピーク時には建物の外にまで延びた。その列のなかには古館さんの姿もあった。焼香を終えた古館さんは、いつもと変わらぬ厳《いか》めしい顔で、わたしの肩をぽんと叩《たた》くと、隣に立っている父に向かって「近々、また飲みに行くからよ」とだけ言って去っていった。

驚いたのは、普段は辛辣な千代子バアが顔をくしゃくしゃにしてしゃくりあげたことだった。そして、その姿を目にした多くの町の人たちが、もらい泣きをした。

わたしは、ほぼ泣きっぱなしだった。しずくをこぼせばこぼすほどに、心がその分だけ乾いた空洞みたいになって、葬儀が終わる頃には、もはや抜け殻だった。

普段は感動屋で、誰よりも涙腺がゆるいはずのシャーリーンは、なぜか一滴の涙すら流さなかった。わたしの目にはそれがやけに不自然に映って、葬儀のあいだに何度かシャーリーンの様子を窺《うかが》っていた。泣かないシャーリーンの瞳は、少しこわいくらいに澄んだ鳶色《とびいろ》をしていた。しかも、そのこわい目と、わたしの潤んだ目が、なぜだろう、何度も吸い寄せられるようにぴたりと合ったのだ。

ねえ、シャーリーンは、泣かないの？

こわい目をしているけど、悲しくないの？

そう訊《たず》ねたくもなったけれど、正直いえば、わたしはそれどころではなかった。弔問客にやさしい声をかけられるたびに涙腺がわっとゆるんでしまい、ハンカチを目に当てて下を向いてばかりいたから。

「たまちゃん？」

シャーリーンの声に、ハッと我に返った。

昨日の葬儀を追想していたら、いつの間にか、わたしはテーブルの上に箸を置いて、ぼうっとしていたのだ。視線は父とシャーリーンのあいだに見える、窓の外の青い海原に向けられていた。

「え、なに？」

「ご飯、食べてないね」

「ああ、うん。なんか、あんまりお腹空《なかす》いてないかも」

言いながら、テーブルの中央に並べられた皿を見た。どの皿の料理も、あまり減っていなかった。父もシャーリーンも、やっぱり食欲がないのだ。わたしはご飯の代わりにグラスのビールを少し喉に流し込んだ。すると、父が減った分のビールを注ぎ足してくれた。わたしも、父のグラスにお酌をし返す。それから、あらためて箸を手にして、甘辛い味の肉団子を口に入れた。まったく食べないでいたら、父とシャーリーンを心配させてしまうと思ったからだ。

するとと、今度はシャーリーンが箸を置いた。

「たまちゃん」

「ん？」

シャーリーンは、少しあらたまったように正面からわたしを見ていた。

「静子ばあちゃん、いなくなって、悲しいね」

不意打ちみたいな台詞《せりふ》に、わたしの胃のあたりがキュッと固くなった。でも、シャーリーンは、そんなわたしにはお構いなしに、小さな笑みを浮かべて続けた。

「でも、大丈夫ね」

「え……」

「パパさんと、わたしがいるね。だから問題ないね」

ドクン。

心臓が、おかしな音を立てた気がした。

問題ないね——。

その言葉が、わたしの胸を圧迫して、口のなかの肉団子を飲み込めなくなってしまった。それから、わたしは少し時間をかけて咀嚼《そしゃく》し、ようやく肉団子を嚥下《えんか》した。

静子ばあちゃんが死んじゃったことが、問題ないこと？

ドクン。ドクン。

耳の奥で鼓動が聞こえる。

その振動が、わたしの心の基礎の部分を、がらがらと瓦解させていく。

「問題ないって、どういうこと？」

「おい、たまちゃん」

わたしの静かな憤りを察して、父があいだに入ろうとした。

でも、わたしは、それを無いものとして言葉を続けた。

「もしかして、シャーリーン、静子ばあちゃんの代わりになれるとか思ってる？」

「おい、たまちゃんってばよぉ」

父がビールのグラスを置いた。

「ノー、ノー、違うね。そうじゃない」シャーリーンがテーブルの上に少しだけ身を乗り出した。瞳が、すうっと暗くなり、あのこわいような憂愁《ゆうしゅう》をたたえていく。「死んじゃったこと、悲しいね。わたしも、悲しい。とても悲しい。でも、仕方がないこと。たまちゃんは、生きてるね。生きてる人は、にこにこ、笑顔ね」

「笑顔って……。昨日、お葬式を終えたばかりで、笑えるわけないでしょ」

「ああ、ノー、ノー、そうじゃない。違うね。ええと——」

シャーリーンは、もどかしそうな顔をして、さらに身を乗り出してきた。

「ちょっと、ごめん。しばらく、わたしに関わらないで——っていうか、静子ばあちゃんのことは言わないでくれるかな」

わたしは、わたしなりに、静子ばあちゃんとの別れを受け止めて、しっかり前向きに再スタートしたいと願っているのだ。でも、それには時間がかかる。そんなの当然じゃない？　なのに、そんなことすら、このフィリピン人にはわかってもらえないなんて。

わたしは席を立とうとした。

三階の自室に逃げ込みたかったのだ。

と、そのとき、いきなりシャーリーンが意味のわからない言葉をまくし立てた。

「アアンヒン　パ　アン　ダモ、クン　パタイ　ナ　アン　カバヨ」

わたしは、椅子から浮かしかけた腰を戻していた。シャーリーンの懇願するような表情に引き止められたのだ。

「なに、それ……」

「フィリピンの、ことわざだべ？」

なぜか、タガログ語を解さないはずの父が横から答えた。

「だから、どういう意味？」

このときのわたしは、かなり険しい表情をしていたと思う。でも、シャーリーンは、相変わらずわたしの険のある視線を正面から受け止めて、こう言ったのだ。

「死んでしまった馬には、草はいらない――。これ、昔からある、フィリピンのことわざね」

「……！」

あまりにも無神経な言葉に、吸ったままの息を止めていた。

静子ばあちゃんが死んだ馬？　草はいらない？

もはや、わたしは、自室に逃げようとすら思わなかった。頭のなかが白くなりかけて、身体《からだ》がぶるぶると震えはじめていた。こんなことは、多分、わたしの人生ではじめてのことだ。

「オー、ノー、たまちゃん、聞いてね。人が死ぬ。それは、悲しいことね。わたしも、そうよ。でも、大丈夫ね。パパさんと、わたし、家族がいるね。家族がいちばん大事なのは――」

「ねえ、シャーリーン」わたしは、シャーリーンの台詞に、強い口調でかぶせた。「あのね、静子ばあちゃんだって、お母さんだって、それぞれひとりの違う人間なんだよ。だから、絶対に、絶対に、ふたりの代わりは誰にもできないんだよ」

「ノー、ノー、わたし、ちがう――」

「もう黙ってて、お願いだから」

これ以上、怒りたくない。わたしは声を荒らげていた。太ももの上では拳をきつく握りしめていた。その手の甲に、ひた、ひた、と生温かいしずくがこぼれ落ちた。下唇を嚙《か》んだわたしは、こぼれる涙など気にせず、シャーリーンを真正面から見据えた。

すると、ふいにシャーリーンの澄んだ鳶色の瞳が揺れた――と思ったら、その童顔がスローモーションのように歪《ゆが》められた。

泣いたのだ。

わたしにたいしては、いつだって笑うか怒るかだけだったシャーリーンが、はじめて感情をあらわにして泣いていたのだ。

「わたし、ダメね。たまちゃんのママ、なれないね。パパさん、ごめんね」

シャーリーンは椅子から立ち上がると、まるで少女みたいな泣き声をあげながら階段を駆け下りていった。

「おい、シャーリーン」

父がシャーリーンの背中に声をかけた。でも、シャーリーンは止まらなかった。すぐにお店の玄関の引き戸が開かれる音がして、そのまま砂利の駐車場へと飛び出したシャーリーンの足音が聞こえてきた。足音は、どんどん遠ざかり、やがて聞こえなくなった。

ふいに感情の行き場を失《な》くしたわたしは、ゆっくりと父を見た。

父は、シャーリーンが駆け下りていった階段の方を見ていた。その視線をこちらに戻すと、「ふう」と、くたびれたようにため息をついた。そして、おもむろに缶ビールを手にし、グラスに注がず、ごくごくと残りを一気に飲み干した。空になった缶を、カツンと小さな音を立ててテーブルの上に置いた。

「なあ、たまちゃんよぉ」

父が、少し低い声を出して、わたしを見た。

さすがに叱られるだろう。ビンタくらいはされるかも。

でも、それも仕方がない。

わたしは覚悟をしていた。

そして、返事をする代わりに、正面から父と目を合わせた。

「ひとつ、たまちゃんに言っておかなきゃなんねえことがある」

「………」

テーブルの上、わたしと父のあいだの空気が張り詰めていく。

気づけば、わたしは背筋を伸ばしていた。おそらく生まれてはじめて、父の視線に「怖さ」を感じていたのだ。

父が、すうっと息を吸い、わたしの目をじっと見た。

そして、口を開いた。

「たまちゃん、ありがとな」

「え……」

わたしは背筋を伸ばしたまま、ぽかんとしてしまった。

「たまちゃんは、やさしい娘だからよ、いろいろと上手《うま》くやれねえシャーリーンのこと、ずっと我慢してきてくれたもんなぁ」

「………」

父は、ふっと肩の力を抜いて微笑んだ。父の背後の明るい窓から、やわらかな海風が流れ込んでくる。レースの白いカーテンが夢のように揺れた。

凜。

風鈴の音色と潮騒が、わたしの胸に染み込んできて、気持ちを一気にウエットにしていった。そして、なぜだろう、脳裏に母と静子ばあちゃんの微笑がチラついたのだ。

「たまちゃん、ほんと、ありがとなぁ」

やさしい父の顔がゆらりと涙で揺れ、わたしの肩が上下しはじめた。

次の刹那、耳の奥の方で小さな嗚咽が聞こえた気がした。

嗚咽は、わたしの喉から押し出されたものだった。

さっきのシャーリーンではないけれど、それはまるで少女のような奔放な泣き方だった。

父はおもむろに椅子から立ち上がると、テーブルをくるりと回って、わたしの隣の椅子に腰掛けた。そして、わたしの背中をそっと撫《な》でてくれた。

「アアンヒン　パ　アン　ダモ、クン　パタイ　ナ　アン　カバヨ」

父が、さっきのタガログ語を、ゆっくりと口にした。

わたしは、しゃくりあげながら、その声を聞いていた。

父は、泣きやまないわたしの背中を撫でながら、ぽつぽつとひとりごとみたいにしゃべる。

「このことわざな、直訳すっと『死んでしまった馬に、草は必要ねぇ』ってなるんだけどな、でもよ、本当の意味はちょっと違って、こういうことらしいぞ」

本当に必要なときにこそ、その人を助けなければならない――。

父は、自分自身にも言い聞かせるように、ゆっくりとことわざの「本当の意味」を口にした。

「ようするに、シャーリーンはよ、静子ばあちゃんとおつかい便をいっぺんに失っちまったたまちゃんを見て、いまこそ家族が助けてやんなきゃって、そう思ったんだな。でも、日本語ではなかなか上手く言えなくてよ、思わずフィリピンのことわざを使っちまったんだべ」

まだ小さくしゃくりあげているわたしの胸のまんなかに、父の言葉が水滴みたいに落ちて、すうっと波紋を広げていく。

「シャーリーンな、昨日の夜、言ってたぞ。たまちゃんのことが心配すぎて、自分は葬式で泣けなかったってよ」

「え……」

ようやく、わたしは顔を上げた。いや、上げずにはいられなかった。

「この際だから、ついでに言っちまうかなぁ」

「何を?」

「シャーリーンに、口止めされてることだ」

口止め? わたしは、小首を傾げた。相変わらず涙が止まらないわたしの背中を、父はひたすら撫でてくれている。

「ほれ、うちの仏壇ってよ、いつだってピカピカだべ？」

「え……」

わたしは、まさか、と思った。でも、そのまさかが事実であることを、父がゆっくりとした口調でしゃべりだしたのだ。

「シャーリーンはよ、俺と結婚してからずっと毎朝、早起きしてんだろ？　早起きして、まず何してっと思う？」父は、後ろを振り返って、仏壇の方を見た。「掃除してんだ。仏壇を」

「…………」

「俺がよ、仏壇ってのは死者の家なんだって教えたら、シャーリーンの奴《やつ》、じゃあ、ここは絵美さんのおうちねって言ってくれてよ。それからずっとピカピカだ」

「知らなかった……」

つぶやいて、わたしは洟《はな》をすする。

「だべ？」

父は、ちょっと悪戯《いたずら》っぽく笑ってみせて、さらに続けた。

「あとな、うちの店の仕入れはシャーリーンに任せてるんだけども、最近、仕入れの数量が微妙に多かったんだ。なんでかわかるか？」

わたしは、ハッとして、目を見開いた。

「それって……」

「んだ。おつかい便の『たなぼたセール品』になるように、あいつ、わざと少し多めに仕入れてたんだ」父は、そこまで言うと、撫でていたわたしの背中をポンと叩いた。

「ああ、そうだ、たまちゃんに見せてえもんがあっから、ちょっくら待ってろ」

父は椅子から立ち上がると、のんびりとした足取りで階段を上がっていった。そして、三階の夫婦の寝室から、見覚えのある物を持ち出してきた。

「ほれ、これだ。針がついてっから、気をつけて持てよ」

父が、わたしに差し出したものは、四ツ葉のクローバー柄の、あの巾着袋だった。

「これ、どうして」

訊《き》きながら、その答えはもはや瞭然としていた。糸がほつれたところを待ち針で留めてあるのだ。

「シャーリーンは、ああいう奴だからよ、絵美や静子ばあちゃんの代わりにはなんねえかも知んねえけど、でもよ、あいつはあいつなりに、こっそり、やれることを必死でやろうとしてんだ」

「…………」

「それって、ほれ、たまちゃんの好きなあれだべ？」

「あれって……」

「陰徳を積むって奴だべさ」

やさしい父は、決してわたしを追い詰めないよう、ニヤリと笑ってくれた。だから、わたしは素直にぼろぼろと涙を流しながら「うん」と頷くことができた。

「俺はよ、あいつのこと、日本人以上の日本人だなぁって思ってんだ。天国の絵美だって、静子ばあちゃんだって、きっと、そんなシャーリーンのことが大好きだべ？　だってよ、たまちゃんのために、こんなにも必死になってんだからよぉ」

「……うん」

頷いた拍子に、しずくが再び落ちた。さっきと同じ手の甲に落ちたのに、しずくの温度が違う気がした。わたしの手は、いま、四ツ葉のクローバーの巾着袋を握っているのだ。

「なあ、たまちゃん」

わたしは、顔を上げた。

「シャーリーンのいいところって、どこだ？」

ふいの質問だったけれど、わたしの脳裏にはシャーリーンの太陽みたいな笑顔がすぐに思い浮かんだ。だから、こう答えた。

「性格が、明るい……ところ」

「んだなぁ。俺も、そう思う。あいつ、辛《つ》れぇ過去を抱えてんのに、いつだって陽気で、ポジティブだもんなぁ」

「うん……」

「だったらよ、きっと、今日もまたカラッと笑って許してくれっから、俺と一緒にシャーリーンのこと追っかけんべさ」

わたしは手首で涙を拭いて「うん」と頷いた。そして、「この格好じゃ出られないから、着替えてくる」と言って、椅子から立ち上がった。

「おめかしに時間かけんなよ」

「わかってるよ」

わたしは泣き笑いをして、三階の自室に向かった。

手っ取り早く、ジーンズにナイキの白いパーカーという、おつかい便でよく着ていた服に着替えた。

そして——、机の抽《ひ》き出《だ》しをそっと開けた。

抽き出しのなかから、母の遺影が、わたしを見上げた。

遺影の横には、葉書サイズの木枠の額があった。先日、おつかい便のついでにこっそり買っておいた額だった。わたしは、その額と携帯電話をパーカーのお腹のポケットにしのばせて、父の待つ居間へと降りていった。

「よっしゃ。んじゃ、行くべか」

「うん」

わたしたちは階段を降りて、裏玄関で靴を履いた。

「ねえ、お父さん」

「ん？」

「シャーリーン、どこにいるか、わかるの？」

「まあな、だいたい見当はついてんだ」

父は笑った。それは、いつもと一ミリも変わらない、のんびりとした笑みだった。

この人、つくづく、やさしくて大きいな——。

そう思ったら、なんだかまた泣けてきた。

◇　◇　◇

家の裏玄関を出ると、大破したキャリイと目が合った。

すべての窓ガラスが割れ、ボディーは凸凹《でこぼこ》で、塗装も無残にはげ落ちている。シャーシも歪み、機械もひどいことになっているから「正直、修理は無理だな。もう、廃車にするしかねえよ……」と、レッカーしてくれた壮介に言われている。

父は、そのキャリイの脇をゆっくりと歩き出した。

ごめんね、ごめんね、と胸裏でつぶやきながら、わたしは痛々しいキャリイをなるべく見ないようにして、父の背中を追った。

「どこに向かうの？」

わたしは少し歩みを速めて、父の横に並ぶ。

「まあ、付いて来いって」

父は相変わらずのんきな顔で、青空に向かって気持ちよさそうに伸びをした。

砂利の駐車場からアスファルトの道路に出ると、父は青羽川の方へと歩き出した。

海の匂いのするひんやりとした風が、わたしの襟元を撫でていく。

わたしは両手をパーカーのポケットに突っ込んで歩いた。右手が、あの小さな額に触れていた。すべすべとした木枠の感触が、ふしぎとシャーリーンの浅黒い肌を思わせた。

「ねえ、お父さん」

「ん？」

「タガログ語、わかるの？」

わたしは、ちょっと気になっていたことを訊いた。

「まあ、ほんのちょっとだけな。毎朝、シャーリーンとリハビリで歩きながら、教えてもらってんだ」

「へえ、そうだったんだ」

「あのことわざもよ、ついこの間、教えてもらったばかりで、たまたま覚えてたんだ」

なるほど。だから、ことわざの「本当の意味」まで知っていたのだ。

少しして、わたしたちは川沿いの道にぶつかった。父は「こっちだ」と言って左に折れた。このまま真《ま》っ直《す》ぐ行けば、海に出る。

「海、なの？」

「多分、な」

父の足元からは、一歩踏み出すごとに、ペタ、ペタ、ペタ、と音がする。初冬だというのに、この人はビーチサンダルで出てきたのだ。

「足、寒くないの？」

ちょっと心配して訊いたのに、父はその質問とはまったく関係のない返事をした。

「あはは。正解だ」

「え？」

「ほれ、あそこ、見てみろ」

父は、斜め前方を指差した。そこは、青羽川と海がちょうどぶつかるあたりだった。手前のコンクリートの護岸から、長い防波堤が沖に向かってまっすぐ伸びていて、その先端に小さな人影がある。

「シャーリーン……」

「な、俺の予想通りだべ」

シャーリーンは、防波堤の先端から両足を海に投げ出すようにして、ちょこんと腰を下ろしていた。わたしたちが見ているのは後ろ姿だった。黒髪が、海風にさらさらとなびいている。

「あの防波堤……」

わたしは横を歩く父を見上げた。

「んだ。絵美の遺影を撮ったのも、あそこだなぁ」

「どうして、あそこに……」

「朝のウォーキングのときによ、よくあそこまで歩くんだ。シャーリーンは、あそこがお気に入りなんだってよ」

「どうしてお気に入りなの？」

「そりゃ、おめえ、なんとなく、だべ？」

そうなんだ。なんとなく、なんだ——。

あらためて考えてみると、わたしもあそこは、なんとなく好きな気がする。

山から流れてきた川の水が、海とはじめて出会う場所。青い広がりの真《ま》っ只中《ただなか》にいるような開放感。遠い波音。たゆたう海原。水平線の色と、背後に迫る山々の彩り。河口の穏やかな町並み。時折、魚がつくる波紋。頭上をゆっくりと舞う鳶のシルエット。燦々《さんさん》と降り注ぐ陽光。海を渡ってくる風。そして、かつてこの場所で、母がやさしく微笑んでいたという素敵な過去。

好きになる理由なんて、数えればきっといくらでもある。いくらでもあるからむしろ「なんとなく」好きになるのかも知れない。

父とわたしは、川に沿って造られた腰の高さのコンクリートの護岸の上に登った。そして、その上を、さっきよりも少しペースを上げて歩いていく。

護岸はやがてコンクリートの階段になった。その階段を降りれば、そこはシャーリーンのいる防波堤の根元だった。

「いいか、たまちゃん、こっから先は足音を立てんなよ」

防波堤を歩き出した父が、悪ガキみたいな顔をした。

「なんで？」

「そりゃ、おめえ、びっくりさせた方がおもしれえからに決まってんべ」

「シャーリーンが驚いて、海に落ちたらどうすんの？」

「あははは、落ちっこねえって」

父は、陽気に笑った。

何のことはない。その笑い声が大きすぎて、先端の人影がこちらを振り向いてしまった。

「ありゃ、もうバレちまったか」

父はぽりぽりと頭を掻《か》いた。

華奢《きゃしゃ》で小さなシルエットが、ゆっくりと立ち上がった。

わたしは急に心臓がどきどきしてきて、足が重くなった気がした。

と、そのとき、わたしの肩にごつい腕が回された。父が、肩を組んだのだ。

「たまちゃん、笑顔だぞ」

父が、耳元で囁《ささや》いた。

「え？」

「さっきシャーリーンも言ってたべ。生きている者は、にっこり笑顔だってよ」

少し強い海風が吹いて、ポニーテールに結んだわたしの髪がなびいた。シャーリーンの髪も、さらさらとなびいていた。

「……うん」

父とわたしは、陽光が降り注ぐまっすぐな防波堤の上を歩いていく。シャーリーンとの距離が、だんだんと縮まっていく。

わたしは緊張で「ふう」と息を吐いた。

遺影のなかの母と同じ場所に立ったシャーリーンが、ちょっと照れくさそうにうつむいて、視線をこちらに向けている。

そして、シャーリーンとわたしの距離が三メートルくらいになったとき——。

「ほれ」

ふいに父が、わたしの肩から腕をほどいたと思ったら、背中をポンと押した。
二、三歩、前によろけたわたしは、シャーリーンと正対してしまった。
「シャーリーン、たまちゃんから話があるってよぉ」

父がいつものゆるい感じで言った。

「あ、えっと……」

しどろもどろのわたしは、シャーリーンの小さな浅黒い顔を見た。

ふたつの澄んだ鳶色の瞳が、わたしを静かに見上げている。その視線には棘《とげ》も敵意もなかったから、わたしは少し救われた思いがした。

　笑顔だぞ――。

　さっきの父の言葉が頭をよぎる。

　でも、残念ながら、いまこの状況で笑えるほど、わたしは大物ではなかった。

「あ、あのね、シャーリーン」しゃべり出したわたしは、むしろこわばった顔をしていたと思う。それでも、ちゃんと気持ちを伝えようという意思だけは確かにあった。「さっきは、ごめんなさい」

　ペコリと小さく頭を下げたら、また涙腺がゆるんでしまった。そして、おそるおそる顔を上げてみたら――。

　シャーリーンは、首を小さく横に振っていた。

「わたしも、ごめんね。ことわざの説明、ミスしたね。反省してるね」

　言いながら、一歩、わたしの方へと歩み寄ってきた。シャーリーンの目にも、しずくが揺れていた。

「え……」

　ことわざの、ミス？

「やっぱり、馬は、駄目だったね。馬鹿《ばか》の馬《ば》ね」

「…………」

　ぽかんとした一瞬の間があってから、シャーリーンの素っ頓狂な台詞に父が吹き出した。その笑い声に釣られて、わたしもシャーリーンも、なんだか急におかしくなってきて、くすくすと笑いだした。ふたりとも泣き笑いだ。

三つの笑顔は、この場の空気をあっさりと変えていた。

ふと見ると、シャーリーンの手に携帯電話が握り締められていた。

「シャーリーン、ここで、携帯を見てたの？」

泣き笑いのわたしは、手のひらでしずくを拭きながら訊いた。

「そうよ。わたしを元気にする写真、見てたね」

シャーリーンは携帯の電源をオンにして、その待受画像をわたしに見せてくれた。

「えっ……、これ」

わたしは驚いて言葉を失った。シャーリーンの携帯画面には、四ツ葉のクローバーの写真が表示されていたのだ。

「静子ばあちゃんが、メールしてくれた写真ね」

シャーリーンは、慈しむような目で、その写真を見た。

「え、ちょっと待って」わたしは左手をパーカーのポケットに突っ込んで、なかから自分の携帯を取り出した。そして、「ほら、これ」と、シャーリーンに待受画像を見せた。

「わお、同じね」

「うん、同じ」

シャーリーンは、うふふ、と少女のように笑った。そして、この写真をもらったときに静子ばあちゃんからメールで教わった「幸せになるコツ」についてしゃべりだした。

「この写真、夜、寝るときに見るね。見たら、一日にあった小さなハッピーを思い出して、ひとつ、ふたつ……数えるね。それだけで、わたし、幸せになれる。ハッピーを探す人が、ハッピーを見つけるハッピーな人になれるね」

シャーリーンが、わたしを見た。

「うん。静子ばあちゃん、そう言ってたね」

わたしは知らず知らず、深いため息をついていた。それは、なんだか、ふしぎなくらいに気持ちが穏やかになるため息だった。

静子ばあちゃんは、わたしとシャーリーンに同じ写真を送っていて、しかも、幸せに生きるためのコツまで、同じように教えていたのだ。

「たまちゃん」

「ん？」

「静子ばあちゃん、とても、やさしかったね。わたし、大好きだったよ。だから、とても、とても、悲しいよ」

四ツ葉のクローバーの写真を眺め下ろしながら、涙腺のゆるいシャーリーンはまた、ぽろり、としずくを流した。わたしも、もらい泣きだ。

さわさわと海風が吹いて、シャーリーンの髪が揺れた。

少しひんやりとする青い風のなかでこんなふうに泣くのって、すごく気持ちのいいことなんだな、とわたしはぼんやり考えていた。

と、そのとき――。

ぴょーろろろ。

遥《はる》か上空から鳶の歌声が降ってきた。

三人そろって青空を見上げ、そして、ゆっくりと視線を戻した。父を見て、シャーリーンを見て、わたしは言った。

「ねえシャーリーン、こっそり、いろいろとわたしのことを応援してくれてたんだって、お父さんに聞いたよ」

シャーリーンは、目を少し丸くして父を見た。バラしちゃったね、とでも言いたそうな顔だ。

「わたし、ちっとも気づかなくて……」ごめんね、と言いそうになったのを堪《こら》えて「ありがとね」と言った。

目の前で、あらたまってお礼を言うのは少し照れくさかったけれど、でも、このときのわたしは、わりとうまく笑えていたと思う。

「うふふ。陰徳を積む。たまちゃんが教えてくれたね」

シャーリーンも、にっこりとやさしく微笑んだ。

「あと、仏壇も磨いてくれてたって」

すると、シャーリーンは小さく二度、首を横に振った。

「わたしは、絵美さんと会ったことがないね。でも、絵美さんは、パパさんの奥さんで、たまちゃんのママね。だから、いまは、わたしの家族よ」

「え……」

「フィリピンでも、日本でも、家族がいちばん大事。それは、同じね」

少し小首を傾げたシャーリーンは、あの太陽みたいな笑みを浮かべた。そして、ふいに、わたしの背中に両手を回して、ぎゅっとハグをしてくれた。

「ありがとう。シャーリーン……」

お母さんのことを、家族だって言ってくれて。

わたしもシャーリーンの細い身体をそっと抱き返す。

シャーリーンの体温。

涼やかな海風。やわらかな潮騒。まぶしい陽光……。

本当に、ここは、なんとなくいい場所だ。

わたしの目尻からこぼれたしずくが、頬をつるりと伝い落ちて、シャーリーンの肩の上に落ちた。

わたしは、幸せだ――。

シャーリーンは、母の代わりにも、静子ばあちゃんの代わりにもなれない。でも、それは逆もしかりだ。母も、静子ばあちゃんも、シャーリーンの代わりは出来ない。

シャーリーンの腕がゆるんで、自然な感じでハグを終えた。

そのまま視線を合わせていたら、なんだかくすぐったいような気持ちになって、わたしたちはくすくすと笑い合った。

それから、わたしは大事なことを思い出して、パーカーのポケットに右手を突っ込むと、あの葉書サイズの木枠の額を取り出した。

そして、それを両手で持ってシャーリーンに差し出した。

「はい、これ」

シャーリーンは、なに？　という顔で、静かに額を受け取った。

すると、次の刹那――。

額を見下ろしたシャーリーンの目が大きく見開かれて、その目が、わたしに向けられた。

「たま、ちゃん……」

シャーリーンは右手で額を持ち、左手で口を押さえた。

「ごめんね、シャーリーン。財布のなかの写真を見つけちゃったから、こっそり複写しておいたの」

で、その写真を、わたしはかわいい額のなかに入れておいたのだ。いつかプレゼントしようと思って。

「ねえシャーリーン、その額、うちの仏壇のなかに飾ってもいい？」

「…………」

「わたしのお母さんがシャーリーンの家族なら、シャーリーンのフィリピンの家族だって、わたしたちの家族だよ。そうだよね、お父さん？」

言って、わたしは父を見た。

「ああ、そんなの、あったりめえだべさ……」

元ヤンキーの父が、情けないような涙声を出した。

「たまちゃん……、いいの？」

シャーリーンも潤み声で言いながら、わたしを見上げた。

「あったりめえだべさ」

ちょっと照れ臭くなったわたしは、父の台詞を真似《まね》して、悪戯っぽく微笑んだ。

するとシャーリーンは顔をくしゃくしゃにして、額を持ったまままわたしに抱きついてきた。

「わたし、ラッキーだね」

静子ばあちゃんのやさしい微笑を思い出しながら、わたしはひとりごとみたいに言った。

「え……」

わたしに抱き付いたまま、シャーリーンが顔を上げた。

「だってさ——」そこで、わたしは、すうっと胸いっぱいに青い海風を吸い込んだ。そして、吸い込んだ風を、思うがままの言葉に変えて、気持ちよく吐き出した。「わたしを産んでくれた天国のお母さんと、こんなふうに幸せな喧嘩《けんか》ができるシャーリーンのふたりがいてくれるんだもん」

「たまちゃん……」

シャーリーンが、わたしからそっと離れて、うるうるした目で見上げてくる。大切なフィリピンの家族写真が入った額を、大事そうに両手で抱きしめながら。

やわらかな潮騒のなかに、えっぐ、えっぐ、と子どもみたいな泣き声が溶けていた。

その泣き声の主は——。

「あははは。ちょっと、お父さんが泣かないでよ」

わたしは、泣き笑いをしながら、父の背中をぽんと叩いた。

「ば、馬鹿言ってんでねえ。お、俺は、泣いてねえよぉ」

と言いながら、父はさらに泣いた。

「あはは、パパさん、おもしろいね」

シャーリーンも泣き笑いだ。

「あ、そうだ」ちょっといいアイデアを思いついたわたしは、パーカーのポケットから再び携帯を取り出した。「ねえ、三人で写真を撮ろうよ」

母の遺影と同じ、この場所で、わたしたちは撮るのだ。

世界でいちばん幸せな、家族の写真を。

「え、なんでだ？」と、手首で涙をぬぐう父。

「いいね、いいね」と、太陽みたいに笑うシャーリーン。

「いいから、いいから」と、ふたりを寄り添わせ、その隣に並んだわたし。

携帯を手にした右手を思いっきり伸ばして——。

「いくよ、はいチーズ」

カシャ。

さっそく、いま撮ったばかりの写真を、三人で覗《のぞ》き込んだ。

「あは。パパさん、変な顔してるね」

「ほんと、馬鹿っぽい顔してるよ」

「なんだとぉ？お前らだって、腫れぼってえハニワみてえな目えしてんじゃねえか」

わたしは吹き出し、シャーリーンは「ハニワって、なに？」と父に問いかける。

この写真、たしかに三人とも思いきり不細工に写っている。

でも——、フィリピンのシャーリーンの家族写真にだって負けないくらい、とびきり素敵な一枚だとわたしは思った。

葉山正太郎

今日は、昼過ぎから手術をした背中の定期検診だったのだが、とにかく待たされた。最初の診察で待たされ、ＭＲＩで待たされ、レントゲンで待たされ、そのあとさらに診察で待たされた挙句、子どもみたいな顔をした若い医者に言われたのはたったのこれだけだ。

「順調ですね。背骨まわりの組織が硬くならないよう、適度な運動を心がけて。じゃ、次回の検診は一ヶ月後ということで」

思わず俺は「こんだけ待たせて、そんだけかいっ！」と突っ込みそうになったけれど、喉元でなんとか言葉を飲み込んだ。まったく病院ってところは、つくづく苦手だ。

病院から車を飛ばして帰宅する頃には、すでに夕暮れ時だった。

俺は店の前の駐車場で車から降りると、ふと初冬の高い空を見上げた。

まばらな雲が、熟したマンゴー色に光っていた。さらさらと吹き渡る海風までもが、透明感のあるマンゴー色に染まっているように見える。

ジーンズのポケットから鍵束を出した。いちばん細い鍵を選んで裏玄関の鍵穴に差込もうとしたら――。

「今日は休みかよ」

誰かが俺の背中に低い声をかけた。

振り返ると、ズボンのポケットに両手を突っ込んだ仏頂面の男が、眉をハの字にして突っ立っていた。

「おう、古館のおっさんかよ。今日は定休日だぞ」

俺が笑うと、古館のおっさんは小さく嘆息した。

「定休日じゃ、しゃあねえなぁ。また出直してくらぁ」

おっさんが踵《きびす》を返したところで、今度は俺が背中に声をかけた。

「せっかくだから飲んでいきなよ。今日は俺も飲もうと思ってたんだ」

「いいのか？」

「その代わり、たいしたもん出せねえぞ」

古館のおっさんは、仏頂面のまま、唇の端だけで小さく笑った。

俺は自宅の裏玄関を開ける代わりに、店の玄関を開けてやった。営業はしないから、暖簾はかけない。

定休日の今日、たまちゃんは、俺が五円で買ってやった黄色いボロ車にシャーリーンを乗せて、遠くの街へと出かけていた。先月オープンしたばかりの大型ショッピングモールとやらで買い物をするのだそうだ。夕飯も外で食べてくると言っていたから、帰りは遅いだろう。つまり、男ふたりが静かに飲むには好都合な夜になる。

俺は店のカウンター席と厨房《ちゅうぼう》にだけ照明を点《つ》けた。

古館のおっさんは、真ん中のカウンター席に腰掛けた。

とりあえず厨房の冷蔵庫を物色して、適当なつまみを作ることにした。あえて寝かして旨《うま》みを引き出したイカやクロダイを刺身にし、たまちゃんのおつかい便で売るはずだったサバの缶詰にアサツキを散らして醤油《しょうゆ》をかけ、エイヒレを軽く炙《あぶ》って七味マヨネーズを添えた。あとは、残りもののキンピラゴボウと冷奴《ひややっこ》だ。

「とりあえず、こんなもんだべ」

俺は言いながらカウンターの上に皿を並べた。

「悪《わ》りいな。これで十分だ」

「足んなくなったら、また適当に出すさ。古館のおっさんは生ビールでいいか？」

「おう」

俺は中ジョッキを二つ用意して、古館のおっさんの隣に腰を下ろした。そして、ジョッキをカツンと合わせて乾杯した。

気持ちよく喉を鳴らした元不良のオヤジ二人は、ぷはあ、美味《うめ》え、と口々に言って、それから他愛のない会話をぽつぽつと交わし合った。古館のおっさんは、年齢が年齢だけに、飲むペースが遅い。だから今夜は俺ものんびりペースで飲《や》ることにした。たまには、こんな飲み方も悪くない。

生ビールを二杯飲んで、地酒をちびちび飲りはじめると、古館のおっさんがキンピラゴボウを箸でつつきながら言った。

「あれから、少しは落ち着いたんか？」

あれ、とは、静子ばあちゃんの葬儀と、たまちゃんの事故のことだ。

「まあ、ぼちぼち平常運転にはなったな」

「今日は、オナゴたちは？」

「ふたりして都会に買い物に行ってんだ」

「仲がいいじゃねぇか」

思わず俺は笑った。

「どうせ、向こうでピーチクパーチク仲良く喧嘩してんべ」

古館のおっさんも、ふふん、と愛想なく笑った。

「で、たまちゃんは、大丈夫なんか？」

「表面上は明るく店を手伝ってっけどもよ、あんなに頑張ってた仕事を失くしたのは、さすがにショックなんだべな。廃車に決まったキャリイを見ちゃ、こっそりため息ついたりしてるよ」

俺は、古館のおっさんのぐい飲みにお酌をした。おっさんは、それを舌の上で転がすように飲むと、少し遠い目をした。その横顔が、どこかくたびれているように見えるのは気のせいだろうか。

「おっさん、疲れてねぇか？」

俺は、思ったままを訊いた。

「ちょっくら、疲れたな」

この人が、こういう弱気な台詞を口にするのは珍しい。

「なんだよ、どっか具合でも悪いんか？」

「悪かねえさ。正太郎、おめえ、俺の歳《とし》、知ってっか？」

「なんだよ、急に。ええと……還暦プラス……四《よ》っつだったっけか？」

「五つだ。六五」

「おっ、惜しかったな」

俺はクロダイの刺身を口に放り込み、手酌をした。

「この歳でよ、移動販売なんて肉体労働をやってっと、さすがに疲れるぜ」

「大変そうだもんなぁ。たまちゃんを見てたから、わかるよ」

「つーわけで、俺もそろそろ潮時だ」

「え？」

「引退って奴だ」

ひとりごとみたいに言って、古館のおっさんは酒をぐいっと干した。

「……マジかよ」

「ちょうど、俺の保冷車も故障しちまったしよ」

「あの、たまちゃんと同じキャリイが？」

「んだ。動かねえんだ」

「修理は？」

「しねえ。もう、引退すんだ。直しても仕方ねえべ」

俺は、イカの刺身を咀嚼している古館のおっさんの横顔をじっと見た。その顔が、ゆっくりとこちらに向いた。視線が合った。古館のおっさんの目が、どこか意味ありげに笑っているように見えた。

「つまり、なんだ——、その動かねえキャリイ、廃車にすんのか？」

「まあ、そうなっちまうべな。あるいは、誰かに譲るか」

俺は、徳利《とっくり》を手にした。そして、心を込めて古館のおっさんのぐい飲みに、なみなみと地酒を注いでやった。

「なんなら、その車、俺が買ってやろうか？」

古館のおっさんは、にやりと笑った。

「ほう。おめえ、動かねえ車を、いくらで買うつもりだ？」

「そうだな、引退して退屈になるじじいに、エッチな彼女とのご縁があるように、五円で買ってやるよ」

古館のおっさんは、くくく、と喉で笑った。

「ご縁で、五円かよ。そりゃ、傑作だ」

「どうせ動かねえおんぼろだ。逆に廃車手数料を払わされるよりは、五円でももらった方がマシだべ？」

「まったく、おめえにはかなわねえよ」古館のおっさんは、わざとらしく困った顔をしてみせた。「仕方ねえ。んじゃ、五円で売ってやる。その代わり、今日の飲み代はロハにしろ。せめて、それぐれえしねえと、母ちゃんに叱られる」

「あはは。母ちゃんに叱られんのは困んべな」そう言って笑ってはみたものの、すでに俺の心臓のあたりは、ぬるめのお湯でも注がれたようにあったかくなっていた。あふれそうになる涙を堪えながら、続けた。「んじゃ、まあ、今日んとこは俺のおごりだ」

「おう」

それから俺たちは、ぐい飲みで小さく乾杯をすると、少しピッチをあげて飲みはじめた。古館のおっさんも、俺も、ちょっと照れ臭かったのだ。

お銚子《ちょうし》を三本空けたあと、いい感じに酔っ払った古館のおっさんは、カウンターに右肘を突いて、珍しく自分の話をしはじめた。

「おめえんとこの娘は、たまちゃんだけども、じつは俺にも娘がいてよ」

「えっ、そりゃ初耳だぞ」

「たかちゃん、って呼んでたんだ」

「たかちゃん？」

「んだ。貴美《たかみ》で、たかちゃんだ。しかも、たまちゃんと同い年でよ」

「ほう」

「まあ、でも……、俺は離婚しちまったから、三歳の頃から会ってねえんだけどな」おっさんは、へへっと自嘲気味に笑うと、眉をハの字にしてみせた。「俺みてえなヤクザもんとは、きっちり縁を切った方がいいべ。んだから、娘とはそれから一度も会ってねえんだ」

「そっか。そりゃ、淋《さび》しいなぁ」

俺は思う。おそらく——、古館のおっさんは、たまちゃんを見るときに、自分の娘の「いま」を投影しているのだ。

「なあ、正太郎」

「ん?」

「俺は、三年しか父親業ってのをやってねえけどよ、いや、その三年すら、まともにはやってなかったけどよ……、それでも親になってみっと、親の気持ちってのが、少しはわかるようになんだよなぁ」

「ああ、そんなもんだべな。俺もたまちゃんが生まれて、ようやく、自分は親に迷惑かけたなぁって思ったもんだ」

親の心子知らず——、なんていう言葉があるが、あれは本当だ。

「だべ? 俺の親父《おやじ》は早くに死んじまったけど、お袋はまだ生きてんだ」

「うちは両親とも、あっちに逝っちまったよ」

俺は、言いながら天井を指差してみせた。

「ずいぶん早死にじゃねえか」

「まあな。人生、太く短くって奴だべな。でも、俺は、背中に腫瘍ができようが何しようが、チンポコみてえに太く長く生きる予定だけどな」

俺のギャグに、酔っ払った古館のおっさんは、「なんだそりゃ」と、ほとんど笑わなかった。代わりに、ぐい飲みのなかを見詰めながら、ため息みたいに返したのだ。

「俺はよ、こんな歳だけども、いまさら親孝行っつうのも悪くねえなって思ってんだ」

「ほう……」

「まあ、罪滅ぼしみてえなもんだけどな」

古館のおっさんは、ぐい飲みの中身をすいと飲み干して、どこか淋しそうに微笑んだ。

「俺は、そういう古館のおっさん、嫌いじゃねえぞ」

「ばーか。野郎なんぞに好かれたかねえよ」

憎まれ口を叩いた古館のおっさんは、珍しく嬉《うれ》しそうな顔で笑った。

「なんだよ、おっさん、笑うと強面《こわもて》がいきなり人懐っこい顔になるじゃんかよぉ」

目がすっと細くなって、しかも、やさしそうなタレ目になるのだ。

「へへ。それ、餓鬼の頃からよく言われてたな。笑うとお袋とよく似てるってな」

「ふうん。で、そのお袋さん、元気なんかい？」

「元気っちゃあ元気だけども、ずいぶん歳いってっから、認知症でよ。もう俺の顔見ても、わかんねえんだ」

「そうか……」

自分の顔を見てもわからなくなっちまった母親に、これから孝行をしようだなんて、この元ヤクザ、いちいち泣かせるぜ——と思っていたら、おっさんは急に何か妙案でも思いついたような顔をして俺を見た。

「そうだ、正太郎」

「ん？」

「もう、つまみがなくなっちまうべ」

「ああ」

「卵焼き、作ってくれよ」

「卵焼き？」

「んだ」頷いた古館のおっさんは、普段はほとんど見せないような、人のよさそうな笑みを浮かべた。「俺の餓鬼の頃の大好物なんだ。砂糖と味醂《みりん》をたっぷり入れて、甘《あめ》えやつを作ってくれ」

「ふつうのだし巻き、じゃなくてか？」

「ああ、甘えのだ」

古館のおっさんは、穏やかな遠い目をした。

「ったくよ、人使いの荒れえじじいだよなぁ」

俺は憎まれ口を叩きながらも、待ってましたとばかり、椅子から立ち上がった。そして、厨房に向かって歩きながら腕まくりをすると、固く決意をした。

待ってろ。俺の人生で、最高に美味《うま》い「甘い卵焼き」を作ってやっからよ——。

常田壮介

「よし、直ったぞ。おうっ、ちょっとエンジンかけてみろよ」

常田モータースのガレージのなか、俺はたまちゃんに声をかけた。

「了解」

軍隊みたいな敬礼をしておどけたたまちゃんが、運転席にひょいと乗り込んでエンジンをかけた。

「動かしてみ」

「ラジャー」

たまちゃんは、また同じ仕草でおどけた。そして、ワイパーのスイッチをオンにした。

ズー、ズー、ズー、ズー……。

乾いたフロントガラスをワイパーブレードがこすり出した。

「よし、バッチリだな」と俺。

「サンキュー」と運転席のなかからピースサインをして、嬉しそうに微笑むたまちゃん。

なんとなく、たまちゃんの笑みに釣られて、新しいキャリイもにこにこ笑っているように見える。

まさか、こんなにすぐに二台目のキャリイが手に入るなんて——。

俺は、つい先日の思いがけない出来事を思い出しながら、ほっこりとため息をついた。

あれは三日前の午後だった。いきなり常田モータースに正太郎さんから電話がかかってきて、車の修理と名義変更を依頼されたのだ。

「おう、壮介か。動かねえキャリイを古館のおっさんから譲り受けっから、バッチリ直してくれ。んで、たまちゃん名義に変更だ。急げよ」

こちらの予定も聞かずに「急げよ」だなんて。相変わらずの上から目線だ。しかも、どうせ修理代は「居酒屋たなぼた」で飲み放題ってことでチャラにされるのだろう。とはいえ、正太郎さんは親父の先輩だし、いつも世話になっている人だし、たまちゃんのお父さんだし、しかも昔は相当ヤバい人だったらしいので、俺は受話器を手にしたまま背筋を伸ばして「はい」と答えるしかないのだった。

で、後日、古館さんの家までキャリイの様子を見に行ったら、俺の顔を見るなりポイッと鍵を渡されて「乗ってけ」と言われたのだった。

「え……、車、動かないんですよね？」

「ああ、動かねえ」古館さんはそう言ってニヤリと笑った。「ワイパーがな」

というわけで、俺はそのまま古館さんからあずかったキャリイを運転して、このガレージに乗り入れたのだった。そして、急いで故障したワイパーの付け根の部品をメーカーから取り寄せ、いま修理を終えたところだ。

たまちゃんいわく、このキャリイは「動かねえから」という理由で、正太郎さんが「五円」で譲り受けたらしいのだが、結局は、おつかい便の師匠から弟子への、気の利いたプレゼントだったのだ。

そして、そのことに気づいたたまちゃんが、古館さんにお礼の電話をすると、師匠からいくつかの頼まれごとがあったという。

このキャリイでおつかい便を再開したなら――、古館さんがずっと大事にしてきた売り場のひとつ、老人ホームの「望洋苑」を巡回コースに入れること。そして、その際、車椅子のおばあちゃんのために、必ず水ようかんを仕入れていくこと。さらに、時々は甘い卵焼きを正太郎さんに作ってもらって、それも持参していくこと。そのときは、古館さんを助手席に乗せていくこと。以上を頼まれたらしい。

キャリイのエンジンを切って、運転席からたまちゃんが降りてきた。

「壮介、ありがとう」

「おう」

「たまちゃん、直ってよかったね」

甘ったるい声を出したのは、引きこもりから脱却したばかりのマッキーだ。さすがにまだ、ひとりで遠出はしないけれど、朝晩その辺をぶらっと歩いてみたり、自転車でうちのガレージに遊びに来るくらいにはなった。これは大きな進歩だ。ショートケーキみたいな甘々ファッションも、以前と比べればかなり控えめになってきたし。

「うん。これで、おつかい便を再開できるよ——ってか、マッキー、ちょっと聞いてよ。今朝のシャーリーンったらさぁ」

たまちゃんは、相変わらずシャーリーンとは相性が悪いようで、いつもブーブー不平不満を漏らしている。でも、以前とは、少し違うところがある。たまちゃんがシャーリーンの話をするとき、たとえそれが、いい話であっても、悪口であっても、まったく遠慮がなくなった気がするのだ。気持ちいいくらいに褒めちぎっていたと思ったら、翌日にはけちょんけちょんにけなしたりもするのだけれど、でも、どちらの場合でも、たまちゃんは生き生きとした表情をしている気がする。

「ねえ、壮介はどう思う？」

いきなり振られた俺は、少々たじろいだけれど、このあいだマッキーに教えてもらった通りの優等生的な返事を口にしておいた。

「ああ、うん、わかる気がする。ほんと、たまちゃんも大変だな」

ようするに女ってやつは、共感のポーズさえ示してやればいいらしいのだ。下手《へた》にまじめに考えて、解決方法を提示したりすると、逆に叱られたりもするというから面倒臭い。それと、もうひとつ、こういうときに有効なしゃべりのコツがあるとマッキーは教えてくれた。

「つーかよ、新しいキャリイ、あとはマスキングしてスプレーで塗れば完成だけど、たまちゃん、今度のデザインはどうすんべ？」

こんな風に、別の楽しい話題を振ってやればいいらしいのだ。

「あっ、うーん、どうしよっかなぁ」

ほら、さっそく機嫌が良くなっている。たまちゃんは小首を傾げて、未来を眺めるような顔になった。

「遠慮なく言えよ。俺がバッチリ『作品』として仕上げてやっから」

「うん。わかってる。でもさ、前のはすごくカッコよかったんだけど、まったく同じにすると、また事故りそうだし、縁起が悪い気もするから、今度はベースを白のままにして、ロゴだけ入れよっかな」

「おいおい、白はねえべさ」作品を手がける俺としては、それではあまりにも物足りない。やり甲斐《がい》が欲しいのだ。「たまちゃんのおつかい便はよ、もうエメラルドグリーンのイメージが出来上がってんべ。ってことは、やっぱり同系色でいった方がいいべさ」

「えーっ、なんで壮介が決めんの？　わたしの車なのに」

「おめえの車だけど、俺の作品でもあんだからよ、せめて白はやめてくれよ」

言い合う俺たちを交互に見ながら、マッキーがくすくす笑っている。

と、そのとき、たまちゃんの携帯が鳴った。街のショッピングモールで買ってきたという柿色のコートのポケットから取り出した携帯を見て、たまちゃんは「げっ、シャーリーンだ」と顔をしかめた。

それでも、渋々、電話には出た。

「あ、もしもし？　うん。そうだけど。壮介んとこ。え？　そんなの知らないよ。キャリイの修理と、デザインの相談。え？　まあね。わたし？　わたしは白で、ロゴだけ入れればいいかなって言ってたんだけど——。え？　あ、うん、そう。違うって。じゃあ、シャーリーンは、どう思うわけ？　え？　うん、うん」

電話に出る前は、しかめっ面をしていたのに、いつの間にかシャーリーンにデザインの相談をしはじめている。このふたりの関係、こういうところが変わったのだ。

「あ、いいね、それ。ナイス・アイデア。シャーリーン、たまにはいいこと言うじゃん」

たまには、じゃないね。いつも言ってるね——。

たまちゃんの失礼な台詞にたいするシャーリーンの不平が携帯から漏れ聞こえてきて、俺とマッキーは顔を見合わせてくすっと笑ってしまった。

「ああ、うん、そうだね、それもいいと思う。え？　オッケー、わかった。それだけ？　うん。じゃ、買って帰るから。はーい、バイバイ」

通話を切ったたまちゃんの目が、明らかに輝いていた。

「壮介、ニュー・キャリイのデザイン、決まった」

「おう、どんなんだ？　白は許さねえかんな」

「あはは。わかってるよ。シャーリーンのアイデアなんだけどね、四ツ葉のクローバーをロゴにして入れたいの。あと、荷台はくるくる模様のカタツムリ」

「なんだ、そりゃ」

俺はまったくイメージがつかめなかったのだが、どうやらマッキーには伝わったようだった。

「え、それ、可愛《かわい》いかも。わたし、すごくいいと思う」

もしかして、これもマッキーの共感作戦か——と思っていたら、たまちゃんが嬉しそうにデザインの決め手となった理由をしゃべりはじめた。

「四ツ葉のクローバーはね、静子ばあちゃんにもらった幸運の待受画像をイメージしてるの。ようするに、ハッピーの象徴ってやつ。で、カタツムリは、今度はゆっくり安全運転するっていう意味」

「それを、シャーリーンが？」

俺が訊くと、たまちゃんは幸せそうに目を細めて頷いた。

「うん」

「マッキー、デザインのイメージ、浮かんでんのかよ？」

「えっ、わたし？」

「んだ」

「えっと、あるといえばある……けど」

「そっか。んじゃ、イメージ画像を作ってくれよ。そこから俺がいろいろ発想してみっから」

「うんっ」

少し前だったら、きっと「えっ、それ、わたしで、いいの？」なんて自信なさげに訊き返していたはずのマッキーが、いまやこの二つ返事だ。女という奴は、三ヶ月会わなかったら刮目《かつもく》して見なければならない生き物らしい。

キューイ、キューイ。

ふいにガレージの道路向かいの木の枝でヒヨドリの声がした。俺たちは三人そろって、声の方を見上げた。ヒヨドリは真っ赤に熟したガマズミの実をついばんでいた。さらにその上に視線を送ると、宇宙が透けて見えそうなほど澄み切った青空が広がっていた。

「冬晴れだなぁ」とつぶやいて、俺はガレージの屋根の下から出た。

女ふたりも付いてきた。

「空が、抜けるように青いね」

と、たまちゃんが言い、

「もうすぐクリスマスだね」

と、マッキーが夢見がちな目をした。

山から冷たい風が吹き下ろして、目の前の樹々《きぎ》がさやさやと囁いた。

ヒヨドリがまた元気に鳴く。

青空に音もなく浮かんだ雲は、真っ白な羽みたいな形をしていて、それがゆっくりと東へ流されていく。

あらためて、俺は思う。

この田舎町《いなかまち》の空気と水は、しみじみ俺に合っている。

きっと、たまちゃんにも、マッキーにも——。

俺は青空に向かって両手を突き出し、

「んー」

と、気持ちよく伸びをした。

すると、ある句を思い出した。

「分け入っても分け入っても青い山」

たしか、こんな句だったはずだ。

「ん、なにそれ？」

たまちゃんが小首を傾げた。マッキーもちょっとふしぎそうな目で俺を見ていた。

「山頭火《さんとうか》の句だ」

「種田《たねだ》山頭火……、放浪の俳人、だっけ？」

読書家のマッキーは、さすがに物知りだ。

「んだ。あれは去年だったかな……、古いハイエースを改造したキャンピングカーで全国を放浪中だっつう元国語教師のおっさんがよ、旅の途中にうちに寄ったんだよ。エンジンの具合がおかしいから修理してくれって。たしか、杉野《すぎの》とかいう名前の、目つきの悪りいおっさんだったなぁ。んで、俺がちゃちゃっと修理をしてやってるときによ、いまの句を教えてくれたんだ。このあたりの綺麗《きれい》な山々にぴったりの句だっつってよ」

「ふうん」と女ふたりは口をそろえた。でも、ふたりとも、その顔には、ほとんど興味なし、と書いてあった。

その証拠に、さっそくたまちゃんが話題を変えたのだ。

「っていうかさ、この間、理沙さんに聞いちゃったんだけど」

「え、何をだ?」

今度は俺が小首を傾げる番だった。

「むふふふ」

たまちゃんは、俺とマッキーを交互に見て、にやにや笑いはじめた。

「壮介とマッキー、一緒に仕事をしてるんだよね?」

「え? まあな。前にも言った通りだ」

とぼけた俺は、マッキーを見た。さっそく頬をピンク色に染めてうつむいている。まったく嘘《うそ》のつけない奴だ。

「俺が車のデザイン塗装をやってよ、マッキーがその写真をデータ化して、ホームページを作ったりして宣伝するわけさ。んで、ついでに実物の写真以外にも、たくさんのデザイン見本のイラストを作って、並べて、お客に選べるようにしてやんの。そういう仕事、おもしれぇべ?」

俺の説明を聞いているあいだも、たまちゃんはずっとにやにやしていた。

「おもしろいよ。しかも壮介、マッキーと一緒にやれるなんて、最高じゃん」

「………………」

どうやら、完全にバレているようだ。何をどう言ったものかと思案していたら、思いがけずマッキーが口を開いたのだった。

「ねえ、たまちゃん」

「ん？」

「知ってたんでしょ？」

「何を？」

「わたしの気持ち……」

「うふふ。まあねぇ」と言って、たまちゃんはマッキーに向かってパチンとウインクをしてみせた。「中学の頃から、わかってたよ」

「それで、壮介くんを、あの日、わたしの家に？」

「正解！」

「えっ？」

引きこもりだったマッキーの家に、無理やり連れて行かれたのは、そういうことだったのか。俺は、いま、はじめて知った。

「連れてって正解だったよ。結果、こうなったんだからね」

たまちゃんは、言いながら俺の腕のあたりを肘で「うりうり」とつつきながらからかった。

「なんだよ、やめろって。つーか、俺、そんなの、全然知らなかったぞ。おめえ、なんでそんなおせっかいを？」

照れ隠しに、ちょっとぶっきらぼうな口調で言ったら、たまちゃんはくるりと踵を返して二代目キャリイの前に立つと、そのまま背中を車にあずけた。

キューイ、キューイ。

ヒヨドリが鳴き、凛とした冬の風がたまちゃんのポニーテールを揺らす。

「教えて欲しい？」

「え？」と、俺。

「おせっかいを焼いた理由、知りたい？」

俺は、頰の色をピンクから赤に変えたマッキーを見てから、小さく頷いた。するとたまちゃんは、どこか南国の太陽みたいににっこりと笑って、こう言ったのだ。

「陰徳を積んだんだよ。葉山家の家訓を守ってね」

岡林《おかばやし》千代子

年が明けて、今日でちょうどふた月半になる。

昔から寒いのが苦手なわたしは、首にマフラーをぐるぐる巻きにして青羽川沿いの道をひとり歩いていた。

見上げた空は、見事に晴れ渡り、どこまでも高い。

上流から吹いてくる冷たい川風は、かぐわしい山の腐葉土の匂いをはらんでいた。

一歩、一歩、また一歩、わたしは枯れ木みたいになった足を前へと踏み出していく。

田舎の広々とした景色は、歩いていてもほとんど変わらないけれど、ゆっくり丁寧に歩くことそのものの喜びを、わたしは亡くなった親友に教えてもらっていた。だから、年老いた足でも億劫《おっくう》にならず、一歩ずつ前へと踏み出せる。

幸せの極意って、いつもいい気分でいることでしょ——。

親友は、よくそう言っていたものだ。

何があっても、いい気分。

それが、大事。

いや、それだけで充分なのだと。

いつもいい気分でいるためには、日常の些細《ささい》な出来事や事象を、丁寧に探し、すくい上げ、見詰めて、そのときの自分の心の動きを味わうことだ。たとえば、道端に雑草の花を見つけたなら「可愛いねえ」と愛《め》でて、深呼吸をひとつ。それだけで、ちょっぴりいい気分になれる。空が青ければ、いい気分。ご飯がふっくら炊けたら、いい気分。都会の息子からメールが来たら、たとえそれが一月ぶりだとしても、いい気分。

今日みたいに、ゆっくりと清流を眺めながら歩けることは、とても、とても、いい気だ。

分だ。

いい気分の「素《もと》」は、身のまわりにいくらでもある。それを、せっせと拾い集めて、丁寧に味わう。幸せとは、つまり、そういうことだよと、大切な親友は教えてくれたのだ。

だから、わたしは、歩ける限り足を前に出し続けていく。

歩いて、見て、感じるのだ。

この使い古しの身体を遠慮なくどんどん使って、この世にある無数のいい気分を味わい倒そうじゃないか。年老いた二本の脚も、まだまだ役に立ってくれる。

そんなことを考えていたら、目的地の温泉施設が見えてきた。

ふと耳を澄ませば、遠く川の下流の方から、かすかに音楽が聞こえてくる。わたしがまだ乙女《おとめ》だった頃に流行《はや》ったあの曲が、ゆっくり、ゆっくり、近づいてくるのだ。

もうすぐ、小さな車がやってくる。四ツ葉のクローバーの絵が描かれた小さなトラックだ。ここらの老人たちはみな親しみを込めてその車を「かたつむり」と呼んでいる。

わたしは温泉施設の駐車場へと入っていった。

すでに「かたつむり」を待ちわびている顔見知りたちが十数人――、くしゃくしゃな笑顔をあちこちで咲かせていた。

わたしは、そのひとつひとつの笑顔と挨拶を交わす。

千代子さん、千代子バア、と、わたしを呼んでくれる人たちの声のぬくもりを味わう。

つくづく、いい気分だ。

清流のせせらぎ。凜と澄んだ空気。冬晴れの空。

この小さな片田舎に嫁いで、必死に子どもたちを育てあげ、ひと息つこうと思ったら夫に先立たれ、そして昨年、親友にも先立たれた。

人生は、いつだって生半可ではない。

それでも、いま「かたつむり」がやってきてくれる。そして、「かたつむり」が来るところには、たくさんの笑顔が集まってくる。

あと、どれくらい、わたしがこの愛すべき片田舎でおいしい空気を呼吸していられるかはわからない。あの親友のように、ふいにお迎えがくるかも知れないから。

でも、一方では、わかっていることもある。

それは、わたしはもう最期の一瞬まで迷わないということだ。

迷わず、なるべくいい気分で生きていく。ごく自然に、そう決めている。だから、べつに覚悟なんて、いらない。ただ、淡々と、肩の力を抜いて、この世界を味わいながら生きていくだけでいいのだから。

もうすぐ、あの親友が残してくれた宝物の笑顔と出会える。

それは南国の太陽のような、明るい笑顔だ。

さて、今日は何を買おうかしら――。

わたしは乙女のように小さく胸をときめかせる。

ほら。
せせらぎのなか、陽気な音楽が近づいてきた。
みんなの「かたつむり」がやってくる。

（了）

あとがき

二十代の頃、ぼくは野宿の放浪者でした。オートバイに乗って糸の切れた凧《たこ》になり、日本中の川と海で遊んでいたのです。あの頃はいつも金欠で腹ペコだったので、釣りをしたり、山菜や木の実を採取したり……金を使わずに生きるための知恵と技術をずいぶんと習得したものです。いま思えば、そういう本気モードな自給自足こそが、なにより贅沢《ぜいたく》な「遊び」だったんですよね。

一人旅は孤独なので、よくその辺を歩いているばあちゃんをナンパして、テントの前でお茶を振舞ったりしていました。田舎《いなか》のばあちゃんって可愛《かわい》くて最高なんです。下ネタもケラケラ笑い飛ばしてくれるし、仲良くなればその土地の美味《おい》しいご飯をご馳走《ちそう》してくれますから。

山奥の清流の川原《かわら》にテントを張って一週間も生活していると、「うちに泊まっていけ」「風呂に入っていけ」などと集落の人たちが声をかけてくれて、とても有難かったのですが、あるとき、ぼくを泊めてくれたじいさんに肩を抱かれて「うちの孫娘と結婚して、婿になれ」と耳打ちされたときは、大急ぎでバイクに飛び乗り、ビューンと山を降りて逃げました。

老夫婦の家に泊めてもらうときは、夜、静かに酒を酌み交わしながら、じいちゃんばあちゃんの人生一代記を拝聴するのが大好きでした。誰にでもひとつやふたつは小説になるような人生経験があるということを、この頃、みっちり学ばせてもらいました。

さて、そんなマニアックな青春時代を過ごしていた田舎好きなぼくが、数年前から気になっている言葉があります。「買い物弱者」がそれです。車を運転できない過疎地の老人たちが、日々の買い物に困り、それが社会問題化しているのです。しかし、そんな折、ぼくはあるニュースに目を留めました。東真央《ひがしまお》さんという若い女性が、三重県の紀北町《きほくちょう》で「移動販売」を起業し、集落の買い物弱者たちを救っているという明るいニュースです。その名も「まおちゃんのおつかい便」。

興味を持ったぼくは、早速、担当編集者と一緒に真央ちゃんに会いに行きました。

真央ちゃんは淡々として、クールで、一ミリたりとも「媚《こ》び」がなく、いまどき珍しいくらい芯のしっかりした女性でした。もっといえば、美人で、歌が上手で、重労働も顔色ひとつ変えずにこなし、そして、家族をなにより大切にする優しい娘さんでした。

翌日、ぼくは「おつかい便」の車に同乗し、密着取材をさせてもらったのですが、お客のじいちゃんばあちゃんたちから孫のように愛されている真央ちゃんを見ていて、これは小説になると確信しました。「おつかい便」と「家族」というふたつの切り口から、現代を生きるぼくらの「幸せの本質」を手探りしてみようと思ったのです。そうして書き上げたのが本書です。作中の登場人物たちは、実際の真央ちゃんやお客さんたちとはかなり違います。小説では、主人公の母が血の繋《つな》がらないフィリピン人という設定ですが、実際の真央ちゃんのお母さんは日本人の美人さんです。唯一、お父さんのキャラだけは少し似させて頂きました。昔はやんちゃな人だったけれど、いまは地元の人たちに愛される居酒屋の名物店主。そういう人間臭い人、ぼくは好きなんですよね。

執筆中は、舞台となった青羽《あおば》町（架空の町）の清爽な風に吹かれている気分だったので、なんだか久しぶりに放浪の旅に出たくなってしまいました。でも、当分は忙しくて無理そうなので、せめて妄想で旅をしようと思います。もちろん、可愛いばあちゃんも脳内でナンパします。

森沢明夫

二〇一六年六月
実業之日本社刊
（『たまちゃんのおつかい便』を改題）

実業之日本社文庫　最新刊

知念実希人
レゾンデートル
末期癌を宣告された医師・岬雄貴は、不良から暴行を受け、復讐を果たすが、現場には一枚のトランプが……。最注目作家、幻のデビュー作。骨太サスペンス!!
ち1 4

鳥羽亮
剣客旗本春秋譚　剣友とともに
老舗の呉服屋の主人と手代が殺された。探索を続ける中、今度は糸川の配下の御小人目付が惨殺された。糸川らは敵を討つと誓う。人気シリーズ新章第三弾!!
と2 15

南英男
強奪　捜査魂
自衛隊や暴力団の倉庫から大量の兵器が盗まれた。新宿署の生方警部が捜査を進める中、巨大商社にロケット砲弾が撃ち込まれた。テロ組織の目的とは……!?
み7 11

睦月影郎
快楽デパート
デパートに勤める定年間近の次郎は、はずみで占い師を抱き過去に戻ってしまう。そこには当時憧れていたデパガ達が待っていた！　傑作タイムスリップ官能！
む2 10

森沢明夫
かたつむりがやってくる　たまちゃんのおつかい便
田舎町で移動販売をはじめたたまちゃん。しかし、悩みやトラブルは尽きない。それでも、誰かを応援し、誰かに支えられ、笑顔で走っていく。心温まる感動作！
も6 1

実業之日本社文庫　好評既刊

東野圭吾
白銀ジャック
ゲレンデの下に爆弾が埋まっている――圧倒的な疾走感で読者を翻弄する、痛快サスペンス！　発売直後に100万部突破の、いきなり文庫化作品。
ひ11

東野圭吾
疾風ロンド
生物兵器を雪山に埋めた犯人からの手がかりは、スキー場らしき場所で撮られたテディベアの写真のみ。ラスト1頁まで気が抜けない娯楽快作、文庫書き下ろし！
ひ12

東野圭吾
雪煙チェイス
殺人の容疑をかけられた青年が、アリバイを証明できる唯一の人物――謎の美人スノーボーダーを追う。どんでん返し連続の痛快ノンストップ・ミステリー！
ひ13

東山彰良
ファミリー・レストラン
一度入ったら二度と出られない……瀟洒なレストランで殺人ゲームが始まる!?　鬼才が贈る驚愕度三ツ星のホラーサスペンス！（解説・池上冬樹）
ひ61

木宮条太郎
水族館ガール
かわいい！だけじゃ働けない――新米イルカ飼育員の成長と淡い恋模様をコミカルに描くお仕事青春小説。水族館の舞台裏がわかる！（解説・大矢博子）
も41

木宮条太郎
水族館ガール2
水族館の裏側は大変だ！　イルカ飼育員・由香の恋と仕事に奮闘する姿を描く感動のお仕事ノベル。イルカはもちろんアシカ、ペンギンたち人気者も登場！
も42

実業之日本社文庫 も61

かたつむりがやってくる　たまちゃんのおつかい便《びん》

2019年4月15日　初版第1刷発行
2025年2月13日　初版第4刷発行

著　者　森沢明夫《もりさわあきお》

発行者　岩野裕一
発行所　株式会社実業之日本社
〒107-0062　東京都港区南青山6-6-22 emergence 2
電話［編集］03(6809)0473［販売］03(6809)0495
ホームページ　https://www.j-n.co.jp/
ＤＴＰ　ラッシュ
印刷所　大日本印刷株式会社
製本所　大日本印刷株式会社

フォーマットデザイン　鈴木正道（Suzuki Design）

ISBN978-4-408-55478-5（第二文芸）